Eberhard Werner Happel

## Des engelländischen Eduards

Europäischer Geschichtroman auf das 1690. Jahr

Eberhard Werner Happel

**Des engelländischen Eduards**
*Europäischer Geschichtroman auf das 1690. Jahr*

ISBN/EAN: 9783743661059

Hergestellt in Europa, USA, Kanada, Australien, Japan

Cover: Foto ©Andreas Hilbeck / pixelio.de

Weitere Bücher finden Sie auf **www.hansebooks.com**

Deß

# Engelländischen

# Eduards/

Oder
so genannten
Europæischen

## Geschicht-ROMANS,

Auf
Das 1690. Jahr/ IV. Theil;
In welchem

## Neben deß Königreichs

## Groß = Brittannien

Merckwürdigkeiten/ die Denck=
würdigste Kriegs= und Politis. Staats.
Sachen/ Wunder=Geschichten/ Glück=und
Unglücks= auch hohe Todes=Fälle / ingleichem was
sonsten in diesem Jahr in Europa Notabels sich zugetragen/
neben mehr andern Curiosen Begebnüssen und Leßwürdigen
Materien/ unter einer angenehmen Schreib=Art/ nach
Weise der vorigen Geschicht=Romanen/
beschrieben wird/
von
E. G. H.

ULM/ druckts und verlegts Matth. Wagner/ 1690.

zu den Seinigen zu kehren; Wird demnach der
Nothdurfft erachtet/ nachzuforschen/ wie es ihme
auf solcher Räyse ferner ergangen? Dieser Jüngling nun hatte mit dem Englischen Kauffmann allerley Discurse und Unterredungen/ wormit sie ihnen
die Zeit verkürtzeten.   Als sie aber nun bald gedach-
ten/ in dem verlangten Port anzuländen/ erhube sich
ein solcher starcker Sturm-Wind / der sie weit von
ihrem Lauff verwarffe/ daß sie nicht ohne grosse Gefahr tieff in die Nord-See hinein geriethen/ weil
das Schiff unterschiedlich schadhafft worden.  Sie
meyneten zwar bey Hartlepole, oder Neu-Castle, an-
zuländen/ aber es ware ihnen/ wegen deß widerwärtigen Windes/ schlechter Dings unmöglich / weil
auch ihr Schiffmann dieser Gegend keine rechte Erfahrung hatte; geschahe es / daß sie bey der Insul
Farne, zwischen denen daselbst befindlichen Klippen/
strandeten/ und genug zu thun hatten/ sich eines da/
das andere dorthin / auf Brettern / Thonnen / und
was die Gefahr einem Jeden an die Hand reichete/
zu salviren.   Emed und hatte sich mit genauer Noth
auf einem Balcken an die Klippen gearbeitet / von
da er mit Jammer das Elend seiner Mitschiffen-
den/ und wie deren unterschiedliche vor seinen Augen
elendiglich ertruncken/ mit betrübtem Hertzen und
Augen anschauete/ sich selbst aber/ weil er allein auf
den Klippen ware/ und Niemand um sich sahe/ weder zu rathen noch zu helffen wußte/ bevorab/ da ih-
ne/ nach überstandener Gefahr und starcken Bemü-
hung/ zu hungern und zu dursten begunte.   Er sahe
wol auf den Klippen und Felsen hin und wieder einige seiner Cameraden / kunte aber weder zu ihnen/
noch sie zu ihme / gelangen/ am Allerschmertzlichsten
aber

aber ware es ihm / daß er sahe / wie einige derselbigen / vermittelst ihres Schwimmens / andere aber/
durch Hülffe etlicher Fischer / an Land kamen.

Er unterlieſſe zwar nicht/mit Schreyen/Win-
cken und Zeichen mit dem Hut / dieselbige zu vermögen / ihme auch hülfflich beyzuspringen / weil sie es
aber entweder nicht warnahmen / oder die Jenige
vor an Land bringen wolten / die demselbigen näher
waren/ muste er biß gegen Abend Gedult haben/ da
endlich ein Cyclopischer Fischer mit einem kleinen
Schifflein angefahren kame / der dem Emedund
Hülff anbotte/welches er willig annahme. Der un-
höfliche Schiffer aber begehrte alsobald für seine
Mühe vorauß bezahlet zu seyn/welches Emedund zu
thun Bedencken truge / hingegen aber versprache/
wann er ihn wurde wol zu Land gebracht haben/ih-
ne doppelt zu belohnen/wormit aber der grobe Gesell sich nicht befriedigen / sondern mit seinem elenden Fahrzeug wieder hinweg eylen/ und den Armse-
ligen in seinem Elend-Stand gleichwol sitzen lassen wolte.

Was solte nun der gute Emedund thun? Er
muste auß der Noth eine Tugend machen/ und so
ferne er nicht wolte die Nacht durch/ und vielleicht
noch länger/ neben grossem Frost/ auch Durst und
Hunger leyden/und von diesem/ oder andern seines
Gleichen/noch grössere Unhöflichkeit erwarten/ deß
Fischers Begehren billichen/zohe deßwegen seinen
Beutel herauß / und weilen er mit keiner kleinen
Müntz-Sorte versehen/bote er ihm eine Krone dar/
mit dem Erinnern/wol Achtung zu geben/darmit
nicht Unglück geschehe / so solte ihme alles zu seiner
Vergeltung bleiben. Der Fischer steckte solche als-

　bald

bald zu sich/ und weil er wahrgenommen/ daß Emedunds Beutel wol gespicket ware/ machte er alsobald bey sich einen Anschlag/ wie er sich dessen Meister machen möchte/ worzu ihm die bereits herein
brechende Demmerung noch mehr Anlaß gabe; 
Liesse sich aber dessen nicht mercken/ sondern nahme Emedund in sein Schifflein gar freundlich ein/
wann anders bey dergleichen halb-wilden Meer-
Leuthen einige Freundligkeit Statt haben kan.

Darauf fuhre er nun zwischen den Klippen
und hervor ragenden Felsen-Spitzen hin und wie-
der/ und nicht geraden Weges/ dem Lande zu/ welches Emedund sehr verdächtig vorkame/und deßwegen den Schiffmann zu Red stellete; der sich aber
darmit entschuldigte/ daß er den besten und wenig-
gefährlichsten Weg außkiesen müste/ um nicht mit
Gefahr anzustossen.   Aber Emedund liesse diese
kahle Entschuldigung bey sich nicht gelten/ anerwogen er zuvor gar wol den Strich beobachtet hatte/
wo er hergefahren ware. Er kunte es nun nicht än-
dern/ nahme sich aber desto besser in Obacht/ wiewol er sichs nicht anmercken liesse. Als sie nun nicht
mehr weit vom Lande/ inmittelst aber ziemlich dunckel worden ware/ hielte der Schiffmann mit dem
Ruder innen/ und sprach mit trotziger Stimme
Emedund also an: Höret/ ihr Freund/ es ist nicht
genug an dem/ was ihr mir für mein Fuhrlohn bereits bezahlet/ sondern ihr müsset mir wegen euerer
Lebens-Erhaltung noch ein mehrers geben/ darum
entschliesset euch darzu/ ehe wir an Land kommen/
weil ich meiner Sache versichert seyn wil.

Emedund sahe nun wol/ wie es gespitzet ware/
gabe aber über Vermögen gute Worte/ sprechend:
Guter

Guter Freund / bringet mich nur vor zu Lande / an einem guten Trinck-Geld solle es euch so dann nicht mangeln / weil ich wol sehe / daß ihrs bedürfftig seyd. Der Knebel lachte nur / und sagte noch frecher: Ihr müßt wissen / daß ihr / und alles / was ihr habt / mir / der ich euch am ersten gefunden / als ein gestrandetes Guth / verfallen seyd / demnach all euer Geld und Kleider mir zugehörig: Nun wil ich gegen euch so milde seyn / und die Kleider / ob sie wol ein Ehrliches werth seyn / euch / als eine Verehrung / lassen / und allein mit euerm Geld zufrieden seyn / wo ihr anders nicht wollet / daß ich mit Gewalt das / was mir zuständig / nehmen / und euch gar über Boort werffen solle. Die von Emedund gethane Erinnerung / behutsam zu fahren / und dann wiederum / das versprochene Tranck-Geld / bildeten dem Seemann ein / Emedund hätte sonderbare Furcht gegen ihme / deßwegen redte und forderte er dieses desto kecker.

Emedund thate dieses schimpffliche Zumuthen in der Seelen wehe / doch verbisse er es noch / und redete ihm nochmahlen auf das Freundlichste zu; Aber diese Freundlichkeit erkühnete den Bößwicht nur desto mehr / daß er auch das Ruder bedrohlich aufhebte / Emedund darmit zu schlagen. Dieser / die verzweiffelte Resolution ersehend / gedachte List mit List zu bezahlen / und den Fuchs in seinem eigenen Loch zu fangen / gabe ihm derowegen die freundlichste Worte / sich darbey einer grossen Forchtsamkeit annehmend / sagend: Ey! haltet innen / guter Freund / und werdet nicht böse / ich wil euch ja gerne geben / was euch gebühret / kommt gleichwol her / und empfahet das Jenige jetzund / warum ihr mir nicht biß an das Land borgen wollet / da ich euch doch nicht

a 4           entlauf-

entlauffen könte; Griffe hiermit zugleich nach seinem Beutel/sich in etwas niederbuckend. Weil nun
der Fischer herzu getretten/denselbigen mit außge-
reckter Hand zu empfangen/ersahe Emedund seines
Vortheils/ und erwischte ihn augenblicklich bey einem Bein/ risse und stieße ihn über einen Hauffen/
daß er über das Schifflein/ mit dem Kopff voran/ in
die See hinauß stürtzete/ dessen er sich gantz nicht
versehen hatte.

Der Fischer kame aber geschwind wieder em-
por/hängete sich mit beyden Händen an das Schiff-
lein/vermeynend/ solches umzuwerffen/ und Emedund in die See zu fällen; Der aber/die Gefahr er-
sehend/ geschwind eine andere Resolution fassete/
den Degen blössete/ und den mörderischen Schiffmann darmit so zierlich über die Hand hiebe/ daß er
das Schiff muste gehen/ und darbey noch ein Paar
Finger im Stiche lassen/ worüber er grausam zu
fluchen anfienge/ woran aber Emedund sich nicht
kehrete/sondern das Ruder zur Hand nahme/ um
das niemahlen erlernete Handwerck zu probiren/
welches ihme auch/ jedoch nicht ohne grosse Mühe/
so wol geriethe/daß er das Land glücklich erreichete/
und das Schifflein gleichwol seines Gefallens trei-
ben/ und seinen schelmischen Fuhrmann im Meer
zappeln/und mit gestutzten Händen nach dem Lande
rudern liesse.

So bald Emedund an Lande kommen/saumete
er nicht lang/ sich nach einer Herberge umzusehen/
er muste aber eine gute Weile zubringen/ biß er ein
Liecht ersahe/ dahin gienge er/ seinen Einkehr zu
nehmen/wie er auch thate; Es ware aber nur eine
geringe Fischers-Hütte/worein er sich begabe/ und
Ansuchung/

Ansuchung / um gute Nacht-Herberge / thate / die ihme auch von 2. Weibes-Personen / einer Mutter
und Tochter / auſſer denen ſonſt Niemand im Hauſe ware / verwilliget / und zu ſeiner Erquickung ein
grobes Brodt / ſchlechter Käß / und etwas von Fiſchen aufgetragen wurde / mit welchen und einem
Trunck ſchlechten Waſſers er auch diß mahl für lieb
nehmen muſte. Die 2. Weibes-Perſonen zwar er-
zeigten ihm allen guten Willen / mit dem Anerbie-
ten / zu deſto beſſerer ſeiner Bewirthung / in einem
benachbarten Ort beſſere Speiſe und Geträncke zu
holen / welches aber Emedund, in Anſehung es allbe-
reit finſter Nacht / nicht geſtatten wolte.

Indeme nun die Mutter beſchäfftiget ware /
Emedund auch ein bequemes Nacht-Lager anzu-
ſchaffen / dieſer aber entzwiſchen mit der Tochter ſein
Geſpräch hielte / kame der Mann auch nach Hauſe /
und pochte an der Thür / die die Mutter alsbald
aufmachte / und ihn einlieſſe; Als er nun in die
Stuben tratt / da ſolte man geſehen haben / was es
für wunderliche Geſichter abgeben. Emedund erkannte alſobald / daß es ſein unfreundlicher und
mörderiſcher Ferge ware / den er vor wenig Stunden ſo unſauber auf die Finger geklopffet; Dieſer
hingegen befremdete ſich nicht wenig / den Jenigen
in ſeinem Hauſe / und mit ſeiner Tochter Sprach
haltend / zu finden / den er vor weniger Zeit um ſein
Geld / ja um Leib und Leben zu bringen / ſich äuſſerſt
angelegen ſeyn laſſen. Fienge deßwegen alſobald
an / mit den Seinigen zu koldern / warum ſie dem
Jenigen Herberge geſtatteten / der doch faſt allererſt
ihne zu ermorden geſuchet / und an ſeinen Gliedern
ſo übel zugerichtet / ja faſt erſäuffet hätte / wie deſſen

a 5 ſo wol

so wol seine Tropff-naſſe Kleider/als seine lincke annoch blutende Hand/und 2. daran manglende Fin-
ger/genugſam bezeugeten.

Emedund ſahe erſt/ in was Gefahr/von neuem
in Ungelegenheit zu gerathen/er ſtunde/wolte derowegen gegen dem Weib ſeine Entſchuldigung thun/
die aber/ auf Erblickung der geſtümmelten Hand
ihres Mannes/ und daß er für Froſt/ Näſſe und
Zorn zitterte und bebete/ gleichſam raſend wurde/
und anfienge/ Emedund zu ſchänden und zu ſchmä-
hen/ worzu der Mann wieder getreulich halffe/ und
ſich nunmehro rechtſchaffen an ihme zu rächen gedachte; Dann/ indem ſein raſendes Weib ſich mit
Emedund herum zanckete/ ergriffe er eine alte/roſtige
und ſchon lange Zeit geladene Muſquete/ hielte ſolche gegen Emedund, ſprechend: Nun wil ich dir eines mit dem andern bezahlen/ ſo wol/ daß du mich
ins Waſſer geworffen/ verwundet/ mich um mein
Schiff gebracht/ und noch darzu mir meine Tochter
verführen wollen.

Emedund wuſte in ſolchen Aengſten ſich faſt
nicht zu begreiffen/ dann/ bißher hatte er an das ra-
ſende Weibes-Bild/ die anjetzo mit einer zackichten
Gabel ſich bewaffnet/ nicht reiben/ noch ſie beleydigen wollen; Nun er aber ſolchen Ernſt ſahe/ muſte
er auch auf ſein Außkommen gedencken/ und indem
der Barbar eben loßdrucken wolte/ ſchluge er ihm
die Muſquete auf die Seiten/ lieſſe ihm ein/ und
warff ihn/ weilen er in keiner rechten Poſtur ſtunde/
leichtlich abermahl über einen Hauffen/ da inmit-
telſt die Büchſe loßgienge/ und einen ſtarcken Knall
verurſachte/ Emedund meynete/ bey der Stuben-
Thür zu entwiſchen/ aber das Weib hatte ihme ſolche ver-

che verrannt / daß er nothwendiger Weise / wolte er
anders hinauß / sie auch über einen Hauffen stossen
muste / da sie dann von dem Fall eine geringe Verwundung an der Stirnen bekame.

Emedund, der nun nicht anders vermeynete /
als gewunnen zu haben / weil er auß der Stuben
entkommen / sahe sich von neuem arrestirt / als er
nicht zu der Hauß-Thür / welche verriegelt ware /
hinauß kunte; Unterdessen hatten / auf den gehör-
ten Schuß / noch mehr aber auf deß Fischers und
seines Weibes jämmerliches Geschrey / sich die benachbarte Leuthe herbey gesammlet / zu sehen / was
da vorgienge / und ihren Nachbars-Leuthen Hülffe
und Rettung zu thun. Da stunde nun Emedund in
höchster Gefahr / von dem wütenden Pöfel / der Niemand Gehör noch Glauben gibt / erschlagen zu werden / vornemlich / weil er das Weib denselben hörte
zuschreyen / wie ein Mörder in ihrem Hauß seye / der
sie und ihren Mann hart verwundet hätte / sie solten
denselben nicht entwischen lassen / sondern sich grausam an ihme rächen.

In solchem Noth-Stand kame die Tochter /
die ein bessers Gemüth gegen Emedund, und ab seiner Ansprache eine grosse Vergnügung geschöpffet
hatte / herbey / und sagte heimlich zu ihm: Hertz /
wann ihr nicht wolt erschlagen werden / so rettet
euch zu diesem Fenster hinauß / welches sie ihme ey-
lends öffnete / und darbey in Eyl unterrichtete / wohin er sich wenden / und seine Flucht anstellen solte /
damit er diesen groben und wilden Leuthen nicht in
die Hände käme.   Aber Hertz / sagte sie ferner / gedencket meiner auch / wann ihr in Sicherheit seyd /
und erinnert euch der Hülffe / die ich euch auß grosser

Liebe

Liebe thue / und dardurch meinen Eltern ungetreu
werde/damit umhalsete und küssete sie ihn/mit grosser Hefftigkeit. Emedund, dem diese Freundlichkeit
aufs Hefftigste zuwider / muste sich doch solche in
diesem Frangenti gefallen lassen / und die gute Tochter / in ihrem guten Willen gegen sich zu erhalten/
vergalte er ihre Affection mit einem gezwungenen
Gegen-Kuß / worvon das gute Mensch so voller
Freude ware/ daß sie nicht wuste/ was sie thate/und
sich schier erkühnet hätte/ mit ihme zu gehen.

So bald Emedund auß dem Fenster/ suchte er
das weite Feld / und das darinn angewiesene Gepüsche / da indessen die zu Hülff geloffene Bauren
und Fischer / theils durch die Fenster eingestiegen/
theils durch die sich wieder erholende Mutter / und
herbey kommende Tochter/nachdeme Emedund hin-
weg/eingelassen worden/und den vermeynten Mörder und Räuber gesuchet ; Sie kunten aber / wie
fleissig sie auch nachgesuchet/und keinen Winckel im
Hauß vorbey giengen / dannoch Niemand finden/
an dem sie ihr Müthlein hätten kühlen können.
Dann / weilen der Gottlose Bube diesen Leuthen
seine gestümmelte Hand / das Weib aber das auf
dem Kopff habende Loch zeigete/ mit Vermelden/
daß der Mörder auch auf sie geschossen / waren sie
also verbittert/ daß/ wann sie Emedund ertappet/ sie
ihne alsobald unbarmhertziger Weise zu todt ge-
schlagen/und in Stücke zerhauen hätten. Der hatte
aber unterdessen das Gepüsche erreichet / danckete
GOtt / daß er der dreyfachen Gefahr so glücklich
entgangen / und durch / wiewol gar schlechte Speisen / seinen abgematteten Leib wieder in etwas er-
quicket / und für jetzo demselben einige Sicherheit
gefun-

gefunden hatte / legte sich in eine dicke Hecke / so gut / als es seyn kunte / allda außzuruhen / und deß verlangenden Tages zu erwarten.

Die gute Tochter ware indessen durch Emdunds gegebenen Kuß so verleckert worden / daß sie nur immer an ihn gedachte / und ohne ihn fast nicht seyn kunte. So bald sie nun deß Morgens ihren Eltern / die man unterdessen / (insonderheit den Vatter / der wegen vielen Verblutens ziemlich matt worden / ) verbunden / die gebührende Pflege gethan / machte sie ein Gerüchte von Eyern / und stohle sich darmit heimlich auß dem Hause / eylete dem Pusch zu / in Hoffnung / ihren vermeynten Liebhaber darinn anzutreffen / worinn sie auch sehr glückseelig / und weil die Liebe gleichsam ihr Wegweiser ware / denselbigen nach wenigem Suchen annoch im Grünen schlummerend fande.

Dann die überstandene mehrfaltige Gefahren / und starcke Bemühungen / hatten Emedund so ermüdet / daß er gantz tieff eingeschlaffen / und der durch das Gebüsche zu ihme kommenden Bauren-Dirne nicht gewahr worden. Diese betrachtete ihn auf das Allerfleissigste / und kunte sich ab seiner so trefflich schönen Gestalt / die sie deß Nachts so eben nicht warnehmen können / nicht genug verwundern / und ergötzen. Sie setzte sich deßwegen neben ihn / und hatte ihre Freude in dessen ungehinderter Anschauung. Endlich / erkühnete sie sich / und küssete ihn gantz verwegen / auf seinen holdseligen Mund und Wangen / mit solcher Ungestümme und Gewalt / daß Emedund darüber erwachte / und nicht wissend wie ihme gienge / sie gantz unfreundlich von sich stiesse / dessen sie mächtig erschracke / und ihm seine Undanckbarkeit vorwarffe.

IV. Theil.　　　　　b　　　　　Als

Als er aber den Schlaff auß den Augen ge-
wiſchet / und ſie recht anſahe / erkennete er alſobald
ſeine Erlöſerin / und fragte ſie / was ſie da machte /
und ſtraffte ſie zugleich / daß ſie ihn auf ſolche Weiß
verunruhiget: Sie aber entſchuldigte ſich mit der
groſſen Liebe / ſo ſie zu ihme truge / und bathe ihn /
das jenige Früh-Stück zu genieſſen / ſo ſie deßwegen mit gebracht / erzählete darbey / wie es nach
ſeiner Flucht ergangen / in was Gefahr er würde
geweſen ſeyn / wann man ihn gefunden hätte / darbey wuſte ſie mit vielen Worten / ihre Liebe gegen
ihne vorzuſtellen/ um welcher Willen/ſie nicht allein
ihren Eltern / den ſchuldigen Beyſtand nicht geleiſtet / ſondern ihme auß der Gefahr geholffen / ſich
hingegen ſelbſten geſtern und heute darein geſtecket/
dannenhero ſie eine ſchöne Vergeltung / ſehr wol
verdienet zu haben meynete.

Emedund wäre dieſer bäuriſchen Liebhaberin
gerne loß geweſen / wann es nur mit guter Manier
hätte geſchehen können.   Dieſelbe ernſtlich abzu-
weiſen / ware nicht rathſam / um ſie dardurch nicht
zum Zorn und Rache zu reitzen / weil dergleichen
Leute keine Mäſſigung zu gebrauchen wiſſen / und
gemeiniglich von einem Extremo auf das andere
fallen.   Ihr aber viel liebzukoſen/ dauchte ihn eben
ſo wenig thunlich / um ſie nicht in ihrem närriſchen
Wahn noch mehr zu ſtärcken / doch muſte er ein
übriges thun / wolte er anders dieſer verdrießlichen
Geſellſchafft loß werden.

Dannenhero ſprach er zu ihr: Es iſt nicht
ohne / liebe Freundin / ihr habt mir ein groſſes
Freund-Stück erwieſen / um deß Willen ich euch
ſehr verbunden bin / wil auch nimmermehr unter-

laſſen/

laſſen/ daſſelbige in das Werck zu ſtellen/ wo ich
Gelegenheit darzu haben werde.  Deſſen zu einem
Anfang und gewieſen Zeichen/ gebe ich euch dieſes
gleichſam auf die Hand/ daß ich auch ins künfftig
euer Schuldner ſeyn werde/ zoge zugleich zween
Roſinobel auß ſeinem Sack/ die er ihr verehrete/
welche ihr trefflich in die Augen leuchteten/ und
ein bäuriſches freundliches Gelächter und Lieb-
Aeugeln bey ihr erweckten/ ſolche in ihren Buſen
ſchobe/ die Hand bote und ſich bedanckte/ darbey
aber ferner ſagte: Er werde ja ſie mit ſich nehmen/
weil ſie bey ihren Eltern nimmer zu bleiben/ ſondern mit ihme zu ziehen gedächte/ theils ihme noch
ferner zu dienen / theils auch noch fernere Vergel-
tungen/ wie er eben jetzo verſprochen/ von ihme zu
genieſſen.

Emedund wuſte nicht wie er mit dieſer Dirne
daran ware/ indem er je mehr und mehr ſich mit ihr
beſtricket befande/ er darffte ſich aber ſolches nicht
anmercken laſſen/ ihr keinen böſen Argwohn zu
machen/ gedachte deßwegen mit Liſt ihrer loßzukom-
men/ ſprechend: Mein liebes Menſch/ ſolches ſolte
mir ſehr lieb ſeyn/ und habe ich es euch nicht ſelbſten
zumuthen darffen/ weil ich darfür gehalten/ ihr
würdet euere Eltern/ nicht verlaſſen wollen. Weil
ich aber euere groſſe Affection ſiehe/ ſo bin ichs gar
wol zufrieden/ daß ihr mit mir kommet; Allein
wird nöthig ſeyn/ daß wir uns beſſer auf die Räyſe
verſehen.  Dann weil wir auß Forcht verfolget/
und angefochten zu werden/ uns etliche Tage der
bewohnten Oerter und Leuthen entäuſſern müſſen/
auch deßwegen ſo leichtlich nicht zu Pferden kommen werden/ daß wir deſto hurtiger fortkommen

könten/

könten / so müssen wir etwas Vorrath von Speisen / zu unserm Unterhalt haben / damit wir uns
desto eher in den Wäldern aufhalten / und man
uns desto weniger außkundschafften könne. Schaf-
fet demnach / daß wir Brodt und andere Sachen
in der Stille bekommen / versehet euch auch mit
Kleydern auf die Rähse / und was ihr selbsten nöthig erachten werdet / damit gabe er ihr noch etwas
Geld / mit der Erinnerung / sich nicht zu säumen /
sondern zu trachten / daß sie längstens biß auf den
Mittag wieder bey ihme wäre / weil er ihrer an diesem Ort erwarten / und durch ihr langes Verweilen / ihme die Zeit lang werden wurde; Sie solte
ferner wol zu sehen / daß man ihre Flucht nicht
warnehme / und sie hindere / welches sie alles fleissig
zu beobachten versprache / und darauf mit Freuden
ihres Weges fortwanderte.

## Das II. Capitul /

Die Dirne nimmt hinter der Thür Urlaub / findet
aber ihren Liebsten nimmer / darüber sie höchst betrübet /
und durch einen Zufall ihrer Kleyder verlustig / sie selbsten aber samt den Kleydern wieder gefunden / darbey
aber mit guten Streichen regalirt wird. Emedund
kriegt auch einen bäurischen Anstoß / wird gefangen /
und einem Edelmann im Arrest überlassen / da er wol
tractirt wird

SO bald die verdrüßliche Dirne hinweg / und
Emedund auß dem Gesicht ware / säumete
er nicht lang / sich auch auf die Füsse zu
machen / weilen er wol vermuthen kunte / sie wurde
ihre Ruckkunfft / nicht lang aufschieben / als auch
geschahe. Sie schliche sich gantz stille zu ihrem
Hauß / und als man sie ihres Abwesens wegen zu
Rede

Rede setzete / wuste sie allerhand scheinbare Vorwand / was sie bey einem Benachbarten zu verrichten gehabt / vorzuschützen / daß man mit ihr zufrieden seyn muste. Indessen packte sie ihr bestes Bau-
ren-Kleyd und Geräthe zusammen / in einen Korb/
versahe sich auch mit Brodt / Getränck und andern
anbefohlenen Sachen/gienge auch/ so bald sie ihres
Vortheils ersahe/ heimlich durch/ dem Gepüsche zu/
woselbst sie zwar mit ihrer Bagage bald ankame/
aber das/ was sie suchte/ nimmer fande/ welches ihr
einige Gedancken machte. Weil sie aber darfür
hielte /Emedund wurde die Zeit zu passiren /ein wenig sich im Gesträuch erspatziren / indeme er ihrer
so schnellen Wiederkunfft sich vielleicht nicht ver-
muthet / gabe sie sich zufrieden/ hoffend er wurde gegen den Mittag/ als welche Zeit er ihr zum Wieder-
kommen bestimmet / sich auch einfinden.

Indessen ergötzte sie sich mit ihren verliebten
Gedancken / bauete nicht nur Schlösser / sondern
gantze Städte in die Lufft / und bildete ihr selbsten
tausenderley Ergötzlichkeiten ein/darvon doch nicht
eine einige ihr gedeyhen konte; Bald besichtigte
sie die verehrte Rosinobel, und hatte grosse Freude
darab/ bald nahme sie ihre Kleyder zur Hand /legte
selbige an / und putzte sich auf das Allerbeste auf/
damit sie ihrem Galan nur desto besser gefallen
möchte. Sie hatte ihren Spiegel an einem Ast
festgemacht / darinnen sie sich selbsten besichtigte/
und allerley Gebärden mit Bücken und Neigen
machete. Da aber die Mittag-Zeit herbey/ der
Geliebte aber nirgend hervor kame/ fienge ihr das
Hertz an schwer zu werden/ und zu förchten/ er
wurde durchgangen seyn; Wann sie hingegen
b 3                                    seine

seine gebrauchte Freundlichkeit / und gute Wort
betrachtete / kunte sie ihren Argwöhnischen Gedancken keinen Glauben geben/ sondern sie schmeichelte
sich selbsten noch immer mit vergeblicher Hoffnung.
Weil nun immittelst auch die Mittag-Zeit ver-
loffen/ geriethe sie in mehrere Sorgen / gienge bald
da/ bald dorthin/ im Gepüsche ein Stück-Weges
fort/ zu sehen/ ob sie etwas vernehmen könte/ endlich fienge sie an/ ihrem Liebsten zu ruffen/ aber was
halffe es/ in dem sie nicht einmahl wuste/ wie sein
Name ware/ und wann sie es auch schon gewust
hätte/ so ware doch Emedund so weit entfernet/ daß
er ihr Ruffen nicht mehr hören können; ja wann er
gleich ihre Stimme und Ruffen gehöret/ würde er
nur desto hurtiger von ihr geflohen seyn.

Indeme sie nun ihr Elend bey sich selbsten/
je mehr und mehr erwoge/ weder suchen noch ruffen
helffen wolte/ kehrete sie wieder an ihren ersten Ort/
aber ein neues Unglück fande sich allda / für sie/
dann/ indem sie das gesuchet/ was nicht ihr ware/
auch nicht ihr werden kunte/ verlohre sie auch das/
was würcklich ihr gewesen/ nemlich ihren Korb mit
den Kleidern und Proviant, den Jemand/ indem sie
suchend/ hin und wieder gegangen/ gefunden und
hinweg getragen. Nun gienge ihr Jammer erst
recht an/ und wuste jetzo nicht/ welchen Verlust sie
mehr beklagen solte/ ihres Liebsten oder ihrer Kley-
der/ sie hatte doch bey diesem Unglück noch diesen
Trost/ daß sie einen Theil der besten Kleyder am
Leib hatte/ und ihr Spiegel sich auch noch am Ast
hangend fande/ in welchen sie nun nicht mehr mit
solcher Gemüths-Vergnügung schauete/ als zuvor/
sintemahlen/ er ihr nichts/ als thränende Augen.
                                    aufgeloffene

aufgeloffene Wangen / jämmerliche Gebärden / und schändliche Veränderungen / vorstellete.

Unterdessen / da solches im Gepüsche also vorgienge / entstunde in deß losen Fischers Hauß / auch nicht ein geringer Lermen. Dann weil man die Tochter abermahlen missete / wusten die Eltern nicht / was sie gedencken solten / man liesse den jenigen Nachbarn / bey deme sie vorhero gewesen zu seyn / vorgegeben / fragen / was sie daselbsten gethan / und was sie jetzo zu verrichten hätte? Es wolte aber Niemand etwas von ihr wissen / dahero dann nunmehr weitere Nachfrage nach ihr geschahe / vornemlich / da man zu Mittag essen solte. Man kunte aber weiter nichts erfahren / als daß sie weisses Brodt / und an einem andern Ort / etwas von Getranck gekauffet / daß man darfür gehalten / solches wäre zu der Eltern Nothdurfft geschehen / weil sie beederseits verwundet wären.

Solches kame nun denen ohne Speise sich befindenden Eltern noch seltzamer vor / und wolte ihnen von nichts gutes schwanen; Endlich gabe Jemand diese Nachricht / daß man sie heute bey guter Tag-Zeit / auß dem Pusche kommen / und ein paar Stunde hernach / mit einem gepackten Korbe / wieder dahin gehen sehen. Die Mutter suchte darauf in ihrer Kammer nach / und als sie gewahr wurde / daß ihre Schuh und Kleyder / und was sie guts gehabt / nimmermehr vorhanden ware / zweiffelte sie nun nicht mehr / sie müste darvon geloffen seyn / wohin aber / und auß was Ursachen / wuste sie ihr nicht einzubilden.

Aber der Vatter fassete alsobald einen Argwohn auf Emedund, er werde sie verführet / und

ihme

ihme nachzuziehen beredet haben / solches schloſſe er
darauß / weilen er geſtern ſie beyde mit einander
Sprach haltend angetroffen/die Tochter auch auſſer
Zweiffel ihme zur Flucht und Entkommung durch
das jenige Loch / oder Fenſter / geholffen / darzu er/
ohne andere Hülffe und Anweiſung / ſchwerlich
wurde haben gelangen können.

Als ſolches unter den Benachbarten kund
wurde/da wurde alles reg/ſo wol den Fremdling zu
verfolgen / als auch die Dirne ihme wieder abzuja-
gen / und weil man ſie nach dem Gepüſche gehen ſe-
hen/ lieſſe alles dahin/ da ſie dann die gute betrübte
Tochter weinend / und ihr ſelbſten die Haare auß-
rauffend / antraffen / die ſich faſt nicht wolte tröſten
laſſen / weil ſie auch auf Befragen keinen rechten
Beſcheid gabe/ wuſte man nicht / wie man mit ihr
daran ware; Endlich verſtunde man ſo viel / daß ſie
beſtohlen / und ihrer Kleider beraubet worden ;
Worüber die Mutter/ die auch nachgelauffen/ eine
groſſe Jammer-Klag anſtimmete/und nicht anders
meynete / als der Fremdling hätte ihre fromme
Tochter entführet/ und ſelbige/ neben den Kleidern/
auch ihrer Ehre beraubet / und nun darvon geſtri-
chen/ deßwegen ſie auf das Hefftigſte fluchte / und
ſchalte / auch die anweſende ermahnete / nachzuſu-
chen/ ob man den leichtfertigen Mörder / Kleider-
Ehren- und Menſchen-Dieb einholen / und zu gebührender Straffe ziehen könte.

Auf welches Erinnern die anweſende Fiſcher
und Bauren ſich in unterſchiedliche Partheyen zer-
theileten/ den Flüchtling aufzuſuchen. Ihrer Drey
traffen bald darauf/ aber zu ſeinem gröſten Unglück/
den jenigen Kerl an/der den Korb mit den Kleidern
gefun-

gefunden/und weggetragen/weil sie ihme nun schon
von fernen wegen deß bey sich tragenden Korbes/
als einem Diebe/ zuschryen/ der gute Mensch aber
mit seiner gefundenen Beuthe gern entwischet wä-
re/fienge er an/besser auf die Füsse zu tretten/ja endlich mit voller Macht zu lauffen/ aber die ihn verfol-
geten/ weil sie nicht anders glaubten/ als sie hätten
den rechten Mann vor sich/ sprachen ihren Beinen
ebenfalls rechtschaffen zu/ einer aber/ der vor den
andern beyden einen ziemlichen Vorsprung hatte/
kame dem Korb-Träger ziemlich nahe auf den Leib/
damit er ihn auch desto besser und gewisser ertappen
möchte/ warffe er den in Handen habenden Brügel
mit voller Gewalt dem Fliehenden nach/ traffe denselbigen auch so just an die Beine/ daß er über und
über stürtzete/ und im Fall den Korb fallen liesse/daß
die darinnen ligende Sachen alle in Unordnung
herauß fielen.

　　Der arme Teufel ware noch kaum recht auf
die Erden gekommen/ so waren die Nachjagende
schon über ihn her./ und schlugen ohne alle Barmhertzigkeit auf ihn zu/ihme tausenderley Schmäh-
Worte gebend. Da sie ihn nun braun und blau ge-
schlagen/ nahmen sie ihn zwischen sich/ und schleppe-
ten ihn dahin/ wo sie die andere/ samt der Mutter
und Tochter/ verlassen hatten/ als sie dieselbige er-
blicket/ fiengen sie an zu jauchzen/ und zu schreyen/
da hätten sie den Dieb bekommen. Die Dirne sahe
geschwind dahin/ und wie sie wahrnahme/ daß ihm
bald der eine/ bald der andere/ eine gute Maul-
Schelle/oder dichte Ohrfeige gab/daß ihm das Gesicht darvon aufgeschwollen/ konte sie solches gar
übel ertragen/ dann die Liebe wurtzelte noch gar

starck in ihr / deßwegen ruffte sie ihnen zu / sie solte gemach mit ihme thun/und das Schlagen einstellen/ welches den andern fremd vorkame / die Mutter aber in ihrem Wahn/ daß ihre Tochter entehret/ bestärckte.

Wie sie nun nahe beysammen / erkannten Mutter und Tochter erst / daß es nicht der rechte Vogel seye / den sie gefangen / dann er weder an Statur, Kleydung / noch weniger aber an Gebärden/ oder Schönheit deß Gesichts / ihrem gewesenen Gast gleichete: So viel ware es gleichwol / daß sie hierdurch ihre verlorne Sachen / wieder bekame/ und den Ubelzerschlagenen ernstlich fragten / wie er zu diesen Dingen kommen wäre? Der darauf zu vernehmen gab / daß / als er seines Weges durch das Gepüsche gegangen / er von ungefähr diesen Korb bey einer Hecken angetroffen / und weil er Niemand darbey gesehen/ der sich dessen hätte annehmen können; Habe er ihn zu sich genommen/ und damit seines Weges gegangen.

Als die Tochter darauf bejahete / daß sie diesen Menschen niemahlen gesehen / und daß da ihr der Korb hinweg gekommen/sie nicht bey der Stelle gewesen / sondern etwas von dannen fürbaß gegangen wäre / den Jenigen zu suchen / der ihr versprochen / sie zu lieben und mit sich zu führen; kunte auf diese Rede die Mutter sich nimmer enthalten / (die ihr nun vestiglich einbildete / sie wäre mit dem fremden Gast mit Fleiß abwarts gangen / ihren Liebes-Handel desto heimlicher zu halten / welches die erst vorgebrachte Red/von Lieben und mitzuführen noch mehr bekräfftigte/) sondern fienge an / sie zu schlagen / zu reissen / und mächtig außzuschelten / unter

solchem

solchem Reissen und Zerren/ fielen der guten Tochter die beyde Rosenobel auß dem Busen/ welches
die Mutter erst völlig in ihrer Meynung steiffete/
daß solches der Verdienst ihrer Guthwilligkeit/
und der Preiß ihres Ehren-Kräntzleins gewesen/
verdoppelte daher ihr Streiche/ biß dem armen
Menschen/die rothe Brühe über das Maul ablieffe/
daß dannenhero die Anwesende/ sie mit Gewalt
darvon abhalten musten.

Als sie die entfallene Gold-Stücke recht be-
trachtete/ fienge sie schier an zu gereuen/ daß sie ihre
Tochter so hart tractiret/ weil ihr das Gold die Augen blendete/ daß sie wegen so guter Belohnung/
wie sie vermeynete/ das geschehene nicht mehr
so hoch aufmutzte/sondern bey sich selbsten gleichsam
ihre Tochter lobete/ daß sie ihr Pussilage so wol an-
geleget/ware deßwegen nicht mehr so hart erbittert/
als Anfangs/ sondern weil sie anietzo außgerafet/
und die schöne Gold-Farbe/ (ach was vermag nicht
Gold und Geld/) die trübe Zorn-Wolcken ihres
Gemüthes zertheilet/ halffe sie ihrer Tochter zu-
rechte/ und marschirte mit derselben wieder nach
ihrem Hause zu.

Wie gieng es aber unterdessen dem redlichen
Emedund, der wuste nun weder Weg noch Steg/
also nicht wo er sich hin wenden solte/ daß er in
Sicherheit wäre/ als er nun eine gut Zeit also her-
um terminiret/ geriethe er endlich auf ein ebenes
Feld/ und sahe nicht gar weit vor sich ein feines
Schloß/ und nächst darbey ein ziemlich grosses
Dorff/ auf welches er jetzo seinen Weg zu nahme.
Er hörete aber Jemand hinter sich ruffen/ er solte
still halten/ worauf er sich umwandte/ und sahe/

                                    das ihrer

daß ihrer Fünff ihme nacheyleten / die ihme weiß
nicht was droheten / wo er nicht Stand halten
wurde.  Es ware aber auch eine von denen sich in
etliche Partheyen zertheileten Bauren / darvon ei=
ner von einem hohen Baum / worauf er gestiegen /
ihne erblicket / und darauf verfolget.

Emedund kunte sich gar leicht die Rechnung
machen / was es für Volck / und was ihr Begehren
seye / deßwegen er in nicht geringer Sorge stunde; zu
entlauffen / wolte ihm sein Großmüthiges Hertz
nicht rathen / zu dem wären seine Beine viel zu zart
gewesen / diesen Schlingeln zu entgehen / derentwe=
gen thate er / als ob ihne solches Geschrey nicht an=
gienge / und befliffe sich / einen im Feld stehenden
grossen Baum zu erreichen; Als er dahin kommen /
und seine Verfolger ihme nun ziemlich auf den
Leibe kamen / kehrete er sich um / stellete sich Rück=
lings an den Baum / zohe vom Leder / und fragte mit
ernsthaffter Mine, was ihr Begehren wäre? Die
Antwort ware: Er solt sich gefangen geben.  Auf
fernere Frage: Warum? sagte der Worthalter / so
deß verwundeten verrätherischen Schiffmanns
Bruder ware: Darum / dieweil er einen ehrlichen
Mann in seinem Hauß leichtfertiger Weise übel
beschädiget / seine Frau wund geschlagen / die Toch=
ter entführet / und wolvermuthlich genothzüchtiget.

Solche unverschamte Bezüchtigung gienge
dem ehrlichen Emedund so zu Hertzen / daß er vor
Zorn hätte bersten mögen / und indem der verwege=
ne Worthalter eben nach ihme griffe / ihn bey dem
Arm zu faffen / versetzte er ihm einen solchen Streich
auf seinen Arm / daß er ihn übel verwundete / und
weil es der rechte Arm ware / zu fernerm Angriff un=
tauglich

tauglich machte / einer nahme sich deß Verwundeten alsobald an / und sahe ihm zu der Wunden / da
indessen die 3. übrige sich an Emedund wageten/ ihne
zugreiffen/ weil sie aber schon an ihrem Cameraden
gewitziget worden / wolte sich keiner zu nahe herbey
machen / um nicht auch also gezeichnet zu werden.
Sie führten auch bey diesem Angriff ein grausames
Geschrey/als wann eine gantze Compagnie einander
in Haaren wäre.    Einer aber von den Dreyen versetzte Emedund  mit seinem Brügel einen Streich
auf den lincken Arm/daß er dessen gar wol empfan-
de / und diesem Bauren-Bengel für Vergeltung
ein solches über die Hand versetzte / daß er seinen
Brügel fallen liesse / dessen sich Emedund geschwind
bemächtigte/und mit dergleichem Bauren-Gewöhr
diese Bauren  zu bestehen sich unterwunde / und
gleich darauf noch einem von den Dreyen einen solchen Streich auf den Schedel versetzte / daß er die
Zähne darüber zusammen bisse. Es ware eine Lust
zu sehen/wie er diese Bauren durch einander stöber-
te/und wie sie seine Streiche förchteten.   Als aber
der Vierdte auch wieder zu ihnen tratte/ gienge es
auß einem andern Faß/und hatte Emedund gnug zu
thun/ ihren Streichen außzuweichen/ und selbige
abzuwenden.

Indeme  er nun einem seiner Feinden einen
nachdrücklichen Schlag versetzet/ hinterschliche ihn
einer dieser Knebeln/ brachte ihm seinen langen
Kolben zwischen die Beine/ und fällete ihn auf die
Erden.    Sie waren gar hurtig über ihn her/mach-
ten ihn Wöhrloß/ und gaben ihme manchen derben
Schlag und Stoß. Zu allem Glücke kam ein Edelmann mit etlichen Dienern daher geritten/ welchen
Emedund

Emedund um Beystand anflehete/ und bathe/wider
diese mörderische Bauren ihme Beystand zu leisten.
Es hätten ihn zwar diese Bauren noch wol übler
mißhandelt/wann sie nicht gesinnet gewesen/ ihne
der Obrigkeit in die Hände zu lieffern/und als einen
solchen / wofür sie ihn hielten / abstraffen zu lassen/
auch die Gegenwart deß Edelmanns/ solches nicht
verhindert.

Dieser fragte hierauf die Bauren ernstlich/
was sie für Ursach hätten / und wer ihnen den Gewalt gegeben/die Leuthe auf freyer Strassen anzu-
tasten/und gefangen zu nehmen. Ihr voriger Worthalter ware geschwind mit obiger Antwort fertig/
worzu er noch ferner setzte / und zugleich zeigete / wie
dieser Kerl eben jetzt auch ihne verwundet/ und seinen Cameraden so empfindliche Püffe ertheilet hätte. Der Edelmann verwunderte sich nicht wenig/
über Emedunds Tapfferkeit / die er zum Theil noch
selbsten gesehen / am allermeisten aber über die vielfaltige grausame Beschuldigungen / die man ihm
aufbürdete/kunte auch nimmermehr glauben/ daß
in einem so tapffern und darbey so schönem Leib/eine
so schändliche und lasterhaffte Seele wohnen solte.
Redete deßwegen Emedund an/ und fragte : Ob
dann dem also wäre / wessen er bezüchtiget wurde?
Nicht das Geringste/ mein Herz/ ware die Ant-
wort/ und ist es mit einander eine Gottlose Ver-
läumbung/ damit mir der höchste Gewalt und Unrecht geschiehet/sintemahlen mir dieser Sachen keine nie in Sinn kommen; Ja/ wer wolte wol solche
Greuel-Thaten einem Adelichen Gemüthe zutrauen
darffen? Mein Herz/ sagte er ferner/ ich bin dessen
allen so unschuldig/ als mein Herz selbsten/ und ge-

traue

traue mich / vor jedem gerechten Richter also zu
rechtfertigen/ daß meine Unschuld/ und dieser Ver-
läumber Boßheit/ Jedermann klärlich vor Augen
ligen solle..

Die Bauren knirscheten die Zähne vor Zorn/ und
hätten Emedund gern etliche gute Stösse versetzet/
wann sie sich nicht für dem Edelmann förchten müs-
sen/ der ihnen hart zuredete/ sie solten zusehen/ was
sie thäten/ und sich nicht ferner an diesem Edelmann
vergreiffen / sondern denselben ihme zu verwahren
überlassen/ sie solten ihre Klage/ wie sichs gebühret/
einbringen / so solte ihnen Recht geschaffet werden/
dessen er sie hiermit bey seinen Ritterlichen Ehren
versicherte.

Die Bauren kunten nun nicht anders/ als dem
Edelmann zu willfahren/ weil sie mit Gewalt nichts
außrichten kunten / sie bathen aber darbey/ auf ihren Gefangenen gute Aufsicht zu haben/ daß er nicht
entwischete / weil sie mit Recht ihre Anklage zu behaupten gedächten/ solten sie es auch für das höchste
Gericht im Königreich bringen müssen. Der Edelmann versprache ihnen nochmahlen/ ihnen an ihren
Prætensionen und Rechten gantz keinen Eingriff zu
thun/ so fern sie ihre Klagen legitimiren/ und wahr
machen würden. Zu Emedund aber sprache er / er
solte sich nicht zuwider seyn lassen/ biß zu Untersuchung und Außtrag der Sache/ in seinem Schloß
in ehrlichem Arrest zu verbleiben/ dessen Emedund
mehr als wol zufrieden ware/ wann er nur nicht in
der Bauren Händen und Gewalt zu bleiben hätte.

Er gienge deßwegen mit frölichem Gemüthe
neben dem Edelmann / der ihn Unterschiedliches
fragte/ fort/ die 5. Bauren aber begleiteten ihn biß
in das

in das Schloß / und gaben genaue Achtung / wohin
er geführet wurde / bathen auch nochmahlen / der
Schloß-Herr wolte doch genaue Auffsicht auf ihn
haben lassen / und giengen darmit ihres Weges.

Der Edelmann / so Stilpo hiesse / hatte Emedund
ein saubers Zimmer einraumen / und deß Nachts
mit ihme speisen lassen / da er dann bey der Mahlzeit / in Beyseyn deß Stilpo Gemahlin / den gantzen
Verlauff / wie es ihme nach dem Schiffbruch biß
daher ergangen / erzehlete / worüber sie sich nicht allein verwunderten / sondern auch Mitleyden mit
seinem Unstern hatten / insonderheit die Gemahlin /
so eine junge und schöne Dame ware. Sie musten
doch darbey der Bauren-Dirnen ihrer hefftigen
Liebe lachen / und hätten gerne wissen mögen / wie es
mit ihr abgeloffen / wie sie ihren vermeynten Liebhaber an dem bestimmten Ort nicht angetroffen.

Bey der Mahlzeit wurde dem Edelmann angebracht / daß einer seiner Unterthanen von etlichen
Bauren gar übel seye geschlagen / und zugerichtet
worden / die hätten ihne / als einen Dieb / verfolget /
gefangen / übel zugerichtet / endlich aber / weil er der
rechte / den sie gesuchet / nicht gewesen / wieder lauffen lassen.

Der Edelmann liesse alsobald durch seinen
Schreiber die eigentliche Beschaffenheit von dem
Geschlagenen selbsten vernehmen / der bald darauf
das Jenige referirte / worvon schon oben Meldung
geschehen. Darauß sie samentlich schlossen / es
müste die Dirne / Emedunds Anschlag zu Folge / sich
mit aller Nothdurfft auf die Rayse versehen / indem
sie aber ihren Liebsten gesucht / solche ihre Equipage
verlohren / dieser hingegen zu seinem schlechten Vortheil

theil solche gefunden / und darbey das unverdiente
Trinck-Geld zu seinem Schaden bekommen haben.

Gleich folgenden Morgen schickte der Edelmann einen durchtriebenen Menschen an das Ufer/
sich/ wie es mit dem Fischer/ seinem Weib und Tochter beschaffen/ zu erkundigen ; Dieser kame auf den
Mittag wieder / und wuste allen Bericht zu geben/
was mit der Mutter / der Tochter / dem Korb und
dem geschlagenen Korb-Finder / samt denen Bauren / sich zugetragen / auch wie Emedund für einen
Entführer / Schänder / Mörder / Dieb / und weiß
nicht was / außgeschryen / auch bereits die Klage
schrifftlich verfasset wurde. Er meldete darbey/ was
Gestalten die Mutter bey der Tochter 2. Rosenobel
gefunden ; Welches alles dem Edelmann/ seiner
Liebsten und Emedund nicht wenig Gelächter erweckte.

Wir wollen aber den ehrlichen Emedund ein
wenig in seinem Arrest sitzen / den leichtfertigen Fischer aber seine Klage zu Papier bringen/ und seine
stolze Tochter um ihren vermeynten Liebhaber be-
kümmert/ die Mutter hingegen ob denen Rosinob-
len in etwas erfreuet / und vergnüget seyn lassen;
Und uns anjetzo auch zu unserm studirenden Humfred , dessen wir fast gar vergessen / einmahl wiederum wenden/ zu sehen/ wo derselbige sich auf-
halte/ und was indessen/ weil wir mit denen andern
seinen Gesellschafftern unterschiedlich biß daher be-
schäfftiget/ seine Verrichtung gewesen seye/ nachdem
er seine trockene Räyse an dem gantzen Rhein-
Strohm glücklich ab- und hinter sich geleget / und
mit unterschiedlichen Gold-Discursen / mit Herrn
Sophronio, Marquard und Ruprechten/ sich ergötzet/

IV. Theil.　　　　　c　　　　　weil

weil er nun auch einmahl sich weiter und von dannen zu begeben kräfftig entschlossen / auch würcklich vollzogen.

## Das III. Capitul/

Humfred kommt gen Cölln. Fragen: Ob ungemeine Begebnüssen mit Thieren und Vögeln etwas bedeuten? Storchen sollen auf unterschiedliche Weise Vorbotten deß Todes und andern Unglücks seyn / verschiedene Exempel und Humfreds Außschlag hiervon / wie sie aufs Hauß zu bringen/ob selbige tödten/Unglück bringe? Exempel dessen. Ein merckwürdiges Exempel eines Störchischen Urtheils. Ob alte Störche zu Menschen werden? Seltzame Geschicht darvon Ein Wirth wird alle Sommer ein Storch. Storchen seyn ein Lecker-Bißlein. Wo sie nicht hinnisten/ ꝛc

Dieser / nachdem er sich nach Verlangen und Wunsch in Holland umgesehen / auch mit Gelehrten Leuthen genugsam bekandt gemacht / nahme sich nun für / eine Räyse am Rhein hinauf nach Teutschland zu thun / tratte selbige auch bald darauf / als er zuvor von Sophronio , und andern guten Bekandten/freundlichen Abschied genommen/ würcklich an/ und kame in wenig Tagen zu Cölln an / welche Stadt ihme auß der Massen wol gefiele/ vornemlich/ weil er allda/ (insonderheit unter den Ordens-Leuthen/) allerley treffliche Gelehrte Männer antraffe/ die ihme in vielen Dingen guten Bescheid und Nachricht zu ertheilen wusten ; Dann/ ob er wol deren Religion nicht eigentlich zugethan / so machte er darum sich keinen Scrupel/ täglich mit dergleichen umzugehen/ und freundlich zu conversiren/ inmassen Jene ihn wegen seiner sittsamen Bescheidenheit auch gar wol um sich leyden/ und haben mochten.

Als

Als er einstens deß Mittags in seiner Herberge/ neben andern Gästen/ speisete/ und allerley Zeitungen auf die Bahn gebracht wurden/ lase man unter anderm / daß an verschiedenen Orten in Ober-Teutschland man diß Jahr entweder gar keine/oder nur gar wenig Storchen finde/ welches sonsten die vorige und andere Jahre niemahlen geschehen/oder doch nicht so beobachtet worden.

Diese Störchen-Zeitung erweckte bey der Gesellschafft allerley Gedancken und Meynungen/wie in dergleichen Fällen zu geschehen pfleget; Einer urtheilete so/ der andere anders darvon/ theils wolten es für omineus ansehen/ und solchen Orten einiges Unglück daher prophezeyen/ andere hingegen verlachten es/ als etwas Fabelhafftes. Humfred, auf Befragen / was er dann darvon hielte: Ertheilete folgende Antwort:

Wann sonsten an Thieren und Vögeln sich etwas Ungemeines ereignet / und zuträgt / dessen man vorher nicht gewohnet / oder gesehen/ so pfleget es offtermahlen merckliche Fälle und Veränderungen zu bezeichnen / wie man dann von Hunden / Schlangen/Adlern/Raben/Krähen/rc. viel dergleichē Exempel hat. Mariana hat aufgezeichnet/daß kurtz vor dem Tod Almagri deß Grossen Ordens-Meisters von Calatrava, welchem die Infantin Isabella von Castilien zur Gemahlin bestimmet war / (nachmahls aber an Ferdinand von Arragon, Käysers Caroli V. Anherrn/ Mütterlicher Linie, verheurathet worden/) eine solche Menge Störchen zusammen kommen/daß man deß Tages Liecht schier nicht darvor sehen können/ welches ex post facto für ein Verkündigungs-Zeichen gehalten worden/deß Todes dieses Grossen Mannes.

Ein

Ein gelehrter Niederländer/ fuhre er fort/
schreibet/ daß er in einem gar alten und raren Buch
diese Geschichte verzeichnet gefunden/ daß nemlich
im Jahr 1549. der Mansionarius deß Klosters (dann
das Buch hat in ein Kloster gehöret/) von seinen
Nachbarn erschlagen worden/ nachdem die Stör-
che/ so auf seines Hauses Gipffel genistet/ mit ihren
Nachbarn etliche Tage vorher lang gestritten. Eben
in diesem alten Kloster-Buch stehet noch ferner/ daß
1557. den 11. Junii, Fr. Tymannus Horst gestorben/
als viel Nächte zuvor die Störche/ so über seinem
Haupt waren/ mit ihren Schnäbeln ein grosses Geklapper gemacht/ und mit andern/ die über der
Scheuren waren/ sich viel Tage an einander gebissen.     Ferner gedencket der Verfasser dieses alten
Buchs/ daß Anno 1551. durch Verwahrlosung eine
Scheure in Brand kommen/ da selbigen Sommers
die Störche/ so von vielen Jahren hero ihr gewohn-
liches Nest daselbst besuchet hatten/ außgeblieben.

Einer von denen Mitspeisenden erinnerte gelesen zu haben/ daß A. 1571. den 23. Julii zu Abends
unversehens etliche hundert Störche in Leipzig
Hauffenweise auf der Barfüsser-Kirchen/ Gewand-
Korn- und Rath-Hauß/ item, auf der Pauliner-
Kirche/ sich nieder gelassen/ und deß andern Tages
wieder hinweg geflogen/ welches man allda/ als eine
Vorbedeutung der darauf folgenden Begebnüs-
sen/ gehalten.

Humfred sagte hierüber: Obwolen dieses und
dergleichen sich auch auß andern und natürlichen
Ursachen zutragen kan/ daß Störche sich häuffig
versammlen/ mit einander streiten/ &c. und sich dannenhero Niemand vor dem Storchen-Krieg zu
förchten/

förchten / noch sich schwere Gedancken zu machen ;
So findet man doch unter solchen etliche Begebnüssen / so merckwürdig und wunderlich / daß man
ohne Verwunderung solche nicht wol lesen oder
hören kan.　Dergleichen die Geschichte der Stadt
Aquilegia ist/ die da lange Zeit von dem König Attila
vergeblich belagert gewesen / so/daß er darvon abzu-
ziehen entschlossen ; Als er aber noch einmahl vor
dem Abzug um die Stadt herum ritte/ und gewahr
wurde / daß die Störche ihre Jungen auß der
Stadt ins Feld hinauß trugen / nahme er solches/
als ein Vorbedeutungs-Zeichen / daß er die Stadt
gewinnen wurde / und deßwegen die Störche ihre
Jungen zu salviren suchten / an ; welches der Außgang bald darauf erwiese/da die Stadt mit Sturm
gewunnen wurde.

Der Vorige sagte hierauf wieder : Eben so
verwunderlich ist auch dieses/da Anno 1559. als der
hochberühmte Jenische Profeſſor Strigelius, durch
etlicher Leuthe Angeben / als ob er die Jugend nicht
treulich informirte / im Hembde bey der Nacht auß
seinem Bette gefangen genommen / und auf das
Schloß Grimmenstein geführet ward ; Da nahme
der Storch kurtz zuvor sein Nest und Jungen/und
truge solche von Victorini Hauß / auf den Galgen/
mit aller/die zusahen/insonderheit der Studenten/
grossen Verwunderung.　Ehe der Bauren-Krieg
in Thüringen angienge/ zerbiſſen die Störche in der
Lufft sich grausam / mit Verwunderung deren / so
solches ansahen ; Wormit der erfolgende elende
Bauren-Krieg vorbedeutet worden / in welchem
über 100000. Menschen darauf gangen.

Nicht weniger ist bedencklich/daß/da zu Käyser
Carls

Carls deß V. Zeiten/die Grafen zu Oettingen/Vat-
ter und Sohn/ auß dem Lande vertrieben wurden/
und ins Exilium ziehen musten/ alle Störche/ so wol
im Schloß / als in der Stadt / deren doch ziemlich
viel waren/ihnen gleichsam Gefährten gaben/ mit
ihnen darvon zogen/auch so lang die Herren Grafen
abwesend waren/außgeblieben/und sich keiner sehen
lassen; Als aber nach 7. Jahren die Grafen vom
Käyser begnadet worden / und wieder in ihr Land
kommen/ haben sich die Störche gleichfalls alle wieder eingestellet/und ihre vorige Nester bezogen. Ein
glaubwürdiger Scribent erzählet/ daß er selbsten ge-
sehen/ wie die Störche eines Burgers Tod verkün-
diget/ weilen sie das Nest auf seinem Hause/so doch
einig in selbiger Stadt gewesen/im Jahr 1616. ver-
lassen/ und das Reißwerck darvon getragen haben/
im folgenden 1617. Jahr aber / nach seinem Tod/
wieder dahin kommen seyen.

   Auf solches liesse sich Humfred ferner verneh-
men/ daß unzweiffel dergleichen Seltsamkeiten viel
aufgezeichnet zu finden. Es folge aber darauß nicht/
wann auf dergleichen Begebnüsse mit den Storchen ein oder anderer Unfall erfolge / daß diese Vögel darvon einige Wissenschafft gehabt/oder solches
weissagen wollen; Sondern GOTT habe es vermuthlich also gefüget / daß etwas solches vorher gehen müssen / welches dem obhandenen Fall eine
Gleichnüß geben könne/ ob es gleich an sich selbsten
gantz natürlich seye.    Ich lasse zwar alles so dahin
gestellet seyn/und mache auß dergleichen Fügnüssen
keine gewisse Vorbedeutungen; Läugne aber darbey auch nicht / daß entweder gute oder böse Engel/
auch durch Erregung natürlicher Mitteln / biß-
                                    weilen

weiten ein Vorspiel deß Unglücks machen / welches
gleichsam vor der Thüre hält / darauß zwar ein
Christ gar keine Weissagung nehmen soll / wie die
Heyden / die auß pur lauter natürlichen Dingen gemeiniglich eine Wahrsagung und Zeichendeuterey
machten ; Sondern GOTT vertrauen / jedoch
auch nicht alles verachten / sondern in rechtschaffener
Gottesforcht sich gegen alle Fälle bereit halten solle.

Sonsten aber ist bekandt / daß man fast überal
viel von den Störchen hält / und bey vielen Leuthen
sehr beliebt seyn / auch die Oerther und Häuser / wo
sie nisteln / für glückseelig gehalten werden / dann sie
sollen für solche gemiethete Häuser gleichsam Wache
halten / und wie theils darfür halten / das bevorstehende Unglück vorher wissen / und verkündigen / deßwegen ihnen manche gute Vorbereitung zu Nestern
auf ihre Häuser machen / sie desto eher darmit anzulocken.

Ja / sagte ein Beysitzender / das geschiehet vielfaltig. Wer aber gerne Storchen auf seinem Hause
haben / und behalten wil / der muß solche Zuberei-
tung und Nest mit der lincken Hand verfertigen
lassen ; Dann auf solchen wohnen sie gern / und weichen nimmer von dannen.

Humfred lachte von Hertzen hierüber / sagend:
Ja / wer wird dem Storche sagen / oder beybringen /
daß solches Nest mit der lincken Hand erbauet seye;
Oder / wer wird glauben / daß der Storch die rechte
von der lincken Hand zu unterscheiden wisse.

In Thessalien fuhre er fort / ja auch in andern
Landschafften / und bey den Thebanern ware es
bey Leib- und Lebens-Straff verbotten / einen
Storchen zu tödten / weil sie die Einwohner von

Schlan-

Schlangen und andern Ungezieffer befreyet. So
hält man es / so viel ich weiß / noch heutiges Tages
für eine Sünde / und prophezeyhet dem Jenigen
kein Glück / welcher einen Storchen muthwilliger
Weise umbringet / oder ihnen sonsten grossen Verdruß anthut. Der schon zuvor von mir angezogene Niederländer schreibet : Er begehre zwar
dem Aberglauben deß Wahn-süchtigen Pöbels
nicht nachzuhängen / und mit demselben zu glauben / daß ein Mensch eine Tod-Sünde begehe / der
sich mit dem Blut eines Storchen verunreinige.
Gleichwol aber müsse er zugeben / daß mancherley
Exempel vorhanden / darauß wahrscheinlich zu
schliessen / GOTT habe solchen Frevel gestraffet:
Ja er selber habe / neben vielen andern Leuthen / in
seinem Vatterland beobachtet / daß ein gewisses
Hauß daselbsten zu Grund gangen / nachdem es
die Storchen-Nester / welche viel Jahr lang / schon
auf den Schlöten gelegen / hinab gestossen. Ihme
habe auch ein Mann geklaget; Er wäre Stür-
tzungs-Weise in das Verderben und Armuth gefallen ; Seyd dem er einen Storchen mit dem
Rohr tod geschossen.

Der Wirth nach gebettener Erlaubnüß sagte/
er wisse von einem gewissen Geschlechte / daß bey
einer Erb-Theilung / wegen eines auf einem Hauß
befindlichen Storchen-Nests / seye in Streit gerathen / da die eine Parthey das Nest habe herunter reissen/ die andere aber solches stehen lassen wollen. Es habe aber doch die Erste die Oberhand behalten / und das Nest hinweg gestossen. Es seye
aber bald darauf erfolget / daß eben diese Linie , so
das Nest zerstöret / in gäntzlichen Abfall und Armuth

muth gerathen / und sich auf keinerley Weise davor retten können / da hingegen die andere Parthey
in gutem Wol= und Glücks=Stand geblühet.

Ich habe mich bereits gnugsam erkläret / was
von solchen Begegnüssen zu halten / und glaube
darbey noch dieses / daß GOtt auch jezuweilen/
den / ohne Noth an seinen unschuldigen / zumahlen
unschädlichen Creaturen / boßhaffter Weise / ver-
übten Muthwillen / fast augenscheinlich / wie vielen
andern Mißbrauch der Edlen Geschöpffen GOt-
tes/ zu straffen pflege.

Ein rares Stück muß ich noch erzehlen / sagte
ein alter belesener Mann / welches sich also verhält/
und so mir recht ist/ in Sachsen sich zugetragen. Es
erzehlte nemlich ein ehrlicher und glaubwürdiger
Mann / wie er einsmahls im Außgang deß Maji,
vor der Stadt ein Bauren=Guth gekauffet/ welches
durch deß vorigen Besitzers Unachtsamkeit gar
Bau=fällig worden / derowegen er solches habe
wollen verbessern lassen/ da er nun eines Tags hinauß gegangen/ zu sehen/ was die Arbeits=Leute
thäten/ da hätten die Zimmer=Leute eben eine alte
Scheure abbrechen wollen / damit sie an deren
Stelle eine Neue setzen könten; Weil aber die
Storchen auf der Alten schon viel Jahr ein Nest
inne hatten/ man auch insgemein die Gegenwart
solcher Vögel / und die Oerter / wo sie nisteln / für
glückseelig hält/ weil sie über solche Wohnungen/
da sie ihr Nest haben / gute Wacht und Obsicht
halten / das Ungezieffer und gifftige Thiere umher
sammlen / und verzehren / auch vorher mercken und
gleichsam anzeigen sollen/ wann ein Unglück durch
Feuers = Brunst bevor stehet / und etwas ein-
oder

oder umfallen wil; Als wolte er solche alte Hauß-
Genossen nicht gerne verlieren noch vertreiben/
liesse deßwegen den jenigen Theil/ wo das Nest
darauf ware/ zuletzt abbrechen/ auf den neu-erbau-
ten Theil aber/ zuvor ein Neues/ dem Alten gantz
ähnliches/ aber doch seinem Beduncken nach be-
quämeres Nest machen/ und alsdann die junge
Storchen in das Neue tragen/ dargegen sich aber
die Alten gar hart gesetzet.    Nachdem solches ge-
schehen/ und er vermeynet/ die Alten würden gleichwol hin nachkommen/ da habe er und andere zwar
gesehen/ daß sie anfänglich mit grossem Geklapper
um das Nest herum/ darauf aber weit hinweg ge-
flogen.    Da sie nun bey ein paar Stunden auß-
gewesen/ da kamen sie wieder mit einer grossen
Trouppe der benachtbarten Storchen herbey/
und deren seyen/ so viel er zählen können/ bey
die sechzig gewesen/ diese samentlich flogen mit grossem Geklapper und gleichsam zornigen Gebärden
um das vorige alte leere Nest herum/ beguckten
es drey oder viermahlen/ und wie sie nun vermer-
cket/ was da geschehen/ flogen sie alle einer nicht
weit entlegenen Wiesen zu/ auf welche sie sich nieder gelassen/ und daselbsten/ (wie sie alle gar wol
sehen/ und abnehmen kunten/) gleichsam Rath
gehalten/ indem sie sich in einem runden Kräyß
præsentiret/ und alle nach einander ihre Meynung
und Votum eingaben/ welches an ihnen einzeln/
Theils durch das Geklapper/ Theils durch Gebär-
den/ abzunehmen war.    Nicht lange darauf kamen
sie alle mit Ungestümm wieder zuruck geflogen/ und
wie sie es Anfangs mit dem Alten gehalten/ so be-
schaueten sie anjetzo mit etlichmahligem Herum-
fliegen

fliegen auch das neue Nest / flogen darauf wieder
auf die vorige Wiese / woselbsten sie nicht lange
verharreten/ sondern sämtlich wegflogen/ ausserhalb
denen Zweyen / denen die Jungen zugehöreten/
diese kamen auch flugs auf das neue Nest zugeflo=
gen / da dann das Weiblein sich am ersten herbey
gemachet / hernach das Männlein/ und das Nest
hinführo ruhig bewohnet.

Sie verwunderten sich alle über dieser Begeb=
nüß / und wolten einige darauß einen Verstand/
den die Storchen haben müsten / andere eine Be=
redsamkeit / und gewisse Sprache dahero urthei=
len / wie dann einige Scribenten den Thieren und
Vögeln eine Sprache zueignen / und Apollonius
Tyanæus, Melampus, Tiresia, solche Sprache der
Vögeln sollen verstanden haben.

Daher mag es auch kommen seyn / sagte Hum=
fred, daß Theils Nationen/ und sonderlich die Egyp=
ter / die Störche Göttlich verehret.　Wie dann
sonsten auch viel von den Storchen geschrieben
wird/ das Fabelhafft ist/ und mit der Warheit nicht
in allem übereinkomet/ darunter auch das seyn mag/
daß sie ihre alte erlebte Eltern auf dem Rucken
tragen / und was dergleichen mehr ist/ daß doch von
Niemand jemahlen gesehen worden.　Alexander
Myndius gedencket / daß die Storchen / wann sie
in das Alter kommen / wegen ihrer Frömmigkeit/
in weit entlegenen Insuln zu Menschen werden/
eben wie die Antigina, nach Ovidianischer Verge=
staltung/ in einen Storchen solle verwandelt wor=
den seyn.

Eine dergleichen unglaubliche Geschichte / ha=
be ich unlangsten/ in einem Niederländischen Buch

gelesen / darinnen von einem Schiffmann und be=
rühmten Täucher / der zu Jselstein gebohren gewe=
sen / mit Namen Jacob Pieter=Zoon / erzehlet wird /
daß / wie er in Spanien schiffen wollen / er sich an
einem Strick ins Meer gelassen habe / damit er den
im Grunde vest steckenden Ancker wieder loß
machen möchte: Da soll er nun den Ancker in den
Aesten und Zweigen eines Kirschen=Baums ver=
wickelt und verwirret / und darbey ein kleines Män=
nichen angetroffen haben / das sich für den Küster
deß Orts außgegeben / und ihne freundlich gegrüs=
set / auch darbey berichtet / daß dieses der Storchen
und Zwergen Land seye / ja / daß er / der Küster / vor
diesem auch ein Storch gewesen / und zur Som=
mers=Zeit in dieses Schiffers Vatterland zu Jsel=
stein sein Nest gehabt habe.    Ja er langete noch
einen Ring herfür / zum Zeugnüß seines Vorgebens /
den er vor diesem / als ein Storch einer von Adel
weggeschnappet / als sie solchen im Garten ligen
lassen / da sie vorher gebadet / und ins Hauß gegan=
gen.    Dieser Storchische Küster habe viel andere
kleine Kerlgen mehr herzu geruffen / damit sie den
Ancker helffen loßmachen: Solches hat der Schif=
fer Jacob Petri bey seiner Wiederkunfft daheim
erzählet / und darbey den Ring gezeiget.    Ich stelle
aber einem frey / hiervon zu glauben / was ihme be=
liebet.

    Sie lachten alle / insonderheit der Wirth / der
auch zugehöret hatte / und jetzo sprache / daß Stor=
chen zu Menschen werden sollen / das habe ich wol
niemahlen / hingegen das gehöret / daß ein Mensch
zu einem Storchen solle geworden seyn / und zwar
einer meiner Professions=Genossen / doch von hier
                                                    weit

weit entlegen. Die gesamte Gäste wolten wissen/
wie dann solches sich verhielte? Da er dann folgenden Bericht erstattete:

In einer lustigen Gesellschafft/sagte er/etlicher
Teutschen Räysenden/war auch/wie man vorgibt/
ein Saltzburger/der nicht gar zu viel Hirn im Haupt
hatte/und deßwegen von den andern häuffig aufge-
zogen / und vexirt wurde; Sein Landsmann kam/
abgeredter Massen / (dann es war ein angelegter
Handel/) am ersten nach Venedig/ und sagte dem
Wirth alle Beschaffenheiten dieses blöden Jüng-
lings/ und kam erst nach etlichen Tagen zu ihm in
das Wirthshauß/zu erfahren/wie der Possen ange-
gangen. So bald aber dieser Storgist angelanget/
empfienge ihn der Wirth sehr freundlich/ sprache
ihm zu/ wie es seinem Vatter/ Mutter/ Schwester
und Bruder/ die er alle mit Namen nennete/ ergienge? Der Teutsche verwunderte sich / daß der
Wirth so viel von seinen Hauß-Genossen wuste;
Und als ihn der Wirth absonderlich in eine Kammer geführet/ und ihn schwören lassen/ er wolle geheim halten / was er ihm in Vertrauen offenbahren
wolte/ hat er erzehlet/ wie daß er im Sommer zu einem Storch werde/und in seiner Heimat/gegen seines Vatters Hauß über/sein Nest habe; Weil er
nun von den Seinigen viel Gutes empfangen/ begehrete er sich wieder danckbar zu erweisen. Der
einfältige Gesell lässet ihm die Nase drehen/ und
glaubet alles so viel mehr/weil der Wirth kein Geld
von ihm nehmen wolte/(dann die Gesellschafft hatte
für ihn bezahlet/) und mit vielem höflichen Erbieten
von sich scheiden liesse.

Als nun dieser albere Schöps nach Hauß
kommen/

kommen/ und im Frühling sich verheurathet/ auch
über der Mahlzeit die Störche auf deß Nachbarn
Hauß ab- und zufliegen siehet/ nimmt er ein Glaß/
bringt es dem Storche zum freundlichen Willkom/
sprechend: Bene venuto, Signor hoste, facio un brin-
dis à Vostra Signoria, &c. erzehlete auch darbey den
Gästen/ daß dieses sein gewesener Wirth zu Venedig seye/ und ingleichem die ihme vertraute Heim-
lichkeit/darüber alle Gäste von Hertzen lachten/und
darfür hielten/ der Herr Bräutigam seye auf der
lincken Seiten nicht recht unter dem Hütlein verwahret; woran sie sich auch schwerlich geirret haben werden.

Einer fragte hierauf den Wirth/ ob er/ als ein
Wirth/ darfür halte/ daß die Storchen auch zur
Speise tauglich seyen/ item, ob er dergleichen seinen
Gästen verspeise/ oder selbsten auch eine esse? Darauf gab er zur Antwort: Das Erste wisse er nicht/
halte auch darfür/ daß/ weilen sie sich mit Schlan-
gen/ Kröten/ Eydexen/ und anderm gifftigen Unge-
zieffer/ nähren/ solche zur Speise undienlich wären/
dahero er solche weder seinen Gästen auffsetzen/ weniger selbsten darvon essen möchte.

Humfred gabe hierüber seine Meynung dahin/
daß dieses eben keine genugsame Ursach wäre/ warum man solche nicht essen solte; sintemahl auch andere Vögel/ allerley Gewürmer/ Ungezieffer/ Kröt-
ten/ Spinnen/ und dergleichen/ essen/ als wie die
Endten/ Hühner/ &c. und doch deßwegen nicht ge-
mieden werden. So seye über das bekandt/ daß die
Römische Luxuria und Weichlichkeit endlich dahin
gerathen/ daß sie die gewöhnliche Speisen hindan
gesetzt/ und nachdem sie immer noch nach neuen
wollüsti-

wollüstigen Dingen getrachtet / auch endlich die
Storchen zu Tische tragen lassen / die ihnen / nach
Plinii, Corn. Nepotis und Horatii Zeugnüß / besser
geschmackt / als die Kraniche / und solle ein Römi-
scher Schultheiß / Asellius, oder / wie andere wollen /
Sempronius, der erste Erfinder dieser Störchischen
Lecker-Bißlein gewesen seyn.

Eines aber möchte ich noch wissen / fügete er
zum Beschluß bey / ob dem also wäre / wie man mich
berichtet / daß die Störche auf keines Juden Hauß
ihre Nester macheten? Auf deß Herrn Herberge
zwar habe ich keines wargenommen.

Der Wirth bedanckte sich wegen dieses Auf-
zugs / sagend / er wisse jetzo gleich nicht auf diese Frage Bescheid zu geben / doch wolle er nicht unterlassen / mit Fleiß nachzuforschen / was daran seye / damit er Herrn Humfred auch dißfalls vergnügen könne; Hiermit nahme so wol der Storchen-Discurs,
als auch für diß mahl die Mahlzeit / ein fröliches
Ende.

## Das IV. Capitul /

Enthält eine Special-Beschreibung Engellands /
nach allen seinen Provintzen / Städten / Vestungen / &c.
Joh. Duns Scotus, oder Doctor Subtilis, wird lebendig
begraben. Allerley Denckwürdige Wunder-Sachen /
als von Höllischen Schweiß-Bädern / Wetter- und allerley andern Wunder-Brunnen / schwimmenden Insuln / Keuschheits-Probe-Tempel / Schlangen- und
Schnecken-Steinen / Steinen / die vom Wasser entzündet / mit Oehl aber gelöschet werden. Eadgars präch-
tigen Triumph. Bier / darvon die Leuthe 10c. Jahr alt
werden. Strahlenden Stern-Steinen. Gehenden Hügel. Seltsamen Flüssen. Einer Regentin / die nackend
durch die Stadt geritten / und darmit die Burger der
Anlagen befreyet / item, von der hohen Schul zu Oxfort /

fort/und grosser Menge der Studenten/eine grausame
Schlacht/seltsamer Kunst-Spiegel/anzündende Krä-
hen/ &c. und viel andere rare Natur-Wunder angeführet werden.

Jeweilen unlangsten Richard von Biorn und
Rheinwalden darzu erbetten/ in Beschreibung deß Königreichs Engellands zwar
fortfahren wollen / aber durch die darzwischen kommende Einladung zur angestelleten Gasterey und
schönen Dantz daran verhindert/ und solche auf anderwärtige Gelegenheit verschoben worden; Als
erinnerten sie sich dessen anjetzo beyderseits / und
weilen sie nun gute Gelegenheit hierzu zu haben vermeynten / so setzte Richard seine damahlen unter-
brochene Erzehlung folgender Massen fort:

ES wird sonsten das Königreich Engelland eingetheilet in sechs Landschafften gegen Mitter-
nacht/17. Mittelländische Provinzien/7. Landschafften gegen Morgen/und 9. Landschafften gegen Mittag. Von denen 6. Landschafften gegen Mitternacht ist die Erste Northumbria, oder Northumer-
Land / gräntzet an Schottland / ist nicht sonders
fruchtbar/und sehr kalt/ begreifft in ihrem Umfang
145. Meilen/ hat viel rauhe Hügel/und entsetzliche
Berge / die Einwohner seyn schlecht bemittelt/
Steinkohlen gibt es die Menge/ und mehr/ als an
andern Orthen.

In dieser Provintz ist die jenige Mauer ge-
standen/so die Römer wider den Einfall der Picten
von einem Meer zum andern erbauet/ an deren allezeit auf 1000. Schritte ein Castell , und zwischen
denselben Thürne gestanden / so innerhalb Städtlein gehabt haben/welche bevestiget gewesen. Und
wie die Leuthe dieses Orts sagen / so ist ein ährines
Teuchel

Teuchel durch die Mauer zwischen denen Castellen
und Thürnen gegangen/ also/ daß/ wann einer bey
einem Thurn seine Stimme darein gelassen / oder
geschrien / solches Geschrey gleich in dem nächsten
Thurn/ und so fort an bey allen/ ist gehöret worden/
daß man also von Stund an wissen können/ an welchem Ort man sich deß Feindes Einfall zu besorgen
hätte/ wie dergleichen Wunder auch von den Thürnen zu Bisantz zu lesen ist.

Diese Landschafft hat 5. bequeme Kauff- und
Handel-Städte/ und 26. veste Schlösser/ wie auch
460. Pfarr-Kirchen / unter den Städten ist die be-
rühmteste Neu-Castell , hat einen herzlichen und
sichern Port/ daß auch grosse Last-Schiffe allda anländen können. Auß dieser Landschafft ist Johannes Duns Scotus bürtig gewesen / und in dem Dörff-
lein Dunston geboren worden/ er wurde sonsten auch
Doctor Subtilis genennet/ ingleichem Scotus, weil er
auß einem Schottischen Geschlecht ware. Er hat
floriret um das Jahr 1300. von ihme haben die Sco-
tisten ihren Namen genommen. Er starb zu Cölln
am Rhein/ den 8. Novembr. 1308. Es ist aber dieser
trefflich gelehrte Mann erbärmlich um sein Leben
gekommen/ dann/ weil er mit der schweren Kranckheit behafftet gewesen / und auf eine Zeit einen gar
hefftigen Paroxysmum gehabt/ und nicht anders da
gelegen/ als ob er recht tod wäre/ haben seine Disci-
puli und Auditores, die eben darzu gekommen/ nicht
anders gemeynet/ als er wäre an der Pest/ welche
damahlen erschröcklich zu Cölln grassirte/ gestorben/
ihn demnach als einen todten Menschen stracks in
ein außgemauertes leeres Grab geleget / und den
Stein darüber gedecket. Als er aber endlich wieder

IV. Theil.         d        zu sich

zu sich selbsten kommen / und auß dem Grab nicht
hervor steigen können/hat er den Kopff für Unmuth
so lang wider den Grabstein gestossen / biß er end=
lich/ als seine Fratres sich herbey gemachet/ und den
Stein wieder abgehoben/ nieder gesuncken/ und tod
geblieben. Ihme ist folgendes Epitaphium gemacht
worden:

Quod nulli unquam hominum accidit, Viator,
Hic Scotus jaceo semel sepultus,
Et bis mortuus, omnibus Sophistis
Argutus magis atque captiosus:

Die zwente gegen Mitternacht ligende Pro=
vintz heisset Cumbria, oder Cumberland/ gräntzet an
Schottland/und das Irrländische Meer/diese Pro=
vintz ist Metall-reich/hat viel Vieh und Gewild/eine
grosse Menge Fische.Man suchet allda Perlen/auch
gibt es Ertz / mit Silber und Gold vermenget / so
auch ausserhalb Landes geführet wird. Allhier wer=
den 8.berühmte Städte gezehlet / darunter Carlille
die Vornehmste ist.

Die dritte Mitternächtige Provintz ist Dunel-
mia, das Dunelmensische Bißtum / oder Durham/
hat gegen Morgen das Teutsche Meer/gräntzet mit
Northumber= und Cumberland.Man gräbet allda
viel Kohlen/ so allhier nichts anders/ als ein von der
Wärme unter der Erden hart gemacht und gekoch=
ter Leimen / wie sie dann auch einen solchen Geruch
haben / und wann sie mit Wasser besprenget wer=
den/ desto heller brennen/ werden sie aber mit Oehle
begossen/so verlöschen sie wieder. Das Land ist mit
reichen Metall-Adern versehen. Es gibt allda bey
Darlington 3. überauß tieffe Brunnen / so man die
höllische Schweiß=Bäder (Hel-kerles,) nennet/weil
das

das Wasser Sied-heiß hervor kommt / die Haupt-Stadt ist Durham / und sind 6. Handels-Städte in dieser Provintz befindlich / 118. Pfarren / oder Kirchen / werden gezehlet.

Die vierdte gegen Mitternacht ligende Landschafft ist Westmoria, insgemein Westmoreland genennet / darinnen werden entsetzliche Berge gefunden / gräntzet an Cumberland / Dunelm / Lancastrien und Eborach / hat in ihrem Bezirck 112. Meilen / die gegen Mittag ligende Felder lassen sich nicht bauen. Die Haupt-Stadt ist Candale , unter der Stadt hat der Fluß Canus 2. merckwürdige Strudel / auß welchen die Wasser mit starckem Geräusch hervor kommen / und den Einwohnern an Statt eines gewissen Prognostici dienen. Wann der gegen Norden ein Geräusch von sich gibt / so verkündiget er schönes und liebliches Wetter; Lässet sich aber der andere gegen Mittag vernehmen / so bedeutet er gemeiniglich starcke Regen / oder ungestümm / unfreundlich Wetter. In dieser Provintz entspringet auch der Fluß Loder / von welchem merckwürdig / daß er deß Tages zum öfftern ab- und zufliesset. Die gantze Landschafft bestehet auß 4. Städten / 7. Schlössern / und 26. Pfarren.

Die fünffte Mitternächtische Provintz ist Lancaster / oder Lancastershire / gräntzet mit Eborach / der Graffschafft Darby ; und dem Irrländischen Meer / hat in ihrem Bezirck 163000. Schritte. Die Haupt-Stadt ist Lancaster / bey dem Flecken Ferneby wird unter den Steinkohlen ein schwartzes Wasser gefunden / worinnen unterweilen von den Gräbern Fische gefangen werden. Man muß sich über die Art und Natur deß Wassers verwundern /

d 2       welches

welches nichts Fettes duldet / auch nichts Oelhaff-
tiges darinnen schwimmet. Die Landschafft bestehet
auß 5. Handels-Städten/ und 36. Pfarr-Kirchen/
die sehr Volckreich seyn.

Die sechste gegen Mitternacht ligende Provintz ist die Grafschafft Eborach/oder Jorck/Yorcks-
hire / wird für die Größeste in gantz Engelland ge-
halten/ ist sehr fruchtbar; Sie gräntzet mit Lan-
caster/ Westmoreland / Dünelmischen Bistum /
Teutschen Meer/&c. der gantze Umcräyß hält in sich
108. Meilen. In dieser Landschafft gibt es fliessende
oder schwimmede Insuln/die deßwegen trefflich be-
rühmt/ dann/ob sie gleich gantz grün sind/ und gantze
Vieh-Heerden mit Wäyde versorgen/ auch dick mit
Blumen besetzt seynd / so schwimmen sie doch in den
Wassern / von denen sie empor gehalten werden.
Bey der Vestung Knarsborw ist eine Quelle anzutreffen / deren Wasser nicht auß den Adern der Erden herfür fliesset / sondern auß denen darbey ligenden Bergen Tropffenweiß herab tröpfflet/wird ins-
gemein Droppink-Well genennet. Wann man ein
Holtz in diesen Brunnen wirfft / wird es zu Stein.
Rippon ist eine wegen Tuchmachens berühmte
Stadt / allda ist die herrliche Kirche mit dreyen
Thürnen/in welcher vor Zeiten der Weiber Keusch-
heit ist probirt worden / indeme die Keusche durch
ein enges Kirch-Loch / so man St.Wiefrieds / deß
Ertz-Bischoffs von Eborach / Needbe, oder Nadel
genennet/ leichtlich haben schlieffen können.    Die
Haupt-Stadt dieser Landschafft ist Eborach/ oder
Jorck / so die Nächste nach Londen in gantz Engel-
land ist/an Grösse/Schön-Lustig- und Herrligkeit/
ist auch wol bewohnet/ hat eine trefflich schöne Ertz-
Bischöffliche Kirche/zu St.Peter genannt.

Nicht

Nicht weit von dem Schloß Scarborough
ligt das Städtlein Wintzby / allda werden Steine
gefunden/ welche wie die Schlangen geformet sind/
über welches Natur-Wunder man gleichsam erstaunet. Wann man sie in die Hände nimmt/ so
meynet man nicht anders / es seyen Anfangs lebendige Schlangen gewesen/ die hernach in Stein verwandelt worden ; Allda findet man auch schwartzen
Agt- oder Bern-Stein / dergleichen auch in den
Felsen angetroffen werden/ wo sie zersprungen seyn.
Dieser Bern-Steine Natur ist gantz verwunderlich ; Wann man sie mit Wasser begiesset / so brennen sie ; Werden sie aber mit Oehl benetzet / so ver-
lischet das Feuer wieder ; Wann man sie an etwas
reibet/ so bleiben sie alsobald kleben.

Bey dem Dorff Skenckgrave / am Ufer deß
Meers gelegen / ist einsmahls ein Meer-Mann gefangen worden / den man mit rohen Fischen ernäh-
ret/ welcher nachmahls/ bey ersehener Gelegenheit/
sich wieder in sein Element begeben. Bey Hunt-
Cliffe werden in den Wassern Stein-Klippen ge-
funden/ wohin sich die Meer-Kälber in grosser Menge begeben/ und frische Lufft schöpffen. Wann die
andere sämtlich allda schlaffen/ so ist eines allart und
wachsam / welches / so bald es einen Menschen ankommen siehet / mit grossem Geräusch ins Wasser
springet / und also den andern die bevorstehende
Gefahr zu verstehen giebet. Dieses geschiehet aber
nur/ wann sie Manns-Personen erwittern ; Dann
das Weibliche Geschlecht ist ihnen nicht zuwider/
dannenhero die Jenigen/ welche sie fangen wollen/
sich mit Weibes-Kleidern versehen.

Bey Huntlynabb werden unten an den Ber-
d 3                                    gen gros-

gen grosse von der Natur formirte Kugeln gefun=
den / die so nette herauß kommen / als ob sie durch
Künstlers=Hand mit allem Fleiß gemacht worden;
Schläget man sie von einander / so præsentiren sich
Schlangen / denen aber die Köpffe mangeln. In
dieser Provintz zählet man 15. Vestungen / 146.
Handels=Städte/ und 363.Pfarren.

## Beschreibung der Mittelländischen
### 17. Provinzien.

Der innerste Theil Engellands bestehet auß 17.
Mittelländischen Provinzien / namentlich:
Chester, Darbischire, Nottigham, Lincolnshire, Ruht-
land, Leycestershire, Staffordshire, die Salopiensische
Grafschafft / Herfordshire, Worcestershire, War-
wickshire, Northamptonshire, Huntingdonshire,
Betfortshire, Buckingamshire, Oxfordshire, und Glo-
cestershire.

Cestria, oder Chester, gibt keiner Englischen
Provintz etwas nach/ was deren Boden und Frucht=
barkeit betrifft/ hat sehr gesunde Lufft/ die Menschen
seyn von gutem Verstand/ kommen zu hohem Alter/
hat einen grossen tapffern Adel und Rittermässige
Familien. Hier zu Land werden die besten und wol=
geschmacktesten Käse gemacht/ dergleichen in Engel=
land nicht gefunden werden. Die Hauptstadt die=
ser Provintz heisset auch Chester, ist eine Bischöffliche
Stadt. In den fürnehmsten Gassen kan man unter
Schwib=Bögen / und also bey bösem Wetter tro=
cken gehen / das Wasser Deua, oder Dee, daran die
Stadt ligt/ führet viel Salmen. Allhier ist König
Eadgar, nachdem er die Britannische Fürsten be=
zwungen/ mit stattlichem Triumph eingezogen. Er
sasse nemlich als ein Sieges=Held in einem Schiff=
lein/

lein / und muſten Kinnadus, der König in Schottland / Malcolmus, der Cumbrer Regent / wie auch
alle überwundene Fürſten in Wallien / als Ruder-
Knechte durch den erſtgemelten Fluß Deva mit
prächtigem Pomp nach dieſer Stadt bringen.   In
dieſer Landſchafft / ſonderlich bey Nortwich / werden
treffliche Saltz-Gruben gefunden / und köſtliches
Saltz gemacht.

Die zweyte Innländiſche Provintz Darby /
oder Darbishire, hat / neben guten Feldern und ſtatt-
lichen Schäffereyen / groſſen Nutzen vom außgegra-
benen Bley / Eyſen und Stein-Kohlen. Die Haupt-
Stadt iſt Darby / ſchön und Volckreich.  Man findet allda ſehr gutes Bier / Ale genannt / welches ſo
geſund iſt / daß viel Einwohner ihr Leben darvon biß
auf 100. Jahre bringen.   In der Abendlichen Gegend dieſer Provintz findet man auch Bley / Eyſen /
Spieß-Glaß / Mühl- und Wetz-Steine / ſonderlich
auch eine Art / ſo dem Cryſtall nicht ungleich ; Wie
nicht weniger warme Geſund-Waſſer.   In dieſer
Provintz werden 7. Caſtelle, 8. Handels-Städte /
und 106. Pfarr-Kirchen gezehlet.

Die dritte Landſchafft iſt Nottingham / oder
Nottinghamshire, gibt an guter Lufft und Fruchtbarkeit den andern nichts nach.  Die Haupt-Stadt
gleiches Namens / hat ſolchen Namen von denen
unterirrdiſchen Klüfften und Höhlen in den Felſen ;
Hat ein ſchönes / veſtes / auf einem hohen Felſen gelegenes Caſtell, ſo nie erobert worden. In der Stadt
ſelbſten werden ungeheure in Stein gehauene Ge-
wölber gefunden / die zu Wohnungen zubereitet
ſind.  Die gantze Provintz hat 8. Handels-Städte /
und 160. Pfarr-Kirchen.

Lincolnia, oder Lincolnshire, die vierdte Mittelländische Landschafft/ist zwar nicht durchgehends
also Fruchtreich/die Wasser hingegen voller Fische.
An Viehe/ Flachs/ Alabaster und Gyps ist kein
Mangel. Die Wasser-Vögel findet man in so grosser Menge / daß derselben nicht selten mehr als
3000.auf einmahl/sonderlich der Endten/auf einen
Zug sind gefangen worden. Ingleichem findet man
Stern-Steine / welche gläntzende Strahlen von
sich schiessen lassen. Man glaubet vestiglich/sie dienen den Soldaten / wann sie eine Schlacht antret-
ten/ und selbige bey sich tragen/ zu unfehlbarer Behauptung deß Sieges. Das Erdreich an dem Meer-
Striche ist so weich / daß man sich unbeschlagener
Pferden bedienet / allda wird man auch keinen
Stein finden/man bringe ihn dann dahin. An süs-
sen Wassern hat es grossen Mangel. Die Haupt-
Stadt dieser gantzen in unterschiedliche Theile ein-
getheilten Provintz ist Lincolm/ eine grosse und Bischöffliche Stadt/ und ist das gröste Bistum in En-
gelland/hat annoch 1247.Pfarz-Kirchen unter sich.
Hier gibt es eine sonderliche Art Vögel / die man
Canuts-Vögel nennet/ und gäntzlich darfür hält/
sie seyen auß Dännemarck dahin kommen/man heisset sie auch Dotterels. Sie haben diese besondere
Art an sich/wann der Vogelsteller seinen Arm auß-
strecket / so breitet der Vogel seine Flügel auß ;
Strecket aber Jener seinen Fuß von sich / so thut
auch dieser deßgleichen. In dieser gantzen Provintz
sind 30.Städte/ und 630.Pfarz-Kirchen.
   Die fünffte Provintz unter den Mittelländischen ist Rotelandia, Rutlandia, oder Rutlandshire,
wird unter denen Grafschafften in Engelland für
                                    die Klei-

die Kleineste gehalten/ein hurtiger Reuter kan sie in einem Tag umreitē/hat sehr gute Lufft/uñ ist frucht-bar. Upping ist die vornehmste Stadt im Mittägi-gen Theil/und seyn nur 2. Städte und eine Vestung in dieser Graffschafft/ darinn werden auch 48. Kir-chen gezehlet. Die Freyherren von Exton, denen die Handels-Stadt Ockham zugehörig/haben eine son-derliche Gerechtigkeit/ welche darinnen bestehet: Wann einer zu Pferd in dieses Gebiet/ ohne Vor-bewust deß Herrn dieses Orths/sich begibt/ so hat er ein Huf-Eysen von seinem Pferd verlohren/ wo er nicht bey Zeiten dasselbe mit einem gewissen Gelde löset; Dergleichen Huf-Eysen werden aussen an dem Ort der allgemeinen Zusammenkunfft sehr viel angenagelt gesehen.

Leycestria, oder Leycestershire, ist die sechste Provintz/ so sehr Fruchtreich/ und stattliche Vieh-Zucht hat. Der Stern-Stein wird allhier auch an-getroffen. Gegen Mittag ligt ein Ort/Harburg ge-nannt/ woselbst die Einwohner insgesamt mit der Sprache nicht recht fortkommen können/und weißt man nicht/woher dieser Fehler entstehe. Bey dem Städtlein Lutterworth ist ein dermassen kalter Brunnen/ darinnen Holtz/ und andere Materie, in kurtzer Zeit zum Stein wird.Leycester ist die Haupt-Stadt dieser Provintz/sie solle 844. Jahr vor Christi Gebuhrt erbauet worden seyn. In dieser Land-schafft seyn 12.Städte/ und 200.Pfarr-Kirchen.

Staffordia, oder Staffordshire, die siebende/ ist fruchtbar und gesund/gegen Norden Bergicht/mit Schnee bedeckt/ hat viel Wälder. Der berühmte Fluß Trente durchnetzet diese Provintz an verschie-denen Orten; Man sagt/ er habe seinen Namen

d 5 von

von 30. Flüssen/ die sich in ihne ergiessen.   So gibt
man auch vor/ es sollen dreissigerley Arten von Fischen sich darinnen aufhalten.   Der/ neben andern/
in dem Gebürge entspringenden Flüssen / Fluß Do-
ve, hat diese Art: Daß/ wann er sich ergiesset/ er/ wie
der Egyptische Nilus, die Felder und Wiesen trefflich fruchtbar machet.   Er nimmt aber unterweilen
mit solcher Geschwindigkeit zu/ daß er innerhalb
12. Stunden offt gantze Viehe-Heerden mit sich
hinweg führet ; Sie hat unterschiebliche schöne
Städte / darunter Lichfeld , Staffort, und mehr andere seyn.

Die achte Inn- oder Mittelländische Provintz
heißt Salopia, Shropshire, ist auch sehr fruchtbar/ mit
Steinkohlen/ Eysen/ Kalch/ Ertz-Gruben und vielen Flüssen versehen. In dieser liget die schöne/ wol-
erbauete/ veste und berühmte Stadt Schrewsbury/
oder Shrowsbury / Lateinisch Salopia , in deren
grosse Handlung/ sonderlich mit Tüchern/ getrieben wird. A. 1515. ist allhier das erste mahl der Englische Schweiß/ eine schädliche Kranckheit/ entstan-
den/ welche sich hernach durch gantz Engelland außgebreitet / auch nachgehends in Teutschland eingerissen / und viel tausend Menschen hinweg geraffet/
die alle innerhalb 24. Stunden gestorben/ wer solche überlebte/ kame gemeiniglich darvon/ und wieder
auf.   Der Angriff überfiele einen stracks mit tieffem
Schlaff/ und wann man solchen nicht mit Gewalt
verwöhrte/ so fuhre der Krancke also dahin/ und
verschlieffe sein Leben.   In dieser Provintz seyn
14. Handels-Städte / und 170. Pfarr-Kirchen.

Die neundte Provintz ist Hereford, oder Here-
fordshire, ist sehr fruchtbar/ und hat hertzliche Wäyde für

de für das Viehe / daß man es mit Recht an Theils
Orten das göldene Land nennen mag. Die Wasser
seyn dem Egyptischen Nil-Fluß / wegen ihrer treff-
lichen Befeuchtigung und wachsthumlichen Krafft/
zu vergleichen. In Summa / sie gibt keiner Englischen Provintz an Uberfluß der Früchten etwas
nach. Die Haupt-Stadt Herefort ist mit den schönsten Feldern / Wiesen / und fast allenthalben mit
Flüssen eingefasset / ist auch ein Bischöfflicher Sitz.
Der Fluß Lugus zeiget ein rechtes Natur-Wunder/
indeme eine allda befindliche Quelle ohne Unterlaß
voller Fisch-Gräten ist / und ob sie gleich auf das
Beste gesäubert wird / doch immer wieder andere
hervor bringet. Wo dieser Fluß in die Vaga fället/
lage ehedessen ein Hügel / welcher A. 1575. sich von
seiner Stelle hinweg begeben/ und mit ungeheurem
Geräusch / alles / was ihme im Weg gelegen / zer-
schmettert/auch solcher Gestalt sich an einem andern
Ort/ von dem vorigen 3. Tag-Räysen entfernet/
aufs Neue niedergelassen. In dieser Landschafft
werden 8. Handels-Städte gefunden / ehemahlen
waren der Vestungen 28. deren aber die wenigsten mehr in gutem Stande seyn/noch heute werden
der Pfarz-Kirchen 176. gezehlet.

Die unter denen so genannten Mittelländischen
Provintzen Zehende ist Worcester, oder Wigornia,
Worcestershire, eine wolbegüterte Landschafft/ reich
an Früchten / Wäldern/ Flüssen und Saltz-Pfan-
nen/ deren Haupt-Stadt ist Worcester, eine schöne/
veste/ Bischöffliche Stadt. In dieser finden sich
7. Schlösser / und 52. Pfarz-Kirchen.

Die eilffte Provintz heisset Warwick, oder War-
wyckshire, nach der Haupt-Statt dieser Provintz/
leydet

leydet an nichts Mangel/ was zur Nutz- und Lust-
barkeit gereichet; Der Stern-Stein wird allhier
auch gefunden/ hat ingleichem gute Saltz-Quellen/
und Alaun-Brunnen.    Das Wasser ist Milch-
färbig/gleichet am Geschmack der Milch/ist gut für
den Stein/ treibet den Urin/ ziehet die Wunden zu-
sammen/und heilet sie in kurtzer Zeit.    Gebrauchet
man dieses Wasser mit Saltz/ so laxirt es; Wird es
es aber mit Zucker genützet/ so ziehet es zusammen/
verstopffet/ verwandelt auch das Holtz in Steine.
Nach der Stadt Warwick ist berühmt die Stadt
Coventry, der erste Herr dieser Stadt war ein Ty-
rannischer Regent/ Leofricus mit Namen/ der die
Burger sehr drückete; Und ob wol seine Gemahlin
Godiva, ihrer mit allem Fleiß sich annahme/ kunte
sie doch anders keine Milderung erlangen/ als daß
sie auf sein/ deß Regenten/ Befehl/ gantz nackend
durch den vornehmsten und Volckreichesten Theil
der Stadt herum geritten; Da sie dann/ wegen ihrer sehr langen Haaren/ die sie bedecket haben/von
Niemand gesehen worden seyn solle; Wormit sie
erlanget/ daß diese Einwohner auf ewige Zeit vieler
Anlagen und Steuren befreyet worden.    Diese
Provintz hat 8.veste Castelle, 15.Städte/ und 158.
Pfarz-Kirchen.

    Die zwölffte Provintz heisset Northamton,oder
Northamtonshire, ist sehr fruchtbar/ und hat alle
Nothdurfft in grosser Menge/ also/ daß kein Ort zu
finden/den man mit Fug und Recht solte armselig
oder unfruchtbar nennen können.    Die Haupt-
Stadt heisset auch Northamton, hat ansehnliche
Häuser/ und veste Mauren.

    Die dreyzehende Provintz ist Huntington, oder
Hunting-

Huntingtonshire, hat treffliche Vieh-Wäyde / und
ist überauß fruchtbar. Die Haupt-Stadt gleiches
Namens / wird von einigen Jäger-Berg genennet /
wie sie dann auch einen Jäger zum Wappen führet.
Diese gantze Landschafft hat 5. Städte / und 78.
Pfarr-Kirchen.

Die Vierzehende ist Bedfordia, oder Bedford-
hire, ist den Vorigen an Fruchtbarkeit nicht allerdings gleich. Die Haupt-Stadt heisset ebenfalls
Bedford, ist zwar nicht sonders wol erbauet / und sehr
alt. Die Provintz hat 4. Castelle, 10. Städte / und
160. Pfarr-Kirchen.

Die fünffzehende Mittelländische Provintz Bu-
ckinghamia, oder Buckinghamshire, hat den Namen
von den häuffigen allda wachsenden Buch-Bäu-
men / gesunde Lufft / fetten und fruchtbaren Boden /
unterhält treffliche Schäfereyen / daß mit der Wolle
gantz Asien versehen wird. Die Haupt-Stadt hat
mit der Provintz gleichen Namen.

Die sechzehende Provintz ist Oxenfordia, oder
Oxfordshire. Man könte den Himmel nicht günsti-
ger wünschen / als er sich gegen diese Landschafft erzeiget ; Der Erdboden ist lieblich / lustig und fruchtbar ; Die Lufft gelind und anmuthig ; Da gibt es
die schönsten Bäume / außerlesenste Früchte und
Vieh-Wäyde / allerhand Arten von Thieren / Vo-
gelfang und Jägerey nach Wunsch und höchster
Belustigung ; Die Wasser wimmeln von Fischen.
Die Haupt-Stadt der Provintz ist Oxfort, Oxonia,
so eine saubere / sehr veste / wolerbaucte und gesunde
Stadt ist. Die berühmte hohe Schul allda / wird
der Parisischen Mutter genennet / ist eine von den
berühmtesten Academien der Christenheit / allwo die
Zahl

Zahl der Studenten auf etliche taufend fich erftre-
cket / und ift feine hohe Schul weder an Majeftät/
noch Reichthum / mit diefer zu vergleichen ; Sie
zehlet 18. Collegia, ohne die Schulen/ oder in allem
28. Collegia, welche an allerley Vorrath / und groffer Verkoftung gegen die Gelehrten/ Königs-Häu-
fern einen Streit machen können.   Was man
andersmo Stuck-Weife findet / das ift hier alles
bey einander/ es fey in Sprachen / Facultäten/ oder
freyen Künften.

Diefe Stadt und hohe Schul/hat auch Kriegs
halber einen groffen Namen / dann folche es bald
mit dem Parlament ,bald auch mit den Königen gehalten.   Zu Heinrici III. Zeiten / hat diefe eintzige
Stadt 15000. Studenten / für die Baronen/ gegen
den König außgerüftet / und ift diefe Armee die
Hefftigfte und Mannhaffefte / in vielen Schlach-
ten befunden worden.   Unter Eduardo hat man
30000. Studenten allda gezehlet / wiewol fie nachgehends wieder in ziemlichen Abgang kommen.
Die gantze Provintz hat 10. Städte / und 280.
Pfarr-Kirchen.

Die fiebenzehende Mittelländifche Provintz/
heiffet Glocestria, Glocesterfchire / die Lufft allda ift
trefflich gefund und heilfam / auch das Land fehr
fruchtbar / hat groffe Waldungen / die Haupt-
Stadt ift Glocefter / eine Bifchöffliche fchöne wol-
erbaute Stadt.   In der Haupt-Kirchen ift ein
folches Kunft-Stück wie zu Mantua, da auf einer
Seiten gar ftill einer etwas reden kan/ fo der an-
dere/gar weit darvon/auf der andern Seiten/gantz
flärlich / eine jede Sylbe/ der bey dem Redenden
ftehende aber nichts vernehmen kan.   In der alten
Vitz-Graf-

Viz-Grafschafft Barclay, werden Steine gefunden / welche eine rechte Gestalt der lebendigen Schnecken und Austrien vorstellen. Die Einwohner geben vor / sie seyen lebendig gewesen / und hernach in Steine verwandelt worden. Unzehlich viel Vieh-Heerden gibt es in dieser Provintz. Die Schafe haben lange Hälse und viereckichte Leiber/ tragen die schönste Wolle / welche hoch verkauffet wird. Sie hat 25. Städte / und 280.Pfarr-Kirchen.

## Folgen die 7. gegen Morgen ligende Provintzen.

DEr gegen Morgen ligenden Provintzen werden 7.gezehlet / deren die erste Cantabrigia oder Cambridgeschire / ist sumpffig / morastig / und die Lufft nicht gar zu gesund / ziemlich dick und neblich / doch ist das Land fruchtbar / und hat gute Wäyde / in dem mittägigen Theil wächset viel Saffran / die Haupt-Stadt ist Cambridge oder Cantabrigia, hat schöne breite und reine Gassen/ hier geschiehet grosse Handelschafft / und währet der Jahr-Marckt von Michaëlis biß Martini , vor der Stadt im Felde. Es hat in dieser Stadt eine berühmte hohe Schule / darvon man vorgibt / sie seye 375.Jahr vor Christi Geburt gestifftet worden / welches aber dahin gestellet bleibet. Der Studenten gibt es nicht so viel / als zu Ochsfort/ weil die Lufft nicht so gut und gesund / als in dieser. Diese gantze Provintz bestehet auß 8. Städten/ 7.Castelen und 163.Pfarr-Kirchen.

Die zweyte Provintz ist Nortfolck, die Lufft ist hier etwas rauher / und der Grund nicht aller Orten frucht-

ten fruchtbar; Jedoch wird faſt aller Orten Doon-
Kreyden / Mergel und Kalch gefunden / hat viel
Wälder / gute Wäyde und kluge Einwohner. Die
Haupt-Stadt iſt Norwich, eine berühmte / ſchöne
und Volck-reiche Stadt / mit feſten Mauren / vielen Thürnen / und 11. Thoren verſehene Stadt/
mit einem überauß ſchönen Rath-Hauß / Jhre
Schön- und Zierlichkeit hat ſie den Holländern zu
dancken / die zur Zeit deß Hertzogs von Alba in groſſer Menge ſich dahin retiriret. In dieſer Landſchafft/
ligt auch die Stadt Jarmouth, eine ſehr ſchöne veſte
Stadt und Meer-Haſen / kaum 50. Schritte vom
Meer gelegen; Allda iſt ein groſſer Häring-Han-
del. Die ſchöne und reiche Stadt Lyme, hat auch
einen guten Port. In dieſer Provintz ſeyn 30.
Handels-Städte / und 660. Pfarr-Kirchen.

Die dritte Provintz iſt Suthfolck oder Suf-
folck / hat geſunde Lufft / fruchtbaren Boden / und
iſt voller Luſtbarkeit / viel Wälder / Wild / und treffliche Vieh-Wäyde gibt es darinnen. Hat 7. Caſtelle, 28. Handels-Städte / und 575. Pfarr-
Kirchen. Ipswich ware ehemals eine treffliche
Handels-Stadt.

Die Vierdte gegen Morgen ligende Engli-
ſche Provintz / iſt Eſſex, ſie hat nicht durchauß geſunde Lufft / iſt auch nicht gleich fruchtbar / Theils
Orten zur Jägerey ſehr bequem. Maldon iſt unter den Eſſexiſchen Städten die Reicheſte und
Schönſte. Harwich iſt eine ſichere Schiff-Stel-
lung. Die Haupt-Stadt iſt Colcheſter / eine ſchöne luſtige und Volck-reiche Stadt / mit einem alten
Caſtell; Führet eine ſtarcke Tuch-Handlung. Dieſe
**Grafſchafft** Eſſex hat 21. Handels-Städte / 5. Caſtelle, und

ſtelle, und eben ſo viel Häfen/ der Pfar-Kirchen
ſeyn 515.

Die Fünffte iſt Hertford oder Hertfordſhire/
hat gute Lufft/ fettes Erdreich/ herrliche Getraͤyd-
Felder/ und Vieh-Waͤyde/ Waͤlder und Wieſen/
Fluͤſſe voller Fiſche.    Die Haupt-Stadt iſt Hertford, eine uralte Stadt.    Die gantze Provintz hat
8. Staͤdte/ und ehedeſſen 28. Caſtelle, darvon etliche ruiniret/ und 76. Pfar-Kirchen.

Die ſechſte Provintz iſt Middel-Eſſex/ iſt ein
trefflich geſundes und fruchtbares Land/ die Haupt-
Stadt dieſer Provintz/ und deß gantzen Koͤnig-
reichs/ iſt Londen/ eine Uralte/ an der Tems/ und
60000. Schritte von Ocean gelegene groſſe Stadt.
Naͤchſt der Stadt Londen iſt Seh- und Betrach-
tungs-wuͤrdig Hamptoncourt, das Koͤnigliche Luſt-
Hauß/ allwo allerhand treffliche Luſt- und Koſt-
barkeiten uͤberfluͤſſig zu ſehen/ und anzutreffen.    In
dieſer Landſchafft befinden ſich/ Londen nicht darzu
gerechnet/ 73. Pfar-Kirchen.

Die ſiebende gegen Morgen ligende Engliſche
Provintz heiſſet Cantium oder Kentſchire/ in dieſer iſt
die Lufft nicht zum reineſten/ doch auch nicht unge-
ſund/ weil dieſer Land-Strich dem Æquatore nahe
iſt/ ſie iſt voller Huͤgel und ziemlich waldig/ allenthalben fruchtbar/ auſſerhalb Eyſen/ wird kein
Metall darinn gefunden/ ſonſten hat ſie alles/ was
zum Lebens-Unterhalt vonnöthen/ iſt mit Staͤdten
und Doͤrffern wol erbauet/ und die Einwohner
wegen ihrer Freundlichkeit beruͤhmt.    Zu Derford
werden die Koͤnigliche Schiffe gebauet/ allda ein
treffliches Arſenal.    Bey dem offenen Staͤdtlein
Graveſende, pflegen die groͤſten Niederlaͤndiſchen

Schiffe anzulånden / und seyn fast nichts / al
Wirths-Håuser an diesem Ort.   Die alte Stad
Rochester hat schwache Mauren / enge Gassen
ein festes Castell, und schöne Schiff-Stelle / für d
Königliche Kriegs-Schiffe / so stätigs bereit un
wol zugerüstet da stehen / zu deren Beschützun
die Königin Elisabeth ein Bollwerck und Veste a
dem Gestade aufgeführet hat.   Es mögen ung
fähr 30. Kriegs-Schiffe und 2. Galeeren da ligen
darunter zwey gar grosse Stück seyn / deren eine
der Bär genennet wird / so gar wol zu sehen / un
mit vielen Bequemlichkeiten außgerüstet seyn.

Die Haupt-Stadt dieser Provintz ist Can
terbury oder Canterberg / insgemein Cantelbe
genannt.   Die Ertz-Bischoffliche Kirche die
Orts / wird insgemein für die Ansehnlichste / i
gantz Engelland gehalten / ist sehr herzlich m
zweyen sehr grossen und hohen Thürnen erbauet.

## Anjetzo folgen die neun Mittägige
### Englische Provintzen.

DEren Erste ist Sussexia oder Sussex / hat / wi
das meiste übrige Engelland / gute gesund
Lufft / die doch auch unterweilen ziemlich neblicht
Fischreiche Flüsse / Wasser-Vögel in grosser Men
ge / fette Aecker und Felder / so sehr fruchtbar ; Herr
liche Vieh-Wåyde / die schönste Lust-Wålder.   Di
Haupt-Stadt dieser Landschafft heisset Chicheste
oder Cicestria, ein schöner grosser Ort.   Die Stadt
Lewes ist auch trefflich groß und Volck-reich.   Be
der Stadt Battel ist Anno 1066. eine hitzige und
grausame Schlacht vorgegangen / und wurde da
zumahl um das gantze Königreich Engelland von
Haralden

Haralden und Wilhelmen gestritten / da Jener mit
66964. Engelländern das Leben laſſen muſte. Der
Ort ware lange Zeit von dem Blut ſo vieler Er-
ſchlagenen roth gefärbet geblieben. Ja man gibt
vor / ſo offt daherum die Erde durch gefallene Regen naß werde / ſo offt erſcheine auch eine merck-are
Röthe. Das Städtlein Rye, hat eine ſtattliche An-
fahrt / auß Franckreich herüber von Dieppe. In
dieſer Provintz werden 10. Caſtelle, 18. Städte/und
912. Pfarz-Kirchen gezehlet.

Die Zweyte Mittägige Provintz iſt Surria oder
Sutria, von den Engelländern insgemein Surry
oder Surtrey genannt / iſt ihrer Figur nach faſt
viereckicht / mit geſunder Lufft begabet / Felder/
Wälder/ Aecker/ Flüſſe / hegen lauter Luſt und An-
nehmlichkeit. In dieſer Provintz iſt keine ſonder-
liche Haupt-Stadt / aber viel herzliche Königliche
Häuſer/ welche mit groſſen Koſten erbauet worden. In einem dieſer / nemlich zu Richmond; iſt
König Heinrich deß VII. Bibliothec von alten ge-
ſchriebenen Büchern / item, ſein groſſer runder
Spiegel / in welchem er ſolle geſehen haben / was
hin und wieder / zu Waſſer und Land / geſchehen.
Alda werden auch unterſchiedliche Königliche Ge-
burts-Regiſter angetroffen/deren eines von Adam
her ſeinen Anfang nehmen ſolle. Auß dieſer Provintz iſt entſprungen der gelehrte Barfüſſer-Münch/
Wilhelm Occam, von ſeinem Geburts-Ort alſo
benamſet. Er ware Johannis Scoti Diſcipul, und
weil er Papſt Johannem XXII. wegen ſeines irrigen Lebens öffentlich in Schrifften durchgehechelt/
wurde er vom Papſt in Bann gethan. Er nahme
aber ſeine Zuflucht zum K. Ludwig V. in Bäyern/

welcher

welcher damahls eben auch in deß Papstes Bann
ware/ und starbe hernach zu München. Als dieser
Occam zum gedachten Käyser gekommen / hat er
demselben einen Fußfall gethan/und gesagt: O po-
tentissime Cæsar, defende me contra Papæ injurias
gladio, & ego te verbis & scriptis contra illum defen-
dam. Das ist: O Mächtigster Käyser! Eure Majestät vertheydige mich mit dem Schwerdt wider
deß Papsts zugefügte Unbilligkeiten / so wil ich Sie
dargegen mit Worten und der Feder ebenfalls wider denselbigen vertheydigen. In dieser Provinz
seyn 8.Castelle gewesen/ und befinden sich noch jetzo
140.Pfarren allda.

Die dritte Mittägige Englische Provinz ist
Hantonia, oder Suthantonia, Hantshire, die Lufft alda ist wegen deß benachbarten Meeres und Wassern etwas dick/ doch mittelmässig temperirt/ist ein
gutes Geträyd- und Vieh-Land/mit allem/was zur
Lust und Nutzen dienet/wol versehen/an dem Meere
ist sie wider feindlichen Ein- und Uberfall mit stattlichen Vestungen aufs Beste versehen. Man siehet
auch darinn berühmte Castelle,in deren einem/Odia-
num genannt/zun Zeiten K.Johannis,dreyzehen Engelländer der Frantzosen gantzem Kriegs-Heer/ unter ihres Königs Ludovici Anführung/ 15. gantzer
Tage genug zu thun/und zu schaffen machten.Dar-
innen ligt auch die Vestung Calschott, die Stadt
Southanthon,Winchester,die Meer-Stadt Ports-
muth/ samt mehr andern/ hat 253.Pfarren.

Die Vierdte ist Berckeria, oder Barkshire, hat
einen temperirten Himmel/ Frucht-reichen Erdbo-
den/ weder an Wassern/Vieh und Wäldern Mangel. In dieser Landschafft ligt die schöne und wolbe-
wohnte

wohnte Stadt Abington, Wallengford, mit einem
besten Castell.   Zu Hungerford sollen drey Brunn-
Quellen entspringen/ die/ gleich als ob sie siedeten/
zu schaumen anfangen/ wann eine heimliche Ver-
bündnuß wider den König vorhanden. Windsor, ist
das grösseste Schloß in Engelland/ hat starcke Mau-
ren/ und viel Thürne herum/ ein trefflich lustiges
Außsehen/ und so schöne Gelegenheit/ daß ein Königl. Hauß nicht wol schöner ligen könte.  Man kan
fast auß allen Gemächern etliche Meilen ins Land
sehen.    In Summa/ es ist ein sehr herzlicher Ort/
und viel schöne Merckwürdigkeiten da zu sehen. Die
gantze Provintz hat 6. starcke und veste Castelle, drey
preißwürdige Königliche Häuser/ 12. Handels-
Städte/ und 140. Pfarr-Kirchen.

Die fünffte Mittägige Provintz ist Wiltonia,
der Wiltshire, item Wilsecta, hat liebliche/ anmu-
thige/ gesunde Lufft/ trefflich fruchtbares Land/ zum
Theil Hügel-reich/ mit Gehöltz und Wäldern ver-
sehen/ und an Flüß- und Bächen keinen Abgang.
Man findet darinnen unzehlige Schaf-Heerden/
deren Wolle und Fleisch weit besser ist/ als an andern Orten. In dem alten Städtlein Calne ist Anno
977. ein Synodus von der Priester-Ehe gehalten
worden/ da dann das Gemach/ worinnen die Geistlichen beysammen gesessen/ eingefallen/ also/ daß allein Dunstanus, welcher præsidiret hat/ und auf der
Mönche Seiten gewesen/ ohne Schaden darvon
gekommen/ da hergegen die andere Theils auf dem
Platz geblieben/ Theils beschädiget worden.   Salis-
bury ist die Bischöffliche Stadt/ hat viel Einwohner/
und an allen Sachen/ sonderlich an Fischen/ einen
Uberfluß. In der Haupt-Kirchen dieser Stadt seyn
                    e 3                       so viel

so viel Fenster/als Tage im Jahr; so viel Marmor,
ne grosse und kleine Säulen/ als Stunden; und so
viel Thürne / als Monat im Jahr befindlich.   Die
gantze Provintz hat 8.veste Castelle,19.Städte/und
304.Pfarr-Kirchen.

Die sechste Provintz gegen Mittag ist Dor-
cestria, Dorsetca, oder Dorsetshire.   Die Lufft ist über
die Massen gesund/ und wo man hinsiehet/ lauter
Annehmligkeit/ und sehr fruchtbar.   Zu Bustport
wird der Hanff in grosser Menge gebauet/der Port
Weymouth ist in dieser Provintz sehr berühmt/item,
die Halb-Insul Purleke / allwo sich viel Dämen
enthalten/ und ein Städtlein/ Poole/ hat.   Die
fürnehmste Stadt ist Dorcester.   Sie hat 18.Han-
dels-Städte/ vor Zeiten waren auch unterschiedliche Castelle da / die aber heutiges Tages Stein-
Hauffen seyn; Noch jetzo hat diese Provintz 248.
Pfarren.

Die siebende Mittägige Provintz ist Sommer-
setia, oder Sommersetshire.Die Lufft allda ist gesund
und gelind/der Boden lettigt/doch fruchtbar.   So-
merton ware ehemahlen die Haupt-Stadt / verdienet aber nicht einmahl eine Stadt genennet zu werden ; Hingegen istlbie Stadt Bridgewatter Volck-
reich.   In dieser Landschafft ist vor Zeiten das berühmte Kloster / Glasenbury gewesen / so von Jo-
seph von Arimathia, der den Herrn Christum begraben helffen / seinen Ursprung haben solle/ wie die uralte Monumenta dieses Closters ; Und S. Patricius,
der Irrländer Apostel / der dreyssig Jahr allhier ein
Mönch gewesen / in seiner Epistel bezeugen.   Die
Stadt Bathe ist ein Bischöfflicher Sitz / allda hat es
herrliche/gesunde/ warme Bäder. Sherborn ist ein
auß

auß der Massen vestes Schloß / und fast unüber-
windlich. Noch ist ein Bischöffliches Städtlein/
Welles, wol erbauet und bewohnet. Ingleichem liget auch in dieser Provintz die Stadt Bristol, welche
sehr wol bevestiget / und gezieret / wie nicht weniger
wol bewohnet / also / daß sie nach Londen und Eborach für die Fürnehmste in Engelland gehalten
wird; Dann sie hat einen sehr bequemen Port/daß
die Schiffe mit vollem Lauff dahin kommen können/
deßwegen auch grosser Handel darinnen getrieben
wird. In dieser Provintz zehlet man 4. Castelle,
33. Handels-Plätze / wie auch 385. Pfarr-Kirchen.

Die achte Mittägige Provintz / Devornia, De-
vonshire oder Denshire, hat subtile gesunde Lufft/ ist
doch an Aeckern und Feldern nicht so gar fruchtbar/
und trächtig. Der berühmte Port und Stadt Pley-
muth / so trefflich vest / kan die grösseste Schiffe in
Sicherheit nehmen. Der Hafen kan / wann es nö-
thig/mit einer Ketten verschlossen werden. Dieser
Ort ist auß einem schlechten Fischer-Flecken zu einer
gewaltigen Stadt worden. Auß diesem Hafen ist
A.1577.der Ritter Franciscus Dracus abgesegelt/und
hat in 10.Monden / mit höchster Verwunderung/
dengantzen Erden-Cräyß umschiffet. Die Stadt
und Port Dert- oder Dartmouth ligt auch in dieser
Provintz/ingleichem Castell und Stadt Exford, und
die Bischöffliche Stadt Excester,&c. In dieser Provintz werden in allem 37. Handels-Städte / und
194.Pfarr-Kirchen gezehlet.

Die neundte Mittägige Provitz ist Cornabia,
Cornwallia oder Cornwall. Die Lufft allda ist im-
merdar windig/jedoch nicht ungesunder.Das Land
ist voller Gebürge / und kleiner Thäler. Ertz und

Zinn

Zinn wird allda in grosser Menge außgegraben.
Auch findet man Gold und Silber / ingleichem
eckichte Diamanten / welche die Natur selbsten also
formiret/deren seyn etliche so groß/als eine Welsche
Nuß/ seyn aber nicht so schwärtzlicht und hart/ wie
die Indianischen. Sie hat an Früchten einen grossen Uberfluß / deren eine grosse Menge in Spanien
verführet wird.     Die Einwohner dieser Provintz
seyn sehr freundlich. Nicht weit von dem Städtlein
Pensan ist ein Stein zu sehen/den man zwar mit dem
kleinesten Finger bewegen/ aber doch mit daran ge-
streckten äussersten Kräfften / nicht von der Stelle
bringen kan.     Vor einigen Jahren hat man / als
man an dem S. Michaels-Berg nach Metall-Adern
suchte/Sägen/Schwerdter und Spiesse/oder Lan-
tzen/mit Flachs umwickelt gefunden. In dieser Provintz hält sich eine Art Krähen mit rothen Schnäbeln und Füssen auf/ Pyrrhocorax genannt / so ein
Vogel/ der Feuer in die Häuser zu tragen/ und die-
selbigen anzustecken pfleget / wie man dann solches
öfters wargenommen/ingleichem/daß erGeld darvon getragen/und versteckt.

Hier ligt der berühmte Port / oder Meer-Haven Volemuth/oder Falmouth,welcher mit 2.Castel-
len bevestiget.     Es ligen in dieser Landschafft 22.
Handels-Städte/ und 161. Pfarr-Kirchen.

## Das V. Capitul/

Beschreibung deß Fürstenthums Wallien. Wie die
unfruchtbare Erde fruchtbar zu machen/&c. Was für
Insuln zu Engelland gehörig Böse Post auß Ungarn/
die Türcken nehmen Pyroth mit Accord ein / und belagern Nissa. Töckely fället in Siebenbürgen / schlägt
und fänget den General Häußler und Doria. Nissa ergibt sich mit Accord , wird aber nicht gehalten.   War-
deiner

deiner büssen ein. Semendria gehet mit Sturm an die
Türcken über/&c. Temeswar und Wardein werden entsetzet.

Achdem wir das Königreich Engelland an
sich selbst/mit seinen 39. Provinzien betrach-
tet/ so scheinet es nun/ nöthig zu seyn/ auch
das Fürstenthum Cambrien oder Wallien in Augenschein zu nehmen. Solches wird in das Mittägige
und Mitternächtige ab- und eingetheilet. Ein Jedes
hat seine besondere Grafschafften; die Mitternächtische sind: Mona oder Anglesia, Carnarwonshire, Denbingshire, Flintshire, Merionetshire, und Montgome-
rishire. Die Mittägige sind: Cardiganshire, Radnorshire, Brechnokshire, Montmouthshire, Glamorganshire, Caermardenshire, und Pembrockshire.

Es liget aber diß Land Cambria, oder Wallia,
auf der Abend-Seiten der Insul Britanniæ, und
wird von Engelland theils durch den Fluß Sabrina,
Englisch Sevarne, und Britannisch Hafre genannt/
und dann auch durch den Fluß Deam, abgesondert;
Von den übrigen Seiten ist es mit der Irländi-
schen See umgeben.

Die Innwohner rühmen sich ihres Adels / arbeiten nicht gerne/zu Hause leben sie hart/und kärg-
lich/ sind aber zum Aufwarten gar bequem/ deßwegen sie sich in grosser Anzahl in deß Königs und der
Engelländischen grossen Herren Dienste begeben.
Auf die Kinder-Zucht wenden sie grossen Fleiß/ al-
so/ daß in gantz Wallien keiner seyn solle/ welcher
nicht etwas in der Schule solte gelernet haben.

Diese Landschafft hat vormahls eigene Fürsten
wie die Könige gehabt; Als aber König Eduard I. in
Engelland auß dem Normannischen Stammen/
den Fürsten von Wallis, Leoninum, geschlagen/ und
dieses

dieses Fürstenthum geschwächet/so hat er im zwölff-
ten Jahr seiner Regierung/daselbe mit dem Königreich Engelland incorporiret / und solches seinem
Sohn Eduardo, den er zum Fürsten von Wallis gemacht / schwören lassen/ von welcher Zeit an der
Fürsten- oder Printzen-Titul von Wallis der Könige
ältesten Söhnen geblieben ist.

Zun Zeiten Eduardi VI. ist / nach erzeigter Wi-
derspänstigkeit / dieses Land von Neuem mit der
Krone Engelland vereinbart/und desselben alte Gesetze durch das Parlement aufgehoben/und den Inn-
wohnern nach den Englischen Gesetzen zu leben anbefohlen worden.

Die Grafschafft Mona,oder Anglesey/ist Volck-
und Kornreich. Es seyn darinnen 363. Flecken. Die
vornehmste Stadt ist Beaur Marisch,der andere vornehmste Ort ist Neuburg. Aberfrau/war ein ural-
ter Königlicher Sitz. Es seyn allda in allem 74.
Pfarr-Kirchen.

Avormia, oder Car-narwonshire, hat den Namen von der vornehmsten Stadt Carnarvon. Der
Boden ist fruchtbar/ und mit vielen Städtlein besetzet / hat grosse ungeheure Berge. Der Bischoff
der Stadt Bangor hat 96. Pfarr-Kirchen unter sich.
Der Fluß Conovius,oder Conwey/führet Perlen-
Muscheln mit sich. Denbingshire ist nicht durchgehends gleich fruchtbar/ doch wissen die Einwohner der kargen Natur zustatten zu kommen / und
das/ was sie versaget/ durch Fleiß zu ersetzen/ dann
sie nehmen das obere Theil der Erden / welches so
zähe wird/als ein Leder/hinweg/brennen es im Feuer
zu Aschen / schütten es hernach auf das Erdreich/
und machen also dasselbe dardurch fruchtbar. Die

Stadt

Stadt Denbigh, so eine freye Herrschafft oder Baronia ist/hat/so viel den Adel/welcher derselben unterworffen / anbelanget / in Engelland ihres Gleichen nicht. Die Stadt Ruthin ist eine vornehme Handels-Stadt / mit einem sehr schönen Schloß. In dem Ländlein Blomfield wird viel Bley gegraben.

Flintshire hat viel kleine Hügel/fruchtbare Felder und Aecker/Gersten/Wäitzen/Roggen und Haber/wächset allda vortrefflich und in grosser Menge. Der Name dieser Grafschafft kommt her/ von dem Schloß oder Castell Flint. Hier finden sich wenig Städte/und 28. Pfarz-Kirchen. Denckwürdig ist/ daß bey der Stadt Ruthland / wie sehr sich auch die Meeres-Wellen erheben/und der Damm dargegen sehr niedrig ist/doch keine Ergiessung geschiehet/sondern die Wellen an demselbigen sich abschlagen/ und gleichsam behangen bleiben. Es wird allda auch ein Bach angetroffen/dessen Wasser fast immer mit etwas Blut vermischet zu sehen. Bey der Quelle ist eine steinerne von der Natur also formirte Capelle zu sehen.

Mervinia, oder Merionetshire, ist unter allen Landschafften in Wallien die Ungeschlächteste/Wildeste und Räuheste. Die hohe sehr spitzige Hügel seyn allda unterweilen so nahe beysammen / daß die Hirten / welche zu oberst auf den grünen Gipffeln das Vieh wäyden/ nicht allein einander zuschreyen/sondern auch bequemlich mit einander schwätzen können; Da doch unten die Thäler so weitläufftig seyn/ daß / wann beyde Theile verlangten in die Wette herunter zu lauffen/ sie kaum in einem gantzen Tag wurden können zusammen kommen. Es gibt unzehlich viel Vieh allhier/worvon sich die Einwohner nähren/

nähren/ und meistentheils der Milch-Speisen sich
bedienen. Sie seyn gesunde starcke Leuthe/aber ihrer
Geilheit halben sehr verschreyet. Wenig Städte
gibt es allda/aber dargegen sehr viel Dörffer. Merckwürdig ist/ daß der Fluß Deva, durch die See Pim-
ple-Meare, die sich allda sehr weit außbreitet/ seinen
Lauff ungehindert durchnimmet / und sein Wasser
mit dem andern durchauß nicht vermischet/ (allermassen ein Gleiches mit dem Rhein und Boden-
See in Ober-Teutschland geschiehet/) so gar auch
die Fische auß beyden Wassern vermischen sich nicht
mit einander ; Wie dann auch die Salmen/ deren
sehr viel im Fluß gefunden werden/ im See nicht
anzutreffen seyn.

Montgomeryshire ist wie eine Birn formiret/
hat viel hohe Berge/ und fruchtbare Thäler. Vor
Zeiten hat man die außerlesenste Pferde hier gezie-
let/ die man nicht schöner hätte mahlen können/ und
wegen ihres schnellen Lauffs sehr berühmt waren.
Die Einwohner seyn tapffere/ resolute, aufrichtige/
leutseelige/ und ihren Königen auß der Massen getreue Leuthe. Hier entspringet auß dem sehr hohen
Berg Plinlimon der berühmte Fluß Sabrina, so nach
der Tems der Vornehmste in Engelland ist / an solchem ligt die Stadt Montgomery, die in einer lustigen Ebene auf einen Felsen erbauet ist. In diese
Grafschafft finden sich 6.Städte / und 47.Pfar-
Kirchen. Dieses seyn die 6.Mitternächtische Gra-
schafften deß Fürstenthums Wallien. Nun folge
die Mittägigen / als da seyn:

Ceretica, oder Cardiganshire, die Lufft allda
etwas schauricht/ das Land ziemlich rauh und G-
aubürgig/doch hat es am Meer schöne Felder/und a-
den B-

den Bergen schöne Vieh-Wäyde. Cardigan ist die vornehmste Stadt/die gantze Grafschafft hat wenig Flecken / und nur 4. Städte / in allem aber 64. Haupt-Kirchen.

Radnoria, oder Radnorshire, hat subtile und kalte Lufft / die Erde ist ziemlich mager / doch nicht gar unfruchtbar/der Einwohner grösstes Vermögen bestehet in der Vieh-Zucht/ hat sonsten unterschied-liche öde und wüste Wildnüssen / die Stadt Radnor ware vor Zeiten sonderlich berühmt. Es seyn in die-ser Landschafft 4. Handels-Städte/ 6. Castelle, und 52. Pfarr-Kirchen.

Brechnia, oder Brechnokshire, ist nicht hoch zu loben/ noch auch viel zu schelten/ hat Bergichte und unwegsame Oerter/ rauhe Lufft / doch an Theils Orten sehr fruchtbar / hat gute Wäyde / schöne Wälder/Wildpret und Fische zur Genüge/worun-ter die Salmen die Delicateste. Die Haupt-Stadt ist Breknock, nicht weit darvon ist der See Linsava-ten / wird der schreyende See genannt / weil er mit seinem Geräusch gleichsam dem Donner nachartet/ so offt das Eyß zu brechen / und aufzugehen begin-net. Durch diesen See lauffet der Fluß Levinus, ohne Vermischung / und ist trefflich Fisch-reich. Man glaubt / es seye vor Alters eine Stadt allda gestan-den/aber durch Erdbeben zu Grunde gangen. Diese Meynung wird daher gestärcket / weil man noch die Merckmahle der vor Alters hieher gegangenen Wegen deutlich sehen / und erkennen kan.

Montmouthshire hat gesunde gute Lufft / der Boden ist Bergicht/ Waldicht/ und von guter Art/ nirgend unfruchtbar/ hat gute Wäyde/ die Haupt-Stadt ist Munow, welche andere Monmouth nen-nen/oder

nen/oder auch/Mongwy, in dem Fluß Vaga, werden
viel Salmen gefangen. Cleptow ist eine berühmte
Stadt/hat ein Castell, weite Mauren/und über den
Fluß eine hangende Brücke. Die Provintz bestehet
auß 4. Städten/ 14. Castellen/ und 127. Pfarz=
Kirchen.

Glamorganshire hat bessere Lufft/ als Erdbo=
den/ pranget auch mit hohen Bergen/ der Meer=
Strich ist am fruchtbarsten/ und besten bewohnet/
ist reich an Vieh=Heerden/ schönen Brunnen=
Quellen und Bächlein. Die Stadt Gardize ist mit
einem guten Port versehen. Nicht weit von dar sie=
het man 2. kleine Insuln/ in deren einer bey einen
Meer=Felsen/und desselben Klippen=Gestad/ höre
man ein Gethön/ gleich/ als ob etliche Schmied
hämmerten/ als ob man Blaß=Bälge zöge/ da
Eysen wetzte/ den Stahl klingen/ und die Feuer
Funcken spratzeln hörete. Diese Landschafft he
6. Städte/ und 122. Pfarz=Kirchen.

Caermardenshire hat wenig Berge/ einen se
grossen Meer=Busen/treffliche Wäyde/ wegen vi
ler Frucht= und Wäyd=reichen Hügeln. Caerma
den ist die Haupt=Stadt dieses Orths/das Vatt
land und Gebuhrts=Ort deß berühmten Merlini, t
von den Einwohnern für einen höchst=berühmt
Wahrsager gehalten worden. Hier halten die Pr
tzen von Wallis ihren Cantzler. Das beste Eink
men dieser Landschafft ist vom Viehe/Steinkohl
Fischen und Vögeln. Man zehlet 28. Flüsse/so
gantze Provintz hin und wieder durchwässern.
sind auch allda 10. Castelle,6. Handels=Städte/1
87. Pfarz=Kirchen.

Penbrock/oder Penbrockshire, ist das äuff
Ab

Abendliche Vorgebürge Walliens/ träget viel
Früchten/ wimmelt voll Vieh/ und hat eine unzeh-
liche Menge von Vögeln und Meer-Fischen. Die
Stadt Tenby ist schön erbauet/ und hat einen weit-
läufftigen Port/ wo die Schiffe anländen können.
Milfordhaven ist auch ein berühmter Port/ über
welchen keiner in Europa seyn solle/ darvon nicht
weit die Haupt-Stadt Penbrock an dem lustigsten
Orth in gantz Wallis liget. Von St. Davids/ so
ein kleines Städtlein/ kan man gar bald hinüber in
Irrland kommen/ da herum gibt es herrliche Fal-
cken/ das Land hat 16. Castelle, 2. Vestungen/
5. Handels-Städte/ und 145. Haupt-Kirchen.
Und so viel von dem Fürstenthum Wallien.

Bevor wir das Königreich Engelland völlig
verlassen/ ist noch kürtzlich von etlichen kleinen In-
suln/ welche eigentlich hieher gehören/ zu handeln/
darunter kommen zu betrachten vor/ die Cassiterides,
oder Sorlinges Iles genannt/ welche sonsten auch Syl-
lan oder Sylly pflegen genennet zu werden. Sie ligen gantz nahe an Britannien/ das ihnen von Mitternacht entgegen stehet. Die Griechen haben sie
Cassiterides genennet/ vom Zinn/ dessen allda eine
unbeschreibliche Menge gefunden wird. Man zehlet 10. Merckwürdige Insuln allhier/ nemlich/ die
Insuln St. Marien/ Annoth, Agnes, Sampson, Silly,
Bresar, Susco oder Trescow, St. Helenen/ St. Martin
und Arthur. Die Erstgenannte ist die Gröste/ allwo ein Castell und Guarnison ist. Sie haben sämtlich
viel Gras/ theils tragen auch viel Geträyd. In allen
diesen Insuln halten sich viel Königlein/ Kranche/
Schwanen/ Reiger und Meer-Vögel auf.

Ferner gehöret zu denen Englischen Insuln
auch

auch Mannia, oder Man, zwischen Irrland und Britannien / sie hat etliche Pfarz-Kirchen / und hat bey
der Stadt Duglas einen stattlichen und sichern
Meer-Haven / die auch am meisten bewohnet ist ;
Wiewol sonsten die Stadt Russin für die Fürnehmste gehalten wird.    Der Einwohner Sprach und
Sitten sind fast Irrländisch / jedoch etwas Norwe-
gisch mit untergemischet / und daß man in dem Mitternächtischen Theil Schottisch redet. Auf dem sehr
hohen Berg Sceaffel , kan man bey heiterm Wetter /
Schott- Engel- und Irrland sehen.

Ferner gehöret zu Engelland die Insul Vecta,
Vectis oder Victesis, Wicht, the Ile oft Wight genant /
diese hat trefflich trächtige Felder / Küniglin / Hasen /
Rebhühner und Fasanen / werden allhier in grosser
Menge angetroffen / viel Wildpret wird darauf gefunden / die Schafe haben herzliche Wäyde / deren
Felle und Wolle für die Besten gehalten werden ;
Sie ist / neben schönen Wäldern / auch mit herzlichen
Wiesen und Aeckern versehen.    Es seyn darauf 36.
Städte / Flecken und Castelle.    Die Geistliche Juris-
diction hat der Bischoff zu Winton.    In Bürger-
lichen Sachen aber ist sie der Grafschafft Hantshire
unterworffen.    Die vornehmste Oerter darinnen
seyn / Neuport / die Handels-Städte Brading, New-
ton und Jarmouth, die Vestungen Scharpnore, Wors-
lay, Hurst , und andere Castelle , insonderheit das
Castell Sandham , welches von Natur trefflich vest /
mit lauter Felsen ringsher umgeben / und mit gro-
bem Geschütz wol versehen.

Noch weiter gehöret zu diesem Königreich die
Insul Cæsarea , oder Jarsay , deren Boden sehr
Frucht-reich für Menschen und Vieh.    Hier siehet
                                              man

man viel Schafe mit Hörnern. Die Lufft dieser Insul ist so gesund/daß man fast keines Artztes bedürfftig/und gibt es fast keine andere Kranckheit/als das Fieber. An Statt deß Holtzes/weil keine Wälder in dieser Insul gefunden werden/brauchet man das Meer-Graß. Sie hat 12. Pfarr-Kirchen. Die vornehmste Stadt ist St. Hilarii. Bey der Stadt Constantia ligt auf einem Felsen das veste Castell Mont-Orgueil, dessen Commendant über die gantze Insul zu gebieten hat.

Nicht weniger gehöret auch zu Engelland die Insul Sarnia, oder Garnsey/ist mit der Vorhergehenden keines Weges zu vergleichen/hat nur zehen Pfarr-Kirchen / ist deßwegen berühmt/weil allda/ wie auch in Irrland / kein gifftiges Thier gefunden wird. Allhier wird der ungemeine harte Stein Smyris gefunden/ den die Engelländer Emeril nennen/ darmit reinigen und schneiden die Steinschneider ihre Edelgesteine/und zertheilen die Glaßmacher ihre Gläser.　Sie hat einen guten sichern Haven bey der Stadt S. Peter/ die mit allerley Kriegs-Materialien aufs Beste versehen ist.　Vermöge eines uralten Privilegii der Königen in Engelland/darffen alle Schiffe / auch mitten in den Kriegs-Zeiten allhier anländen / und ohne einigen Schaden und Feindseligkeit / sie mögen gleich Freunden oder Feinden zugehören. Der Haven hat auf jeder Seiten zu seiner Bewahrung veste Castelle.

Uber die Angedeutete gehöret zu Engelland auch die heilige Insul an dem Northumbrischen Gestade / wird Lindis-Farne, oder Holy Iland genannt. Sie wird/nach Bedæ Bericht/zweymahl deß Tages mit dem Meer-Wasser umgeben/stösset aber

vesten Haven.   Vielleic gut weil von vi
gegen Ost-Süden / liget die Insul Farr
hohen Meer/ und lauter hohen Felsen/ei
Deren noch etliche andere kleinere Insi
get werden/als: Die Insul Widopens,
sul/Bronßmann/und die beyden Wara
Stopel-Insul findet man allerley Arter
grosser Menge /  auch ihre Nester und
mancherley Farben / so zum Theil nicht
als Ganß-Eyer / und von gutem Gesc

Letztlich ist noch darzu gehörig / di
quet, an dem Fluß Coquet, allda sint
Stein-Kohlen.   Sonsten ist ferner ar
nischen Theil deß Königreichs Engellar
sul mehr anzutreffen. Und so ja etwan ar
Seiten noch welche möchten gefunden r
sie so klein und gering / daß sie nicht we
renthalben die Feder anzusetzen.

Hiermit endigte Richard seine Erz
welcher die andere aufs Beste vergni
und sich gar schön bedanckten.

Sie kriegten bald nach diesem
Zeitungen / die gantz nicht angenehm w
es hatte Graf Töckely denen Siebent
schiedene Manifesten und Befehl zukom
darinnen er den Einwohnern zuwissen
er dieses Fürstenthum von der Otto
Pforten erhalten / und mit ehestem dari
sion nehmen wolte. Weiter wurde beric
Groß-Vezier mit der völligen Armee / s

Mann bestunde / von Sophia aufgebrochen / und in vollem Marsch gegen Pyroth und Nissa begriffen seye / darvon der erste Ort nach vier-tägiger Belagerung mit Accord eines freyen Abzugs sich ergeben / darauf der übrigen Gräntz-Oerter Besatzungen sich zeitlich nacher Nissa retiriret.

Nachdeme nun der Herz General Veterani deß Feindes starcken Anmarsch vernommen / hat derselbe Nissa mit 3000. Teutschen zu Fuß / 500. zu Pferd / samt gnugsamen Lebens-Mitteln und Munition, welche er von Belgrad dahin bringen lassen / versehen / auch an statt deß Obristen Graf Jörgers / so indessen gefährlich kranck worden / den General-Wachtmeister Guido von Stahrenberg / gewesenen Commendanten in Belgrad / mit dem Käyserl. Ingenieur, Grafen von Marsily, dahin kommen lassen / er ist den 2.12. Augusti von dannen nach Jagodin abmarschirt / worauf andern Tages Nissa von dem Feind berennet worden. Dieweil nun gedachter massen der Graf von Stahrenberg das Commando in Nissa übernehmen muste / so wurde von Jhro Durchl. Printz Ludwig von Baaden / welche den 8. Augusti N.C. in dem Lager zu Jagodin anlangte / dem General-Feld-Marschall-Lieutenant, Grafen von Aspermont das Commando in Belgrad / auf dem Land / dem Sau-Trau-und Donau-Strohm / und der darum ligenden Plätze und Militz / dergestalten aufgetragen / daß / wann der Graf Guido von Stahrenberg durch Capitulation auß Nissa käme / er alsdann unter seinem Commando stehen solte. Der Ertz-Rebell Töckely / bey deme sich indessen etliche hundert Frantzosen / nebens einigen Baßen / mit Volck eingefunden / ware / unter währendem

dem Marsch deß Groß-Veziers auf Nissa / über
die Donau gangen / und nachdem derselbe mit denen Tartarn / dem Fürsten in der Wallachey / und
andern Raub-Vögeln / biß 24000. Mann verstärcket / hat er darauf seinen Marsch gegen den Kron-
stätter-Paß in Siebenbürgen angetretten; Als nun
der General Heußler hiervon Nachricht erhalten /
ist derselbe / ohnerachtet er nur 4. unvollkommene
Regimenter Teutscher Reuterey / und 5000. Siebenbürger / darunter sich viele Zäckler befunden /
unter Commando deß Telecky / bey sich hatte / dannoch den Durchbruch daselbst dem Feinde zu ver-
wöhren / dahin aufgebrochen / um so viel desto mehr /
weil er alle befestigte Plätze mit gnugsamer Kriegs-
Nothwendigkeit wol versehen / und mit Fuß-Volck
beleget hatte.    Worauf dann am 11.21. Augusti,
der Feind durch den Paß Perez angerücket; Weil
aber die Bauren durch einige Umwege etliche hundert Mann von dem Feinde durch das Gebürge
in das Land practiciret / ist gedachtes Heußlerisches
Corpo so wol vornen als hinten auf einmahl angegriffen worden; Bey welcher Action man Anfangs tapffer gefochten / so / daß von dem Feind etliche tausend Mann erleget worden / biß endlich die
Siebenbürger / weil alsbald ihr General der Telecky
geblieben / die völlige Flucht genommen / und die
Teutschen allein in dem Stich gelassen; Und weilen solche kaum biß 2500. Mann sich noch starck
befunden / so seynd sie gleich von der Menge der
Feinde umringet / und nach einem blutigen Gefecht von ihnen biß 1200. Mann niedergehauen /
darunter obgedachter General Telecky / Obrist Noir-
mes , der General Pallicani auß der Wallachey / so
                                                 sich hiebe-

sich hiebevor Käyserlicher Devotion ergeben hatte/
Obrister Wachtmeister Springinsfeld von dem
Dorischen Regiment/ Obrister Wachtmeister von
dem Castellischen Regiment/ nebenst viel andern
Officirern/ geblieben/ und der Marquis Doria gefangen worden.    Die übrige Teutsche aber haben sich
durch die gantze feindliche Macht geschlagen/ und
sich nachgehends zu Hermannstadt wiederum nach
und nach eingefunden.    Der General Heußler
und Graf Magni hatten sich zwar auch mit der
Flucht salviret/ weilen aber die Bauren aller Orten auf den Pässen lagen/ und von den geflüchteten
Soldaten noch viele erschlugen/ so hatte solches Unglück auch den General Magni, betroffen/ dann die
Bauren ihn in einem Dorff/ wohin er sich retirirt
hatte/ erschlagen/ und in ein Wasser geworffen/ der
General Heußler aber/ wurde in seiner genommenen Retirade nach Cronstadt/ durch eine Tartarische Parthey eingeholet/ und gefangen genommen/
welcher nachmahls/ nebenst dem Marquis Doria,
vom Töckely ranzioniret worden.    Bey ihm/ dem
Töckely/ befande sich der Fürst auß der Wallachey/
welcher seines gewesenen General Pallizani Kopff
auf einer Lantzen vor sein Gezelt stecken lassen;
Deß Telecky Leib hat er seiner Frauen zu begraben/
und den Kopff/ nebenst den eroberten Standarten/
dem Türckischen Käyser nach Adrianopel zuge-
schicket.    Wiewol nun der Töckely an Cronstadt
ruckte/ und nach dessen Eroberung die Passage in
Siebenbürgen desto besser zu eröffnen hoffte/ so
kunte er sich doch deß Orts auß Mangel groben
Geschützes nicht bemächtigen.    Allein wegen Untreu der Bürger/ so sich an ihn ergaben/ hat der

Käyserl.

Käyserl. Commendant, Graf von Guttenstein/ die
Stadt verlassen / und sich mit der Militz ins Schloß
retirirt; Worauf der Töckely der Stadt die Neutralität verwilliget / und eben solcher Neutralität
halber an alle Oerter geschrieben / biß sich das gantze
Land ihm werde ergeben haben. Zu dem Ende
verschonete er dasselbe/ so viel immer möglich; Hingegen machte man in Siebenbürgen in allen Plä-
tzen Anstalt / sich zu defendiren. Die Stände wa-
ren/ samt dem Fürsten Abaffi, zu Clausenburg ver-
sammlet/ allwo sie berathschlagten / wie bey dieser
Gefahr das Fürstenthum vor dem anscheinenden
Ruin zu beschützen sey; Schickten deßwegen einen
Expressen an den Käyserl. Hof / den gefährlichen
Zustand zu berichten / und um eylfertigen Succurs
anzuhalten / mit der Versicherung/ in der Ihro
Käyserl. Maj. geschwornen Treu und geleisteten
Pflichten / beständig zu verharren / und alles das
Jenige / was zur Defension deß Landes nöthig / bey-
zutragen: Mit Versprechen/ daß bey Anlangung
eines schleunigen Succurses der völlige Siebenbür-
gische Adel aufsitzen / und sich mit den Käyserlichen
conjungiren werde. Der Töckely hatte dargegen
den gefangenen Marquis Doria auf Caution deß
General Heußlers loßgelassen / um in gewissen Angelegenheiten nach Wien zu gehen / und sich sodann
wieder bey ihm zu stellen. Der Groß-Vezier hatte
indessen die Belagerung Nissa eyfferig fortsetzen/
und den 6.16. Augusti, nach Verfertigung der Batterien / die Stadt hefftig beschiessen / mit denen
Approchen dergestalten fortrucken / und darauf
den 11.21. Augusti die Pallisaden stürmen lassen/
so aber glücklichen abgeschlagen wurden / welches
der Herr

der Herz General von Stahrenberg so bald durch
ein Schreiben an Jhro Durchl. zu Baaden kund
machte/ mit dem Anhang/ daß er den Ort nicht lang
mehr defendiren könte. Weil nun der Herz General von Stahrenberg vernommen / daß der General
Heußler in Siebenbürgen geschlagen / und Jhro
Durchl. Printz Ludwig von Baaden / sich fertig
machten / um in Siebenbürgen zu gehen / der Feind
dargegen immer hefftiger ansetzte / auch sich durch
einen nochmahligen Sturm der Contrescarpe be-
mächtiget/ so hatte er/um das Volck zu salviren/ mit
dem Groß-Vezier den 8. Septembr. N. C. folgenden
Accord geschlossen / daß die Besatzung mit Sack
und Pack / völliger Bagage, auch Ober- und Unter-
Gewöhr / klingendem Spiel / fliegenden Fahnen/
abziehen / und biß an den nächsten Christlichen Ort
solte begleitet werden.

Worauf derselbe den 9. Septembr. N. C. Vermöge Accords mit den Seinigen abmarschirt/ wurden aber so balden von den Tartarn / worbey sich
auch Türcken befunden/ gewaltthätiger Weiß disar-
miret / und der meisten Bagage beraubet/ es setzte
auch eine Tartarische Parthey von etlichen 1000.
worauß/ um ihn und die bey sich habende Soldaten
an einem gewissen Ort zu überfallen / und sämtlich
nieder zu hauen / weilen aber zu allem Glück der
Herz General seinen Marsch nicht dahin / sondern
auf Semendria genommen / woselbsten Er über die
Donau gangen / so ist Er dardurch diesem Bar-
baris. Vornehmen mit den Seinigen entgangen/
und den 12. 22. Semptembr. zu Belgrad ankommen.
Der Obrist Corbelli hatte mittlerzeit Groß-War-
bein in Ober-Ungarn dergestalten enge eingeschlos-

f 4                                             sen / daß

sen / daß der Hunger und Mißvergnügen der Guarnison und Einwohner gegen den darinn commandirenden Baſſa ſo groß wurden / daß / weilen ſie wenig Proviant und keinen Succurs zu hoffen hatten / ſie reſolvirt waren / den Baſſa zur Übergab zu nöthigen ; Nachdem ſie aber den Einfall deß Töckely in Siebenbürgen vernommen / und von ihm dabenebenſt eines ſchleunigen Entſatzes waren verſichert worden / ſo wurde reſolvirt / deſſen noch zu erwarten.   Der Obriſt Corbelli erhielte dargegen im Monat Julio vom Käyſerl. Hof Ordre, mit den vier Gondolaiſchen Compagnien von dannen in Nieder-Ungarn nach der Haupt-Armee zu marſchiren / und dem unter Weges begriffenem Obriſt Schlick die Bloquade zu überlaſſen.   Als nun die Türcken in der Veſtung darvon Kundſchafft erhalten / und vermeynet / daß der Abmarſch bereits geſchehen / haben ſie alles / nebenſt der völligen Reuterey / aufſitzen laſſen / und auf die Käyſerl.Vorwachten 40. Pferde geſchicket / die andern aber verdeckt gehalten / in Meynung / die Käyſerliche auß ihrem Vortheil anzulocken.   Auf welchen Lermen ſich dann der Obriſt mit 30.Mann von der Wacht zu denſelben begeben / und ſo gleich den Feind zurück geſchlagen / jedoch / weilen er vermercket / daß ſie einen Hinterhalt hätten / nicht weiter fortgangen / biß er 100. Reuter vom Gondolaiſchen Regiment / nebenſt 80. Huſaren / ihm nachzufolgen commandiret ; Da ſie dann auf den Feind loßgangen / welcher auch mit ſeiner Vorwacht herauß gerucket / und über 300. Pferde ſtarck geweſen / ſo dannoch in die Flucht geſchlagen / und biß zu einem groſſen Graben unter die Stücke verfolget worden.   Die Janitſcharen

haben

haben ihnen allda in 200. zu Hülff kommen wollen/ sind aber mit Verlust gleicher Gestalt zurück getrieben worden; Worauf der Herz Obrist Corbelli mit ermelten 4. Compagnien von dannen nach der Haupt-Armee abmarschiret/ dargegen ist der Obrist Graf Schlick mit einigen Völckern allda ankommen.

Als nun Ihro Durchleucht von Baaden die Eroberung Nissa und unglückliches Treffen/ zwischen dem General Heußler und Töckely/ vernommen/ so haben selbe ein starckes Corpo, nebens den General Veterani, General Serau und General Heister/ zu sich genommen/ und seynd damit bey Semendria den 4. Septembr. N. C. die Donau passiret/ um deß Töckely weiteres Vornehmen zu hintertreiben/ und die übrige Käyserl. Völcker dem Herzn General von Aspermont anvertrauet/ mit Ordre, daß er Semendria nach Möglichkeit suchen solte zu erhalten/ damit/ wofern das Land in Siebenbürgen rebelliren/ er allen Falls seine Retirade dahin wieder nehmen könte/ weßwegen der General von Aspermont/ so gleich unter Commando deß Herzn Obrist-Wachtmeister Weingartens von Görtzis. Regiment 400. Mann dahin gesandt/ mit der Ordre, sich tapffer zu wöhren/ er aber ist zu Folg der Ordre nach Belgrad gangen/ und allda den 5. Septembr. N. C. mit der zugegebenen Mannschafft deß gantzen Salmischen/ gantzen Palfischen und halb Caunitzischen Regimentern zu Fuß/ und dem gantzen Tschaickischen Regiment Husaren ankommen. Indessen hatte der Groß-Vezier gedachtes Semendria mit einem starcken Schwarm anfallen/ mit 6. grossen und vielen kleinen Stücken beschiessen lassen/ und

f 5 obwolen

obwolen nachgehends der Obrist=Wachtmeister
von Belgrad Ordre erhielte / wofern der Ort gar
nicht zu behaupten stünde / denselben in der Nacht
zu sprengen / und so dann die darinn ligende Besa=
tzung zu Wasser zu salviren/ so hatte doch solches nicht
füglich zu Werck gerichtet werden können / gestal=
ten die Türcken / nachdeme sie biß an den Halß
durch das Wasser gesetzet / so gleich den so genann=
ten Wasser=Thurn mit grosser Furie angefallen/
und sich darauf deß Orts / worinnen 500. Teutsche
und 400. National-Völcker sollen gelegen seyn/
mit stürmender Hand bemächtiget / und alles nie=
dergehauen.

Ralitsch/ so ein kleiner Ort / nicht weit von der
Donau / wo die Morava einfällt / hat sich nach drey=
tägiger Belagerung mit Accord ergeben / Ramm
und Columbaß aber hatte die darinnen gelegene
Guarnison in der Nacht gesprenget / und sich nach
Orsova retiriret.    Die Guarnison in Widdin hatte
sich indessen auch nach vier=tägiger Belagerung
an den Seraskier mit Accord ergeben / und ihren Ab=
zug nach Orsova genommen / weilen aber dieser Ort
ohne vorherigen Verlust der Contrescarpe , von
welcher der Feind noch 40. Schritte gestanden/ wie
auch ohne davor gebrauchten Sturm und eröffnete
Breche übergangen / verursachte solches nicht wenig
Nachdencken bey dem Marggrafen von Baaden/
so den 8. Septembr. N. C. zu Karansebes ankommen/
und sich allda mit denen Caprarischen / Croysch=
und Herbevillischen Regimentern conjungiret hatte/
deßwegen derselbe den darinn gewesenen Commen-
danten/ Obrist=Lieutenant Hampesch / wie auch den
Hauptmann/ so die Ubergab capituliret haben solte/
                                        um die

um die rechte Ursach deſſen zu vernehmen / zu ſich citiren laſſen.    Der Seraskier ſchickte darauf ein ſtarck Corpo vor Orſova , weilen aber ſelbe Beſatzung beordret ware / ſich biß auf den letzten Mann zu wöhren / ſo kunte ſelbiger darfür noch zur Zeit nichts außrichten / weßwegen er Temeswar entſetzet/mit aller Nothdurfft verſehen/ und dabenebens einen ſtarcken Succurs nach Gyula und Groß=Wardein marſchiren laſſen.

### Das VI. Capitul/

Heuſchrecken thun in Pohlen/Preuſſen/&c. groſſen Schaden/mehrere Exempel deſſen/ ob ſie zur Speiſe zu gebrauchen/und wer ſie eſſe.    Die Iſraeliten haben in der Wüſten nicht Wachteln/ſondern Heuſchrecken geſſen.    Die Savoyer und Waldenſer thun den Frantzoſen groſſen Abbruch.    Catinat hingegen verſetzt ihnen durch Hinterliſt einen empfindlichen Streich/ mit beyderſeitigem ziemlichen Verluſt.

Humfred, mit ſeiner Geſellſchafft / vertriebe/ angefangener Maſſen/ die Zeit/ wie ſchon oben gedacht worden.    Hiernächſt gabe es allerhand Discurſe , von der neulichen blutigen Schlacht bey Fleury , und was Merckwürdiges ſich darbey auch ſonſten anderwärts zugetragen/ingleichchem/ wie die Holländiſche und Alliirte Armee nun wieder in ſolchem Stande/ daß ſie die Frantzöſiſche auffuchen/ und von Neuem zu einem abermahligen Treffen veranlaſſen wurde/ darvon man täglich/ ja faſt ſtündlich/neue Zeitungen gewärtig ware; Aber es verfloſſe darüber mehr Zeit / als man Anfangs vermeynet.Indeſſen lieſſen auß Pohlen unterſchiedliche Zeitungen ein/ daß ſchon im Julio, und noch jetzund/ in Crimm und Budziac eine ſehr groſſe Menge Heuſchrecken angekommen/ die eines Fingers

gers lang seyen / welche von da an in die Ukraine/
Podolien / Wallachey / Moldau / Preussen / und
mehr andere Ort/in solcher Menge und Anzahl sich
außgebreitet / und überal das Getrayd und Graß
verzehret/ und abgefressen/ daß sie wol auf 2.Mei-
len in der Breite geflogen/und im Niederfallen eine
halbe Ehle dick über einander gelegen/wie auch/daß
sie nun meistens anfiengen/ dahin zu sterben/ daß sie
auf den Strassen zweyer Ehlen dick auf einander
ligen / einen unerträglichen Gestanck verursachen/
also/daß die Leuthe/welche das Ungezieffer mit Wägen voll ins Feld führeten / sich in die Logiamenter
von der Erden zu retiriren/genöthiget wurden/ und
man in Gefahr einer ansteckenden Seuche derent-
halben stehe.

Mein GOTT! sagte Humfred hierüber / ich
meyne das gute Pohlen seye schon von denen Tür-
ckisch=und Tartarischen Heuschrecken undRäubern
vorhin genug geplaget / daß es dieser neuen Land-
Plage wol überhaben seyn könte. Einer fragte/
was diese grosse verderbliche Anzahl Heuschrecken
bedeuten möchte? Darauf ist leicht zu antworten/
sagte Humfred, dann / wie ich schon vorhin gesagt/
daß ungemeine Begebnüssen gemeiniglich auch
was Ungemeines nach sich ziehen; Also glaube ich/
daß diese verderbliche Heuschrecken nicht nur eine
Vorbedeutung einer Straffe und erfolgenden Unglücks / sondern zugleich auch die Straff und Unglück selbsten mit seyen / indem sie die Früchten/
Graß und Getrayd verderben / und abfretzen / sondern durch ihren grausamen Gestanck die Leuthe
auch kranck machen/also die Ursache der Theurung/
... nger und böser Seuchen seyn.

Als im Jahr 1344. sich eine grosse Menge Heuschrecken auß Ungarn erhebt / seyn bald darauf die
Tartarn mit grossen Hauffen in Reussen und Pohl-
len eingefallen / und darinnen grossen Schaden gethan. Im Jahr 1363. sandte GOTT Heuschrecken in Teutschland / die kamen / und flogen also dick
in der Lufft / und in dem Felde / als ob ein grosser
Schnee gefallen; Sie fielen in die Früchten / und
thaten überauß grossen und verderblichen Schaden /
wann sie nun einen Acker oder Feld verderbet / flogen
sie wieder auf ein Neues und Frisches. Sie waren
groß und feist / einer halben Spannen lang / und
also in der Masse; Diese Plage hat man damahlen
der grossen Hoffart / so man getrieben / zugeschrieben. A. 1613. thaten die Heuschrecken in der Landschafft Provence in Franckreich überauß grossen
Schaden. In eben diesem Jahr hat dergleichen
schädliches Geschmeiß an unterschiedlichen Orten in
Pohlen alles Geträyde abgefressen. So ist auch auß
den Historien bekandt / daß / neben noch andern Ursachen / das gewaltige Käyserthum Sina in Tartarischen Gewalt kommen / auch gewesen der grosse
Hunger in dem Mitternächtischen Theil deß Käy-
serthums / so die Heuschrecken durch Verderbung
der Früchten verursachet.

Einer / der etwas curieuser / als vielleicht die
übrigen / ware / fragte / wann dann diese Heuschrecken in Pohlen / und auch andere / von denen jetzo
gesagt worden / an solchen Orten / wo sie niederfallen / alles Geträyd und Früchten abfressen / ob solche.
dann / in Ansehung ihrer unschädlichen Nahrung /
nicht auch wieder von den Menschen / ohne Gefahr
ihrer Gesundheit / könten genossen werden? Weilen
neulich

neulich Erwehnung geschehen/ daß die Storchen
die doch fast lauter gifftiges Geschmeiß zu ihre
Nahrung gebrauchen/ohne Schaden/ja/als etwa.
Delicates/ gegessen werden? Das wüßte ich nich
eigentlich zu beantworten/sagte Humfred,und müst
die Erfahrung hierinnen die rechte Lehr-Meister i
seyn.   Zwar/ sagte er ferner/ werde in H.Schriff
gedacht/ daß der H.Johannes in der Wüsten Heu
schrecken für seine Speise gebrauchet/wiewol einig
Klüglinge solches von Krebsen auß dem Jordar
wollen verstanden haben/ als die da von keinen an
dern Heuschrecken/als wie sie bey uns auf den Wiesen herum hupffen/etwas wissen.   Wann nun Johannes warhafftige Heuschrecken zu seiner Speise
gebrauchet/ so seye wol vermuthlich/ es möchte noch
heut zu Tage eine gewisse Art oder Gattung Heuschrecken geben/die wol zu essen wären/daß man sich
bey deren Genuß keines Ubels zu befahren.

Der vorige curieuse Mann versetzte hierauf
wieder : Solcher Massen würde mein Herz leichtlich einen in Teutschland hochberühmt- und gelehrten Mann zum Vorgänger haben/ als der da auf
die Gedancken gerathen/ auch mit nicht verwerff-
lichen Gründen darfür hält/ daß die Kinder Israel
in der Wüsten nicht Wachteln / wie der Teutsche
Text und die Vulgata zeugen/ sondern Heuschrecken
gegessen.   Dieses kame den Beysitzenden seltsam
vor/deßwegen dieser ferner anführete/wie gedachter
vortreffliche Mann seine Meynung auß dem He-
bræischen Grund-Text erkläre/ daß deß daselbst befindlichen Worts eigentliche und wahre Bedeu-
tung/ neben andern/ in der Babylonischen Gefängnüß verlohren worden / auch das gedolmetschte
                                        Wort/

Wort/ viel einen andern Vogel/ als eine Wachtel/
bedeute/ wie der H. Augustinus solches selbsten erin-
nere/ die Juden gleichfalls auch etwas anders dardurch verstehen/ oder wenigstens an den Wachteln
zweiffeln; Ja/ er melde ferner/ daß einige Orientali-
sche Dolmetschen gar Phasanen darauß machen
wollen/ man demnach besser gethan/ wann man das
Hebræische Original - Wort behalten/ als solcher
Gestalt gedolmetschet hätte. Dann/ so wol der
Chaldæische als auch Lateinische Dolmetscher gar
nicht glauben/ noch begreiffen können/ daß solch eine
unglaubliche Menge Wachteln/ die/ der Verstän-
digsten Meynung nach/ nicht von Neuem geschaf-
fen/ sondern von dem Wind herbey geführet wor-
den/ in einem Theil der Welt beysammen solten gefunden werden/ viel weniger/ daß sie fast 2. Ehlen
hoch über einander also still ligen/ und nicht ersticken
solten.

Zu seinem fernern Behuf/ führet er an das
Exempel/ dessen Porphyrius gedencket/ daß nemlich
ein Kriegs-Heer in der Africanischen Wüsten/ durch
einen grossen Schwarm Heuschrecken/ auß der
Hungers-Noth errettet worden. Auf solche Weise
nun hätten in der Arabischen Wüsten dem hungeri-
gen Volck Israel die Heuschrecken auch zu statten
kommen können. Dann er ferner auß unterschiedlichen Authoren und glaubhafften Berichten bewei-
set/ daß die Heuschrecken durch den Wind/ so gar
über das Meer/ in unglaublicher Menge einen weiten Weg herbey geführet werden/ und sich auf viel
Meilen Weges außbreiten/ offt Schuchs hoch lebendig über einander ligen/ und ohne alle Mühe/
von Weibern und Kindern/ genommen/ geschwinde
in der

in der Hitz gedörret / geräuchert / ol
werden können ; Wie sie dann von t
biger Ländern / wo es geschicht / mit
und ohne Schaden gegessen werden
ihn nicht unbillich bedünckt/es liessen
deß Textes viel füglicher und leichte
schrecken deuten / als auf die Wacht
doch den Gelehrten zu fernerm Nac
lassen.

Humfred liesse diese Meynung
mißfallen / sondern wünschete / Gel
kommen / mit diesem tieffsinnigen
Landtschafft zu komen/ worzu er sich/
seiner Räyse/ selbsten gute Hoffnun
kame ihme solche Meynung auch dar
nabler für / weil er sich erinnerte/ ge
daß in denen Arabisch= und Africar
neyen / neben andern grausamen w
und Schlangen / auch insonderheit
cken/ sich finden / welche auß Arabier
gar offt durch die Wüsteneyen in Lyb
midien und Barbarey/ nachmahls ge
nien / in solcher Menge daher schwei
Lufft scheinet/ als wann sie mit einer d
überzogen wäre. Diese nagen alles
fallen/ und ehe dieses Ungezieffer auß
het/ lässet es eine Eyer=Bruth in gro
ruck/ auß welcher junge Heuschrecken
che/ weil sie nicht fliegen können/ viel
ihre Eltern/ dann sie fressen das Laub
men/ biß auf die Rinde/ und verursach
sen Mangel/ und theure Zeit. Die A
pflegen diese Heuschrecken/ welche sel

braten/ und als ein angenehmes Lecker-Bißlein zu
verzehren. Einer aber sagte zum Beschluß dieser
Materie: Es gelte ihm gleich viel/ ob er Wachteln
oder Heuschrecken esse/so fern nur diese so guten Ge-
schmacks/und eben so delicat, als Jene/ zu essen wären. Verwundere sich doch darbey/daß man in so
vielen Zeiten keine Probe gethan/( so viel ihme wis-
send/) ob in diesen Landschafften dergleichen Ungezieffer zur Speise gebrauchet werden könte.

Mit dergleichen und andern Discursen hatte
Humfred fast seine meiste Zeit-Vertreib/ zumahlen
von Kriegs-Sachen/ seit der Schlacht bey Fleru,
und dem unglücklichen See-Treffen/nichts sonderliches zu vernehmen ware/ indeme alles anjetzo auf
Præparatorien/neuen Veranstaltungen/und darauf
gemachter Hoffnung beruhete/ wiewolen die Fran-
zosen darbey nicht feyreten/ ihren Vortheil abzusehen. Es schiene/ als hätte sich der Krieg nun völlig
in Savoyen und Piemont gezogen / und Mars das
Haupt-Quartier daselbsten aufgeschlagen/ indeme/
sonderlich die Thal-Leuthe und Mondoveser/nicht
die geringste Gelegenheit vorbey streichen lassen/
denen Frantzosen Schaden und Abbruch zu thun/
so / daß eine Zeitlang von keinen Kriegerischen
Actionen / als von eben diesen/ und am Rhein von
der Husaren Streiffereyen/ die dann und wann denen Frantzosen gute Streiche versetzten/ und ziemliche Mummen- Schantzen anbrachten/ zu hören/
doch nunmehr gute Hoffnung ware/ es wurde
am Ober-Rhein der Tantz auch mit allem Ernst
angehen/ und den Frantzosen die bißherige Bravure
und prahlerisches Aufschneiden geleget werden/
weilen die Käyserliche/ Bäyerische / Sächsische/

Schwäbische / Fränckische / und andere Reichs-
Völcker/sich nunmehr zusammen gethan/und con-
jungiret/ daß es eine ansehnliche/ ja formidable Armee zusammen außtruge.

Inmittelst/wie gedacht/ fuhren die Waldenser/
samt dem Marquis de Parella fort / denen Frantzosen
tapffer auf die Haube zu greiffen/sonderlich/nach-
dem sie die Schantz S. Brigitta gegen Pignerol hinweg genommen / und darmit denen Frantzosen den
Paß deß erwartenden Succurses abgeschnitten/auch
Catinat die Brücke über den Fluß Poo zu Carignan
zu verlassen gezwungen / und ob er schon solche mit
Gewalt wiederum zu erobern gesuchet/dannoch den
Savoyischen/ so solche bereits starck besetzt/ überlaß-
sen/ und mit einer langen Nasen und ziemlichem
Verlust darvon wieder abziehen müssen.

Es versuchte aber der Frantzös. General Catinat
auf allerley Weise/ sich zu revangiren/ deßwegen er
Anfangs Augusti in aller Eyl über den Fluß Tenne
gangen war / durch ein Detachement , von 3000.
Mann / Villa Franca zu überrumpeln sich unterstan-
den/ es wurden aber dieselbe also empfangen/daß
sie/ mit Verlust 500. Todten/ zur Armee zuruck kehren musten/ gleichwol aber wurde das Städtlein
Cava , nachdem sich die darinn gelegene Guarnison
meist nach dem Gebürg retiriret hatte/von den Frantzosen mit Sturm erobert. Als sich nun Catinat hierauf also anstellete / ob wolte er über den Po-Fluß ge-
hen/ und in die Graffschafft Saluzzo einfallen/so ließe
der Marggraf von Piera, welcher mit einer guten
Mannschafft bey Moresta stunde/so gleich/um dieses
Vorhaben zu verhindern/ durch die Thal-Leuthe
und Bauren die Pässe überal wol besetzen / daher
dann

dann mehrgedachter Catinat, weilen er sich fast von
allen Seiten also eingeschlossen sahe/ daß er ohne
Schlagen schwerlich sich würde herauß reissen/wie-
wol er dazumahlen/ wegen Erwartung Succurses/
zu einem Treffen noch schlechten Lusten hatte/ liesse
er doch alle Bagage zuruck nach Pignerol führen / be-
orderte auch darneben den Marquis de Fequieres,
welcher in Lucern lag/ den Ort zu verlassen/und mit
seiner Mannschafft zu ihm zu stossen.   Immittelst
hatten die Waldenser nicht allein eine Frantzösische
Convoy von 100. Maul-Eseln angegriffen/ und
stattliche Beute darvon gebracht/sondern auch kurtz
darauf eines grossen Wacht-Hauses / worinnen
100. Frantzosen gelegen / sich bemächtiget / welches
zwar die Frantzosen wieder zu erobern suchten/ aber
vergebens.   Darauf dann diese Thal-Leuthe/ in
2000. starck/unter ihrem Obristen/Monsr. de Loches,
den March schleunig fortsetzten/ also/ daß sie Dien-
stags/ den 8. Augusti, N. C. eine halbe Stunde von
Buriano ankamen/ und allda den Marggrafen von
Parella, mit etwan 3000. Mann Piemontesischer Miliz, und 4000. Mann Außschuß/ antraffen/ welcher
dem Feind den Succurs auß dem Delphinat abzu-
schneiden suchte ;  Nach gehaltenem Kriegs-Rath
wurde für gut befunden/ ohne einige Zeit-Verlie-
rung/ auf den Feind/ damit er nicht noch stärcker in
diese Thäler eindringen möchte/loßzugehen/ Buriano, als einen vortheilhafften Posten/ zu bewahren/
und/ wo möglich/ die Frantzosen auß Lucern zu vertreiben.   Es bekame aber noch selbigen Tages gedachter Marquis Ordre, mit seiner Mannschafft zur
Armee zu stossen; So bald nun derselbe dahin auf-
gebrochen/ ist auch der gröste Theil der Land-Miliz,

so die

so die Päſſe beſetzt hatten / von dannen entloffen/
und dardurch dem Frantzöſiſ. Succurs, von deme ſie
nichts gewußt /Gelegenheit gegeben/nächſt Eröff=
nung der Päſſe / den Catinat zu entſetzen / ſo ſonſten
nicht leicht zuWerck hätte gerichtet werden können.
Die Thal-Leuthe aber / zu welchen ſich biß tauſend
Mondovcſer geſellet hatten / und treulich bey ihnen
hielten/ob ſie wol durch den Abzug deß Marggrafen
von Parella in etwas beſtürtzt worden/marchirten ſie
doch auf Lucerna zu/welchen Ort ſie deſto leichter zu
gewinnen hofften/weil ſie unter Weges Nachricht
erhielten/ daß der Frantzöſiſ.Marggraf de Fequiers
die Mauren allda biß an die Helffte abgeworffen
hätte.    Nachdem nun die Thal-Leuthe den 1.11.
Auguſti eine Höhe bey Lucern erreichet/und darauf
wargenommen/ daß der Feind/ nebſt 6.Squadronen
Cavallerie und Dragoner / etwan in 3000.ſtarck zu
Fuß/bey der höltzernenBrucken/und theils in einem
Grund vor der Stadt / ohne einig Retrenchement,
campirte/beneben aber einen conſiderablen Berg innen hätte/auf deſſen Höhe das Fort St.Michael liget/
wurden ſo gleich 200.Picmonteſer/zu denen 30.Gra-
nadirer ſich geſelleten / den Feind vom Berg zu vertreiben beordret.   Ob nun wol der Feind ſich tapffer
wöhrete / ſo wurde er doch endlich in die Flucht ge-
bracht/und darauf das Fort St.Michael erobert/aber
kurtz darauf nahmen es die Frantzoſen wieder ein/
welche darauf zum zweyten mahl/nicht ohne groſſen
Verluſt herauß geſchlagen wurden.DieThal-Leute
beſetzten das Fort mit 100.Mann / und verfolgeten
den Feind biß einen Muſqueten-Schuß vonLucern/
welcher dieſen Ort verlaſſen / etliche Häuſer in
Brand geſteckt/und ſich über la Tour nach Pignerol
zu reti-

zu retiriren suchte.    Es hatte aber immittelst der
Marggraf von Parella, welcher von der Flucht deß
Feindes Nachricht erhalten / die beyde Wege / so
nach Briqueras und Lucern gehen / besetzt / und ihnen
den Paß abgeschnitten.

Worauf deß andern Tages das Gefecht von
Neuem angangen / darbey sich zwar die Frantzosen /
mit Hülff ihrer Reuterey / daran es den Thal-Leu-
then mangelte / sehr tapffer wöhreten / doch aber endlich übermannet wurden. Letzthin wurde Briqueras,
ein vester Ort / darinnen eine starcke Frantzösis. Besatzung gelegen / mit grosser Furie, und zwar das
Castell an 5. Orten / die Burg aber an dreyen von den
Waldensern angegriffen / und nach starckem Widerstand erobert. Dieses continuirliche Scharmu-
ziren hat 8. Tage gewähret / worbey die Thal-Leuthe
in allem 48. Mann verlohren / von den Frantzosen
aber waren 3. Obristen / 2. Obrist-Lieutenante / ein
Major / mehr als 40. Capitains, und über 1400. Gemeine / umkommen / also / daß von dem Dragoner-
Regiment de Sales nicht mehr / als 800. Mann / mit
denen Officirern / übrig geblieben / und waren in
Pignerol 17. Karren mit Verwundeten eingebracht
worden / wordurch also die Frantzosen auß allen
Thälern von S. Martin verjaget / und Lucerna, wie
auch der veste Ort / la Tour, benebens Briqueras, von
dem Marggrafen von Parella besetzet worden. Die
Haupt-Armee aber deß Hertzogs von Savoyen /
darzu auch der Marquis de Parella, anjetzo stiesse /
hatte sich immittelst / nachdeme sie mit einigem Succurs ware verstärcket worden / zu Villa Franca am
Po-Fluß sehr vortheilhafftig gelagert / also / daß sie
auf der lincken Seiten einen Morast / Gepüsch / und

den Po-

den Po-Fluß vor fich hatte / auf der Rechten aber
mit vielen wolbefetzten Wacht=Häufern verfehen
waren. Dieweilen nun der Frantzöfif. General Catinat, den 2, 12. Augufti, auß dem Delphinat einen
ftarcken Succurs erhalten / alfo / daß er bey 18000.
Mann ftarck ware / fuchte er anjetzo / dem Hertzog
eine Schlacht zu liefern/ zu welchem Ende er/ nach=
deme er vorhero das Hertzogliche Lager recognofci-
ret/den 7. 17. Augufti feine Armee gegen Staffort an=
marchiren/den darauf folgenden Tag aber/nemlich
den 8. 18. dito, frühe Morgens den rechten Flügel
deß Hertzogs angreiffen/ und darnebens am Waf=
fer/ allwo auf der andern Seiten der Hertzog eine
Schantz aufgeworffen hatte/ durch ein ftarck Corpo
einen falfchen Angriff von fornen thun ließ/welches
zu einem fcharffen Gefecht außfchluge/ fo 4. Stun=
den gedauret/ und Anfangs zwar auf Savoyifcher
Seiten ein gutes Anfehen hatte/ alfo / daß fie der
Frantzofen bereits eine ziemliche Anzahl erleget/wel=
che auch hierüber fich in etwas zuruck zu ziehen an=
fiengen. Es fcheinet aber/daß der Feind nur deßwe=
gen in etwas gewichen / damit er die allzuhitzig her=
nach folgende Savoyer auß ihrem Vortheil herauß
locken möchte / welche Lift ihm auch ziemlich gelun=
gen / Geftalten er von einer kleinen Höhe hinter ei=
nem Gefträuch/allwo er einen Hinterhalt gemacht/
und denfelben mit vielem Fuß=Volck und 25. Stü=
cken befetzt hatte/ auf die heran ruckende Savoyer
tapffer Feuer geben ließ/und diefelbe mit groffer Furie angriffe/ alfo/ daß es beyderfeits zu einem bluti=
gen Gefecht kame / welches gleichfalls 4. Stunden
gedauret. Dieweil man aber Savoyifcher Seiten
nur 12. Stücke mit fich führete/der Feind aber hier=

innen

innen weit überlegen / und solche auch sehr vortheil=
hafftig gepflantzet hatte / als thate er darmit sehr
grossen Schaden. Unter währendem Treffen passirte
die Frantzösis. Reuterey den Morast / und attaquirte
den lincken Flügel / welcher zwar wegen vorgehab=
ten Vortheils / gantz sicher zu seyn bißhero vermey=
net / anjetzo aber / nach einem kurtzen Gefecht / bald in
Unordnung gebracht wurde / und Theils mit der
Flucht sich salvirte. Ob nun wol der rechte Flügel /
einen grossen Widerstand thäte / so muste doch auch
derselbe / nach eroberten Wacht=Häusern / sich end=
lich zuruck ziehen / und dem Feind das Feld raumen /
worauf die Armee über den Po=Fluß sich nach Carmagnola retiriret.

    Es hatte hierbey die Spanische Infanterie einen
unsterblichen Namen erfochten / indem sie nicht ei=
nen Fuß breit / ehe und bevor man sämtlich das Feld
geraumet / gewichen / und hatte man gehofft / wann
die Savoyische Cavallerie der Chur=Bäyerischen
Reutherey tapffer beygestanden / und bey ihr beständ=
big gehalten hätte / daß alsdann der Sieg auf die
Savoyische sich würde gelencket haben / zumahlen /
wo man die Schlacht / welches der Spanische Feld=
Marschall Louvigny gerathen / biß auf die Ankunfft
der Käyserl. Völcker verschoben / oder doch / ehe der
Catinat also mercklich verstärcket worden / denselben
angegriffen hätte. Es sind aber Savoyischer Sei=
ten von hohen Officirern in diesem Treffen umkom=
men / der Marquis del Boglio, Obrister der Cavallerie, Caraglio, Capitain der Cavallerie, Mercenasco, der
Herr di Soille, Capitain vom Regiment de Guarde,
der Cavallier Grimaldi, nebst einigen andern Unter=
Officirern. Blessirt aber sind worden / Printz Eugenius

nius von Savoyen/ der überal Prob
Tapfferkeit hierbey sehen lassen/ der
brüdere Monasteroli, 3. Brüder vom
mano, der Marquis de Albi, der Marqu
no, der Graf d'Ostega, der Cavallie
Monsr. Sonsineu, der Graf Baire, die (
miani, Caraccio, Bombasiglio und Cza
sen von Castel-Monte, della Rocca, Pra
nita, die Marquisen von Birago und P
Lieutenant, und von den Bäyerischen
der Lantze.    Von Milanesischer Sei
worden/ der General-Feld-Zeugmeist
an einem Fuß gequetschet. Don Josep
ral der Neapolitanischen Cavallerie,
in den Arm bekommen/ der Hertzog
Hertzog Gianasco, und mehr andere.
von Spanisch- und Turinischen L
Theils getödtet/ Theils verwundet
Von gemeinen Knechten aber war
500. geblieben / und auf die tausen
auch biß 1100. gefangen worden. Vo
Savoyischen / theils Spanischen S
10. dem Feind zu Theil worden.    E
wurde auch Frantzösis. Seiten dieser
theuer erkaufft/ und verursachte dahe
gnügen bey Hof/ wie man dann ver
daß der Frantzosen über 3000. solten g
und zwar Namentlich waren von L
bey umkommen/ der Ritter la Lande,
Vicepont, Obrist von Bourbon, Monsr.
Fex, Monsr, Laurent, Monsr. de Servon
der Obrist-Lieutenant von Montgome
de Despens und Vervilly, und unterschi

rer vom Artoischen Regiment; Verwundet aber
sind worden/ der Printz de Robbe, Brigadier Plexon,
Brigadier der Reuterey/la Lande, Obrister der Dra-
goner/Fimarcon, Brigadier der Dragoner/ der Graf
de la Torre, Chateautenaut, Obrister / der Marquis de
Cann, Obrister vom Artoischen / und alle Officirer
von selbigem Regiment/so nicht getödtet seyn. Der
Ritter de Cagnaz, la Touche, der Obrist-Lieutenant
vom la Landischen Regiment.    In allem aber wurden auf die 250. todte und verwundete Officirer gezehlet.

## Das VII. Capitul/

Fast gantz Savoyen wird von den Frantzosen eingenommen. Die Stadt Genff geräth darüber in Sorge. Der Hertzog bekommt Succurs. Die Thal-Leuthe
machen gute Beuthen/ und die Frantzosen spielen den
Meister. Haralds Schiff wird angehalten/ er aber gehet in Franckreich/ bekommt gute Gesellschafft. Fovil-
lon erzehlet Filamants possierliche Liebes-Geschichte/
und einer eyfersüchtigen Dame artige Raach-Erfin-
dung.

Leich wie aber / nach dem gemeinen Sprüch-
Wort/ kein Unglück allein kommet/ sondern
eines dem andern die Thüre zu eröffnen pfleget; Also gienge es auch jetzo in Savoyen / indeme
deß Hertzogs Glück gantz Krebsgängig wurde/wie-
wol er / als ein Großmüthiger Hertz / der sich auch
wider das Unglück schon gnugsam gewapnet / darum nicht den Muth sincken liesse. Dann/ da in Piemont es also durch einander lieffe/ ist es immittelst
auch oben in dem Hertzogthum Savoyen nicht zum
Besten ergangen/ indeme Monsr. de Saint Ruth fast
eben zu der Zeit / als das blutige Treffen in Piemont
vorgangen/ mit einem fliegenden Corpo, von 8. biß

10000. Mann/ohne einigen Widerstand/ Chamber-
ry, der Haupt-Stadt/nebens Rumilly, Annecy, und
mehr andere Oerter / ja fast deß ganten Hertzog-
thums Savoyen/sich bemächtiget. Als er nun hierauf in das Land mit seinen unterhabenden Trouppen fortgeruckct / verursachte solches nicht geringe
Furcht bey der Stadt Genff/also/daß/ohnerachtet
Monsr. de S. Ruth dieselbe aller guten Freundschafft
versicherte / sie gleichwol vom Canton Bern Guarnison einzunehmen / auch für sich zu werben / und das
Fortifications-Werck verbessern zu lassen/ bewogen
wurde. Zu jetzt-gedachtem de S. Ruth stieße auch um
diese Zeit noch ein Regiment Irrländer/unter Commando Mylord Mont-Cassel , welche in Chambery,
und andere eroberte Orte/verleget wurden.    Nach
gehaltenem Treffen in Piemont hatte der Frantzösis.
General Catinat seine Trouppen auf die Marggraf-
schafft Saluzzo anmarchiren lassen / um sich deren zu
bemeistern / deßwegen der Hertzog die Guarnisonen
zu Saluzzo, Savigliano und Fossano von dannen sich
zu retiriren beordret / um dem Feind nicht in die
Hand zu fallen/wie dann auch den 9. 19. Augusti Saluzzo, als der Haupt-Platz dieser Marggraffschafft/
folgends den 12. 22. dito Savigliano, und den 13. 23.
dito Fossano und la Roque, ohne einige Gegenwöhr/
sich an den Feind ergaben; Worauf Catinat Savigliano beveftigen/ und in der gantzen Marggraf-
schafft Befehl ergehen ließ/ daß man alles Gewöhr
und Kriegs-Munition in das Castell zu Saluzzo bringen / und dem König in Franckreich den Eyd der
Treu abstatten solte/folgends auch Vizzola, Mansa,
und mehr andere Orte/unter seine Gewalt brachte.
    Gleich wie nun nach dem Treffen in Piemont
der Ca-

der Catinat mit 4.biß 5000.Mann verſtärcket wur-
de/ alſo ſuchte auch der Hertzog von Savoyen/ welcher ſich bey dieſem unglücklichen Streich gantz un-
erſchrocken erzeigete/ ſein Kriegs-Heer wieder zu
ſamlen/zu welchem Ende er auß dem Turiniſ.Zeug-
Hauß 16.Stücke dahin abführen lieſſe. Und kamen
zu Ende deß Auguſti,die Käyſerliche und andere lang
verlangte Hülffs-Völcker auch an/benanntlich/das
Lotthringiſche Regiment/von 1250.Fuß-Knechten/
das Savoyiſche/von 2000.Mann/ item, das Taſſi-
ſche Dragoner-Regiment/ 2150.Mann ſtarck/und
das Montecuculiſche/wie auch 2000.Würtember-
giſche / Dragoner / Fußgänger / und noch andere
mehr.Worauf der Hertzog Montcalliere fortificiren/
und Carmagnola mit mehr Stücken und Volck be-
ſetzen/benebens auch die Thäler oberhalb gegen Savoyen bey Suſa mit 4000.Mann verwahren lieſſe;
Und thäten die Waldenſer in den Lucerner-Thälern
unter dem Obriſten de Loche dem Feind noch imer-
hin groſſen Schaden/ Geſtalten ſie dann den 6.16.
Septembr. eine Convoy von 300.Dragonern/welche
Catinat nach Pignerol abſchickte / alſo hertzhafft an-
gegriffen/daß 297.darvon auf dem Platz geblieben/
ihnen hergegen über 400. beladene Wägen und viel
Maul-Eſel zu Theil wurden.

Hergegen hatte Monſr.de S.Ruth inzwiſchen in
Savoyen ſehr übel gehauſet / und weit und breit/
gar biß an den Genffer-See / alles in Contribution
geſetzet/und ſelbige mit Gewalt eingetrieben. Hierauf marchirte er mit Monſieur de Vins und My lord
Moncaſſel gegen Conflant, und von dannen gegen
dem Paß Sevin, einen von Natur ſehr veſten/ in einer kleinen Ebene einſeitig mit dem Gebürg/ander-
Seits

Seits mit dem breiten und schnellen Fluß Iser/ein-
geschlossenen Felsen/woselbsten der Marquis de Sales
mit 300. Mann sich verschantzet / den ohne dem von
dem Gebürg und besagtem Fluß gar schmahlen
Weg mit starcken Bäumen verhauen / und mit vielen Abschnitten verwahret hatte/um den Frantzosen
den Paß zu disputiren. Dieweil nun solcher Gestalt
der Marq. de Sales sich verwahret hatte/so gab Monsr.
de S. Ruth, nach der Gelegenheit genauer Besichti-
gung/ Ordre, den Felsen an 3. Orten zugleich anzugreiffen. Als nun die Dragoner und Reuter abgeses-
sen/ fiengen sie/ mit Zuthun der Fuß-Knechte/ so der
Moncassel commandirte/an/den Felsen zu besteigen/
denen sich Marq. de Sales mit gutem Widerstand entgegen setzete/weil aber der Feind immer hefftiger an-
drunge / wurde er gezwungen / sich von dar gegen
dem Berg zu retiriren / wurde aber vom Feind so
verfolget / daß viel von den Seinigen niedergemacht / und er/ nebst andern Officirern/ in einem
Wein-Garten gefangen wurde ; Frantzösis. Seiten
wurde der Mylord Moncassel, nebst andern/ blessirt/
und einige getödtet.

Nach dieser Action gieng Monsr. de S. Ruth gerade gegen dem Grafen de Bernex, der sich mit 400.
Mann an einem noch vortheilhafftigern Ort/ als der
Erste / was höher verschantzet hatte / und nachdem
Monsr. de Delec, Obrist-Lieutenant, auf Ordre deß
Monsr. de S. Ruth, mit dem Obreenischen Regiment
die Spitzen dieses Berges bestiegen/ und den Grafen de Bernex unvermuthet Ruckwärts attaquirt/hat
selbiger auf den ersten Angriff die Retrenchemente
mit allen Stücken und Ammunition verlassen/ und
sich abwärts über den Fluß/und so dann über dessen
anderer

anderer Seiten gelegenes Gebürg salvirt/dem zwar
die Frantzosen biß an das Thal S. Bernhard nach=
gesetzet/ aber nicht erreichet.

Hierauf nun kamen einige Deputirte von Mon-
tiers zu Monsr. de S. Ruth , denen auch der Ertz=Bi=
schoff desselben Orts mit den Vornehmsten folgete/
und in einer schönen mit vielen Blumen belegten
Schüssel der Stadt Schlüssel überreichete/ welche
der Monsr. de S. Ruth annahme/ und daselbst seinen
Einzug hielte; Dergleichen thäten auch/ auf dessen
Annäherung / einige Oerter in Tarentöser und
Mauriennischen Thälern.

In Piemont hatte gleicher Gestalt der Catinat
weit und breit alles in Contribution gesetzet.　Und
hatte auch der Frantzösis. Commendant in Pignerol,
Monsr. de Abbeville, mit zu sich genommenen 200.
Dragonern und 600. Fußgängern/ ler Stadt und
Schlosses Villa Franca am Po-Fluß/ ohne einigen
Widerstand/ noch vor Außgang deß Augusti sich be=
mächtiget.　Es hatte zwar auch zu End jetzt=besag=
ten Monats der General Catinat durch abgeschickte
Trouppen die Stadt Sommariva, so gegen Carmagnola ligt/ zu überrumpeln sich unterstanden / welches
Unternehmen aber schlecht ablieffe/ Gestalten dann
die Frantzosen mit Verlust 150. zuruck getrieben/
und 2. Compagnien von ihnen gefangen/ und darun=
ter eine / so in 28. Schweitzern bestunde/ von dem
Hertzog untergesteckt wurde; Welchen Schimpff
zu rächen die Frantzosen kurtz darauf mit grosser
Macht davor angezogen/ und sich dieser Stadt/
nachdeme sich die darinn befindliche Burgerschafft
und Guarnison, wiewol nicht ohne Schaden/ retirirt/
endlichen bemächtiget/ gleichwol aber auf die 300.

Mann

Mann davor sitzen lassen. Viel schlechtere Verrich=
tung hatten die jenige 4000. Frantzösische Reuter/
welche den 15.25. Septembr. auß Pignerol außgan=
gen waren/ deß Vorhabens/ Rivoli bey Turin/und
andere Oerter/ wegen verweigerter Contribution,
einzuäschern/ dann / als Printz Eugenius von Sa=
voyen hiervon Nachricht erhalten / ist er mit etlich
tausend Teutschen und Savoyischen Reutern auß
dem Lager über den Poo-Fluß gangen/ hat auch den
Feind bey Massaglia, 6. Meilen von Pignerol, also
hertzhafft angegriffen/daß derselbe/vuf gethane erste
Salve,alsobald flüchtigen Fuß setzte/welchen aber die
Hertzogliche biß an die Pallisaden vor Pignerol ver=
folget / über die Helfft darvon niedergemacht/ und
mit 200.Pferden/ neben andern Beuten/ ins Lager
wieder zuruck gekehret. Es schickte zwar der Catinat,
den 6.26. dito, einen Trompeter ins Lager / um die
Zahl der Gefangenen zu vernehmen / man fertigte
ihn aber mit dieser Antwort ab / daß die Teutschen
den Frantzosen/als Landkündigen Mord=Brennern/
kein Quartier hätten geben wollen / dahero dann Ca=
tinat also erzürnet wurde/ daß er durch Monsr. de
Quinson, den er deß Nachts/ zwischen den 28.und
29.Septembr.N.C. mit tausend Reutern außschick=
te/die Vorstädte zu Carmagnola einäschern/ und al=
les / biß auf Weiber und Kinder / darinnen nieder=
machen ließ. Um welche Zeit/ nemlich den 19.29.
Septembr. der bißhero von dem Hertzog in Arrest be=
haltene Frantzös. Ambassadeur, de Rebenac, zu Nizza
gegen den auß Franckreich komenden Savoyischen
Ambassadeur außgewechselt worden/welcher darauf
seine Räyse nach Franckreich angetretten.

Inzwischen machten die Waldenser/vornem=
lich in

lich in den Lucerner-Thälern / den Frantzosen im
Delphinat viel zu schaffen / und setzen vieles Land in
Contribution, wie sie dann auch zu Eingang deß Augusti eine Frantzöst. Convoy, von 2. biß 300. Pferden /
welche die Krancke / so Catinat von der Armee nach
Pignerol geschickt/bedecken sollen/unversehens angegriffen / und in die Flucht geschlagen / also/ daß die
Krancke und Verwundete von ihnen im Stich gelassen worden/welche die Waldenser nidergemacht/
und dardurch über 100. Wägen/nebens vielen Pferden / Ochsen / Gewöhr / und andern Sachen / zur
Beute bekommen ; Damit aber die Frantzosen solchem Beginnen der Waldenser desto besser ins künfftige begegnen könten/so legte sich der Marggraf von
Feuquiers mit einigen Trouppen zwischen Lucern und
Saluzzo, um den Paß nach Pignerol zu bedecken.

Wir haben im III. Theil den Rittermässigen
Harald, nachdem er die Frau Siegunden nach Coppenhagen begleitet/von dar zu Schiffe gehen sehen/
um nach Franckreich zu segeln/ weilen er wegen deß
Verlusts seiner Sigeberten in grossem Kummer leb-
te / und nirgend ruhig bleiben kunte ; Das Schiff
aber/ worauf er ware/ wurde von einem Vlissinger
hinweg genommen/unangesehen es mit einem Däh-
nischen Paß versehen gewesen.    Obwolen aber die
Güther arrestirt worden / wurde doch Harald nicht
weiter aufgehalten / sondern ihme erlaubet/ seines
Gefallens zu räysen ; Weil er nun nicht wuste / wo
er seine ehemahlige Gesellschafft möchte antreffen/
zu dem auch für jetzt keinen Lust hatte / den Holländern zum Besten wider Franckreich den Degen zu
gebrauchen/ weil sie ihme / durch Arrestirung seines
Schiffs/ an seiner Räyse verhinderlich gewesen/
uber

über das sein König die Neutralität hielte/entschlosse
er sich/eine Tour in Franckreich zu thun/und selbiges
zu besehen/wie er dann auch würcklich thate/und ohne Anstoß in Franckreich kame/da er sich nicht wenig
verwunderte/daß das Land vieler Orthen an Volck
so sehr entblösset ware/welches entweder dem Krieg
nachziehen muste/oder sonsten/wegen Nahrungs-
Mangel/auß denen Provintzen gezogen/oder auch
wegen der Religion das Land zu verlassen gezwungen worden.

Unter Weges nach Pariß geriethe er in Gesellschafft etlicher Frantzös. Edelleuthen/die ihren Weg
nach Pariß nahmen / deren Zween dem blutigen
Treffen bey Fleury beygewohnet hatten/Zween aber
darvon auß einer gewissen Stadt herkommen / mit
diesen machte Harald,und sie hinwiederum mit ihm/
gar gute Vertraulichkeit / durch deren lustigen Hu-
meur, und tägliche Conversation, Haralden seine
schwermüthige Gedancken guten Theils benomen/
und sein Gemüth aufgemuntert wurde. Es mangelte niemahlen an allerley lustigen Schwencken
und Aufzügen / sonderlich wuste einer dem andern
seine Liebes-Händel entweder artig vorzuwerffen/
oder zu deren selbst-eigenen Bekanntnüß zu vermögen ; Dann diese Nation so beschaffen / daß sie auß
ihren Liebes-Wercken keine Geheimnüß machen/
sondern darmit gerne prangen/und wol leyden mögen / daß auch andere darvon Wissenschafft haben/
weil sie/ wie fast in allen andern Sachen/ also auch
in dergleichen/ eine sonderbare Gloire suchen.

Unter andern Reden und Aufzügen vexirte der
Eine/ so auß der Stadt kame/ mit Namen Fevillon,
seinen Cameraden/wegen seines neulichsten Duells/
und

und ob die empfangene schmertzliche Wunde noch
nicht gar geheilet seye? Worauf der Andere/ so Fi-
lamont hieſſe / mit Lachen antwortete / daß ſie zwar
noch nicht heil/ſondern annoch hefftig ſchmertze/doch
aber hoffe er / in wenig Tagen völlig daran zu ge-
neſen.   Die beyde übrige/ neben Harald, waren be-
gierig / mehrern Bericht wegen deß erwehnten Du-
elles/ſonderheitlich auch darum zu haben/weil ſie an
Nichts abnehmen kunten/daß Filamant verwundet
ſeyn ſolte ; Anerwogen er nicht allein wol außſahe/
und immer luſtig ware/ſondern ſo wol imEſſen und
Trincken/Räyſen/Reiten und Luſtbarkeit den übrigen alles gleich thate/dahero ſie keineVerwundung/
noch weniger eine ſolche/ die / ſeiner Bekanntnuß
nach/ ſo hefftig ſchmertzen ſolte/ an ihme vermuthen
konten/welches ſie ihme auch ſagten/und darbey um
die rechte Erklärung höflich bathen.

Filamant aber entſchuldigte ſich darmit/daß die
geklagte und vorgeworffene Schmertzen und Wunden innerlich im Gemüth ſeye/ dem Leib aber keine
Ungelegenheit mache.   Weil aber die Beyde ferner
anhielten/ihnen die Urſache ſolcher Gemüths-Ver-
wundung zu entdecken/ſienge er an/von andernSa-
chen zu reden ; Deßwegen ſie ſich an Fevillon mach-
ten/ ihn erſuchend/ er ſolte das/ was Filamant ſuchte
zu verbergen / ihnen kund und offenbar machen ;
Worzu er ſich alſobald/nachdem er zuvor den Filamant lachend angeſehen/dieſer auch nichts dargegen
einwandte/willig und bereit erzeigete/und ſeine Erzehlung alſo beginnete :

SO höret demnach/ Meſſieurs, eine der artigſten
und poſſierlichſten Begebenheiten/ die ſich un-
langſten mit unſerm Cameraden zugetragen : Dieser hat

IV.Theil.			h			ſer hat

ser hat in der von uns gestern verlassenen Stadt/
durch seine Lieb-reitzende Manieren/ verschiedene
Liebsten zuwegen gebracht/ denen er auf das Fleissigste aufgewartet/ insonderheit aber hängte er sich
an 2. über die Massen schöne Frauens-Personen/
welche gute Gespiel- und Nachbarinnin/ oder wol
gar nahe Bluts-Verwandtin waren.   Weil er
aber die Eine nicht mit solcher Freyheit besuchen
darffte/ wie er verlangte/ und gerne gethan hätte;
So verliesse er solche/ und ergabe sich der andern/
welche er mit etwas mehrerer Freyheit besuchte. Die
Jenige/ die solches wusten/ gaben vor/ er wäre der
andern überdrüssig worden/ aber es ware keine an-
dere/ als die erst-erzehlte Ursach/ und das übrige/ ein
außgesprengter und ungegründeter Argwohn.

Weil aber die Verlassene sich gerne auß Eyfersucht an Beyden rächen möchte/ zettelte sie den Handel also an/ daß die Liebe deß Filamants offenbar/ und
dannenhero der Frauen Ehemann darüber Eyfersüchtig wurde/ und seiner Frauen verbotte/ den Filamant nimer in ihre Behausung aufzunehmen. Dieses nun verursachte/ daß sie nachgehends ihre Sam-
mel-Platz in einem Hause ausserhalb der Stadt an-
stelleten/ damit der Mann desto weniger darvon in
Erfahrung bringen möchte.  Die Frau gienge gantz
heimlich auß dem Ihrigen/ vermittelst deß guten
Verständnuß/ so sie mit ihrem Thürhüter und ihrer
Kammer-Frauen hatte/ so bald ihr Ehemann auf
das Rath-Hauß seiner Geschäfften halber sich ver-
fügte/ wohin er sich manches mahl sehr früh begabe.

Eines Tages aber hatte sie ihrer Schantze nicht
allzuwol wargenommen/ daß die eyfersüchtige verlassene Baase/ welche den Handel merckte/ ihr Ge-
heimnuß

spühret hatte. Die deßwegen bestel-
ter hatten der Eyfersüchtigen hinter-
an ihre Neben-Buhlerin in einem
uer-Kleid auß ihrem Hause über
Stadt hinauß habe gehen sehen; Der
habe seine Träger an eben diesem
woselbst er ihnen auf seine Wieder-
en befohlen / von dannen seye er zu
bestimmten Ort gegangen. Hierauf
un keine Zeit / weil sie ihr einbildete/
ste Gelegenheit / sich an ihrer Neben-
schaffen zu rächen / gefunden zu ha-
deßwegen alsobalden in deß Herrn
Pallast / und liesse die Frau Statt-
he mit Filamant nahe verwandt ist/
eren sie sorgfältig eröffnete / wie ihr
ingegangen wäre / mit einem andern
; Damit sie aber dieser Sache / dar-
Antheil hatte / ein desto bessers Färb-
möchte / setzte sie hinzu : Filamant harn zu einem Beystand oder Secun-
et.

Statthalterin / so diesem Anbringen
/ und ihren Herrn Vettern über die
atte / liesse ihr / ohne Verzug / ihren
antz bestürtzt reichen / gienge auch in
zung in ihres Herrn Zimmer / und ertz ängstig / daß sie eben jetzo in Erfah-
daß ihr Vetter Streit-Händel hät-
frühe mit dem Vetter dieser Frauen/
seyn solte / außgegangen / sich zu schla-
/ er solte doch / so viel immer möglich/
seyn / daß es unterlassen / und die Sa-

che vertragen würde / welches ihr Gemahl zu thun
versprache/ und alsobald Befehl ertheilete/ daß man
an alle Thore Soldaten schicken/ und sie/ (die Duel-
lanten/) ausserhalb der Stadt so lang suchen solte/
biß man sie finde.

Ein Theil der Außgeschickten traffe an einer
Pforten Filamants gewöhnliche Träger mit seinem
Trag-Sessel an/ und weil sie ihre Liberey-Röcke
außgezogen hatten/ so vermehrete solches den Argwohn einiger Schlägerey. Auf Befragen/ wo sie ihren Herzn gelassen hätten/ gaben sie zur Antwort/
er habe ihnen befohlen/ allda seiner zu warten/ und
seye zu Fuß in die Vorstadt gegangen. Darauf son-
derten die Soldaten sich von einander ab/ und begaben sich auf die Wege/ ihn zu suchen. Sie fragten
demnach von Hauß zu Hauß/ ob sie nicht einen solchen Cavallier, und etliche andere Edelleuthe/ gesehen
vorbey gehen? Endlich sagte ein schlechter Mann/
er kennete zwar die Jenige nicht/ von welchen sie re-
deten; Er habe aber unlängst einen Herzn in jene
Behausung/ die er ihnen zugleich zeigete/ gehen sehen.    Auf diesen Bericht giengen die Soldaten
gleich ins Hauß hinein/ klopfften an einer Kammer-
Thür an/ worinnen sich Filamant, gleich auf die erste
nach ihm geschehene Nachfrage/ versperret hatte;
Und weil sie ihn darinn vermerckten/ bathen sie ihn/
ihnen die Thür aufzumachen/ je mehr sie aber mit
Klopffen und Bitten anhielten/ je weniger er ihnen
Antwort gabe. Jedoch brauchten sie keinen fernern
Gewalt/ weil sie ihn für gantz allein hielten/ und
durch das Schlüssel-Loch Niemand/ als ihn/ gesehen hatten.

Dieweil er aber sich nicht melden/ noch die Thüre
auf-

aufmachen wolte/ besetzten sie das Hauß rings um-
her/damit er ihnen nicht entwischen möchte/da man
inzwischen hinschickte/ den Statthalter dessen zu be-
richten.Es hatte aber die Frau Statthalterin ihren
Gemahl gebetten/sich zu Pferde zu setzen/welches er
auch thate / und ohne Saumen an dem angewiesenen Ort anlangete.Er bathe Filamant, alsobald ihme
aufzumachen / und als er eine verwirrete Stimme
vernommen / welche sagte : Ach! thut es nicht / wir
sind verlohren/wann ihr aufmacht. So sagte er zu
ihm: Mein Bruder/ich weiß wol/daß ihr darinnen/
und sehe wol / daß ihr nicht allein seyd / thut keinen
Widerstand.    Machet auf/damit wir verhindern/
daß eure Händel nicht für den König komen mögen.

Einer von den 2.Edelleuthen sagte schertzend ;
Ich möchte wissen/wie es damahls Herrn Filamant
in seinem Hertzen zu Muth gewesen?Ich weiß nicht
anders/sagte Fevillon, als daß er sehr lang berath-
schlagte/ehe er Antwort gabe. Jedoch/ als er sahe/
daß er die Oeffnung der Thür nicht wurde vermey-
den können / und man ihn entweder mit Gewalt/
oder Güte/ zum Gehorsam bringen wurde/ wofern
man würde darauf bestehen/daß er entwischen wol-
te/sich zu schlagen ; So bequemete er sich endlich/mit
seinem Herrn Vetter/ dem Statthalter/zu accordi-
ren ;Derohalben sagte er durch die Thüre zu ihm/er
läugnete nicht/daß er darinnen bey Jemand wäre ;
Aber es geschehe um einer gantz andern Sache / als
um Schlagens willen / wie sie draussen/ dem Vernehmen nach/sich einbildeten.Man würde ihm/sag-
te er ferner/den allergrössesten Unmuth verursachen/
so man ihn nöthigen wolte / die jenige Person sehen
zu lassen/ bey deren er wäre.

h 3                     Mein

so Filamant nicht wenig beunruhiget ware. Jedoch/ weil er vermeynete/ die Halßstarrigkeit dieses verdrüßlichen Vetters zu überwinden/wann er ihm ein solches Geheimnüß vertrauete/wordurch er möchte veranlasset werden/ sonder die Frauens-Person zu sehen/ sich hinweg zu begeben; So sagte er zu demselbigen: Nein/mein Herr/ihr könnet nicht herein gehen/versprechet mir aber/mich frey zu lassen/wann ich euch sagen werde/ bey wem ich jetzo bin; Ich schwöre euch/fügte er alsobald hinzu/ohne eine Antwort zu erwarten/ daß ich bey einer Frauens-Person bin.

Das müst ihr andern weiß machen/ versetzte der Statthalter/der nunmehr anfienge/ungedultig zu werden/ ihr werdet mich endlich zwingen/ mich meines Gewalts zu bedienen. Ich befehle euch/ die Thür zu eröffnen. Auf diese Worte schwure Filamant, daß das Jenige/ was er gesagt hätte/ keine Außflüchte wären. Er fluchte un bedrohete zugleich/ die Jenige/die ihme diesen schlimmen Possen gespielet/und sagte zum Statthalter/daß er ihn/indem er einen erdichteten Kampff verhindern wolte/ zu einem warhafften Zweykampff zwingen würde/wann er den Urheber dieses Schimpffs erfahren solte.Der arme Filamant fuhre er/Fevillon,lachend fort/wandte sein gantzes Vermögen an/ seinen Unstern zu vermeyden/ aber alle seine Bemühungen beförderten denselben nur desto mehr/der erzörnete Statthalter liesse die Thür aufbrechen/und gienge mit Gewalt in
dit Kam-

die Kammer hinein / woselbsten er sich zum höchsten
verwunderte / als er darinnen nicht mehr / als eine
vermummete Weibes-Person / mit deren wol vermuthlich Filamant ohne Lebens-Gefahr duelliret
hatte / antraffe.

Aber / unterbrach wieder einer der Edelleuthe /
war der Herr Statthalter / welcher sich gäntzlich eingebildet hatte / daß Filamant außgegangen wäre / sich
zu schlagen / zufrieden / als er / an Statt Pistolen und
Degen / nur Weiber-Röcke sahe / wolte er nicht etwan sehen / ob auch Hosen darunter verborgen wären? Das kan ich nicht eigentlich / aber doch so viel
sagen / daß er auß der entblösten Brust der Frauens-
Person / und Filamants an der Wand hangenden
Degen / wol abnehmen kunte / daß nicht das Leben zu
nehmen / sondern zu geben müsse gekämpffet worden
seyn. Sie waren allesamt sehr beschämet / die Weibs-
Person / daß sie der Statthalter erkennet hatte / dann
ihre Verkleidung hatte sie darvon nicht befreyet / Filamant, weil er diesen Unstern nicht verhindern / und
ableinen können / der Statthalter aber darum / weil
er unschuldiger Weise dieser Zerstör- und Beschä-
mung Ursache gewesen. Mein armer Bruder / sagte
er / ich sehe wol / daß ich dir einen schlechten Dienst erwiesen habe / ihr müßt euch aber beyde an eine Weibs-
Person halten / welche meiner Gemahlin deinen
Zweykampff zu wissen gethan / und ihr gesagt hat /
daß du ihren Vettern zum Beystand genommen
hättest / ich wolte dich sonst wol in Ruhe / und deinen
Kampff noch weiter haben vollführen lassen / wañ ich
gewußt hätte / daß es nur ihre Baase gewesen wäre.

Es verbotte zwar der Statthalter seinen Leuthen / nirgend nichts darvon zu offenbaren / dessen je-

doch) ungeachtet / kame es noch selbigen T
und trieben viele ihre Kurtzweil darmit ; der
halter selbsten muste sich von guten Bekandt
ren lassen / daß man ihn öffters fragte : N
mein Hertz / habt ihr die Kämpffer von eina
bracht ? Und weil auch Filamant sich mächti
lassen aufziehen / kunte er solches nicht mehr
tragen ; Deßwegen er / demselben zu entgeh
nicht von neuem in mehrere Weitläufftigke
Schlag-Händel / zu gerathen / auch desto
an der jenigen Dame, die ihme diesen Posse
let / sich mit einiger Rach zu vergreiffen / Gel
zu finden / hat er fürs Beste angesehen / sich
weg / und den Leuthen auß den Augen zu
vielen daher befahrenden Unraths dardur
hoben zu seyn.

Dieses / meine Herren / ist das Duell
Wunde / die Herr Filamant empfangen / und
noch in etwas schmertzet / aber sie wird bald
geheilet / und eine Narbe darüber gezogen se

Filamant hatte bißher mit solcher Ged
Aufmerckfamkeit zugehöret / als wann es ih
nichts angienge / und er das geringste Intere
bey nicht hätte / sondern ihm alles fremd und
wäre. Die andere neben Herrn Harald a
wunderten und zerlachten sich nicht wenig / ü
sen auß Eyfersucht und Weiblicher Raachg
rührenden schlimmen Possen / und musten
nen / daß er wol außgesonnen / noch besser
Werck gerichtet worden.

## Das VIII. Capitul/

Haralds Gesellschafft geräth mit etlichen N
tehrten in einen Scharmützel / büsset aber ein

bekommt auch eine Rencontre, worbey er Ehre einle=
get. Seltsame Auffzüge zu Pariß/ über König Wil=
helms fälschlich außgesprengten Tode. Viguecourt
wird Groß-Meister zu Maltha. Venetianer erobern
Napoli di Malvasia, Canina, Vallona, und schlagen die
Türcken zur See. General Cornaro stirbt.

Als sie folgenden Tages ihre Räyse fortsetzeten/
entdeckte einer ihrer Dienern eine Gesellschafft
vieler Personen in einem Gepüsche/ welches er
alsobald seinen Herren hinterbrachte/die gleich dar=
auß schlossen/ es müsten Neu=Bekehrte seyn/ (wie
die Jenige/so die Protestantische Religion abzuschwö=
ren genöthiget worden/ genennet werden/) deßwe=
gen besañen sie sich kurtz/ und giengé der Schluß da=
hin/ Vermög deß Königl. Befehls/ solche zu verstö=
bern/und von einander zu jagen/auch/wegen solches
ihres sträfflichen Beginnens/ abzustraffen. Ver=
mahneten deßwegen Harald, ob er nicht auch die vor=
habende Execution wolte mit vollziehen helffen? Er
entschuldigte sich aber darmit/daß er ein Fremdling
seye/ und nicht ins Land kommen/Jemand zu beley=
digen/ so käme ihme dergleichen zu thun desto weni=
ger zu/weil er nicht in Königl. Diensten stünde/auch
keinen Befehl darzu hätte; welches die Frantzosen
ihme/als eine Zaghafftigkeit zumassen/und ohne fer=
ners Zumuthen an ihn/dahin rannten/wo man diese
arme Leuthe außgespähet hatte/ und fiengen an/un=
ter den Hauffen zu schiessen und zu hauen/ wormit
sie auch etliche verwundet. Es waren aber unter
ihnen auch etliche bewöhrte Männer/die sich tapffer
zur Wöhr stelleten/einen von den Dienern tödteten/
einen andern aber/neben einem von den Edelleuten/
übel verwundeten/ daß sie sich bey Zeiten zu retiri=
ren gezwungen waren.

h 5　　　　　Wie

Wie Harald sie mit blutigen Köpffen/und einen an der Zahl weniger/zuruck kommen sahe/sprache er schertzend zu ihnen: Ihr Herren / ist die Execution auch wol abgangen / weil sie so bald wiederkehren? Der Schimpff (weil er solches lachend vorbrachte/) thate ihnen heimlich wehe/ und wünscheten / Gelegenheit zu haben/ sich deßwegen an ihme zu rächen; Wusten aber nicht/wie sie solches ins Werck richten kunten. In der nächsten Stadt liessen sie die Verwundete ligen / und die übrigen verfolgeten ihren Weg nach Pariß. Es begegneten ihnen aber etliche/ dem Ansehen nach/feine Kerl/die/als in Armuth und elenden Stand gerathene Edelleuthe / eine Ritter-Zehrung begehrten; Harald zweiffelte/ ob sie solche/ wofür sie sich außgeben / oder nicht vielmehr betrügliche Filous oder Räuber wären; Weil er aber sahe/ daß seine Mit-Räysende die Beutel zogen/thate er dergleichen/ und richtete sich nach ihrem Exempel/ einer aber von den Bettelnden / (wofern man die Heischung einer RitterZehrung also betituln darff/) sahe Harald darüber sauer an / mit dem Zumuthen/ er solte ein Mehrers/ als die andern/ geben/ weilen man ihn für einen Fremdling ansehe.

Haralden ware nicht gelegen/so unverschamten Bettlern ein Mehrers zu geben / sagte deßwegen/ wann er/ samt seinen Gesellen/ mit dem Jenigen/ so er ihnen gegeben/nicht wolten zufrieden seyn/möchten sie es bleiben lassen; Dann/eben darum/weil er ein Fremdling seye/ hätte er desto weniger Ursach/ eben so viel/geschweige noch ein Mehrers/ als seine Lands-Leuthe zu geben.

Der Worthalter von Jenen gabe darauf eine noch trotzigere Antwort/ sprechend: Wann wir anjetzo

jetzo an einem andern Ort wären/ oder ich nicht euere Gesellschafft/ die ich hoch schätze/ respectirte/ ich
wolte euch) wol anders reden lehren/ und euch den
Beutel schon besser ziehen machen.   Dem Harald
antwortete :  Ich sehe euch aber für den Jenigen
nicht an/ der mich zu etwas/ wider meinen Willen/
zwingen solte/ob ihr schon groß seyd/und wol pravi-
ren könt. Es schiene/als ob Haralds Gesellschafftere
wol leyden möchten/ daß sie einander recht in die
Haare geriethen/ um zu prüffen/ was hinter ihm ste-
ckete/ weilen er bey dem gestrigen Scharmützel sich
nicht hatte einmengen wollen.

Weil der Andere aber mit seinem Prahlen fort
fuhre/ wolte es Harald unerträglich fallen/ solchem
Trotz länger Gehör zu geben ; Derowegen sagte er
in Grimm zu ihnen : Wer wider ihn was zu sagen
hätte/ der solte die Anforderung nur kurtz machen/
er wolte sehen/ daß er die Bezahlung ungesäumet
abstatte ; Hier/ sagte er ferner/ habe ich zweyerley
Müntz-Sorten/ von Bley und Eysen/ (auf seine
Pistohlen und Degen deutend/) wer sie verlanzet/
zu dessen Diensten seyn sie fertig.

Der vorige Eysen-Beisser kunte nun nicht we-
niger/ er muste mit Harald anbeissen/deßwegen sagte
er : So seye es dann Bley/ weil ihr die Wahl tuf-
thut. Auf solches griffen sie Beyde nach den Pistoh-
len/da dann Harald den Freveler wol oben durch den
rechten Arm und Schulter schosse/daß er sein Pistohl
ohne Loßbrennen zur Erden fallen liesse/darüber die
andern erschracken/ Haralds Gesellschaftere aber
merckten/daß sie nicht wol von ihme geurtheilt hät-
ten/indem sie darfür gehalten/die Courage müse mit
Zaghafftigkeit bey ihme gefüttert seyn.

Indessen

Indessen fragte Harald die übrige/ob noch fer=
ner Jemand auf ihn etwas zu sprechen hätte? Auf
dieses thate sich ein anderer hervor/sprechend: Weil
er / Harald nemlich / zweyerley Sorten / Bley und
Eysen angebotten/ mit der Ersten aber die Bezah=
lung bereits entrichtet / so möchte er anjetzo sehen/
wie er seinen Degen gebrauchen könte / indem er
Lust hätte/seinen verwundeten Vettern zu revangi=
ren; Stiege darauf vom Pferde / dergleichen Ha=
rald auch thate/ und im andern Gang diesen Auß=
forderer durch einen Stoß/der hefftig blutete/in der
rechten Seiten hart verwundete/ und hiermit auch
diesen andern Kampff glücklich endete; Abermah=
len fragende/ was man ferner auf ihne zu prætendi=
ren? Niemand aber wolte sich weiter einlassen. So
wolten auch seine Cameraden nicht zugeben/ daß er
ferner mit Jemand sich einmengen solte / weilen sie
durch diesen gedoppelten Zweykampff bereits eine
nicht geringe Probe seiner Tapffer= und Unzaghaff=
tigkeit gesehen/ daß er Pistohl und Degen geschick=
lich zu führen wüste/ hielten ihne demnach hinführo
in weit grösserm Ansehen/als bißhero geschehen/und
erwiesen ihme alle Ehre und Höfligkeit/kamen auch
ohte fernern Anstoß glücklich zu Pariß an.

Seine Ankunfft zu Pariß geschahe eben zu der
Zeit/ da die gantze Stadt/ und deren gemeines und
Pöbel=Volck/in lauter Jauchzen und Frolocken be=
griffen ware/ er sahe auß einem Fenster seiner Her=
berg gegen dem grossen Platz/ eine grosse Leich=Pro=
cession, mit allen darbey gewöhnlicheu Solennitäten
und Ceremonien/ (aber/welches ihme am Verwun=
derlihsten vorkame/mit ungemeinen grossen Freu=
den=Bezeugungen/ so ihme nicht unbillich gantz wi=
dersin=

der sinnisch schiene/) vorbey passiren/und an Statt/
daß man hätte traurig/wenigstens zum Schein/sich
anstellen sollen; So ware hier nichts/als Frolocken
und Jauchzen/ zu hören und zu sehen. Demnach
wuste er nicht/ ob in Franckreich und Pariß es ge-
bräuchlich/ die Todte mit dergleichen Jubiliren und
Freuden-Bezeugungen zu beerdigen/ oder/ ob sie
von Sinnen kommen wären. Er fragte etliche mahl
auß dem Fenster/was dieses für eine Leich-Begängnüß wäre/darüber man so frolockete? Er kunte aber
vor dem Geschrey und Getöse deß Volcks nicht ver-
nehmen/was man ihm zur Antwort gabe. Deßwegen er weiters zusahe/ und gleichwol das Ende er-
warten/ und mit fernerem Nachfragen biß dahin
einhalten wolte.

Unterdessen nahme er auf einer andern Seiten
eines aufgerichteten Galgens wahr/ und eine grosse
Menge Volcks um denselben/ auch einige/die er für
Büttel und Schergen hielte/ die einen gefangenen
(wie es sich ansehen liesse/) armen Sünder/ unter
grossem Geschrey/ Schlagen/ Stossen/ ja gar auch
mit Füß-tretten/ dahin schleppten. Er verwunderte
sich hierüber eben so sehr/daß man mit einem Malefi-
canten so unbarmhertzig umgehen/ und/ an Statt
tröstlichen Zuspruchs/so Barbarisch tractiren solte;
Am allermeisten aber darüber/ daß er bey dem armen Sünder keine Geistliche warnahme/die ihme in
solcher äussersten Noth beystünden; wegen Menge
deß Volcks/ und stätem Stossen und Schlagens/
konte er nicht erkennen/ob der Maleficant noch leben-
dig/ oder schon tod; als sie aber bey dem Galgen an-
kommen/ und ihn in die Höhe brachten/ sahe er wol/
daß kein Leben mehr an demselbigen ware/dem Auf-
jug und

zug und Kleidung nach aber urtheilete er / es müsse
keine geringe Person seyn/ und hätte die Ursach solchen grausamen Tractaments noch begieriger wissen
mögen. Er bildete sich ein/ es müste dieses entweder
ein fürnehmer Filous, Ertz-Verräther/ oder grosser
Rebell/ gewesen seyn.

Als er derohalben den Wirth zu sich geruffen/
und deßwegen befraget / gabe er ihme diese Antwort: Daß der so übel Tractirte und Gehenckte den
König Wilhelm in Engelland vorstellete/den man/
als einen Feind deß Reichs/und Zerstörer aller ihrer
Ruhe/ auß grausamer Raachgierde also schmählich
tractirte.

Harald ware hierüber höchst verwundert / daß
in einer Königl.Stadt man dergleichen Muthwillen gestattete / dann mit gekrönten Häuptern liesse
auf solche höchst-verächtliche Weise sich nicht spielen noch handthieren. Aber der Wirth antwortete: Daß/ nach dem gemeinen Sprüchwort/ auf
einem todten Löwen / auch die Mäuse und Haasen
zu dantzen pflegten. Wie ist das zu verstehen/
fragte Harald? Weil König Wilhelm tod ist/ ware
deß Wirths Antwort/ so nimmet ein Jeder jetzo sich
die Freyheit / nach eigenem Muthwillen seinen
Raach-Eyffer an ihme außzuüben.

Was/ tod! solte Wilhelm/ der König in Engelland / tod seyn! sagte Harald ? So wird von
Hof berichtet/ und zwar / daß er an einer in dem
Treffen in Irzland empfangenen Wunden gestorben / antwortete der Wirth / deßwegen ihm auch
diese kürtzlich vorbey passirte Leich-Begängnüß an-
gestellet /und hin und wieder Freuden-Feuer angezündet worden.

Harald

Harald verwunderte sich je mehr und mehr/
sagend: Ich wil dannoch nicht glauben/ daß dieser
unvergleichlich Tapffere König solte umkommen
seyn. Der Wirth lächelte hierüber/ und sagte:
Es gibt noch mehr der Jenigen/ die es für keine
Wahrheit annehmen wollen/ sondern es für ein leeres ungegründetes Spargiment halten/ weil man
bey Hof solches nicht behauptet/ doch dem Volck
seine Vergnügung hierinnen nicht hemmen wil.

Es verflossen aber kaum etliche Tage/ da kame
König Jacobus selbsten flüchtig auß Jrrland in
Franckreich/ und bald darauf zu Pariß an/ und der
hinckende Botte zugleich mit ihm/ daß die Jrren
geschlagen/ und König Wilhelm ausser Gefahr
frisch und gesund seye. Wormit alle vorherige
Freud in Brunnen gefallen/ und man sich anfienge
zu schämen/ daß man solche liederliche Händel/
nicht allein in Pariß/ sondern auch in andern Französischen Städten/ ja auch zu Straßburg/ ange-
stellet/ und sich selbsten mit einer falschen Zeitung
gekützelt hatte.

Auf Haralds Nachfragen/ was für Zeitungen
es sonsten anjetzo in Pariß gebe? Ware die Antwort: Nichts/ als/ daß man sich zum Theil erfreuete/
über den neuen Groß-Meister zu Maltha, indem ein
Französischer Cavallier, Namens Vignecourt, an
Statt deß neulich im Jullo verstorbenen Gregorii
Caraffa, zu dieser Dignität erhoben worden. Jn-
gleichem habe man Nachricht auß Portugall/ daß
zu Lissabona den 11.21.Augusti die Infantin daselbsten gestorben/ von deren Zustand und Kranckheit
man unterschiedlich discurriret/ aber den eigentlichen Grund nicht erfahren können.

Weil

Weil auch Harald gerne von Italianischen/
sonderlich aber Venetianischen Händeln Bericht gehabt hätte / so wurde ihme bald hernach ein
General-Bericht von dreyfacher. Victorie der Venetianer gegen die Türcken / mitgetheilet / ungefähr
dieses Innhalts: Daß / nemlich den 1. Septembr.
N. C. ein vom General-Cap. Cornaro abgeschicktes
Schiff auß Morea zu Venedig ankommen/womit derselbe an die Durchl. Republic die annehmliche Nachricht gabe / daß sich die in 17. Monat lang bloc-
quirt- und eingeschlossene Vestung Napoli di Malvasia endlichen mit Accord ergeben; Uber welchen
erfreulichen Bericht / und um so viel mehr / weil
gantz Morea der Durchl. Republic nun untertä-
nig gemacht worden / die Signoria den 2. dito N. C.
in St. Marco und allen andern Kirchen das TeDEUM
Laudamus singen / das Geschütz dreymahl lösen/
viele Freuden-Feuer anstecken / und Wein rinnen
liesse.    Diese Freude wurde kurtz darauf weiters
fortgesetzet / weilen vom Vice-Admiral Delphino
gleicher Gestalt Bericht einlieff / daß er mit seinen
12. grossen Schiffen / einem Corsarischen und zwey
Branders/ die Türckische See-Armada, welche ihm
weit überlegen / bey der Insul Mettelino dermassen
tapffer angegriffen / daß er selbe mit grossem Verlust / doch mit wenig Schaden der Seinigen / zu
weichen gezwungen hätte / er aber auf dem Meer
Meister blieben; Dem auch wenig Zeit hernach/
nemlich / den 10. Septembr. N. C. die freuliche Zeitung von dem General Cornaro , daß derselbe die
beyde Türckische Städte in Albanien / Canina und
Valona, mit Accord erobert / und unter der Republic
Gewalt bezwungen hatte / folgete; Weßwegen
abermahls

abermahls das Te DEUM Laudamus gesungen / und
viele Freuden = Bezeugungen 'hin und wieder ge=
sehen worden.    Dieweilen nun bey diesen obge=
dachten dreyen Siegen / sich so wol Ober= als Un=
ter=Officier und Gemeine sehr tapffer erzeiget / auch
viele Officier das Leben eingebüsset / so hatte die
Signoria zur Danckbarkeit / deß Herrn General
Cornaro Sohn / und den Herrn Catterin, zu Ve=
netianischen Cavalliers, den Herrn Aluise Sagedro
zum Proveditor zu Zante ernannt / dem Herrn Ge=
neral Sparr seine Gage auf sechs tausend Duca=
ten erhöhet / dem Vice - Admiral Delphino wurde
der güldene Rock zuerkannt / denen übrigen Offi=
cirern aber selbige bey Gelegenheit mit andern
Ehren = Stellen zu bedencken Versicherung ge=
than.

Harald ward sehr erfreuet über der Veneti=
aner Kriegs=Glück / und das um so viel mehr / weilen
auß Ungarn die Zeitungen nicht favorabel einlief=
fen / wiewolen die Frantzosen sich wacker damit be=
lustigten; Er hätte aber gerne eine umständlichere
Nachricht wegen solcher Victorien haben mögen /
die ihme nach etlichen Tagen von dem Venetiani=
schen Ambassadeur folgenden Innhalts communi=
ciret wurde:

NAchdem die Vestung Napoli di Malvasia, durch
bereits 17. monatliche Blocquirung / immer en=
ger eingeschräncket wurde / befande sich der daselb=
stige Commendant genöthiget / einen Türcken nach
Negropont an den Seraskier abzuschicken / um Ent=
setzung deß Orts anzuhalten / welcher aber von den
Venetianern aufgefangen wurde; Worauf der
General Cornaro Gelegenheit nahm / die eigentliche

IV. Theil.                    i                    Beschäffen=

Beschaffenheit deß Zustands der Vestung
nauer zu erkundigen / und befunden / daß selbe
auf etliche Monat mit Lebens=Mitteln wol
sehen ware / als entschlosse der General, einen a
Angriff zu versuchen / weil lincker Seiten sel
nicht beyzukommen / dahero wurde der Unter=S
zur Rechten / von der Land=Seiten / wo der Zu
zur Brücke war / beyzukommen gesuchet / u
Approchen / indeme selbige von der obern Ve
bestrichen werden kunten / mit allerhand Vo
bäuen bedecket / schleunigst eine Batterie verfer
vier Stücke darauf geführet / und ohngeacht
hefftigen Gegen=Wöhr auß der obern Ve
denen Türcken so zugesetzet / daß sie in die h
Furcht geriethen / und zur Ubergab schlüssig w
wie dann auch 2. Aga mit einem Cadi zur Cap
tion abgefertiget; Weil aber selbige einen g
Monat zum Abzug begehrten / wurde dere
gehren / als zu hoch gespannet / verworffen / doc
lich dieser Accord den 7. Augusti N. C. eingega
daß sie mit Sack und Pack unter einer sicherr
voy biß Candia begleitet worden. Die
tzung bestunde in 300. bewöhrten Soldaten
900. Seelen ohne Waffen / und hat man d
nach dem Außzug 35. Metallene / 37. Eyserne
cke / 2. Mörsel / samt einem grossen Vorrath a
nition, Bomben / Carcassen / Granaten / Provia
Lebens=Mitteln / gefunden / ist also diese Ve
welche die Türcken Anno 1537. den Veneti
abgenommen / nach einer 17. monatlichen Bloc
wieder in ihre Gewalt kommen.

Den 2. 12. Augusti, hielte Jhro Excellentz

G

General Cornaro , unter einem anſehnlichen Gefolg
daſelbſten ſeinen Einzug/beſtellete dahin eine ſtarcke
Beſatzung/ und ernennete Herꝛn Vincentium Gritti
zum Commendanten.　Als nun der General Cornaro dieſe Veſtung mit ſattſamer Mannſchafft be-
ſetzet/ und aller nothwendiger Nothdurfft verſehen/
hielte er vor thunlich / ſich der guten Zeit ferner zu
bedienen / und einen und den andern Ort noch anzugreiffen; Es ſtunden zwar die Türcken in denen
Gedancken / es würde nun Negropont gelten/ weßwegen ſie ſelbigen Ort mit aller Nothwendigkeit
verſahen; So hatte doch der General Cornaro vor
beſſer befunden/ weil Er Kundſchafft erhalten / daß
der Primo-Vezier die Veſtung Valona und Canina
in Albanien / von der daſelbſt geſtandenen Mannſchafft entblöſſet/dieſe Oerter zu attaquiren.Damit
aber dieſe Attaque deſto glücklicher von ſtatten gehen möchte / machte er aller Orten gute Anſtalt/
dem Statthalter in Morea / Cornero, gab er Ordre, mit 3000.Mann die Enge bey Corintho zu ver-
wahren/ damit die Türcken/ ſo bey Achaja ſtunden/
in Morea nicht einfielen / dem Herꝛn Delphino aber
Befehl / mit 12.ſchweren Schiffen und 2.Bran-
ders das Königreich Morea ſamt andern angrän-
tenden Orten vor allem feindlichen Einfall zu
Waſſer zu bedecken/Se.Excellentz aber erhuben ſich
den 8.18. Auguſti in 150.Segel ſtarck / als 19.
Kriegs-Schiffen / 3.Branders / 6.Galleazzen / 22.
Galleeren/ 24.Galliotten/worzu noch 8.Päpſtliche/
und 7.Malthesiſche Galleren ſtieſſen/ und beſtunde
die gantze Macht in 9000.zu Fuß / und 800.zu
Pferd/ 3000.Voluntairs, 700.zu Fuß Päpſtliche/
und 1600.Malthesiſche/ gegen die Gegend Valona,
　　　wurden

wurden aber durch Contrari-Wind verschlagen/
und kamen den 8. Septembr. N. C. zu Salseno an/wo-
selbst die Landung auf den 3. 13. ejusd. vestgestellet;
Es hatte sich aber der Feind in die 7000. Mann zu
Fuß/ und 1500. zu Pferd/ in Positur auf der Höhe
gestellet/ die Landung zu verhindern/ wurden aber
doch durch tapffere Angriffe und Widerstand der
Venetianischen Völcker/ zu denen sich auch die
Innwohner von Cimara, so sich freywillig ergeben/
gesellen/ zurück getrieben/ die Christen aber selbiger Orten nahmen von dem General Cornaro Geld
und Gewöhr/ verlegten in denen Gebürgen die
Pässe/ damit kein Succurs in Valona könte geworffen werden. Folgenden Tags/als den 4. 14. brachte
man auch die Reuterey an das Land/ worauf sich
die Türcken wieder sehen liessen/ wurden aber mit
grossem Verlust zurück gewiesen/ und avancirte
man biß in die eine Vorstadt Canina, daselbst man
sich verschantzte/ zwey 50. Pfündige Stück/ nebst
noch 6. was geringern/ nicht sonder grosser Mühe
in die Höhe brachte/ und in wenig Zeit eine Batterie
verfertigte/ so/ daß man folgenden Tags den Feind
darauß begrüssen kunte/ auch bemächtigte man sich
der andern Vorstadt/ und wurde der Herr General
Sparr mit 3. biß 4000. zu Fuß/ und 400. zu Pferd
commandirt/ dem gegen der Vestung stehenden
Feind im Felde entgegen zu gehen/ welche Action
eben als andere glücklich von statten gienge/ und
wurde/ wiewol unter stätigem Schiessen/ auß der
Vestung und Häusern/ biß an die Mauren gerü-
cket/ und der Feind zur Flucht auß der Vorstadt
genöthiget. Hierauf wurde nun alle Anstalt zur
rechten Seiten zum Minen und Sturm gemachet/
da dann

da dann der Feind andere Gedancken gefaſſet/ und durch Außſteckung einer weiſſen Fahnen zur Capitulation ein Zeichen gegeben / welches ihnen zwar Anfangs abgeſchlagen / doch als eine ſonder-bare Gnade / mit Sack und Pack außzuziehen ver-willigt wurde; Valona hatte einige Bomben auß den Schiffen gekoſtet / wolte ferner nichts mehr gewär-tig ſeyn / ſondern bequemete ſich auf das erſte Auf-fordern zum Außzug / wordurch beede Veſtungen geräumet worden. Dieſe beede See-Städte ligen gerad der Stadt Ortranto über / an einem End deß Venetianiſchen Golfo; Und iſt zu Valona eine ſchö-ne Veſtung und groſſer Haven/ bey deſſen Einlauff zwey Schlöſſer / ſo den Haven bedecken. Unter andern haben die Venetianer in dieſen beeden Ve-ſtungen 132. Stücke verſchiedener Gattung / viel Pulver und einen Pferd-Schweiff deß Baſſa fun-den ; Hergegen erſtrecket ſich der Verluſt an Mannſchafft an Venetianiſcher Seiten nicht über 100. Todten und 300. Bleſſirten.

Nachdeme nun der Türckiſche See-Capitain, auf ſeinen erhaltenen Befehl vom Groß-Sultan/ Napoli di Malvaſia zu entſetzen / was zu langſam anlangte/ und aber verkundſchafftete/ daß der Vice-Admiral Delphino bey der Inſul Ipſara ohnfern Malvaſia mit einer geringen Flotte creutzete / ge-dachte er deß verlohrnen Malvaſia wegen ſich an ſel-bem in etwas zu erholen. Der Vice-Admiral, ob er wol ermeſſen kunte/ daß die Türcken ihme an Macht weit überlegen / wie ſie dann würcklich 32. groſſe Schiffe / 27. Galleeren / und einige Galliotten bey-ſammen hatten / wolte der Türcken Ankunfft nicht erwarten / ſondern faſſete die großmüthige Re-

ſolution,

solution, denenselben entgegen zu gehen / und eines
mit ihnen zu wagen / kam auch den 7.Septembr.
N.C. gegen Abend der feindlichen Macht / so bey
der Insul Mettellino stunde / so nahe / daß er selbe
auf 4.Teutscher Meilen in Gesicht hatte / da dann
der Vice-Admiral denen bey sich Habenden die an-
scheinende Gelegenheit entweder durch einen rühmlichen Tod ihr Leben zu endigen / oder durch tapfferes Verhalten / mit einem errungenen Sieg die
Glorie der Republic vermehren zu helffen/vorstellete.
Am 8.dieses ruckte der Admiral in Den Canal, und
geriethe dessen Schiff gantz alleine mit 4. Türckischen Admiral-Schiffen in das Gefechte / hielte sich
so tapffer / biß noch 2.Schiffe / S.Dominicaund Sacra
Lega, unter dem Commando Bonvicini, vermittelst
deß wieder-anlauffenden Wassers sich näherten/
wordurch denen Venetianern der Muth mehr ge-
wachsen / und wurde auf den Feind nun mit grosser
Macht gefeuret / zudem fügete sich / daß die Venetianische Flotte favorablen Wind hatte / als näher-
ten sich auch die übrigen Schiffe/ wordurch die Türcken gezwungen worden / absonderlich / weil eines
deren Admiral-Schiffen Mast-loß / sich mit Verlust zurück zu ziehen.    Die einfallende Nacht hin-
derte/ was ferner vorzunehmen / doch liesse der Vice-
Admiral alles in guter Wachsamkeit bereit stehen/
und bemühete sich / den Feind auß dem Canal zu locken / welcher sich in so weit von den Venetianern
unter Favor deß Windes legte / daß die Canonen ihn
nicht erreichen kunten. Den 10.war in aller Frühe
alles fertig/und nachdem die Venetianer den Feind
im Rücken erblicketen / gab der Vice-Admiral Be-
fehl/ auf ihn loß zu gehen / und mit gewöhnlichen
Schlacht-

Schlacht-Zeichen und 2. Schüssen aufzufordern;
Allein die Türcken wolten keines fernern Angriffs
gewärtig seyn / nahmen an Statt der Waffen die
Flucht zur Hand / hinterliessen 3. grosse Schiffe
und 5. Galleeren / welche gantz unbrauchbar gemacht worden; Womit also der Venetianische
Vice-Admiral, wiewol mit schwächerer Flotte und
geringem Verlust der Seinigen / auf dem Meer
Meister blieben.

Nach diesem Treffen haben sich die Türckischen Schiffe in Haven zu Metellino begeben / und
einige Zeit still gelegen / woselbst die Algirer- Tuni-
ser- und Tripolitaner-Schiffe ihre Rück- Räyse
nach Hauß genommen / worauf der Capitain Bassa
von dannen gleichfalls nach Constantinopel ge-
seegelt.

Inzwischen ware der General Cornaro zu Eingang deß Septembr. in Albanien kranck worden/ und
nach 14. Tagen allda verstorben.

## Das IX. Capitul /

Richard continuirt Eduards Geschichte / koīmt nach
Hause. Lincolm verliebt sich in Adeliza. Edmunda
wird franck / bekommt neue Liebhaber. Adeliza wird
Lincolms Liebe gegen Edmunden entdecket. Der Anisia kluge Anschläge kommen nicht zu erwünschtem Fortgang. Richard gibt sich für Edmunda Bruder an.
Eduard wird heimlich nach Hofe beruffen.

Wir haben im vorigen III. Theil vernommen/
daß Eduard nach seiner Entkommung auß
der Tartarischen Gefangenschafft / und
überstandener vieler Gefahr / endlich neben Richard
in Engelland glücklich angelanget / da er dann Richarden alsobald nach Hause geschickt/zu erforschen/
ob sein Herz Vatter annoch in seinem gegen ihme

gefasten

gefaßten Zorn verharrete/ oder/ ob einige Hoffnung
zur völligen Außſöhnung vorhanden.  Richard ſäumete nicht/ das ihme Befohlene zu verrichten / Je
dermann ware über meiner Ankunfft erfreuet/ (als
fuhre er auf Rheinwalds und Biorns abermahliges
freundliches Erſuchen / und Eduards gegebene Erlaubnuß/ in der Eduardiſchen Geſchichts-Erzehlung
fort/) nicht anders meynende/ als Herz Eduard wäre
auch zugleich mitgekommen ; Hardiknut aber thate
nicht dergleichen/ als ob er einiges Verlangen nach
ſeiner Wiederkunfft hätte/ wiewol er mich gar genau
examinirte/ wie es uns in unſerm Abweſen biß daher
ergangen ? Ob ich zwar nicht unterlieſſe/ ſein außgeſtandenes Elend/ und erwieſene tapffere Thaten/ zu
beſchreiben / und herauß zu ſtreichen/ ſo bezeugete er
doch weder Mitleyden über das Eine/ noch über das
Andere die geringſte Freude oder Vergnügung/ ſondern alle ſeine Huld warffe er auf Canut, Eduards
Bruder.   Dieſer zwar hörete nicht ungern von ſeines Bruders Abentheuren reden/ und ware ſehr wol
vergnüget/ über ſein Wolergehen/ wie nicht weniger
Adeliza, ſeine Schweſter/ am allermeiſten aber Aniſia und Edmunda, Jene/ weil ſie ihne ſo ſorgfältig/
neben mir und Edmunden / erzogen ; Dieſe/ weil ſie
neben ihme aufgewachſen/ und/ ſeit unſerm Außbleiben / die vorhin nur gloſtende Liebe/ nunmehr zu einer groſſen Flamme worden.

Auf Vermittlung unterſchiedlicher vornehmen
Herren/ worzu auch Canut ſelbſten gehoiffen/ Adeliza aber/ Aniſia und Edmunda; das Jhrige auch nicht
unterlieſſen / hatte man Hoffnung / Herzn Eduard
außzuſöhnen/ und bey dem Herzn Vatter/ Hertzog
Hardiknut, in Gnaden zu bringen.  Aber alle angewandte

wandte Mühe ware vergebens / und wolte er von
seiner Wiederkunfft nicht das Geringste wissen;
Welches ich ihme auch / abgeredter Massen / zu wissen machte; Der / damit er desto sicherer wäre / zugleich auch öfftere Nachricht von mir bekomen möchte / begabe sich auf eine benachbarte Insul / woselbst
er mit Beitzen / Jagen / und andern Ubungen / seine
Zeit zu vertreiben pflegte.

Indeme ich nun mit Herrn Eduard meine Correspondentz unterhielte / und so viel in meinem Vermögen ware / bey Hofe sein Interesse beobachtete /
hatte inmittelst eines vornehmen Lords Sohn / der
ein ansehnlicher / tapfferer / darbey aber hochtraben-
der Herr ware / sich in die Prinzessin Adeliza hefftig
verliebet / deme auch / nachdeme er nach Hofe komen /
weil Hardiknut neben Canut solches gerne sahen / mit
Gegen-Liebe begegnet wurde / um so viel mehr / weil
er sich auf allerley Weise / mit allerley Ritterlichen
Spielen und Ubungen / fast bey Männiglichen in
ziemliche Hochachtung gesetzet / und mit Canut grosse
Vertraulichkeit gestifftet hatte. Er unterliesse keine
Gelegenheit / der Adeliza seine tragende Liebe zu bezeugen / und Hardiknut schmiedete Anschläge / wie er /
vermittelst solcher Schwägerschafft / seinen lieben
Canut vor Eduarden einen Vorzug stabiliren / und
diesen aufs äusserste drucken / ja unterdrucken möchte; Welches so verdeckt nicht kunte gespielet werden / daß man es nicht hätte mercken / noch auch
Herr Eduard Nachricht darvon bekommen / und
deßwegen tausenderley widerliche Gedancken machen sollen.

Edmunda, die dieses Handels eben so wol gewahr worden / ware in ihrem Hertzen indessen nicht

wenig

wenig bekümmert / theils wegen solcher ihrem liebsten Eduard beschehenden grossen Verkürtzung / in
deme man so arglistig ihne höchstens zu vernachthei-
len umgienge; Theils betrübte sie eben so sehr/seine
Abwesenheit / daß sie darüber in eine gefährliche
Kranckheit fiele/ die sie sehr abmattete/ welche auch
Niemand erkennen kunte / weilen deren wahre Ursache nicht bekandt ware.    Hardiknut so wol / als
Adeliza, am allermeisten aber die Gräfin Anisia, waren höchstens um ihre Genesung bekümmert / diese/
auß tragender zarter Mütterlicher Affection, Jene
auß Liebe / so sie von Jugend auf/ wegen gemeinsa-
mer Auferziehung/ auf sie geworffen/ der Hertzog
aber/ weil er eine nicht geringe Liebes-Flamme (unerachtet er schon wol bey Jahren/) in seinem Hertzen
gegen sie hegete/ und/ um solcher Ursach willen/ seinem Sohn Eduard , ( dessen gegen Edmunden tragende Liebe ihme nicht allerdings unbekandt/) desto
gehässiger ware. Derowegen wurde nichts unterlas-
sen/ was man zu der ehesten Genesung vorträglich
zu seyn urtheilete/ weil auch die Medici solches einer
Melancholie und Schwermüthigkeit zuschrieben /
trachtete man/ auf allerley Weise/ ihr trauriges
Gemüthe aufzumuntern.

Als sie nun mit grosser Sorgfalt wieder genesen / und den vorigen Glantz ihrer Schönheit nun
ziemlich wieder bekommen / erfreuete solches den
gantzen Hofe/ Adeliza führete sie darauf mit zur Tafel / als eben ihr Liebhaber / Hertz Lincolm , sich auch
gegenwärtig befande; Dieser verwunderte sich über
die Massen/ über die unvergleichliche/ ja fast Himli-
sche Schönheit der Edmunda dergestalt/ daß er darüber Essens und Trinckens/ ja/ der Adeliza selbsten/
vergasse/

vergaſſe/ und ſeine Augen an dieſer niemahls geſehe-
nen Schönheit zwar wändete/ aber nicht genug ſät-
tigte; Deſſen zwar Jedermann warnahme/ doch
ſolches allein der Verwunderung/ und daß er ſie zuvor nie geſehen/ zuſchriebe.

Aber es bliebe bey Lincolm nicht bey der Verwunderung allein/ ſondern auß dieſer entſtunde eine
neue Flamme/ ſo die Vorige gegen Adeliza gantz ver-
tilgete/ und ſein Hertz völlig der Edmunda ergabe/
um ſo viel mehr/ weilen ſie über der Tafel ihne etliche
mahl ernſtlich angeſehen/ da dann faſt allwege ſeine
Blicke den Ihrigen begegnet/ welches Lincolm dahin deutete/ als ob es auß einiger Hochachtung ſeiner Perſon geſchehen; Woran er ſich aber ſehr be-
troge/ dann Edmunda ihn nicht anders betrachtete/
als einen Werckzeug/ der auch darzu dienen ſolte/
ihres geliebten Eduards Glück helffen umzuſtoſſen/
dahero ſie auch deſto weniger Neigung zu ihm haben kunte.

Lincolm ſchluge ſich indeſſen mit allerley Ge-
dancken/ ſonderlich/ als er nachgehends vernomen/
daß er nicht der Erſte ſeye/ der von dieſer Jrrdiſchen
Sonnen entzündet worden. Er bediente die Edmunda mehr und beſſer/ als die Adeliza, die es aber gantz
nicht warnahme/ ſondern Lincolms Liebe ſich völlig
verſichert hielte/ das übrige aber/ was er thate/ ſeiner
Höflichkeit zuſchriebe.

Indeſſen nun truge ſich zu/ daß einſtens eines
Morgens eine alte Hof-Dame, Namens Rixa, ſich
bey Adeliza anmelden/ und um geheime Verhör an-
ſuchen lieſſe/ ſo ihr auch gleich gegeben wurde. Dieſe
brachte der Adeliza an/ wie ſie die vergangene Nacht
wargenommen/ daß eine Manns-Perſon die Gemächer

mächer deß Frauenzimmers besuche / den sie aber/
weil ihr Fenster / worauß sie solches beobachtet / zu
hoch/ die Nacht auch zu dunckel gewesen/bey seinem
Abschied nicht erkennen können.

Uber welches Anbringen sich Adeliza zum hefftigsten alterirte / und gleich stehenden Fusses ihrem
Herrn Vattern/ Hertzog Hardiknut, solches wissend
machen wolte; Als sie sich aber ein wenig besser bedacht/ verbotte sie der Antragerin/ Niemand etwas
hiervon zu sagen. Sie liesse darauf alsobald mich/
den sie von Jugend auf wol gekennet/und ein gutes
Vertrauen zu meiner Aufrichtig= und Verschwiegenheit truge/ zu sich fordern; Da sie mir eröffnete/
daß zu Nachts=Zeit eine Manns=Person sich erkühnete/ das Frauenzimmer zu incommodiren/ und dahin zu kommen / im übrigen aber/ wer solches thäte/
und wie es darmit zugienge / die geringste Wissenschafft nicht habe. Befahle mir darauf/weil ich Gelegenheit hatte/nach eigenem Belieben/in den Garten zu kommen/so offt ich wolte/ich solte mich bey einer Porten deß Frauenzimmers verbergen/ und im
Tunckeln unter den bedeckten Gängen/ und da herum in der Nähe / Schildwacht halten / und trachten/ mich zu erkundigen/ wer dieser frecher Freveler
seyn möchte.

Mir wäre lieber gewesen / wann man mir befohlen/ den Verbrecher alsobald selbsten gebührend
abzustraffen/als nur denselben außzukundschafften/
es verbliebe aber bey dem ersten Befehl/ deßwegen
leistete ich auch den schuldigen Gehorsam. Weil ich
aber die darauf folgende Nacht nichts vernehmen
kunte/ hielte ich das Vorgeben für einen bey Hofe
nicht ungewohnlichen boßhafften Hof=Streich.Als
ich aber

ich aber folgende Nacht mich wieder in Hinterhalt
geleget/ sahe ich eine Stunde vor Mitternacht einen
Cavallier daher kommen/ der den Kopff tieff in Hut
gesteckt/ und einen Degen unter dem Arm hatte/ den
ich/ der Statur und kostbaren Kleidung nach/ für den
Herrn Lincolm hielte. So bald selbiger nur ein wenig an der Porten / so nach den Gemächern deß
Fürstl. Frauenzimmers führet/ anklopffete/ wurde
solche alsobald eröffnet.

Ich muß bekennen/ daß durch solche Erfahrung
ich nicht wuste / worzu ich mich entschliessen solte ;
Dann/ solte ich solches offenbaren/ wurde es nichts/
als Zorn und Haß/ verursachen; Wolte ich es dann
verschweigen / wurde ich an Adeliza ungetreulich
handeln; Ich berathschlagte die Sache die gantze
Nacht / und als ich deß Morgens zu ihr kommen/
habe ich / nach vielen Umschweiffen / die Sach / wie
solche an sich selbsten ware/ entdecket/ darauf sie mir
das Stillschweigen auferleget/ und meines Weges
gehen lassen.

Nachdem sie nun die Rixa zu ihr beruffen/ erfor-
schete sie gar ernstlich von ihr / wer doch die Unverschamte und Leichtfertige seyn müsse/ die Herrn Lincolm bey Nacht einliesse. Auf Nennung dieses Namens / sagte die alte Rixa: Versichert mich / Gnä-
digstes Fräulein/ daß der heimlich eingelassene Lincolm seye/ so wil ich die Gegen-Versicherung thun/
daß Edmunda die Jenige ist/ so ihne einlässet. Wie/
sagte Adeliza voller Zorn / wie / Edmunda! das kan
nicht seyn/ ihr betrüget euch/ Rixa ; Wie solte die im
höchsten Grad der Tugend und Keuschheit belobte
Edmunda darzu kommen / daß sie ein so leichtfertig
und freches Stücke begehen solte? Nein/ Rixa, ihr
betrüget euch weit/ Edmunda ist viel zu ehrlich.

Die alte Rixa aber / so der Gräfin Anisia von langen Jahren her feind ware / (dann bey Hofe stirbt der Haß nicht ab /) wuste ihr so viel Dinges von Lincolms und Edmunden Liebe vorzuschwatzen/ und daß es Männiglich bey Hofe wisse/ und war- nehme / sich darbey verwundere / daß sie selbsten es nicht beobachte / daß sie es endlich glaubte. Es ist nun leicht zu gedencken / was Adeliza hier gedacht/ und gethan; Sie ware eine Tochter Hardiknuts/ und hatte einen guten Antheil seines Natur-Gei- stes / sie versperrete sich gantz allein in ihr Zimmer/ und weinete darinnen/was sie kunte. Hernach aber verdrosse es sie / daß sie geweinet hatte / darfür hal- tend/solche verrätherische Handlungen wären ihrer Thränen nicht würdig. Unterdessen erkundigte sie sich aufs Genaueste/der von Lincolm gegen Edmun- den tragenden Liebe / welches er gantz nicht heimlich halten kunte. Weilen nun auch offenbar/daß Je- mand nächtlicher Weil eingelassen wurde/an einem solchen Ort / der zu Edmunden Zimmer leitete / so konte sie anders nicht schliessen / als daß solches von ihr/ oder auf ihr Anstifften/ zu ihrem eigenen grossen Nachtheil / geschehe / wie ich nachgehends von ihr selbsten vernommen / weil mir Adeliza bald darauf alles entdecket.

So hat demnach / (fragte Rheinwald/) Ed- munda Herrn Eduard, ihrem so getreuen Liebhaber/ nicht Farbe gehalten/sondern der Adeliza ihren Lieb- sten abgediebet/und also zweyen so vornehmen Per- sonen auf einmahl ungetreu worden?

Das wolle GOtt nicht/ versetzte Richard, und wird der Außgang ein anders lehren. Es ist zwar nicht ohn/ daß Edmunda, wiewol wider ihren Wil-
len/nur

len/nur ihrer Frau Mutter zu gehorchen/sich je und
je mit Gebärden etwas freundlicher gegen Lincolm
erwiesen/als ihr selbsten lieb/oder uns Hertze ware.
Dann/ die kluge und verschmitzte Anisia hatte gantz
ein anders Absehen hierunter verborgen; Als sie die
Affection Lincolms gegen ihrer Tochter vermercket/
hielte sie solches für eine erwünschte Gelegenheit/
Herrn Eduard wieder nach Hofe zu bringen/weilen
sie wuste/ daß die vornehmste Ursache seiner Ver-
bannung die gegen Edmunden tragende Liebe seye ;
Dannenhero sie ihre Tochter beredet/sie solte/so viel
Ehren halben geschehen könte/ dem Schein nach
Lincolm einige Gunst erweisen/ um ihme dardurch
in seiner Liebe desto eyferiger/ und mithin den Hertzog glaubend zu machen/daß sie in Eduarden nicht
verliebet seye; Vielleicht/ (dachte die kluge Dame,)
wann der Hertzog sehen wird/ daß die zwischen ihr
und Eduarden vermuthete Correspondentz ihre End-
schafft erreichet/so wird er seinen Unwillen desto eher
fahren/ und diesen wieder nach Hofe komen lassen.
Oder aber/ es möchten durch solche erdichtete Liebe
vermuthlich solche Widerwillen sich ereignen/ die
solchen zu Eduards Nachtheil geschmiedeten Hey-
rath/ wo nicht gäntzlich aufhebt = doch noch eine
Zeit lang verweileten/da indessen Eduards Interesse
beobachtet/ und befördert werden könte.

Um solcher Ursachen willen muste Edmunda sich
etwas freundlicher gegen Lincolm anstellen/wiewol
es gar gesparsam und kaltsinnig geschahe/ dann
Herr Eduard viel zu tieff in ihrem Hertzen wurtzelte/
als daß sie einem andern darinnen den geringsten
Platz hätte einraumen sollen/ und wer Eduard darauß vertilgen wollen/ müste ihr nur das Hertz auß
dem Leibe gerissen haben.                    Indeme

Indeme nun Adeliza die Sache so scheinbar
und Glaubwürdig befande / wolte sie an der Warheit dieses Handels nicht mehr zweiffeln; Liesse sich
aber dessen gegen mir gantz nichts vernehmen/ sintemahl ausser dem/ was ich selbsten gesehen/ das übrige mir alles unwissend ware/ und so viel Edmunden
betrifft/ die geringste Wissenschafft nicht/ sondern
erst/ nachdeme das Unglück geschehen/ in Erfahrung gebracht hatte.

Eines Tages liesse Adeliza mich für sich fordern/
da sie meine Treue und Verschwiegenheit rühmete/
mir zugleich einen Brieff zustellete/ mit dem Befehl/
solchen ihrem Herrn Bruder Eduard selbsten zu
überbringen / weilen Sachen von grosser Wichtigkeit darinnen enthalten / und sie sonsten Niemand
den Brieff vertrauen wolte. Ich versprache/ schul-
digster Massen solches zu verrichten/ dingete alsobald ein Fahrzeug/ in.. ..; in die Insul/ wo Eduard sich
aufhielte/ zu begeben/ den ich in gutem Wolstand daselbst antraffe / der aber über meiner unvermutheten
Ankunfft in etwas sich alterirte/ indem er sich nichts
Gutes gleichsam träumen lassen. Er fragte mich al-
sobald/ wie sein Herr Vatter/ Bruder/ Schwester/
insonderheit aber die Fräulein Edmunda, und meine
Mutter Anisia lebten? Wie/ fiele Biorn in die Rede/
ist dann die Gräfin Anisia, Herr Richard, eure Mutter? Richard erschracke / daß er sich also verhauen
hatte/ kunte es aber nun nicht mehr laugnen. Worüber Rheinwald ferner sagte: Und diesem nach ist
die so hoch gerühmte und vortreffliche Fräulein Edmunda zugleich seine Schwester; weßwegen Richard
etwas beschämet wurde/ und also fortfuhre: Dem
ist nicht anders / aber unangesehen dieselbige meine
Schwester

Schwester ist / so wil ich doch meine Herren versichern / daß in dem / was ich von ihr und meiner Frau Mutter erzehlet / nicht die allergeringste Partheyligkeit mit unterlauffet/ ich mich/ auch deßwegen auf gantz unpartheyische Zeugnüssen beruffen darff/ daß ich der Sachen nirgend zu viel gethan/ wann ich ihre Qualitäten und Tugenden beschrieben / dessen wird mir Herr Eduard selbsten ein unverweffliches Zeugnüß geben.

Als ich nun Herrn Eduard auf seine Frage geantwortet/ darbey aber bedeutet/ daß ausser Adeliza meine Räyse Niemand wissend seye/ und eine (mir selbsten auch unbekandte/) grosse Heimligkeit in diesem Brieff/ den ich ihm zugleich überreichete/ enthalten seyn solle/ gienge er etwas abseits/ und lase/ nach Eröffnung/ selbigen mit unterschiedlichen Gemüths-Regungen/ wie ich gar wol abnahme. Darauf fragte er/ ob ich nichts weiters in Commission, oder Adeliza mir nichts ferners ihme zu sagen anbefohlen hätte? Ich antwortete darauf mit Nein/ als allein/ daß sie mir befohlen / ihme zu sagen / die Sache geheim/ und seine Räyse und Ankunfft verborgen zu halten/ darbey aber/ so viel immer möglich/ solche zu beschleunigen; Weiter kunte ich ihme keinen Bericht geben/ weil mir Adeliza ernstlich verbotten/ von dem/ was ich im Garten gesehen/ nicht das Geringste zu sagen.    Der Brieff/ den ich ihme überbracht/ und ich nachgehends selbsten auch gelesen/ ware ungefähr folgenden Inhalts:

## Hochwerthester und Geliebtester Herr Bruder!

JCh sende Euch/ mit eben so grosser Eylfertig- als Heimligkeit/ Richard, mit diesem meinem Brieff/ Euch bittlich zu ersuchen/

IV. Theil,                  k

erfuchen/ aufs Geschwindeste anhero zu kommen/ einem Zufall abzuhelffen/der/so er nicht hintertrieben wurde/Euer Le-
ben/Reputation und Ehre/und allen Euern hoffenden Wol=
stand/ in Gefahr bringen könte. Die Obligenheit / so Ich/
als Euere Schwester und Dienerin/ Euch von Natur und
Liebe schuldig bin/ gestattet nicht/ daß Ich/ in Beförderung
Euerer Wolfahrt/ mich saumselig erweise/ daß Ich aber
darvon nichts weiters eröffne/geschiehet darum/damit Euer
Interesse in keine Gefahr gerathe. Ein Brieff ist kein so auf-
richtiger und sicherer Botte/ daß Ich ihme etwas Mehrers
vertrauen solte. Richard, ob er schon in Treu und Redlichkeit wol bewährt/ ist dermahlen nicht capabel, dieses Handels halben mehrere Nachricht zu haben / sintemahlen selb-
ger weit erheblicher/ als daß er einigem Menschen/ wer derselbige auch seyn möchte/ zu vertrauen stünde. Ich bitte/
den Eyfer/ den Ich Euch zu dienen bezeuge/mir nicht zu verübeln / und indeme Ich Euch schliessend/ die Geheimhal-
tung recommendire/ verbleibe Ich Euere jeder Zeit getreue
Schwester

ADELIZA.

Eduard wuste lang nicht/ wessen er sich entschliessen solte/ weil er weder auß dem Brieff noch
auch von mir einiges Liecht in dieser Sach nicht
haben kunte; Doch machte er sich neben mir zur
Ruck-Räyse fertig/ tratte mit mir zu Schiff/ und
kamen in weniger Zeit im Vatterland an/ wiewolen wir der Schottischen und Irrländischen Rebellen wegen/allerdings in Gefahr gerathen wären.

Als wir zu Lande kommen/ brachte ich ihn deß
Nachts auf eines meiner Vor-Wercke/ so nur eine
halbe Stunde von der Stadt entlegen / daselbst
verbarg ich ihn/ und kame folgenden Tags in die
Stadt/ der Adeliza wegen meiner verrichteten
Räyse Rapport zu thun. Diese ware nun fest ent-
schlossen/ den ihr von Lincolm verweisenden Affront
auf das hefftigste zu rächen / und zugleich auch Edmunden

munden in Schande und Unglück zu bringen;
Sie bediente sich zu ihrem Vorhaben meiner Person / damit ich / wiewol gantz unverschuldeter Weise /
in solchem bey ihr gantz listiglich angestelleten Handel auch einiger Massen mit eingewickelt wurde /
nicht zweiffelend / es wurde Eduard, wann ich der
ihn ruffende Botte wäre / die Sach von desto grösserer Wichtigkeit achten / auch sie ihne mit ihren
Thränen dahin zu bewegen / ( weil der Bruder
selbsten gleichsam zum Ankläger seiner Schwester
dienete /) der Sache desto eher Glauben zu geben.
Ach! wie pfleget die Raachgierigkeit so verkehret
und boßhafft zu philosophiren; Wer kan doch immer deß Weiber-Volcks listige Anschläge / und
heimtückische Räncke gnugsam außdencken / und ihren Beruckungen entweichen. In Summa, alle
Klugheit kan gegen Weiber-List nimmermehr
bestehen.

Als Adeliza durch mich der Ankunfft ihres
Herrn Bruders benachrichtiget worden / erregten
sich allerley Gemüths-Aenderungen bey ihr / daß sie
eine gute Zeit sich nicht entschliessen kunte / wie die
Sache weiter möchte anzustellen seyn / Raach / Eyf-
fer / Zorn / Liebe / Verachtung / Unversöhnlichkeit /
Todschlag / Beschimpffung / jezuweilen einiges /
aber gar kurtzes Mitleyden / bestürmeten ihr Gemüthe dermassen / daß man solches auß ihren Augen und Gesicht lesen kunte / und ob ich schon etliche
mahl Anerinnerung thate / mir ferner gnädig zu
befehlen / was sie von mir zu ihren Diensten verrichtet haben wolte; Ware sie doch gantz wanckel-
müthig / und fienge bald dieses bald jenes an zu befehlen / und alsobald darauf zu widerruffen.  End-

k 2                    lich ware

lich ware dieses der Schluß/ daß ich Herrn Eduard,
auf die Nacht in die Stadt bringen/ und hernach
ein paar Stunden vor Mitternacht/ durch den Gar-
tan/ zu einer mir benahmiseten Pforten/ und so dann
zu ihr ohnfehlbar bringen solte; Welches ich auf
das fleissigste außzurichten versprache.

## Das X. Capitul /

Eduard kommt zu Adeliza, diese entdecket nach vielem Umschweiffen Lincolms Liebe gegen Edmunden/
und ihre nächtliche Besuchungen/ welches Jener nicht
glauben wil/ aber durch wahrscheinliche Umstände/ und
gleichsam den Augenschein selbsten zu glauben gezwungen wird / geräth im Dunckeln in einen gefährlichen
Kampff/ darinn er obsieget. Richard erſticht einen
Page.

ICh ritte gegen Abend/ (fuhre Richard in seiner Geschichts-Erzählung fort/) zur Stadt
hinauß/ wie ich sonsten mehrmahlen zu thun
gewohnet ware/ auf das Vor-Werck/ wo sich
Eduard enthielte/ demselben hinterbrachte ich seiner
Schwester Adeliza Meynung/ begaben uns darauf
im Dunckeln nach der Stadt/ und als es nun ziemlich spat worden/ machten wir uns aller verkleidet
in den Garten/ wir hatten uns in unsere Mäntel
eingewickelt/ und unsere Degen in den Armen; Als
wir in den Garten gekommen / nahmen wir Anfangs einen Umschweiff/ damit wir desto weniger
möchten beobachtet werden/ und kamen durch einen bedeckten finstern Gang/ biß an die mir angewiesene Pforte. Welche auf ein geringes gegebe-
nes Zeichen/ von Adeliza selbsten geöffnet/ und wir
von ihr hinein geführet wurden.

Ich hätte nimmermehr geglaubet / sagte sie/
daß ich

Daß ich bey meines Herrn Bruders Ankunfft/
Ursach haben solte / mich zu beklagen / jedoch wil es
das Verhängnüß / und ein schädliches Unglücks-
Gestirne / also haben.   Eduard antwortete / wie jes
die Gelegenheit erforderte: als sie darauf die Thür
wiederum wie sie zuvor gewesen/ zugemacht/ giengen
wir etwas weiters durch einen Gang gegen der
Adeliza Zimmer / als sie ein wenig allda die Thür
eröffnet / fanden wir ein Liecht / so deßwegen dahin
gestellet ware / uns in ihr Zimmer zu leuchten / als
wir da hinein gekommen / und uns gesetzet / gabe es
Anfangs allerley Complimenten. Adeliza aber auß
deren Augen/ Worten/ Seufftzen/ Gebärden/ nichts
als Feuer hervor blinckete / erweckte bey Herrn
Eduard ein so hefftiges Verlangen / daß alle andere
Discurse gar bald zum Ende kamen.

Adeliza befahle mir jetzo das Jenige zu offenbaren und zu erzehlen / was ich vor wenig Tagen
im Garten gesehen und beobachtet hätte / betreffend die Person / und Betrügerey Lincolms.   Ich
willfahrete dem Befehl alsobald / gantz unvorsich-
tiger Weise / weil ich nicht wuste/ noch absehen kunte / daß meine Relation zu Beschimpffung und Ruin
meines eigenen Hauses gereichen solte.

Eduard befande sich durch meine Erzählung
auf das höchste beleydiget / wegen der grossen Be-
schimpff- und Verachtung deß Lincolms / nicht
allein darum / daß er das seiner Schwester gethane
eheliche Versprechen so gering achtete / sondern
noch über das/ auch den Schwieger-Vatter/ Brüder und hohe Anverwandte/ gleichsam unter die
Füsse zu tretten / sich unterstunde / indem er sich einbildete / er dürffte nach eigenem Belieben/ ohne da-

k 3                           her be-

her beförchtende Gefahr / sich in die Gemächer deß
Frauenzimmers einschleichen / und einem so hohen
Hauß einen Schand-Flecken anhängen / welches
niemahlen den geringsten Affront, auch von den
Mächtigsten deß Reichs / ohne scharffe deßwegen
genommene Raache / ertragen können.

Wer ist aber die Unzüchtige Freche gewesen/
welche durch ihre Geilheit den Ehebrecher also verleitet / und Ursache zu ernstlicher Raache gegeben?
Fragte Eduard, sich gegen mir wendend. Ich zu-
ckete hierauf die Achseln / weil ich von dem / so mir
unwissend / nicht Zeugen kunte: Ich vermeldete/
daß ich ausser diesem / so ich allererst erzehlet / weiter
keine Wissenschafft dieser Sache hätte.

Eduard, der auß dem Zuwincken Adeliza , ihr
Verlangen abnahme/ befahle mir darauf/mich auf-
serhalb deß Zimmers zu verweilen/ deßwegen ich
in dem Gang auf-und abspatzirte/und ihnen Raum
gabe / einander das Leyd nach Genüge zu klagen.

Der Adeliza mangelte es an vielen wolauß-
gesunnenen / und lange Zeit erspintisirten listigen
Kunst-Griffen gantz nicht/worinnit sie ein mit Raach-
Gedancken bereits eingenommenes Gemüthe noch
hefftiger entzünden und anflammen konte. Sie be-
weinete gar schmertzlich / daß das gemeine Volck/
welches bereits von dieser nächtlichen Zusammenkunfft Wissenschafft hatte / und daß Lincolm ver-
stohlner Weise die Fürstliche Zimmer besuchte / von
ihr übel argwohnete / daß sie ihre Begierden nicht
zäumen / noch der rechtmässigen Zeit erwarten könte / sondern ihren Bräutigam und Liebhaber / noch
vor vollzogener Vermählung / zu Vollziehung deß
Ehestandes / zu sich kommen liesse. Sie stellete
ihm vor/

ihm vor / daß Lincolm allein auß der Ursache sie
verlassen / weilen sie sich gantz ernstlich vernehmen
lassen / den Jenigen nimmer mehr von Hertzen zu
lieben / der Beförderung thäte / oder selbsten die
Enterbung ihres hertzgeliebtesten Herrn Bruders/
eyfferigst suchete; Dieses bestättigte sie mit vielen
ertichteten Seufftzen und Thränen / um ihrem
Vorgeben desto mehr Glauben und Ansehen dardurch zu machen; Sie bezeugete / daß unter allen
Verdrüßlichkeiten / dieses die grösseste und uner-
träglichste wäre / so ihr Gemüth auch am meisten
ängstigte / wann sie betrachte die Gefahr / darein er
sich begeben wurde / wann er zu eigner Ehren-Ret-
tung solte gezwungen seyn / mit Lincolm sich in einen Kampff einzulassen / weilen Lincolm ohne
dem sich berühmet / und zwar mehr als einmahl/
er wolte ihn / wann er ihme einmahl unter das Ge-
sichte käme / und wegen der Erb-Succession so keck
wäre / mit ihme anzubinden / nicht nur mit dem
ersten Streich überwinden / sondern gar zu nichte
machen und vertilgen.   In Summa, sie unterliesse
nichts/ alles zu thun und zu ersinnen/ was ein Tapfferes Ritterliches Hertz / das vorhero schon vom
Zorn brennend ist/noch mehr anspohrnen kan.

Sie hätte aber mit allem diesem so viel nicht
außgerichtet/ und wären ihre Kunst-Griffe samentlich Frucht-loß gewesen/ wann nicht noch stärckere
und ihme nachtheiligere Ursachen / ihne zu einem
andern Entschluß gebracht hätten / dann er ware
weit von vortrefflicherm Verstand / als andere Leute / und von solcher tapffern Großmüthigkeit/ daß
ihne dergleichen gekünstelte Vorstellungen/so leichtlich nicht bewegen kunten.

Unter-

Unterdeffen fragte Eduard von neuem nach
dem Namen der Jenigen / welche die Ehre deß
Fürstlichen Frauenzimmers dermaffen befudelte?

Adeliza, als ob fie mit einer fo unvermutheten
Frage übereilet wäre / fienge an zu ftammlen / erröthete / ftellete fich darauf an / als müfte fie ftarck
huften/ ( fo aber nur erzwungen war/) um Zeit zur
Antwort zu gewinnen; Darauf fienge fie einen
gantz ungereimten Difcurs an / brache folchen ohne
gegebene Urfache ab / und endigte denfelben / ehe
man wufte/ was es eigentlich wäre. Dannenhero
Eduard von neuem anhielte/ ihme den Namen der
jenigen Dame zu nennen / die diefes Handels Urfach
feye? Adeliza, die anders nichts/als eben diefes fuchte / lieffe etliche Seufftzen voran gehen / die wieder
mit etlichen Zähren begleitet wurden/darauf fienge
fie fich an zu krümmen / als wann fie fich darzu
zwingen müfte / und fie fehr fauer ankäme / fienge
darauf alfo an zu reden:

Ich bitte/mein Hertzen-Bruder/euch zu vergnügen mit dem Namen der Unzüchtigen / und
nach keinem andern Namen ferner zu fragen; Die
Wiffenfchafft deß Namens dienet nichts weiters
zur Sache; Ja es wurde euch nur defto mehr im
Hertzen ängftigen/ fo ihr folchen müftet: So aber
je folches zu wiffen höchft nöthig wäre / fo bitte ich/
mir folches doch nicht aufzubürden / indeme doch
kein Mangel an andern/ die der Sachen berichtet
feyn. Andere nun mögen euch folches fagen/ weil
ich fo viel Hertzens nicht habe. Es ift/ wehrtefter
Herz-Bruder / eine folche / die ihr am wenigften
glaubtet/ und am wenigften wünfchet/ und deren es
am wenigften zuftehet; Bildet euch nun felbften ein/

wer diefe

wer diese verrätherische Treu=lose seyn müsse / hier
machte sie noch ein langes Gespräch daher / endlich
sagte sie: Edmunda ist diese Unzüchtige / die Treu-
lose / die Verrätherische / und keine andere.

Ihr Herren/urtheilet anietzo selbsten/wie diese
Zeitung Herrn Eduard müsse ins Hertz geschnitten
haben; Er brandte/ und wurde bald gantz kalt und
erstarret; Er erstarb / und kame doch wieder zu sich
selbsten. Endlich erholete er sich/und sprache: O wehe mir! Ach was sagt ihr! haltet inn mit solchen
Reden / ich bitte euch darum / was für ein gottloses
Läster=Maul auß der Hölle herauf / hat euch solche
unmögliche Sachen weiß gemachet? Edmunda,
soll unzüchtig seyn / behüte GOTT! solches ist eine
Unmöglichkeit; O! Edmunda ist eine solche/ die un-
sträfflich lebet.

Adeliza fienge darauf wieder an/ und erzählete
ihme alles / was sie dem Lincolm auch offentlich vor
den Leuthen für Gunst erwiesen / daß sie deßwegen
gantz ruhmredig seye / auch mehrmahlen offentlich
über ihne / Eduard, höhnisch triumphiret.

Eduard hingegen unterliesse nicht / Edmunden
zu entschuldigen / und das/ was sie gethan / daß es
auß schuldiger Höfligkeit geschehen / zu behaupten/
er fragte darbey / wann solches dann so grosse Verbrechen / warum sie für thunlich erachtet / sich meiner / als ihres Bruders / zu bedienen / welches ein
wunderliches und nicht wol practicirliches Mittel
seye/ seine Schwester in das Verderben zu stürtzen.

Sie entschuldigte aber solches damit / daß
durch lange Zeit ich jedesmahl aufrichtig und getreu erfunden worden; Zu dem / so habe ich von
meiner Schwester Fehler keine Nachricht und Wis-

k 5                                         senschafft

senschafft gehabt / habe sie auch deßwegen mich hierzu erwählet / daß / wañ man erfahre / daß sie Jemanden abgeordnet / und man dabey vernehmen wurde /
daß Richard der Außgeschickte seye / Edmunda desto
weniger sich einbilden könte / daß solcher zu ihrem
Nachtheil geschickt wäre. So seye ihr über das daran gelegen gewesen / daß Edmunda deßwegen keinen
Argwohn schöpffte / sondern in der angefangenen /
guten / vertraulichen / nächtlichen Besuchung von
Lincolm desto freyer fortführe / damit / so es nöthig
seyn solte / man solches selbsten mit Händen greiffen / und er mit eigenen Augen dieses sehen könte.

Wolt ihr mich dann solches selbsten sehen machen / worzu ihr euch jetzund erbietet? sagte Eduard.
Ach! wie leichtlich betrügen sich die Augen selbst!
Wann ich solches sehen werde! Damit stunde er von
seinem Sessel auf / voller Betrübnuß / nicht wissend /
was er weiter dencken / oder sagen solte! Ach! armseliger Eduard! sagte er ferner! Adeliza aber antwortete
alsobald: Ja / ich wil euch solches sehen machen. Indeme aber lieffe ich gantz bestürtzt / als ob ich gejaget
wurde / Adeliza Zimmer zu / und meldete eylfertigst
an / daß vermuthlich Lincolm draussen seye. Wo /
fragte Eduard? in dem Gang / oder Gallerie? Nein /
Gnädiger Herr / sagte ich / sondern im Garten. Wie /
seyd ihr aber dessen versichert / frägte Adeliza, vor
Zorn / oder aber vor Forcht / gantz zitternd? Darauf
ich wieder antwortete: Weil ich deß Auf- und Abspa-
tzierens müde worden / habe ich mich / nächst bey dem
Außgang deß langen Ganges und deß daran gegen
dem Garten stossenden Zimmers niedergesetzt / allda
ich gar bald gehöret / daß Jemand an der jenigen
Thüre / wo wir zuvor herein gekommen / gar sachte
angeklopf-

angeklopffet.    Weil nun an diesem Ort ausser mir
Niemand vorhanden/so gabe auch Niemand einige
Antwort ;  Indem ich aber mit mir selbst zu Rath
gienge/was zu thun wäre/so dünckte mich/ja ich hörte gar eigentlich/ daß/ wie man zuvor an der Porte
deß Ganges angeklopffet/ man anjetzo an einem
Fenster deß jenigen Zimmers / unter dessen Bogen
bey der Thür ich ruhete /  auch anklopffete / da dann
das Fenster alsobald geöffnet worden/ und ich gehö-
ret/ daß eine Person / deren Stimme mir sonst wol
bekandt/die ich jetzt aber nicht recht eigentlich unter-
scheiden/und erkennen mögen/ geantwortet : Schatz/
er lasse sich nicht mißfallen/eine kleine Gedult zu haben. Worauf der draussen wieder zur Antwort geben: Es solle mir/ liebste Seele/ nichts mißfallen/
wormit ich ihr dienen kan.

Adeliza, vor Forcht gantz bestürtzt/ wegen der
obhandenen Gefahr/und Eduard von Zorn und Un-
bill/ am meisten aber von den Worten seines Mit-
Buhlers angetrieben / wuste nicht/ was hierbey zu
thun ware ;  Er schickte mich aber alsbald wieder zu-
ruck/ um zu beobachten/ was sich weiters zutragen
möchte / gegen Adeliza aber liesse er sich also vernehmen / und zwar mit denen allerwehemüthigsten
Worten/so auch das gifftigste und grimmigste Thier
zum Mitleyden hätten bewegen können: Ach! sagte
er/der arme Tropff/(mich dardurch verstehend/) hat
freylich seiner Treu-losen Schwester Stimme ge-
kannt/aber doch nicht recht erkannt ; Ach! verrathe-
ner und sehr betrogener Eduard! Ach! übel belohnte
aufrichtige Treue! Ach! Hertzliebste Schwester!
der Schmertzen machet/ daß ich ungeschicklich rede/
und bin deßwegen zu entschuldigen! Damit fienge
er an/

er an / wieder von Neuem Edmunden zu verthädi=
gen/ sprechend: Und wormit hat dann die Himmel=
schöne Edmunda gesündiget? Welches altes oder
neues Gesetze verbindet sie dann / daß sie eben mich
lieben solle? Was habe ich ihr zu Liebe und Dienste
gethan/ deßwegen sie mir solte verpflichtet seyn? Sie
ist ja gantz frey/ kan und darff lieben und freyen/ wen
sie wil.　An einen grossen/ reichen und vornehmen
Herrn sich zu verheurathen/ ist ein Verbrechen/ das
sich mit denen vielfaltigen darauß entspringenden
Nutzbarkeiten gar wol entschuldigen lässet.　Sich
von mir abzuwenden/ ist vielmehr eine Klugheit/ als
sich alles meines widerwärtigen Glückes / so mich
unabläßlich verfolget / mit theilhafftig zu machen.
Vielleicht hat sie solches auß einer sonderbaren ge=
gen mir tragenden Affection gethan / weil sie etwan
gar wol gesehen / daß / wann sie in der Liebe gegen
mir beständig verharren wurde / solches anders
nichts / als noch fernere Anlaß zu meiner Verban=
nung und Enterbung geben dörffte. Ich solte deß=
wegen ihr billich Danck sagen/ und dannoch beklage
ich mich! O! ich Undanckbarer! Es ist ja höchst un=
billich / daß ich von der Jenigen übel gedencken / re=
den und urtheilen solle / die da verdienet / jederzeit
recht geliebet zu werden. Wie kan sie daran übel ge=
than haben / wann sie gethan / worzu sie ihr eigener
Nutzen/ meine Wolfahrt und Vortheil/ und ihrer
Frau Mutter Einrathen beweget? Was wäre das
für eine geringe Liebe / die ich gegen ihr trage / wann
ich mich darob beschweren wolte / daß ich sehe / wie
sie ihr eigenes Glücke so wol gefunden/ und bevesti=
get. Nimmermehr / ach! nimmermehr hat sie daran
übel gethan. Wann nur sie vergnüget/ und glückse=
lig le=

lig lebet / so werde ich selbsten nimmer unglückselig
seyn. Aber! aber der Verräther / der mir das Hertze
tödtet / mein Geschlecht entehret und beschimpffet /
meine Schwester betrüget / mich zu enterben sich be-
fleiffet / solle sich erkühnen! Ach! ein solcher Verräther solle sich erkühnen! ♦ ♦ damit muste er abbrechen / dann das Getümmel zweyer Balgenden
und sich herum Schlagenden / gabe ihme zu erkennen / daß ich müste angesprenget worden seyn / deßwegen lieffe er auß dem Zimmer herauß / so wol mir
beyzustehen / als auch vornemlich / sich wegen erley-
denden Unrechts / selbsten zu rächen.

Er kame nicht gegangen / sondern gleichsam
geflogen/und kunte mit nichts füglichers/als mit einem Tieger-Thier / dem seine Junge geraubet worden / verglichen werden; So bald er bey uns ange-
langet/und sein Schwerdt gezucket/sprache er: Gehet zuruck/mein Freund/dann mir gebühret es/die-
sen Verräther abzustraffen.

Indeme nun die Beyde sich also mit einander
herum schlugen/ da nahme ich wahr/ daß von jener
Seiten/wo die Gemächer der Hertzogin waren/Je-
mand/ den ich nicht kennete/ mit einem Liecht daher
kame. Weil ich nun gerne verhindert hätte / daß
Eduard nicht erkannt wurde / machte ich mich geschwind zu der jenigen Thüre/wo das Liecht herauß
kame/ so bald aber der Arm und Hand/ so die Fackel
hielte / herauß/ thate ich mit der Fläche deß Degens
einen Streich darauf/daß das Liecht auf die Erden
fiele/und durch den Fall verlöschete. Der Page lieffe
alsobald darvon/ sich beklagend/ daß er verwundet
seye / ( so bildete er sich im grossen Schrecken ein/)
weil ich hierauß nun meine selbst-eigene / als auch

Herrn

Herrn Eduards Gefahr erkannte/ wo solcher das
Geschrey fortsetzen solte/ verfolgete ich denselben/
indem er nun mit Schreyen nicht nachliesse/ hielte
ich für höchstnöthig/ mich dessen zu versichern/ eylete
ihme deßwegen in vollem Sprunge nach/und mit einem Stoß durch den Rucken in das Hertz/ schlosse
ich ihme mit dem Eysen die Rede/ Leben und
Athem zugleich.

Es ware aber dieses eben der Jenige/ der kurtz
zuvor den Unbekandten heimlicher Weise eingelassen hatte/indem aber der Ankömmling bey dem Eingang sich etwas verweilet/ habe ich wargenommen/
daß er mich im Tunckeln hinter einer Säulen/ (allwo ich stunde/) beobachtet/ weilen ich nun für das
Thunlichste hielte/ mich nach Herrn Eduard zu bege-
ben/ eylete ich/ zu selbigem zu gelangen/ indem mich
aber der Unbekandte zu bald einholete/ und mit blossem Degen von mir/ wer ich seye/ wissen wolte/ und
zugleich feindlich angriffe/ ware ich genöthiget/ stehen zu bleiben/und mich zu vertheydigen/biß ich/auß
Eduards Ankunfft/ den Streit ihme überlassen
muste.

Als ich auß dem Saal/ wohin ich den vermeynten Page verfolget/ und/ auß dringender Noth/ nieder gestossen hatte/ wieder zuruck kame/ sande ich
Eduarden eben / da er sein Schwerdt mit seines
Widersachers Kleid abwischete/ der zu seinen Füssen gestrecket lage/ und den letzten Athem außgur-
gelte. Als wir uns dergestalten gerochen/ darbey
aber gar nicht frölich waren/verfügten wir uns wieder nach der Adeliza Zimmer/ an dessen Thüre wir
aber nur vergeblich anklopffeten/ dann Adeliza, auß
Entsetzen vor dem Jenigen / so sie doch selbsten so

hoch

hoch verlanget / hatte sich / auß weiblicher Blödig-
keit/ in ein anders Zimmer begeben/ damit sie in solchem den Tumult der Kämpffenden nicht hören
dörffte/ zugleich auch der Meynung / sich auß allem
Unglück / so durch ihre Veranlassung vorgehen
möchte/ außzuhalfftern.

Als wir nun sahen / daß wir die Zeit allda vergeblich zubrachten / haben wir uns von dannen in
aller Stille hinweg/ und in mein Hauß begeben/
von da an wir uns / mittelst einer Leiter von seyde-
nen Stricken/ über die Stadt-Mauren hinauß ge-
lassen/ und in kurtzem wieder auf meinem Vorwer-
cke angelanget. Eduard versahe sich/ so viel möglich/
auf die Räyse/ worzu ich ihme ein gutes Pferd ver-
schaffet/ mit der Abrede/ daß er seinen Weg gegen
Schottland nehmen/ und ich dahin ihme Nachricht
schicken/ oder/ so es nöthig wäre/ selbsten überbringen
solte. Die Sorge/ er möchte allzuleicht außgekund-
schafftet werden / machte / daß er / als er in Schottland ankommen/ sich in Celinden verstellete/ und seine Räyse fortsetzete.

Nachdeme Eduard in aller Stille noch in finste-
rer Nacht hinweg ware/ legte ich mich zu Bette/ und
ritte deß Morgens/ nachdem es schon hoch Tag wa-
re/ in die Stadt/ nahme ein gantz frisches und mun-
teres Gesicht an mich/ welches ein Zeugnuß seyn sol-
te/ daß ich nicht das allergeringste Böse verübet/
gienge also mit einem meiner guten Bekandten nach
Hofe / dem Hertzog / neben andern / aufzuwarten/
und zu vernehmen/ was allda Neues möchte fürge-
gangen seyn. Ich/ meines Theils/ wuste schon/ was
passiret ware/ und daß es ohne seltsame Händel diesen Tag nicht abgehen / sondern Leyd und Trauren
genug

genug erfolgen wurde; Aber das Jenige/was der
Tag offenbaret/ hätte ich mir bey Nacht nimmermehr eingebildet/ noch traumen laffen.

## Das XI. Capitul/

Eduard tödtet unwiffend feinen Bruder Canut, und
Richard erfticht ſeine Liebſte Chryſantha, dieſe läffet
ihren Buhler in verftelleter Kleidung ein. Groſſe Betrübnüß über ſolche Unglücks-Fälle. Adeliza Reue.
Was vom Bluten eines todten Leichnams zu halten?
Ob dardurch der Thäter angezeiget werde? Exempel
darvon. Jus Feretri, worauf es zu gründen; darmit
iſt behutfam umzugehen.

Jer muß ich aber auch dieſes mit anführen/
daß dieſer Cavallier, mit deme ich nach Hofe
gegangen/ und William hieſſe/ eine überauß
ſchöne Schweſter hatte/ mit Namen Chryſantha,
dieſe ſolte mir eheſtens zu meiner Braut verſpro-
chen werden/ maffen ich eine hertzliche Liebe zu ihr
truge/ allermaffen ich auch von ihr anders nicht
abnehmen kunte/ weilen nun bey Hofe noch alles
ſtill ware/ nahme mich William, mein künfftiger
Schwager/ bey der Hand/ Vorhabens/mir Gelegenheit zu machen/ meine Liebſte/ die in Adeliza
Frauenzimmer ſich befande/ zu ſehen/ und zu ſpre-
chen/ weßwegen ich ihme auch ohne Verzug Gefell-
ſchafft leiſtete/ er führete mich demnach in den Gar-
ten/ woſelbſt wir anfänglich mit Auf- und Nieder-
gehen uns ein wenig erſpatzierten. Wir waren aber
noch kaum 3. oder 4. mahl in einem Gang hin und
wieder ſpatzieret/ als von 2. Hunden/ ſo ihre Kurtzweil mit einander hätten/ und einander umjagten/
einer/ ſo dem andern entfliehen/ und außweichen
wolte/ mit gantzem Leib und Gewalt an das jenige
Thor lieffe/ wordurch man auß dem Frauenzimmer
in den

in den Garten gienge / weil solches nun nicht recht zu / noch verschlossen ware / so gienge selbiges von dem starcken Anlauff deß Hundes gar leichtlich auf / daß es sich fast gantz eröffnete / und man ziemlich weit in einen Gang hinein sehen kunte.

Diese durch den Hund unversehens gesche-hene Eröffnung / öffnete und entdeckte zugleich ei-nen Todschlag / indeme man eine köstlich bekleidete Manns-Person in ihrem eigenen Blut gleichsam schwimmen sahe. Jedermann lieffe dahin / vor al-len aber ich / deme der Handel nicht mehr fremd ware. Ich ware aber kaum recht hinein kommen / da kehrete ich mich gleichsam halb tod vor Schre-cken / gegen meinem künfftigen Schwager / und schrye! O mein GOTT / was sehe ich da / Herz Lincolm, liget elendiglich ermordet hierinnen; O unglückseelige Adeliza.

Darauf giengen ihrer etliche auf Befehl hin-ein / den Todten-Körper aufzuheben / man hatte ihm aber nicht so bald das Angesicht über sich gekehret / so wurde man gewahr / daß es nicht Herz Lincolm, ( dem zwar der Körper an Statur, Grösse / Beschaf-fenheit deß Leibes / und Stattlichkeit der Kleider / am meisten aber in meiner gar starcken Einbildung / gantz gleich kame/) sondern Herz Canut, der jüngere Sohn Hertzog Hardiknuts / und Herz Eduards Bruder ware.

Was für Schrecken / Bestürtzung und Entse-tzen alle mit einander / insonderheit aber mich / über-fallen / darvon wil ich einen Jeden selbst urtheilen lassen / ich wuste lange Zeit nicht / ob ich wachete / oder aber ob mir nur traumete. Nachdem ich mich nun wieder in etwas erholet / die andere aber unterdes-

sen/als unnütze Zuschauer/als ob sie vor Schrecken
zu lauter Stein worden/da stunden/hätte ich/von
Verzweifflung und Gefahr gereitzet und angetrie-
ben/gerne wissen mögen/wer dann der Jenige ge-
wesen/den ich selbsten mit eigener Hand getödtet/
legte deßwegen selbsten auch Hand an den Ertöd-
teten/und sagte meinem Schwager William/er
solte doch in das Zimmer nächst an der Hertzogin
gehen/zu sehen/ob er Jemand antreffe/der solches
öffnete/damit man den entseelten Körper da hinein
tragen möchte/biß man gleichwol berathschlagete/
mit was Manier solches dem unglückseeligen Vatter hinterbracht werden könte.

William folgete alsobald meinem Rath/und
gienge hin/es fande sich aber! O Jammer/bald ein
neues Unglück/dann er ware kaum durch die nicht
verwahrete Thür hinein kommen/da fande er wieder eine todte Person in ihrem Blut ligen/die er
aber nicht erkennen kunte/weilen die Läden und
Fenster deß Saals und Zimmers alle zu und verschlossen waren. Als man aber den Tag hinein gelas-
sen/ware das allererste/daß William seine eigene/
in einer Page-Kleidung verstellete/und mit einem
Stich getödtete Fräulein Schwester/meine versprochene Liebste/allda tod ligend antraffe.

Dieweil ich aber gleich Anfangs ein nicht un-
billiches Bedencken getragen/mich dahin zu bege-
ben/allwo vielleicht ein Natur-Wunder/durch
Heraußwallung deß Gebluts in meiner Gegen-
wart/mich als den Mörder dieser Person anklа-
gen könte; So habe ich anjetzo/da ich vernommen/
wer die Ertödtete gewesen/mir noch weniger ge-
trauet/dahin zu kommen/sondern meinen Weg
nach

nach Hauß genommen. Da dann der unverhoffte
und klägliche Unglücks-Fall meiner Liebsten mir einen scheinbaren Vorwand gegeben/mich zu absenti-
ren / nachdem ich meinen übermässigen Schmer-
zen genugsam an den Tag geleget. Endlich habe
ich mich in mein Zimmer begeben / darinnen ich
mich gantz Hülff- und Trostloß befunden/ doch darbey der jenigen Ehren-Diensten und Besuchun-
gen enthoben seyn können/welche mir das Gewissen
höchstgefährlich/ die Natur aber gantz grausam/
vormahlete.

Ich weiß hier nicht zu erzehlen / wie endlich
Hertzog Hardiknut solchen Fall / und durch wen er
es erfahren / genug ist es/wann ich sage / daß er sich
über die Massen erbärmlich geberdet / und kan ein
jeder leichtlich schliessen/ wie der unverhoffte Tod
eines so lieben Sohnes / der deß Vatters einige
Lust und Wollust gewesen/ an dem er alle Freude
und Vergnügung hatte/ ihm müsse zu Hertzen gangen seyn. Er thate nicht anders / als wolte er vor
Kummer und Hertzenleyd bersten und zerschmeltzen;
Er risse die Tücher / in welche er gewickelt / selbsten
hinweg/ warffe sich auf ihn/ küssete denselben / und
weinete so erbärmlich/ als ob er in lauter Thränen
zerfliessen / und seinen Athem jetzt gar außblasen
wolte /daß männiglich/ wer ihn in so elendem Kum-
mer-Stand sahe / ein hertzliches Mitleyden mit ihm
tragen/ und selbsten mit ihme weinen muste. Bald
aber stellete er sich vor Zorn und Wuth gantz ra-
send / fluchte / und drohete den Tod/ und allerley
grausamste Marter / dem Jenigen / der an diesem
Mord Ursach wäre / und Theil daran hatte / und
solches triebe er Wechsels-Weise so lang und offt/

biß er

biß er von so widerwärtigen Affecten abgemattet
und übermeistert / in eine starcke Unmacht dahin
fiele / daß man ihn mit allerley kräfftigen Wassern
und Artzneyen nach langer Weile wieder zu sich selber bringen muste.

Adeliza, auf Vernehmen / was für ein grosses
Unglück sich ereignet / wolte schier verzweiffeln/
das Gewissen stellete ihr auf der einen Seiten vor/
ihre böse und Raachgierige Anschläge / und wie sie
zu diesem Doppel-Mord die erste Ursach und An-
treiberin gewesen / ohne welches weder das eine
noch das andere erfolget wäre; Es zwange sie/ ihre
eigene Anstalten und geschehene Verrichtungen/
auf das Hefftigste zu verfluchen / und alle Schuld
ihr selbsten zuzumessen / und schmertzlich zu erkennen; Auf der andern Seiten aber reitzete sie die
Natur zu einem schmertzlichen Mitleyden / wegen
ihres Herrn Vatters Hertzleyd / und darauß ent-
standener gefährlichen Schwachheit / ingleichem
schnitte ihr der unzeitige / zumahlen auch sehr unglückliche Tod ihres geliebtesten Bruders eine tieffe Hertzens-Wunde / daß mit ihr so wol / als dem
Herrn Vatter/ die Medici und andere gnug zu thun
hatten/sie zu trösten/ uñ zu sich selbst zu bringen/ wie
auch endlich geschahe / da sie dann zu rechter Ver-
pflegung ihres Herrn Vatters möglichste Vorsor-
ge thate / weil ein hefftiges Fieber ihne bald darauf
ergriffen.

Indessen wurde der entleibte Canut, wie nicht
weniger Crysanta, mit höchstem Leyd-Wesen zur
Erden bestättiget/ die Justitz feyrete immittelst auch
nicht / das Jenige / was ihr Amt außweiset/ zu verrichten / als die da allen Fleiß anlegte/ die Thäter
außzu-

außzukundschafften/ und zu gebührender Straff zu
iehen/ aber aller angewandte Fleiß ware verge-
bens/ sintemahl man keine andere Nachricht einziehen kunte/als daß Canut gewohnet gewesen/ unter-
schiedene mahl bey nächtlicher Weile die Chrysanta,
die er liebete/zu besuchen/selbige aber desto verbor-
gener den Handel zu führen/ und desto weniger bekandt zu werden/sich selbsten wie ein Page gekleidet/
und Herrn Canut eingelassen; Da nun der ver-
mummte Page gehöret und gesehen/ daß es bey dem
tunckeln und fast nicht warnehmenden Schein einer zu Ende eines langen Ganges gar tunckel brennenden Lampen zwischen uns zum schlagen komen/
wolte selbiger durch ein holendes Liecht den Gang
etwas mehr erleuchten/ der Meynung/ wann der
Gegentheil Herrn Canuten/vermittelst solcher Helle/
rkennen solte/ selbiger ohne Zweiffel sich retiriren/
sie aber in solcher Verstellung dannoch unerkandt
bleiben wurde.

Solcher Gestalt nun ist Herr Eduard, ohne
sein Wissen und Verschulden/ zu einem Bruder-
ch aber/ auß gleicher Unwissenheit/ und meinen
Herrn nicht in Gefahr gerathen zu lassen/ wann er
kannt wurde/zum Mörder meiner Hertzliebsten/
ber/ wie ich nach der Hand erfahren müssen/ aller-
ungetreuesten Chrysanta worden.

Ich trachtete bald hernach/mit Adeliza zu Rede
zu kommen/um zu vernehmen/wie sie gesinnet? Da
e mir dann mit vielen heissen Thränen ihren Kum-
er und grosses Leyd klagete/ und darbey ihre Ey-
rsucht und Raach-Begierde eyferigst verfluchte;
sie erzehlete mir/ auf Befragen/ was sich mit der
ten Vettel Rixa zugetragen/ wie sie ihr die Liebe

L 3                                          zwischen

zwischen Lincolm und meiner Schwester entdecket/
und sie dannenhero bemüssiget worden / sich nachdrücklich zu rächen/mich deßwegen an ihren Bruder
abgefertiget / so wol durch ihr Schreiben / als mein
mündliches Ansuchen/ ihn dahin zu vermögen/ anhero zu kommen / und die rechtmässige Raache zu
vollziehen/ wiewol sie ihme von der Sache nicht das
Allergeringste im Schreiben/sondern erst mündlich/
entdecket hatte. Sie bathe deßwegen mich um Ver-
zeyhung/ daß sie mir solches verborgen / und meiner
Schwester / die sie anjetzo für unschuldig hielte / so
grosses Unrecht gethan hätte.    Straffte mich aber
darbey ernstlich/daß ich/in Unterscheidung Lincolms
und ihres Herrn Bruders / mich meine Augen so
schändlich hätte betriegen lassen/ daß ich einen für
den andern angesehen / also hierdurch eben so grosse
Ursach an Canuts Tod wäre / als sie selbsten / und
Eduard,welches ich auch/bey so beschaffenē Dingen/
nicht gäntzlich in Abrede seyn kunte ;  Jedoch auch
damahlen/ wie auch noch jetzund/vestiglich glaube/
daß/ als ich das erste mahl/ auf Adeliza Befehl/ im
Garten die Wacht gehalten/ und den Nachtschlei-
cher ersehen / solcher warhafftig Lincolm, und Niemand anderer / gewesen / dann meine Augen damahlen mich nicht betrogen ; Was aber seine Verrichtung und Vorhaben gewesen / solches ist mir
gantz unbekandt/ daß es um meiner Schwester Edmunda willen geschehen / kan ich zwar nicht bestrei-
ten / daß sie aber darum solte einige Wissenschafft
gehabt/oder zu solchen Wercken der Finsternüß/ein-
gewilliget haben/ da bin ich gewiß versichert/ daß es
eine Unwarheit / und nur erdichtet oder eingebildet
Ding gewesen.

Biorn

Biorn fiele hier in die Rede/und sagte: Ich muß/
mein Her: Richard, bevor derselbe in seinem Erzehlen weiter gehet/ fragen: Weßwegen er Bedencken
getragen/ bey dem entleibten/ oder vielmehr entseelten Cörper/der damahl noch unerkannten Chrysan-
a zu gehen / und vor was für einem Natur-Wun-
der/oder Blut-Quellung/als deß Todschlags Ver-
äther / er sich beförchtet?

Welche Frage Richard also beantwortete: Dieweil insgemein darfür gehalten wird/ wann bey einer erschlagenen Person der Thäter sich gegenwärtig befinde/ oder aber in der Nähe sich enthalte / so
pflege der ertödtete Leichnam Blut von sich zu ge-
ben/ entweder auß der Wunden/ oder aber auß dem
Mund/Nasen/Augen und Ohren/ und hiermit deß
Todschlägers Gegenwart zu offenbahren; Daß dahero ein Richter Anlaß zu nehmen pflege/ auf solche
Personen zu inquiriren / ja gar an die Folter zu zie-
hen/wiewolen ich meines Theils solches nicht allzeit
für warhafft noch practicirlich halte / doch gleichwol
habe ich in solchen Aengsten mich auch nicht in Gefahr setzen/ sondern viel lieber/ als welches auch für
mich das Sicherste/darvon bleiben wollen/unange-
sehen ich/wie ich schon erinnert/auf solches Bluten/
oder Blutschweissen/wenig oder nichts halte. Aber/
worzu bringet einen die Angst deß Gewissens nicht?

Es hatte aber mein Her: Richard sich nichts zu
befahren gehabt/ wann er schon zu dem Cörper gegangen; Dann / so viel mir wissend/ so solle solche
Blutung allein bey den Jenigen geschehen/ die/auß
vorgefaster Feindschafft und Unwillen/also vorsetz-
lich- und boßhaffter Weise getödtet und ermordet
werden;Bey unversehenen/nicht vorsetzlich/und ungefähr

gefähr sich ereignenden Todschlägen aber/solle der=
gleichen sich niemahlen zutragen. Uber das/wann
auch würcklich eine neue Verblutung bey der Chrysanta sich ereignet hätte / hätte solches dannoch dem
Herrn zu keinem Nachtheil gereichen / noch dem
Richter / oder Jemand andern / Vermuthung deß
Todschlags / oder Anlaß zu weiterer und ernstlicher
Inquisition geben können; Anerwogen bekandt ist/
daß die Philosophi solches Bluten so wol einer Sym-
als auch Antipathia zuschreiben/ wann sie vorgeben/
daß bey Annäherung lieber Freunden und Bluts=
Verwandten auf die erste Weise/nemlich durch die
Sympathiam, oder eine heimliche/.sonderbare und
verborgene/ in dem Geblüt und Natur ligende mit=
leydende Krafft / das Blut sich bewege / und flüssig
werde; Hingegen aber/wann der Tödter oder Mör=
der zu dem entleibten Leichnam komme / durch eine
Antipathiam, oder in der Natur heimlich verborgen
ligende Feindschafft / das Blut deß Entleibten her=
vor dringe. Gesetzt demnach/daß auf deß Herrn Ge=
genwart sich einiges Bluts=Zeichen hervor gethan/
wurde man solches Bluten vielmehr der Sympathia,
( weil vermuthlich deß Herrn zu der Chrysanta tra=
gende Liebe nicht unbekandt gewesen/) als der Antipathia und Feindschafft zugeschrieben/ demnach den
Herrn desto weniger in Verdacht gezogen haben;
Wie dann ein hiervon schreibender Gelehrter ein
Exempel aufgezeichnet / daß ein Entleibt er alsbald
habe anfangen zu bluten / als seine Liebhaberin zu
ihme gekommen. Ingleichem saget man/ daß die
Leichname der Ertrunckenen / in Gegenwart ihrer
Freunden und Bluts=Verwandten alsobald schö=
nes Rosenfarbes Blut vergiessen / als wann die Le=
bens=

bens-Geister annoch alle Feuchtigkeiten deß Leibes
beherrscheten.

Rheinwald wolte hier sein Wort auch darbey
haben / sagte derowegen: Es wird zwar viel in diesem Stücke gesagt / aber manchmahlen gar wenig
erwiesen; Ich habe mehrmahlen Ertrunckene gese-
hen/ die alsobald nach dem Ertrincken / theils auch/
die wenig Stunden hernach auß dem Wasser gezogen worden / dannoch / ob schon die nächste Anver-
wandte darbey gewesen / und grosses Leyd-Wesen
darüber bezeuget / sich das geringste Blut-Zeichen/
durch die angezogene Sympathiam, nicht hat sehen
lassen; Dergleichen ich auch bey Entleibten warge-
nommen/ ob schon Weib/ Kinder/ Eltern/ Geschwi-
strige und nächste Bluts-Verwandten/ in höchster
Bekümmernuß darbey gewesen / durch solche verborgene Natur-Krafft sich dannoch nichts dergleichen ereignet; Wie ich dann ebenfalls verschiedene
Exempel anzuführen wüste/ daß Entleibte/ ob schon
der Mörder gegenwärtig/ aber damahlen nicht wissend gewesen / dannoch per Antipathiam auch nicht
geblutet; Demnach hierauf nichts sonderlichs zu
halten / deßwegen die Rechts-Lehrer gar wol thun/
wann sie auf dergleichen betrügliche Zeichen sich
nicht gründen/ sondern andere Beweiß-Gründe einer Mordthat fordern.

Ich weiß zwar wol/ sagte er ferner/ daß unter
den Gelehrten annoch grosse Strittigkeit deßwegen
ist/ indem etliche mit Gewalt behaupten wollen/ wañ
ein ermordeter Leichnam anfange zu bluten / so seye
der Thäter nicht fern/ sondern nahe und gegenwärtig. Hingegen beweisen wieder andere/ mit vielen
Gründen/ daß das Bluten kein gewisses Anzeigen/

oder

oder Probe seye/den Mörder zu erkennen. Beyderley Beweißthume / da / sonderlich die Erste / unterschiedliche Sprüche H. Schrifft anführen / ihre
Meynung zu besteiffen / zu untersuchen / und zu wi-
derlegen / ist meines Thuns und auch hiesigen
Orts nicht.   Es kan wol auf unterschiedliche Art/
und zwar natürlicher Weise / auch in Abwesenheit
deß Thäters / geschehen / daß ein todter Leichnam
blutet / aber darauß lässet sich nicht schliessen / daß
darum der Thäter gegenwärtig / und könte in solchem Fall manchem ehrlichen Menschen zu kurtz/
und höchstes Unrecht geschehen.   Dannenhero die
Herren Rechts-Gelehrten ihrer gemeinen Regul
und Lehre nicht vergessen sollen / die da saget: In re
dubia benigniorem interpretationem sequi, non mi-
nus justius, quam tutius, sanctiusque est.   In zweiffel-
hafftigen Dingen nemlich/ seye es billicher/ sicherer
und heiliger/ den gelindern Weg zu gehen.

Man hat aber/wandte Biorn ein/ viel Exempel/
daß dergleichen Bluten und Schweissen den rechten
Mörder entdecket/ daß er solches theils freywillig/
theils gezwungen/bekennen/und die Göttl. Raache/
die Menschen-Blut nicht ungestrafft wil vergiessen
lassen/erkennen müssen.   Zun Zeiten Christierni II.
Königs in Dännemarck/hat sich zugetragen/daß in
einer Gesellschafft 12.Edelleuthen eine Schlägerey
entstanden/ worbey die Liechter außgelöschet / und
einer mit einem Dolchen im Finstern erstochen wor-
den.Weil aber der eigentliche Thäter nicht bekandt/
die Edelleuthe aber die Schuld auf einen Königl.
Diener/der auch imZimmer gewesen/legten/hat der
König die gantze Gesellschafft anhalten/ und einen
Jeden seine rechte Hand dem Ertödteten auf die
bloffe

bloſſe Bruſt legen/und darbey ſich Eydlich entſchuldigen laſſen / daß er an dem Todſchlag unſchuldig. Da ſolches von den Edelleuthen geſchehen / hat der todte Cörper im Geringſten nicht geſchweiſſet; Als aber der Königliche Bediente hinzu tratte/hat dieſer erſtlich deß Entleibten Füſſe geküſſet/und als er darauf ſeine Hand auch auf deß Todten Bruſt geleget/ ſo iſt alſobald ſo wol auß der Wunde/ als auch der Naſen/das Blut in groſſer Menge herauß geloffen/ und ſelbſten den Mörder angezeiget/ der auch den Mord bekennet/deßwegen enthauptet/und von dem König dieſe Manier/ die Todſchläger zu erforſchen/ in ſeinem gantzen Königreich geduldet worden.

Auf einer Univerſität in Flandern/hatte ein Studioſus Juris ſich in eine ſchöne Tochter verliebet/ und mit Verſprechung / ſelbige zu ehelichen/ geſchwängert/nachgehends aber darvon gezogen. Die Tochter hat/durch Beyhülffe der Magd/das heimlich geborne Kind erſticket/ und im Garten unter einen Baum vergraben/von welchem allem aber die Mutter nichts gewuſt. Als nach 2. Jahren die Mutter dieſes Hauſe quittiret/hat der neue Hauß-Herr/als er im Garten etwas graben wollen/ dieſes ertödtete Kind gefunden/ da es noch ſo friſch geweſen/als ob es erſt vor 2.oder 3.Tagen geboren worden. Als die Mutter mit ihrer Tochter deßwegen zu Red und zum Kind geſtellet worden / hat deſſen Leichnam durch Naſen/ Augen und Ohren zu bluten angefangen/ und die Mörderin verrathen.

In Hiſpanien iſt einſtens ein Hirte/ mit Namen Lorentz Borres/ ermordet/ und in eine Dorn-Hecke geworffen worden. Ob man ihn ſchon mit groſſem Fleiß geſuchet / ſande man ihn doch erſt am
vierdten

vierdten Tag nach seiner Ermordung. Wegen
dieses Todschlags / hatte man nun keine Zeugen/
sondern allein auf Zween benachbarte Edelleuthe
einigen Argwohn/welche man in Verhafft gezogen/
und über den todten Körper geführet; Als der
Erste / Namens Varguas Monserratus, dem Körper
nahete / ist häuffig Blut herauß geflossen / so lang
er darbey verharret; Da aber der Andere / Johannes Franciscus, herbey kame / hat der Getödtete erstlich mit dem Finger auf die Wunde / hernach auf
den da stehenden Edelmann / gezeiget / auf welches / diese Beyde / als Mörder / auch hingerichtet
worden.

Zu Jetzehoe ist ein Wandersmann auf der
Straßen ermordet worden / der Thäter aber unwissend gewesen / da hat der Rath daselbsten dem
Körper eine Hand abschneiden / aufdörren und im
Gefängnüß aufhencken lassen. Nach Verfliessung 10. Jahren / hat es sich begeben / daß / da der
Mörder dahin gekommen / die dürre Hand anfangen zu bluten/daß die Tropffen darvon auf den darunter stehenden Tisch gefallen;Als solches dem Rath
angezeiget worden / hat man den Kerl gefangen genommen / der auch das Augenscheinliche Göttliche
Gericht erkennet / die vor vielen Jahren begangene
Mord-That bekennet/und selbsten um die verdiente
Straffe gebetten / wormit ihm auch willfahret
worden.

Rheinwald liesse sich auch hierauf vernehmen .
daß er dergleichen Exempeln eine Menge anführen
könte / wann solche nöthig wären / nur zweyer zu
gedencken/fuhre er fort/deren das eine solle in Sachsen sich zugetragen haben/ da ein Diener/ der seinem

Herrn

Herrn nicht Rechnung thun können / aufgehen=
cket worden; Als nun mehr als 2.Jahr hernach/
dieser Herr unversehens bey dem Galgen vorüber
geritten/ da hat der halb=verzehrete und verfaulte
Körper durch Mund und Nasen anfangen zu blu=
ten. Das andere verhält sich also: Es hatten ei=
nes Edelmanns Hunde auf dem Felde etliches
Gebeine außgescharret; Weil nun selbige über die
Massen schön weiß gewesen/ hat der Edelmann
solche aufheben/mit nach Hauß nehmen/und einem
Messer=Schmid / Messer=Schalen darauß zu
machen / bringen lassen. So bald der Messer=
Schmid selbige angerühret / haben solche Augen=
blicklich anfangen zu bluten. Als solches der Obrig=
keit angebracht / und er darauf gegriffen wurde/
hat er bekennet / daß er vor 20.Jahren daselbsten
seinen Räyß=Gefährten ermordet/ und begraben
habe.

Daß bey dergleichen Exempeln es natürlich
daher gegangen/ wird Niemand bejahen/ sondern
gestehen müssen/ daß eine höhere und mächtigere
Hand hierunter verborgen/ und GOTT solche
heimliche Mord=Thaten auf eine sonder= und wun=
derbare Art habe offenbaren/und die Mörder zu ge=
bührender Straffe ziehen wollen. Ubrigens bin ich
noch meiner vorigen Meynung/daß das Bluten der
Entleibten kein gewisses Anzeigen deß Tod=Schlä=
gers/weil auch in dessen und der Freunden Abwesen/
öffters auß einem todten Körper Blut geflossen/
auch eben so offt / und noch öffter/ in Beyseyn deß
Mörders kein Blut=Zeichen sich hat sehen lassen;
wie ich mit gar vielen Exempeln belegen könte.
Dannenhero es mit dem Jure Feretri und so genann=
ten Baar=

ten Baar-Recht / gar ein mißliches Ding / und behutsam damit zu verfahren. Dann/wann auf solche
Zeichen man gewiß und unfehlbar fussen solte / so
müste / meines Erachtens / nothwendig zuvor auß-
fündig gemacht werden:

1 Ob die ermordeten selber/ mit/ oder ohne derselbigen
Bewegung/oder einige andere Veränderung/bluten? 2. Ob
sie allzeit bluten/wann die Todschläger vorhanden? Und das
Bluten sich wiederum stille/wañ dieselbige von ihnen hinweg
gegangen? 3. Ob auch die Leichnam bluten/welche im Krieg
und Verfolgungen umkommen / oder die durch den Scharffrichter hingerichtet werden/wann der Scharffrichter/oder eine Obrigkeits-Person/ oder aber ein Soldat/ bey denselbigen
sich einfindet? 4. Ob auch die jenige Cörper bluten/die in ab-
gedrungener rechtmässiger Noth und Gegenwöhr ihr Leben
eingebüsset? 5. Ob die Jenige bluten/ die von unsinnigen ra-
senden Leuthen/ und die ihres Verstandes beraubet seyn/ umgebracht worden 6. Ob die Jenige / die durch Zauberey und
Gifft getödtet werden/ in Præsenz deß Zauberers oder Gifft-
Kochs/ auch bluten? 7 Wie weit oder nahe der Todschläger
von dem Entleibten stehen müsse / wann er bluten solle?
8. Wie lang dergleichen Blut-Zeichen währen? 9. Ob die Lei-
chen der Jenigen auch bluten/ die in einem Duell einander
Beyde umgebracht/ und die Cörper bey einander auf einer
Stelle ligen? Und dann 10. Ob auch ermordete Leichnam/
in Gegenwart der nächsten Bluts-Verwandten/ zu bluten
pflegen?

Wann auf solche und andere dergleichen Fragen gründlich wird geantwortet seyn/ so wird alsdann sich urtheilen lassen/was Natürliches/Gehei-
mes/Ubernatürliches und Göttliches hinter solchem
Bluten stecke?

Richard gabe hier auch seinen Beyfall/sagend:
Ob schon das Jus Sandapilæ eine uralte Sache seye/
auch schon vor Alters vom Hectore angezeichnet
worden/daß/so offt er sich deß von ihme erschlagenen
Patrocli Leichnam genähert/ selbiger angefangen zu

bluten; So seye doch nimmermehr zu glauben/daß
natürlicher Weise das Bluten den gegenwärtigen
aber verborgenen Mörder anzeige / noch auch Je-
mand/auf dessen Annäherung Blut herauß quillet/
zu foltern und zu peinigen / wo nicht gantz andere
Anzeigen/ die einen solchen deß Todschlags verdächtig machen/vorhanden. Dahero halte ich es/fuhre
er fort/für einfältig/ und zugleich nachtheilig/ wann
Richter / die Berührung deß Todten / und den gewohnlichen Eyd Jemand / ohne anderwärtige mehrere Indicia, aufbürden/ und auf ereignende Blutung / oder dessen Außbleibung / den Verdächtigen
entweder zur Folter bringen / oder auch deß Verdachts entlassen.

　Solches zu glauben/verursachet mich/weil der
gemeinen Physicorum Rationes von schlechter Gilt-
barkeit seyn/ so wol/als der Metaphysicorum, welche
guten Theils selbsten nicht wissen/was die Metaphy-
sic seye. Andere / die solches denen verborgenen Na-
tur-Geheimnüssen zuschreiben/ wissen nicht/ was sie
sagen/und ist meistens leeres Geschwätze. Wiederum andere / die dergleichen Historien zusammen ge-
tragen/seyn nicht allzuglaubwürdig/ weil sie öffters
alter Weiber Mährlein/als wahre Geschichten/auf-
gezeichnet. Ein abgeschnittener Daume/oder Hand/
so gedörret/ und theils Orten zu solchem Ende aufbehalten wird / damit sie von dem Mörder zeugen
könne/ hat kein Blut in sich/ kan dahero natürlicher
Weise vom Todschlag nicht zeugen. Was man von
der Widerwärtigkeit und Antipathia der Lebens-
Geistern wider den Todschläger daher plappert/ ist
ein Non Ens, nichtiges leeres Vorgeben/ dann ein
Todten-Cörper ist ohne Lebens-Geister. So ist es
　　　　　　　　　　　　　　　　　　　auch

auch ein überflüssig= und unnöthiges Ding / wann
man solches allezeit Göttlichen Wunder=Wercken
zuschreiben wil / weil GOtt auf andere Weise seine
Raache außüben kan / als durch die Cruentation und
Bluten. Wormit er auch diesen Discurs beschlosse.

## Das XII. Capitul /

Richard gehet auß / Eduard zu suchen / wird gefan=
gen / dieser ist wegen deß Bruder=Mords und Verlust
Edmunda bekümmert.   Der alte Chur=Fürst zu Pfalz
stirbet / und dem Neuen wird gehuldiget.   Dessen kur=
tzer Lebens=Lauff wird angeführet / und die Belager=
Anzünd= und Eroberung Belgrads durch die Türcken /
beschrieben.   Der Reichs=Versammlung zu Regen=
spurg Erinnerung an die Schweitzer Cantons.

JNdeme nun bey Hof nichts als Kummer
und Hertzen=Leyd / Edmunda höchst betrübet /
wegen Abwesenheit ihres geliebten Eduards /
noch mehr aber wegen dessen / was neulich fürge=
gangen; Adeliza, wegen ihres Bruders unglücksee=
ligen Ertödtung / daran sie die meiste Ursach / wie
auch wegen ihres Herrn Vatters anhaltender
Kranckheit; Hardiknut, um eben solcher Ursache
willen / daß er darüber gefährlich erkranckete / Wil=
liam / wegen seiner ertödteten Schwester / ich so wol /
wegen der Chrysantha Untreu und Tod / als auch
Herrn Eduards / und der Gefahr / worein ich kom=
men könte / so die Sach offenbahr wurde / Anisia,
wegen Eduards / den sie so sehr / ja mehr als ihre
Kinder liebete / und dann auch wegen Edmunda, die
sie wuste von Hardiknut so wol / als von Lincolm,
mit verliebten Augen angesehen zu werden / zu wel=
chem Letztern / um schon erwähnter Ursache willen /
sie selbsten einräthig gewesen / so aber biß daher
den verhofften Effect nicht erreichet; Solte nun
                                              Hardi-

Hardiknut ferner in seiner Affection fort fahren / besorgete sie noch grössere darauß erwachsende Ungelegenheit / das Beste an diesem Stück für sie / ware
deß Hardiknuts Kummer / über den ertödteten Canut, und seine anhaltende Kranckheit / welche Beede
ihn / wie sie verhoffte / der Liebe wenigstens eine Zeitlang wurden vergessen machen.

In solcher Verwirrung mochte ich auch nicht
länger zu Hauß und Hofe bleiben / sondern wäre
gerne ins Feld und Krieg gegangen / wann es nicht
ausser der Zeit gewesen / dannenhero ich eine Räyse
nach dem Königl. Hof gethan / nachgehends aber
mich entschlossen / Herrn Eduard zu folgen / ihne auf-
zusuchen / und nochmahlen mit ihme eine Zeitlang
herum zu wallen. Wie ich nun in meinem Nachfor-
schen in Gefängnüß gerathen / und darauß wieder
erlediget worden / darvon habe ich schon andere mahl
Nachricht gegeben; So ist auch Herrn Biorn selbsten wissend / wie wir im Haage einander kennen lernen / und was biß dahero mit uns sich zugetragen.
Nur dieses habe ich noch anzuzeigen / daß / nachdem
ich Herrn Eduard den unglückseeligen Nachtkampff
mit seinem Bruder Canut erzehlet / er für Schmertzen und Hertzenleyd vergehen wollen; Dieses Einige
nur hat ihne aufgerichtet / daß es ohne sein Wissen
und Vorsatz geschehen / und dann / daß seine so hoch-
geliebte Edmunda ihme so getreu / und das / was ihme
Adeliza gesagt / auf blossen eyfersüchtigen Argwohn /
und bey Hofe gewohnlichen Neyd / sich gründete /
dann ich ihme alles / was ich biß daher erzehlet / und
Adeliza mir offenbaret / gesagt / welches ihm sein Gemüth ziemlich wieder erleichtert. Die Zeitung aber /
daß Edmunda verlohren / so ich ihme erst kürtzlich entdeckt /

IV. Theil.　　　　　　m　　　　　　decket /

decket/ allarmirt sein Hertze wieder von neuem/ wie
meine Herren wol werden an ihme vermercket haben ; Die Hoffnung aber/ einige annehmlichere
Nachricht von Hause/ ( wohin ich neulich geschrie-
ben/) zu bekommen/machet/daß er sich der Schwer-
muth nicht völlig ergibt.   Unterdessen bin ich fast
Täg-ja Stündlich guter Brieffen gewärtig/ auf
welches alsdann auch neue Entschliessungen erfolgen werden.

Hiermit machte Richard an der Geschichts-
Erzehlung Herrn Eduards ein Ende/worgegen sich
die andere Herren schönstens bedanckten / Herrn
Richard so wol/ als Eduarden/ hinfüro glücklichern
Fortgang in ihrem Vorhaben wünschende.

Indessen/da Richard mit solcher Erzehlung beschäfftiget ware/ vertriebe Eduard auf eine andere
Weise seine Zeit/ bald mit Besichtigung ein- oder
deß andern Orts/ oder aber mit denen/ von da und
dorten her einlauffenden Zeitungen/ unter anderm
bekame er Nachricht von Wien / wie daß den
2. Septembr. N. C. Ih. Chur-F.Durchl. zu Pfaltz/
nach außgestandener weniger Kranckheit/Morgens
frühe um 4. Uhr/ in dem 75. Jahr dero Alters/ zu
Wien in GOtt seelig eingeschlaffen/ worauf dessen
Leichnam den 7.diß / N. C. samt dero Bagage, und
vielen Bedienten/ zu Wasser gegen Neuburg abgeführet worden/ um daselbsten beygesetzt zu werden.
Noch selbigen Tag hatten Ih.Durchl.der bißherige
Chur-Printz/ anjetzo aber/ nach seel.Ableiben dero
Herrn Vatters/würcklicher Chur-Fürst vonPfaltz/
bey beyden Käyserl. Majestäten/ als Chur-Fürst/
dero erste Audientz/ mit gewöhnlicher Solennität/ge-
nommen/ dero Ih.Käyserl.Maj. nachgehends hin-
wieder

wieder eine offentliche Visite gegeben.    Jnmittelst
aber seye den 8. Tag ermelten Monats / dem neuen
Chur-Fürsten zu Heydelberg gehuldiget / und vom
Ober-Marschall / Herrn von Stein-Callenfelß / und
Herrn Baron von Sickingen / im Namen Jh. Chur-
Fürstl. Durchl. die Huldigung eingenommen worden.
Weilen aber Eduard gerne eine mehrere und etwas
außführlichere Nachricht von diesem verstorbenen
Chur-Fürsten haben mögen; So wurde ihme zu
fernerer Nachricht mitgetheilet / folgende

## Kurtze Lebens-Beschreibung /
### Deß weyland
### Durchleuchtigsten Fürsten und Herrns /

# Herrn Philipp Wilhelms /

## Pfaltz - Grafens bey Rhein / deß
## H. Römis. Reichs Ertz-Schatzmeisters
## und Chur-Fürstens / &c. &c.

Dieselbige seyn an das Tage-Liecht gebohren
worden / zu Neuburg an der Donau / den
25. Novembr. A. 1615. Dero Herr Vatter ist gewesen / der Durchl. &c. Wolffgang Wilhelm / Pfaltz-
Graf bey Rhein / und Bäyern / zu Gülch / Cleve / &c.
Hertzog.    Die Frau Mutter / Frau Magdalena /
geborne Hertzogin in Bäyern / &c. die vor und
nach diesem weiter kein Kind geboren.    Er wurde /
wie seine hohe Geburt erfordert / Fürstlich auferzogen / und / neben der Teutschen Mutter-Sprach /
auch in der Italianischen / Frantzösischen und Spanischen wol unterwiesen / wie auch in allerhand andern schönen und vortrefflichen Künsten und Wis-
senschafften / Fürstlichen und Ritterlichen Ubungen /

worin-

worinnen er sich an denen Käyserl. Höfen / Ferdinandi II. und III. wie auch Maximiliani I. Chur-Fürstens in Bäyern / trefflich perfectioniret.    In dem 27. Jahr seines Alters/ nemlich Anno 1642. im August-Monat/ hat er König Sigismundi III in Pohlen Prinzessin/ Annam Catharinam Constantiam, geheurathet/und heim geführet.    Als Anno 1651.den 9. Octobr. durch frühzeitigen Tod Sr. Durchl. dero Gewahßlin/ ohne hinterlassene Erben/ zu Cölln am Rhein verlustiget worden / haben selbige sich den 3. Septembr. 1652. zum andern mahl vermählet/ mit Frauen Elisabetha Amalia Magdalena , einer gebornen Land-Gräfin zu Hessen-Darmstatt.Und obwol Se.Chur-F.Durchl.nach Abdanckung Königs Casimiri in Pohlen/ bey der neuen Königl. Wahl præteriret worden / haben Sie solches so gar nicht übel empfunden/ daß Sie vielmehr/ als Ihro die Bottschafft in Böhmen überbracht wurde / daß Michael Wiesnewisky König worde/sich dessen erfreuet/und über der Tafel den ersten Trunck der Ehre deß neuen Königs gewiedmet / und häuffigen Seegen angewünschet.    Es hat aber dannoch diesen Abgang anderwärts GOtt gar reichlich ersetzet/ indeme durch frühzeitiges Absterben Ihro Chur-F. Durchl. zu Pfaltz/ Caroli, ohne hinterlassene Leibes-Erben/den 26. Maji , A. 1685. das Ertz-Schatzmeisterthum deß H.Römis.Reichs/ und die Chur Pfaltz/ samt denen zugehörigen Fürstenthümern/Simern/Lautern/&c, durch ordentliche Erb-und Reichs-Folgung Ihm zugefallen.Was für eine grosse Gottesforcht uñ Andacht bey Jh.Chur-F.Durchl.in allen Stücken hervor geleuchtet / das ist Jedermänniglich bekandt. Von Deroselben wird hochrühmlich geschrieben /

daß

daß Sie / so offt Selbige Ihre Beicht ablegen wollen / Dero Beicht-Vatter biß an die Thür entgegen gegangen / und selbigen empfangen / ihm Selber den Sessel gesetzet / Sich auf die Knie geworffen / und mit der Beicht nicht eher fortgefahren / biß der Geistliche Pater sich zuvor niedergesetzet / und das Haupt bedecket hatte. Es haben hochermelte Ih. Chur-F. Durchl. neben vielen andern Göttlichen grossen Segen / auch einen reichen Ehe-Segen genossen / und an Dero Kindern eine unvergleichlich grosse Glückseeligkeit erlebet / und genossen / die Zahl derselben ist bestanden / in acht Printzen / und eben so viel Printzessinnin. Dero ältester Printz / anjetzo Löblichst-Regierender Chur-Fürst / ist / Johannes, Wilhelmus, Ignatius, Josephus, gebohren zu Düsseldorff / den 19. April / 1658. am H. Char-Freytag. Hat sich vermählet erstlich mit der Ertz-Hertzogin Maria Anna Josepha, Käysers Ferdinandi III. Frau Tochter / und Käysers LEOPOLDI Frau Schwester / zu Wiener-Neustadt / den 26. Octobr. A. 1678. welche aber Anno 1689. zu Wien gestorben.

Der zweyte Printz ware / Wolffgangus, Georgius, Fridericus, Franciscus, auch zu Düsseldorff / den 5. Augusti, A. 1659. gebohren / wurde den 1. Augusti, A. 1675. Thumherr in verschiedenen hohen Stifftern / Chor-Bischoff zu Cölln am Rhein / auch daselbsten Probst zu St. Gereon, starbe auf der Ruck-Räyse von Rom / an einem hitzigen Fieber / in der Wiener-Neustadt / am 4. Junii, A. 1683.

Der dritte Printz heisset / Ludovicus Antonius, geboren zu Düsseldorff / den 9. Junii, A. 1660. Zu deß Teutschmeisterthums Coadjutorem erwählet / den 16. Decembr. A. 1679. Hoch und Teutschmeister von

m 3                                                    Anfang

Anfang A. 1685. nahme 3. Feldzüge vor/ wider den
Türckischen Erb-Feind. Nach dem Entsatz Wien/
dem Se. Durchl. beygewohnet/ wurde Er Feld-
Marschall-Lieutenant, commandirte höchst-rühm-
lich/bey Eroberung der Vestung Ofen/ Esseck/ &c.
auch bey Einnehmung der Stadt Mäyntz. Endlich
General-Feld-Zeugmeister; Wurde Probst zu El-
wangen/ erwählet den 22. Augusti, Anno 1689. und
Dechant zu St. Gereon in Cölln/ postulirt den 27. Anno 1690.

Der Vierdte / Carolus Philippus , gebohren zu
Neuburg an der Donau/ den 4. Novembr. A. 1661.
stritte in 3. Feldzügen in Ungarn wider die Türcken
glücklich / und machte sich / bey Eroberungen der
Vestungen/ Neuhäusel/ Gran/ Ofen/ &c. sehr be-
rühmt/wurde General-Wachtmeister/A. 1685. vermählet mit Ludovica Carolina , Prinzessin zu Rad-
zivil/ zu Berlin/ in dem August-Monat/ A. 1688.

Der fünffte Printz ist/ Alexander Sigismundus,
geboren zu Neuburg/den 16. April/A. 1663. wurde
Thum-Probst zu Costantz am Boden-See/A.1678.
Coadjutor deß Bistums Augspurg/A.1681. sein er-
stes Meß-Opffer hielte Er zu Neuburg/in der Hof-
Kirchen Unser Lieben Frauen / bey denen PP. Soc. Je-
su , und copulirte selbigen Tag Abends seine Frau
Schwester / die Königin in Hispanien / daselbsten
den 27. Augusti, A. 1689. wurde Regierender Bischoff zu Augspurg/im April/ A. 1690.

Der Sechste/Franciscus Ludovicus, geboren zu
Neuburg/ den 24. Julii, A. 1664. wurde Bischoff zu
Breßlau postulirt / und von Rom alsobald confir-
mirt/den 30. Junii, A. 1683. nicht lang hernach Ihro
Käyserl. Maj. Ober-Amts-Hauptmann in dem
Fürstenthum Schlesien.                    Der

Der Siebende/ Fridericus Wilhelmus, geboren
ʒ Düſſeldorff/den 20. Julii, A. 1665. wurde bey Eroberung Mäyntʒ/als Voluntair, in dem Käyſerl. Feld-
Lager und Approchen / von einer feindlichen Falco-
et – Kugel getroffen/ und tod geſchoſſen/ den 23. Ju-
ii, Anno 1689.

Der Achte/ Philippus, Wilhelmus, Auguſtus, ge-
oren ʒu Neuburg/ den 18. Novembr. A. 1668. vermählet mit Maria Anna Franciſca, gebornen Prinzeſ-
in von Sachſen-Lauenburg/ im October, A. 1690.

Von denen Prinzeſſinnin iſt die Erſte/ ELEO-
IORA MAGDALENA THERESIA, geboren ʒu Düſ-
elborff/ den 6. Januarii, A. 1655. mit Jhro Käyſerl.
Maj. LEOPOLDO I. vermählet/ den 13. Decembr. ʒu
Paſſau/ A. 1676. mit ungewohnlicher allgemeiner
Freude und Glückwünſchung. Dieſe gebare vor andern Käyſerl. Printzen und Prinzeſſinnin/ JOSE-
PHUM, den 26. Julii, A. 1678. welcher/ als Erb-Kö-
nig in Ungarn/ ʒu Preßburg/ den 6. Decembr. A. 1687.
und nachdeme im Anfang deß 1690. Jahrs / den
26. Januarii, zum Römiſ. König in Augſpurg gekrö-
net worden/ in Beyſeyn deß Herzn Groß-Vatters/
und Frau Groß-Mutter/ Durchl. Durchl. welche
ſchon zuvor Dero Durchl. Frau Tochter/ mit der Un-
zariſchen Kron gekrönet/ nun ʒu einer Römiſ. Käy-
ſerin ʒu krönen angeſehen / und der Herz Vatter/
Thur-Pfaltz / ſelbſt concurrirt hat/ den 19. Januarii
dieſes 1690. Jahrs.

Die Zweyte/ Maria Adelheid Anna, geboren ʒu
Neuburg / den 6. Januarii, Anno 1656. hat aber in
dieſem Jahr dieſes Zeitliche wieder verlaſſen.

Die Dritte/ Sophia Eliſabetha, geboren ʒu Düſ-
ſelborff / den 27. Maji, A. 1657. aber auch wiederum
verſchieden/ den 7. Februarii, A. 1658.

Die

Die Vierdte/Maria Sophia Elisabetha, geboren im Schloß Benrad bey Düsseldorff/den 6. Augusti, A. 1666. wurde vermählet mit Jhro Maj. Petro II. König in Portugall/zu Heydelberg/den 2. Julii, Anno 1687. mit recht Königl. Pomp und Magnificentz/uñ abgeführet von dem Königl. Ambassadeur, Herrn Marquis d'Allegretti. Erreichete Portugall auß Holland von Rotterdam in 10. Tagen/auf der Englischen Flotte deß Königs Jacobi II. noch in demselbigen Jahr/hat biß daher 2. Printzen geboren/darvon der Erste bald wieder verschieden.

Die fünffte Printzessin/Maria Anna, geboren zu Düsseldorff/den 28. Octobr. A. 1667. vermählet mit Jhro Maj. Carolo II. König in Hispanien/zu Neuburg/den 28. Augusti, A. 1689. in Anwesenheit Jhro Käyserl. Mai. Maj. wie auch Dero Maj. Königs in Ungarn/(welchem an Statt deß Königs in Hispanien Sie getrauet wordē/) J. Maj. der verwittibten Königin in Pohlen/Hertzogin zu Lotthringen/und anderer hohen Personen/die Copulation geschahe durch dero Herrn Bruder / den Coadjutorem zu Augspurg. Wurde durch den Grafen von Mannsfeld in Hispanien überbracht / auf den H. Oster-Tag/den 26. Martii, Anno 1690.

Die Sechste heisset/Dorothea Sophia, geboren zu Neuburg/den 5. Julii, Anno 1670. vermählet mit Odoardo Farnesio, Erb-Printzen zu Parma und Piacenza, zu Neuburg/den 3. April/in diesem 1690. Jahr/kame noch selbigen Monat in Parma an/und wurde über-Königlich empfangen.

Die Siebende/Hedwig Elisabetha Amelia, geboren zu Düsseldorff/den 18. Julii, A. 1673. welche dem Königl. Pohlnischen Printzen Jacobo versprochen / und Ehelich zugesagt worden.

Die

Die Achte/ L'eopoldina Eleonora Josepha, geboren zu Neuburg / den 27. Maji, A. 1679.

Dergleichen Exempel wird nicht zu finden seyn/ daß ein Vatter mit Freuden gesehen/ und erlebet/ wie er zugleich eines Römischen Käysers/ und 2. gekrönter Königen/ eines hohen Fürstl. Erb-und eines Königl. Printzens / Schwieger-und eines doppeltgekrönten (deß Ungar-und Römischen-) Königs Groß-Vatter/ gewesen/ welches gewiß eine Sache/ darüber sich höchstens zu verwundern/ und dieser Herz der Allerglückseeligste Vatter/ so wol/ als dessen Chur-Fürstl. Frau Gemahlin/ die Allerglückseeligste Frau Mutter/ mit höchstem Recht können genennet werden/ nicht nur/ was Dero so hoch von GOtt beglückte Prinzessinnin anbetrifft/ sondern auch/ in Ansehung der hohen Würden/ und fürtrefflichen Hoch-Fürstlich-Preißbaren Qualitäten/ Dero samtlichen Herren Printzen.

Zu solcher Glückseligkeit mag auch dieses gerechnet werden/ daß Sr. Chur-F. Durchl. hohes Geschlecht und uraltes Hause/ gleicher Massen Hoch-Fürstl. Herkomens/ sintemahl solches von Vatters-Seiten von Ruperto dem Käyser/ Stephano, seinem Sohn/ und Ludovico dem Enckel/ in dem uralten Hauß der Pfaltz-Grafen/ durch die Zweybrückische/ und dann Neuburgische Linien/ fortgepflantzet worden; Auf Mutter-Seiten aber von gleich-höchstem Käyserl. Stammen Ludovici IV. zuvor Hertzogs in Bäyern/ dessen Sprossen ware Albertus der Fromme/ als Anherr/ &c.

Sr. Chur-F. Durchl. höchstseligen Angedenckens/ Person betreffend/ so waren selbige eine lange wol proportionirte Person/ von mittelmässiger rah-
m 5 ner Tail-

ner Taille, und starcken Gliedmassen/lieblichem Angesicht / hoher Stirnen / Adler-Augen und Nasen/
holdseligem Mund/ in welchem kein Zahn jemahlen
ermanglend zu mercken/zum Lesen brauchte Er keine
Spiegel / keinen Tropffen Blut haben selbige das
gantze Leben hindurch auß deren Adern jemahlen ge-
lassen/ Sie waren von beständig gutem Appetit, zu
der Arbeit dauerhafft / lebhafft in den Geistern /
frisch/ fertig und behende zu allen Verrichtungen/
sehr hohen Verstands/und deßwegen von allen/auch
Außländischen Potentaten hoch gehalten; wenig
kranck oder Bettligerig / als was mit hohem Alter
die Kräfften abnahmen / und das marternde Grieß
zu Zeiten verursachte. Se. Durchl. hielte sich in guter Diæt, und wuste in vielen Jahren von keinem
Frühstück/zwischen den Mahlzeiten von keinen Me-
renden. In Suma/drey S. machten Selbige höchst-
glückseelig/ als Sanctitas, die Frömmigkeit und Got-
tesfurcht / Sapientia, die Weißheit und hoher Verstand / und Sanitas, die gute Gesundheit.

Es waren Ih. Chur-F. Durchl. auch in Dero
Tod und Sterben noch glückseelig/ erstlich darin-
nen/ daß Selbige nicht durch einen schnellen und
plötzlichen/ noch auch durch eine langsame/ oder
schmertzliche Kranckheit und Tod/ auß dieser Ver-
gänglichkeit dahin gerissen wurden / zweytens aber/
daß Dero seeligstes Absterben in Gegenwart dreyer
Durchl. Herren Söhnen geschehen / die anderer
Wichtigkeiten halben damahlen zu Wien sich aufgehalten.    Ein curieuser Kopff hat angemercket/
daß in dieser Namens- und Jahr-Schrifft:
PhILIppVs GVILIeLMVs, DVX NeobVrgI. Das ist:
Philipp Wilhelm/ Hertzog zu Neuburg/
                                        gleichsam

gleichsam auch dessen Grabschrifft / dieses ungefäh=
ren Innhalts / begriffen gewesen:

Dux Neoburgensis, quoties sua nomina scripsit,
Augur erat toties funeris Ipse sui.

### Das ist:

Hertzog Philipp Wilhelm / so offt Er schrieb sein
Namen /
So offt fand Er sein Tod= und Lebens=Jahr bey=
sammen.

Nicht lang hernach kriegte Eduard und übrige
Gesellschafft Nachricht / daß die Ungarische Kriegs=
Sachen nicht wol von Statten giengen / ja / welches
das Allerschlimmste / so solte auch die Stadt und
Vestung Griechisch=Weissenburg wieder in Tür=
ckischen Gewalt gerathen seyn; Welches zwar An=
fangs wenig Glauben bey ihnen fande / nachdem sie
aber einen ziemlich außführlichen Bericht deßwe=
gen zu lesen bekommen / musten sie es endlich glau=
ben. Der Bericht aber ware folgender:

DEr Herr General-Feld=Marschall von Asper=
mont, hatte indessen bey seiner Ankunfft in
Belgrad befunden / daß allda alles in schlechtem
Stand stünde / und in der Vestung nicht gnugsame
Büchsen=Meister / Pulver / Lavetten / und andere zu
der Defension nöthige Requisita, auch über 2. gefül=
lete Bomben / ( massen alles von dannen zur Ver=
sicherung Nissa war abgeführet worden / ) vorhan=
den / auch die Fortification noch viele Verbesserung /
in Ansehung es ein alter Platz / so irregular und ohne
Flanquen / an manchem Ort der Graben entweder
eingefallen / oder gar keiner da ware / nöthig hatte /
dahero Er so bald den Obristen Dollne nach Wien
abgefertiget / um Ihro Käyserl. Majestät darvon
Bericht

Bericht zu geben / ertheilete dabenebenst Ordre,
den von dem Herrn General Guido von Stahrenberg / und Grafen von Archinto, etliche Klafftern
tieff angefangenen Graben und Retrenchement, um
die Stadt zur Perfection zu bringen / um so wol vor
den Spionen / als eingefallenen Kranckheiten / sicher
zu seyn / welches so viel geholffen / daß die Regimenter sich nicht in die Enge der Obern- und Wasser-
Stadt / sondern allda in der offenen Lufft lagern
können / worbey die Arbeit an der Contrescarpen
starck fortgesetzet / und an dem alten Angel-Thurn
gegen der Donau / deß Kara Mustapha Thurn genannt / weilen dieser der gefährlichste Ort zu seyn
schiene / drey Redouten vorher / und andern Orten
mehrere angeleget / die Contrescarpe mit Pallisaden
besetzet / die alte Mauren / Häuser und Mosqueen
abgebrochen / die Keller / Brunnen / nebst einigen
tieffen Oertern / in welchen wol 4. und mehr Esqua-
dronen zu Pferde sicher stehen können / so viel möglich / und die Kürtze der Zeit / nebst anderer Arbeit /
zulassen wollen / eingerissen und zugeworffen / auch
einige Hügel abzutragen / angefangen worden;
Weilen aber / wie gedacht / die Kürtze der Zeit / um
solches alles in vollkommenen Stand zu bringen /
nicht zugeben wollen / so muste man etliche Redouten
an die gefährlichste Oerter legen / der Herr General
Aspermont liesse auch den Hauptmann Tasso, mit
200. Mann / und einem Ingenieur, nach Peter-War-
dein gehen / um solchen Ort besser zu fortificiren /
schickte dabenebens einen Expressen an den Bannum
Croatiæ, und Grafen von Hofkirchen / ab / und commandirte den General Ladislaum Tschaick mit seinem Regiment nach Mitrowitz / mit Ordre, deß
                                              Herrn

Herrn Grafen von Hoffkirchen Befehl zu pariren/
und daselbsten wegen der zwischen Sabatz und
Belgrad erscheinenden Feinden ein wachsames
Aug zu haben/uñ den Sau-Strohm zu besetzen. Als
nun die Tartarn an der Sau sich sehen liessen/ ist
gedachter Graf mit seinem Regiment von dannen
nach Cupina gerücket/ die Czaborischen Granitzer
aber bey Valkówar zu stehen beordret worden/ da-
gegen erhielte der Herr General Bericht/ daß der
Graf von Hoffkirchen sich kranck nacher Wardein
bringen lassen/ weßhalben er dem General von
Stahrenberg/ welcher den 12.22. Septembr. mit
seiner Guarnison von Nissa zu Belgrad ankommen/
sein gehabtes Commando über den Sau-Strohm
aufgetragen/ liesse dabenebens den Baron Sey-
mann/ Obristen deß Palfischen Regiments/ mit
4. Compagnien nach Esseck gehen/ und den Sau-
Strohm mit gnugsamer Mannschafft besetzen/
unterdessen kame den 5.15. Septembr. der Feld-Ar-
tillerie Hauptmann Coor/ mit vielen Feuer-Wer-
ckern/Bomben/Pulver/ und andern Kriegs-Noth-
durfften/ zu Belgrad an/ worauf der Herr General
das sämtliche Pulver/ so in etlich 1000. Centnern
bestunde/ theils in das Schloß und die Wasser-
Stadt bringen/ und in die daselbst befindliche Ge-
wölber und Keller verwahren liesse. Den 10.20.
Septembr. wurde man einiger feindlichen Trouppen
ansichtig/ welche verschiedene Dörffer abbrandten/
die Bauren niederhieben/ und das Vieh hinweg
trieben/denen den 18.28. dito die Tartarische Reu-
terey/so/nach Außsage der Uberläuffer/über 20000.
nicht starck seyn solte/ gefolget / biß endlich den
1. Octobr. N. C. der Groß-Vezier mit der völligen
Infanterie,

Infanterie, so auf 40000.Mann geschätzet wurde/
früh Morgens anlangete.    Als nun der Feind auf
die Vorstadt und Graben angerücket / folgends
bey dem Chur-Fürstl.Hauß / und in etlichen Mosqueen Posto zu fassen anfienge / hat Herz General
Aspermont so gleich die Vorstadt anzünden lassen/
und mit seiner bey sich habenden Mannschafft sich
zurück gezogen/und den Obristen/Grafen von Archinto , weilen der Herz Graf von Herberstein
kranck darnieder lage / beordret / in der Vestung
und Contrescarpe nöthige Anstalt zu machen / und
die Räitzen und Krancken auß der Vestung über
die Sau zu schicken / und nichts/ als die Teutsche
Burger / so nicht über 40. Mann außmachten/
darinnen zu behalten; Jedem Regiment wurden
auch in der Vestung ihre assignirte Oerter ange-
wiesen/als nemlich rechter Hand biß an die Donau
solte stehen / Salmisch-Auerspergisch/ Weltsper-
gisch-Herbersteinische/Jörgerische/Archintisch- und
Aspermontische Regimenter/und längst der Wasser-
Mauer vom Semliner-Thor an/ biß an das Andere/
und der Stadt / biß an die Donau / das Palfische
Regiment schliessen.    In das vor der Stadt gelegene grosse Kauffhauß/ so man das Archintische
nennet/wurden 100.Mann/und die vordere Redouten nicht weniger mit Mannschafft besetzet / und die
Zurückwärtige noch in selbiger Nacht verfertiget;
Da dann der Feind/ der da herum gestandenen alten Mauer und Brand-Städten / auch der Mos-
queen/ und deß so genannten Stahrenbergischen
Hauses/ welches wegen ziemlich ferner Entlegenheit nicht entsetzet werden können / noch selbige
Nacht sich dergestalt bedienet/daß er bey 3.in 4000.
Mann allda stehen lassen/ sein Haupt-Lager aber
hart

hart an die Vorstadt geschlagen / und eine grosse
Anzahl Janitscharen vor der Stadt an einen solchen Ort anrücken lassen/ daß man sie in der Stadt
nicht sehen / weniger beschiessen können / durch welchen gleichsam von der Natur angewiesenen Sam-
mel-Platz der daselbst befindlichen Häusern und
tieffen Gründe / welche wegen Kürtze der Zeit nicht
gleich und eben gemacht werden können / und sonsten überall sehr vortheilhaffte Lagerung der Türcken so viel gewonnen worden/ daß die Belagerte
auß ihrem Posten einen weitern Außfall / auß
Furcht abgeschnitten zu werden / nicht leicht wagen
darffen. Den 2. Octobr. N. C. Frühe fiele der Feind
in etlichen 1000. starck das so genannte Archintische
Hauß mit aller Macht an / und suchte darbey die
darein gelegte 100. Mann/ samt ihrem Hauptmann
Ranſau, vom Salmischen Regiment/ abzuschneiden/
weilen er aber durch den Obristen / Baron von Wel-
sperg/ und Ober-Lieutenant von Lapatscheck / und
Dem Lieutenant von Görtz / welche sich alle sehr tapffer hierbey bezeiget/ entsetzet worden/ hat er sich/ wiewol nicht ohne empfangene Wunden / durchge-
schlagen / und die Mannschafft in nächste Redoute
salviret. Ob nun wol noch selbigen Tag der Feind
mit etlichen 1000. Mann/ die kleinere Redouten angegriffen / ist er doch allezeit darvor mit Verlust zurück geschlagen worden / also / daß er den 1. und
2. Octobr. N. C. über 1000. Mann verlohren / da
hergegen dißseits wenig geblieben seyn/ darbey sich
dann Herr Graf Palfi, welcher General-Wachtmei-
sters Dienste gethan/ und Herr Graf von Archinto,
sehr wol verhalten. Den 3. und 4. dito haben die
Türcken ihre Approchen und Lauff-Gräben ver-
bessert / und dieses Tages einiger weitentlegener

Redouten

Redouten sich bemächtiget/ durch deren bißherige
Behauptung die Belagerte so viel Zeit gewonnen/
die schwächere Plätze/ sonderlich an der Contrescarpe
gegen der Donau / von dannen man sich eines
Uberfalls zu befürchten hatte/ besser zu verwahren.
Der Feind / welcher seine Attaque von der Donau/
biß an die Sau/ gezogen hatte/ setzte die Belagerung
dergestalten eyfferig fort/ daß er den 6. Octobr. N.C.
mit seinen Linien nicht 80. Schritte mehr von der
Contrescarpe, an welchem Tag sie auch sehr starck
an der Donau ansetzeten / und Anfangs zwar die
Christen auß den Redouten daselbst trieben / auch
biß an die Contrescarpe anrückten / wurden aber
von dem Herrn General Aspermont nicht allein so
gleich zurück getrieben / und die Redouten wieder
behauptet/ sondern auch biß an ihre Lauff-Gräben
von den Christen verfolget/ da sie sich endlich biß an
obgedachtes Archintisches Hauß retiriret/ bey welcher Action, so über 2. Stunden gewähret/ der Feind
viele Mannschafft verlohren.   Den 8. Octobr. N.C.
frühe Morgens ist der Feld-Marschall/ Hertzog von
Croy, auf empfangene Käyserl. Ordre, und aufge-
tragenes Commando, zu Belgrad ankommen / und
nachdem er alle Posten visitiret/ hat er das von Käyserl. Maj. ihm anvertraute völlige Commando daselbst angetretten / zu welcher Zeit die damahlige
Guarnison, in 3220. Mann/ so Dienste thun können/
annoch bestanden / darvon 1300. jedes mahl die
Wacht versehen/ die übrige aber deß Morgens frühe auf den Parade-Platz kommen/ und gegen Mittag die andere auf der Wacht ablösen müssen.   Ob
nun wol die Türcken von ihren 7. aufgerichteten
Batterien sehr eyfferig in die Vestung spielten / so
                                              wurde

wurde doch von Christl. Seiten ihnen dergestalten
wieder geantwortet/ daß dardurch dessen Batterien
ziemlich durchlöchert/ und ruiniret worden. Also/
daß noch zur Zeit der Feind keinen sonderlichen Vor=
theil gegen die Belagerte/ weniger eine Breche, er=
halten/ Dahero auch die Herren Ober=Officier alle
gutes Muthes waren/ bevorab/ da an Proviant und
Munition, ( ausser verfertigten Bomben/ Granaten
und Feuer=Kugeln/) kein Mangel erschiene.

Als nun der Hertzog von Croy, auf eingenom=
menen Augenschein/ so gleich den ersten Tag seiner
Ankunfft im Werck begriffen war/ ein Schreiben/
welches durch einen Expressen abgeschickt werden
solte/ an Jh. Käyserl. Maj. zu verfertigen/ und dar=
durch den damahligen Zustand der Vestung zu be=
richten/ ereigrete sich um 4. Uhr Nachmittag dieser
traurige Zufall/ daß eine feindliche Bombe in den so
genannten bleyernen Thurn in das Schloß fiel/ und
selbigen so bald in Brand brachte. Es wurde aber/
durch gute gemachte Anstalt/ das Feuer bald
gelöschet/ so/ daß Hert General Aspermont, der so
stracks hinauf geritten/ nachdem er solches gesehen/
wiederum zuruck in sein Logiament gekehret.

Uber eine kleine Weile thät es einen starcken
Schlag im Schloß/ und gleich darauf noch zwey an=
dere/ mit grausamen Geprassel/ wordurch/ weil das
allda befindliche Pulver=Magazin angangen/ alles
zerschüttet/ also/ daß Steine/ Felsen/ und andere
Sachen/ in der Lufft herum flogen/ das Schloß auf
beyden Seiten gesprenget/ der Wall/ samt den dar=
auf gestandenen Stücken an der Sau/ über einen
Hauffen geworffen/ die auf den Wällen und Con=
trecharpen befindliche Soldaten/ ingleichem die an=

IV. Theil.　　　　　n　　　　　dere

dere daselbst herumgelegene Regimenter/als Salm/
Auersperg und Welsperg/meistens erschlagen/oder
doch blessirt und gequetschet/und selbige gantze Fron-
te also geöffnet/und erweitert worden/daß der Feind
Squadronen-Weiß über die angefüllete Gräben ge-
hen/und reiten können.    Durch den andern Theil
deß Schlosses/so in die Wasserstadt gesprungen/ist
die daselbst zu allem Unglück in Bereitschafft gestandene Mannschafft/in 1700.starck/fast alle getödtet/
und erschlagen/ja gantze Häuser/und unter denselben auch Herrn General Aspermonts Behausung/
dermassen verschüttet worden/daß man nicht mehr
zur Thüren herauß kommen / sondern zum Fenster
hinauß springen müssen.    Da dann Ihro Durchl.
der Hertzog von Croy,dem Parade-Platz/allwo Herr
Graf Archinto nicht 5.taugliche Soldaten zusamen
zu bringen sich getrauet /   Herr General Aspermont
aber/ dem so genannten Kara-Mustapha-Thurn/ allwo die Türcken den meisten Angriff allezeit gethan/
so stracks zugeeylet. Ob nun wol zu solcher Zeit bey
jetztgedachtem Thurn keine sonderliche Gefahr sich
ereignet / derohalben auch die hohe commandirende
Kriegs-Häupter die zerstreuete und in der Flucht
begriffene Soldaten wiederum zusammen zu brin-
gen/und überal gute Anstalt zu machen suchten/Ge-
stalten dann auch / als über die tausend Personen in
die Marquetender-Schiffe und Saicken in die Insul
auf der Donau bereits überzufahren angefangen/
der Saicken-Obriste / auf Befehl deß Herrn General Aspermonts/ würcklich zuruck gekehret/ so wurde
doch die bereits entstandene grosse Confusion durch
die darauf erfolgte Entzündung der übrigen Pul-
ver-Behältern / so in 11.unterschiedlichen Orten
zerthei-

zertheilet waren / und deß Proviant-Hauses in der
Wasser-Stadt / dermassen gemehret/ daß derselbe
nicht wieder zu steuren war / sondern vielmehr die
hohe Generals-Personen / wegen deß überal Hauf-
fenweiß durch alle Gassen der Stadt andringenden
Feindes / und vor Augen ligenden gäntzlichen Ruin
deß Orts / dero eigene Person zu salviren / ohnum-
gänglich gemüssiget wurden/Gestalten Ih. Durchl.
der Herz Hertzog von Croy, und Herz Graf von Archinto, zusammen in einer Saicken / Herz General
Aspermont aber in einem löcherichten Schiff / darvon viele / von denen in der Lufft herum geflogenen
Steinen/ waren durchlöchert worden/ abgefahren/
als aber solches versincken wolte / von hochgedach-
tem Herrn Feld-Marschall / Hertzogen von Croy,
und Herrn Grafen von Archinto, in das Ihrige auf-
genommen / und dardurch / nebst Ihnen / erhalten/
anbey auch etwas Weniges von der Besatzung/un-
gefähr in die 400. Mann / so sich durch Schwimmen/
und sonst/salviret/kümmerlich errettet worden. Es
hatte aber der erschröckliche Brand / dardurch nach
und nach alles Pulver / samt denen Bomben und
Carcassen/ an verschiedenen Orten aufgeflogen/ denen Türcken/als deren eine grosse Anzahl erstickten/
oder sonst erschlagen wurden / gleichfalls nicht geringen Schaden zugefüget/dahero auch/weil sie immer besorgen musten / durch neue aufgehende Minen und versprengte Magazinen verschüttet zu wer-
den/ sich etwas zurück ziehen musten/ biß sie endlich
bey in etwas nachlassendem Feuer hinein gedrun-
gen/alles/was sich dabey befunden/niedergemacht/
und sich also deß Orts / wiewol nicht ohne grossen
Verlust/ ( welcher in allem etwan auf 5000. Mann

wolte

wolte geschätzet werden/) endlich bemächtiget/ und
denselben/ ob er wol einem Stein-Hauffen damahlen gleich gesehen/gleichwol durch unermüdetes/un-
aufhörliches Schantzen / in ziemlichen Defensions-
Stand nachgehends gesetzet / und hat hierbey der
Käyserl. Hof nichts so sehr / als den Verlust der so
tapffern Mannschafft/hoch betrauret. Massen dann
von Officirern/Herr Oirist Welsperg/Obrist-Lieu-
tenant la Pace, Obrist Görtz/Sommerfeld/Herber-
stein/Obrist-Wachtmeister Pecci, und Hauptmann
Lerßner von Franckfurt / nebst andern Ober- und
Unter-Officirern/so alle Ritterlich gefochten/ihr Leben vor die Christenheit gelassen. Jhro Durchl. der
Herr Hertzog von Croy, seynd hierauf mit der bey
sich habenden Mannschafft nach Esseck gangen/und
haben auß Peter-Wardein/Jllock/Sabatz/und andern kleinen Orten / das Proviant an sich gezogen.
Herr General von Alpermont ist dargegen nach dem
Käyserl. Hof gangen.

So hatte man auch Nachricht erhalten/daß/ obwolen
die Schweitzer auf ihrer jüngsten Tagsatzung beschlossen/daß
ihre Unterthanen und angehörige/weder wider das Römische
Reich/noch auch in denen Orten/welche der Kron Franckreich
nicht bereits im Jahr 1663 zugehöret/dienen solten. Weilen
aber diesem Schluß in viele Wege bißhero von den Schweitzern zuwider gehandelt worden / als wurde die Hoch-Löbl.
Reichs-Versammlung zu Regenspurg an die Drey-zehen und
Zugewandte Orte der Eyd-Genossenschafft ein Schreiben unter dem 9. Septembr. N. C abgehen zu lassen veranlasset/ in-
haltlich: Wie unvermuthet dieselbe vernehmen müssen / daß
biß dato gegen die von der Löbl. Schweitzerischen Eyd-Genossenschafft gethane schrifftliche Versicherung sich hin und wieder auf dem Reichs-Boden annoch/so wol bey den Frantzösis.
Kriegs-Heeren / als unter andern in der Stadt und Vestung
Casal, (so ein kundbares Reichs-Lehen/und erst vor wenigen
Jahren/mitten im Frieden/die Kron Franckreich gantz unzu-
lässiger

läffiger Weise an sich gebracht/) viel Schweitzerif.National-
Völcker befinden/anbey auch vorgemelter Kron durch andere
mehrere Wege von Seiten der Eyd-Genossenschafft allerhand
Vorschub zu Nachtheil deß Römischen Reichs wiederführe/da
doch dieselbe in ihren an Ih. Käyserl. Maj. so wol als das Rö-
mif.Reich/unter dem 8. April vorigē Jahrs erlassenen Schrei-
ben/ mehrerwehnte Kron Franckreich von selbsten für den an-
greiffenden Theil erkenne / und folgendlich auß denen so wol
mit solcher Kron/als mit dem Ertz-Hauß Oesterreich gemachten Bündnüssen und Erb-Vereinigungen/ auch sonsten auß
vielen andern Schlüssen/sich sattsam zu bescheiden wissen werden / daß sie/Vermöge deß 23. Articuls / deß mit der Kron
Franckreich selbst aufgerichteten Bundes/dergleichen Fried-
brüchigen Aggressorn weiters zu gantz keiner Defension, dem
angegriffenen Theil aber zu würcklicher Assistentz und Hülffleistung verbunden / nicht weniger / was auf allen Fall für
Provinzien/Länder und Oerter/bey Erneuer- und Bestätti-
gung oberwehnten Bundes/in A. 1663 außgenommen/ auch
wie so gar noch auf neulicher in Ergau gehaltener allgemeiner Tagsatzung geschlossen/es auch in dergleichen in dem Monat Julio, eben daselbst erfolgter Zusammenkunfft bestättiget
worden seye/ daß kein Eyd-Genossischer Unterthan/ oder An-
gehöriger/wider das Römif.Reich/oder auch in denen Orten/
so der Kron Franckreich nicht bereits in gemeltem 1663.Jahr
zugehöret/dienen solle Deßwegen man dann zu der löbl. Eyd-
Genossenschafft das Freund- und Nachbarliche Vertrauen
trüge/daß sie von selbsten geneigt seyn würden/mehrbesagter
Kron Franckreich / in dero bekandtlich ungerechtem Fürnehmen / ohne einigen Anstand / allen Vorschub zu verweigern/
und zu entziehen/ mithin Ihre in solcher Kron Kriegs-Dien-
sten/ und zumahlen in Casal auf dem Reichs-Boden befindliche National-Völcker/ unverzüglich/ bey gewöhnlicher
scharffer Straff/ zu avociren/ auch / Zeit währenden dieses
Kriegs/ offtgedachter Kron Franckreich/keine Werbungen/
Recrouten/ noch einige andere Vortheile/ weder heim- noch
öffentlich/wol aber Jenen zu gestatten/wie nicht weniger auch
ihr Gebiet und Lande denen Käyserlichen/deß Reichs und dero
Hohen Alliirten Armeen und Trouppen/einen unschädlichen
Durch-March zu verwilligen/ solchen aber dem declarirten
Allgemeinen Reichs-Feind/als kundbarem Aggressori, zu ver-

wöhren/

währen / so dann ihre Waffen mit denen Käyserlichen / deß
Reichs/und der Hohen Alliirten/ zu conjungiren/ bey denenselben auch so lang zu verharren/biß ein sicherer und reputir-
licher Friede zuwegen gebracht worden. Um welches alles die
löbl Eyd-Genossenschafft gebührend ersucht wird / mit ange-
hängter Versicherung/daß das Römis.Reich solches bey leden
Vorfallenheiten in der That mit träfftiger Gegen-Assistentz
ersetzen werden / &c. Hierauf haben der gesamten Schwei-
zerischen Cantons zu Baden versammlete Abgesandte / in
Wider-Antwort/ unter dem 4. Octobr. den Empfang deß an
ihre Herren undObere abgelassenen Schreibens berichtet/die
verlangte Resolution aber auf obberührte Puncten / wegen
ermanglender Instruction,auf künfftige Zeit außgesetzet. Es
hatten sich bey dieser Tagsatzung auch/ neben andern fremden
Ministern/der General Sereni,im Namen Chur-Sachsen und
Chur-Bäyern und der Käyserl Resident von Basel eingefun-
den/ welche um die Winter-Quartier/und einen freyen Paß
für ihre Armee/ gegen Elsaß und Burgund/starck anhielten/
bevorab/ da die Frantzosen das Bistum Basel mit Volck den
Winter über zu belegen suchten/ wie sie dann 5.Bischoffliche
Baselische Dörffer/ so jenseit deß Rheins gelegen/unangese-
hen sie in die Neutralität gehörig/ und Schweitzerische Salve-
Guarde gehabt / der Zeit außplünderten. Es wurden aber
die jetzt-gedachte Propositiones von denen Deputirten der
Schweitzerischen Cantons bloß ad Referendum angenommen/
jedoch die Behaltung der Neutralität/ Besetzung der Pässe/
und Beschützung der Wald-Städte/ wie auch deß Bistums
Basel / resolviret. Darauf dann in dem October die Tagsatzung sich geendiget.

## Das XIII.Capitul/

Siegfried / und die Wilhelmischen / haben guten
Fortgang in Jrrland/Waterfort wird erobert/und Limmerick vergeblich belagert. König Wilhelm kommt in
Engelland an. Eine kurtze Beschreibung deß Königreichs Jrrland/ dessen Regierungs-Art/ und vornehmsten Denckwürdigkeiten/ &c

NUnmehr möchte es schier Zeit seyn/uns ein wenig nach dem Teutschen Siegfried/ den wir
in Jrr-

in Irrland verlassen / wieder einmahl umzusehen.
Dieser hatte / durch sein tapfferes Verhalten / bey
dem König und der gantzen Armee / sich ein gutes
Ansehen gemacht/ware dem König auch nach Dublin gefolget / so wol selbige Haupt-Stadt zu bese-
hen/als auch/bey ereignender Gelegenheit/noch fernere Dienste zu thun / wie er dann zu thun nicht ermangelte ‸ indem er nicht allein mit unterschiedlichen feindlich- und Rebellischen Partheyen etliche
glückliche Scharmützel hatte/ingleichem bey Erober-
und Einnehmung Drogeda, Kilkanny, Carig, und
noch anderer Orten / sich wol gebrauchen liesse. Er
gienge darauf mit den Königl. Völckern nach Waterfort, welche Stadt sich alsobald ergabe/der Commendant aber in dem neuen Fort begehrete 6. Tage
Bedenck-Zeit / welches ihme aber nicht gestattet
wurde/dahero er sich den 5. Augusti, N. C. gleich/falls
ergabe / dessen Exempel auch die Städte / Junghall,
Tallagh, Castel Cungel, und andere Orte/ gefolget ;
Worauf der König einige seiner Völcker zu Dublin
einschiffen / und nach Engelland überführen liesse/
mit seiner Armee aber marchirte er auf Limmerick zu/
und damit diese sehr veste Stadt desto leichter bezwungen werden möchte / so wurde zugleich der General Duglas, welcher biß dahero Athlone belagert
gehabt / mit seinem Corpo zu der Königl. Armee zu
stossen beordret. Bey Annäherung der Königl. Völcker haben/der Graf Tyrconel, Hertzog von Berwick,
und der Frantzösis. General Lauzun, nachdeme sie die
Stadt mit einer starcken Besatzung versehen / von
dannen sich jenseit deß Flusses Shennon begeben/
der König aber hat Limmerick / den 10,20. Augusti,
berennet/und folgends auffordern lassen; Weilen

nun solches bey den Belagerern nichts verfangen
wolte/so wurden/den 12.22.Augusti,die Lauff-Gräben davor eröffnet/und ihnen damit starck zugesetzt/
biß endlich den 6.Septembr. N.C. die Belagerer einen Sturm auf die Contrecharpe thaten / welcher
ihnen dann auch so fern gelungen/daß sie dieselbe erobert; An Statt dessen aber/daß sie sich hätten ver-
schantzen sollen/ seynd sie mit aller Gewalt nach der
Stadt gedrungen/ Willens/ die Breche zu überstei-
gen; Weil nun die Breche nicht breit gnug gewesen/
die Belagerte auch hinter derselben starcke Schantzen aufgeworffen / und mit Stücken wol versehen
waren / seynd sie daselbst also empfangen worden/
daß sie / bevorab wegen ermangelnder gnugsamer
Mannschafft / so dieselbe secundirt hätte / sich mit
grossem Verlust endlich retiriren/und die bereits eroberte Contrecharpe wieder verlassen müssen. Ob
nun wol noch etliche Tage mit Bombardirung der
Stadt fortgefahren wurde / so ware doch/ zu Be-
zwingung derselben/ wenig Hoffnung mehr übrig/
dahero der König/bevorab/weil wegen einfallenden
nassen Wetters die Soldaten sehr erkrancket/ver-
anlasset/den 9.und 10.Septembr. N.C. die Belagerung aufzuheben. Damit aber zwischen Corck und
Limmerick alle Communication dem Feind abgeschnitten würde/ wurden 900.Mann beordret/ das
Schloß Kilmalocke wegzunehmen/welches sich auch
mit Accord gleich ergeben. Inzwischen waren Se.
Königl.Maj. mit vielen vornehmen Herren / so der
Campagne mit beygewohnet / im September wiederum nach Engelland abgefahren/ und hatte/bey dero
Abzug/ den Grafen von Solms/ zum Ober-Haupt
seiner Armee ernennet; Dem Lord Sidnay aber/ nebens

bens Monſ. Konigsby / die Stelle als Vice-Roy
indeſſen aufgetragen. Gleicher Geſtalt ſeynd auch
die Grafen von Lauzun und Tyrconel / nebſt dem
meiſten Theil der Frantzöſiſchen Völcker / als welche die Jrzländer nicht wol vertragen können / im
Monat Septemb. nach Franckreich abgeſegelt / die
Völcker aber unter dem Hertzogen von Berwick
und Gen. Major Sarsfeld / haben / ehe ſie nach den
Winter-Quartiren gangen / um Limerick alles ver-
brandt.

Weil nun in Kriegs-Sachen für Siegfried
nichts ſonders mehr zu thun / hätte er gerne / bevor
er aus Jrzland wieder zuruck nach Engelland gekehret / einige Nachricht von Beſchaffenheit deß ſo
viel Blut-koſtenden und verſchlingenden Königreichs Jrzland haben mögen.

Es ſtunde aber nicht lang an / daß er ſeines
Wunſches gar wol gewähret wurde / indem ein
Jrzländiſcher vornehmer Herz / der auf König Wilhelms Seiten getretten / und nicht allein ſehr wol
beleſen ware / ſondern ſelbſten dieſes Königreich
hin und wieder durchräyſet hatte / und gegen Siegfried ſich gar freundlich erzeigte / ihme folgenden
Bericht erſtattete:

Es hat Jrzland von Alters mancherley Nahmen gehabt / etliche nannten es Iernen, Irin, Ogy-
piam, Ivernen, Iverniam und Hiberniam, die Lands-
Einwohner nennens Erin. Siegfried erinnerte
hiebey / daß dieſe letztere Benennung ſeines Be-
dunckens die beſte wäre / weil ſolches ſchon zum öfftern ein rechtes pomum Eridos, oder Zanck-Apffel /
um den man ſich mit unſäglichem Koſten und Schaden herum geſchlagen / geweſen. Darauf fuhre der

n 5                                    Jrre

Irre fort / sprechend: Die Engelländer schreibens
Irzland / sprechens aber auß Eyrland. Diese Insul ligt zwischen dem Norder-Circul/und deß Kreb-
ses Sonnen-Wende/zeucht sich aber etwas mehrers
gegen dem Nord-Pol / erstreckt sich von Mittag gegen Mitternacht / ist Oval- oder Eyförmig / in die
400000. Schritte lang / aber nur halb so breit.

Ptolemæus nennet sie klein Britannien / hat zu
seinen Gräntzen von Aufgang der Sonnen Engelland / doch ist das Irrische Meer dazwischen / sonst
tieff/ wild und ungestümm / so breit / daß man es in
einem Tag überschiffen kan. Gegen Niedergang
ist das grosse Welt-Meer / gegen Mitternacht das
Schottische Meer und die Insul Ißland oder Eiß-
land. Gegen Mittag ist es drey Tagräysen zu
Schiff / von Hispanien abgelegen.

Ein Schottländischer Doctor zu Pariß/ schreibet: Irzland habe vor Zeiten Schottland geheissen/
und das jetzige Schottland/seye mit Engelland/un-
ter dem gemeinen Nahmen Britannia begriffen gewesen / daß aber nachgehends das Nordertheil
Britanniens Schottland genennet worden / komme daher/ weilen die Irzländische Völcker / Schotten genannt / weil ihnen ihr Land zu eng werden
wollen/sich unterstanden/hinüber in das Theil Britanniens / so damals Albania geheissen / zu schiffen/
solches auch dermassen glücklich verrichtet / daß es
nicht viel gefehlet / sie hätten ihnen die gantze Insul
unterworffen/wann nicht die Sachsen auß Teutschland / denen nothleydenden Britanniern zu Hülff
kommen wären / und die Irrische Schotten zuruck
geschlagen / sie auch gar / biß in den hintersten Winckel Britanniens / getrieben hätten / allda sich die
Schot-

Schotten / durch Hülff der Berge und deß Gewässers / der Sachsen erwehret / und daselbst ein neu Königreich aufgerichtet/welches sie nach ihrem Namen Schottland genennet.

Die Lufft in Irrland ist temperirt und gesund/ hat einen gütigen und milden Himmel / daß es deß Sommers weder zu heiß/ noch deß Winters zu kalt ist; dessen aber unerachtet / werden doch die Früchten nicht recht zeitig. Man findet keine vergiffte Thier darinnen/jedoch werden die Einwohner wegen vieler übrigen Feuchtigkeit / mit Haupt-Flüssen und dem Durchlauff vexieret/ deßwegen sie sich wider diesen Gebrechen deß Brandteweins / als eines Geneß-Mittels / bedienen.

Das Land ist überall rauh/ bergig/ voller Morast und Pfützen/ windig/ mit vielen Wäldern beseßet / hat viel stehende See / auch oben auf den Bergen. Doch mangelt es nicht an guten Meer-Häven und Schiff-Stellungen. Es gibt auch hin und wieder ebene Felder / doch seyn sie mit den grossen Wäldern nicht zu vergleichen. Insgemein davon zu reden / so ist Irrland nicht unfruchtbar/ Ultonia, und Connaut außgenommen / wo viel Land ungebauet liget/ waldigt und sehr wässerig ist / deß Grases ist so viel/ dabey so gut und süsse/daß/wann man die Schaafe nicht von der Wäyde triebe/ sie davon zerbärsten müßten.

Deß Viehes ist eine unglaubliche Menge / an Milch/ Käß und Butter ein Uberfluß. Waitzen wächst allda/ hat aber keine Körner; Die Weinstöcke dienen mehr zur Lust/ als zum Nutzen/weil die Trauben/ wegen der kühlen Winden/ und nimmer genug kräfftiger Wärme/ nicht vollkommen zeitig werden. Es gibt

Es gibt Irrland gute Pferde und Zelter / die
überauß sanfft gehen. Kein schädliches Thier ist darinnen anzutreffen / außer Wölffen und Füchsen. Die
zahmen Thiere seyn gemeiniglich allhier kleiner / als
an andern Orten. Die Wälder sind voll Wild / und
die Hirschen so feist / daß sie den Hunden nicht entlauffen können. Wilder Schweine und Haasen gibt
es den Vollauf / aber keine Gemsen / Rehe und Igel /
wenig Maulwürffe / aber desto mehr Mäuse.

Man findet allhier die schönsten Falcken und
Habichte / der Adlern so viel / als anders wo Wey-
hern / die Kraniche findet man da bey Hunderten /
und gegen Norden auch viel Schwanen. Wenig
Störche gibt es da / und seyn solche darzu schwartz.
Feld-Hühner / Phasanen / Atzeln und Nachtigallen
gibt es gar nicht.

Weil dieses Reich voller Wasser / so ist es demnach auch voller Fischen / auch von fremden und unbekandten Gattungen. Ingleichem hat es so viel
Bienen / daß sie in den hohlen Bäumen und Spe-
luncken Honig machen. Man findet auch Dorfft
und Steinkohlen / welche zum Brennen sehr nütz.
An etlichen Orten werden auch Perlen gefunden.

Ein gewisser Scribent schreibet dieses Denckwürdige von dieser Insul / daß auß etlichen Höltzern /
so hin und her in dem Meer fliessen / erstlich ein Hartz
trieffe / das nachmahlen verharte / in demselben wachsen Würme / die das Leben haben / und allgemach einen Schnabel / Federn / Flügel und Füsse bekomen /
schwimmen auf dem Wasser / und fliegen mit andern
Vögeln darvon. Dieser Scribent bezeuget / daß er
deren selbsten gesehen / die noch nicht gar außgebil-
det gewesen.

Man

Man findet auch auf dieser Insul Vögel/ die man Martineten heisset/ seyn so groß/ als anderwärts die Amseln/stumpff/wie die Wachteln/mit einem weissen Bauch und schwartzen Rucken/ wann man sie an einem Ort tod aufhenckt/ verwesen sie nicht/ verwahren auch die Kleider für den Motten/ ja sie verneuern ihre Federn alle Jahr/ gleich/ als ob sie lebten.

Der See Ernus ist voller Fische/ hat sonderlich eine Art Salmen/die besser sind/als die Jenigen/so anders wo gefangen werden.

Die uralte Einwohner seyn/ nach Strabonis Zeugnüß/viel wilder gewesen/als die alten Britannier / so gar / daß sie auch Menschen-Fleisch gefressen/ und für eine Ehre gehalten/ ihrer verstorbenen Eltern Leichname zu verzehren. Die Weiber waren ihnen gemein/ ja/sie enthielten sich auch nicht von ihren eigenen Müttern und Schwestern/worauß wol gläublich abzunehmen/daß sie/wie das Viehe/ohne Zucht/Erbarkeit/Tugend uñ Gottesforcht gelebet. Von der erschlagenen Feinden Blut bestrichen sie ihre Angesichter/ darnach begruben sie selbige in die Erde.Wann ein Weib einen Sohn geboren/so strichen sie ihme den ersten Brey/ mit seines Vatters Schwerdt/ gar sänfftiglich ein/ mit beygefügtem Wunsch/ daß er in den Waffen leben und sterben möchte. Die fürnehmste Irren machten die Helffte ihrer Degen auß Fisch Zähnen/ die allein an ihren Ufern gefunden wurden/ und hielten dieses für eine grosse Ehre.

So viel weißt man von denen alten Irren.Es ist aber wol zu glauben/ daß denen Scribenten nicht der halbe Theil von ihnen bekandt worden/ weil sie
so gar

so gar wild und Barbarisch gewesen / daß man sie
ohne Gefahr nicht besuchen können / wiewol es auch
der Mühe und Gefahr nicht werth ware.

Die heutige Jrrländer aber betreffend / so seyn
dieselbe ein starckes / hurtig und keckes Volck / die
keine Gefahr scheuen / sondern im Krieg / Hunger /
Kälte und Arbeit / alles ertragen können / und ob sie
schon in einem feuchten und kalten Land wohnen /
seyn sie doch sehr zum Buhlen geneigt.

Gegen Fremde seyn sie Gastfrey / halten gute
und stäte Freundschafft / aber auch unversöhnlichen
Haß / seyn ruhmredig / leichtglaubig / und können
keine Unbilligkeit ertragen. Wer unter den Jrren
böß ist / der könte nicht wol ärger / und wer von ihnen
fromm ist / nicht wol besser seyn. Jhren Kindern
geben sie in der Tauffe seltsame Namen / etwan von
einer Farbe / oder Kranckheit / oder was sich bey der
Gebuhrt zugetragen / etwan auch schmähliche Namen / als grimmig / hinckend / stolz / und scheuen sich
auch grosse Herren / die doch sonsten nicht viel Vexie-
rens leyden können / dieser und dergleichen Namen
nicht. Sie sind in dem irrigen Wahn / wann sie einem Kind seines Vatters oder Verwandtens Namen geben solten / dasselbige müste desto eher sterben;
Wann aber der Vatter gestorben ist / so gebrauchet
sich der Sohn desselbigen Namen / damit er nicht
untergehe / sonderlich / wann ihn die Vor-Eltern
auch geführet haben / oder / wann er etwas Gutes
bedeutet. Solcher Wahn kommt von unsern Poeten
her / die ihrer Vor-Eltern tapffere Thaten zu rühmen / und mit ungeheuren Lugen zu vermengen pflegen. Diese Tichter geniessen auch ihrer Fabeln gar
wol / dann fast keine Braut / oder Kindbetterin / solche unbeschencket lässet.　　　　　　　　Wann

Wann ein Weib geboren / so hält sie sich nach 7. Tagen wieder zu ihrem Mann. So bald eines grossen Herrn Weib geboren / so lauffen die armen Weiber mit Hauffen zu / und bieten ihre Dienste an / legen auch ihre eigene Kinder beyseits / und säugen andere. Ob sie nun wol beyderseits unkeusch genug sind / so enthalten sie sich doch / auß Liebe deß Kindes / dieweil daselbige noch an der Mutter trincket / geschicht aber solches / so bestellen sie eine andere Säug-Amme. Wann ein Kind kranck wird / bestreichet die Amme solches mit altem Urin / hänget ihm auch St. Johannis Evangelium an den Halß / samt einem gekrümten Huf-Nagel / thut ihm auch einen Gürtel an / der von Weiber-Haaren gemacht ist. Auch schencken die Tochter ihren Buhlern Arm-Bändlein / von ihren Haaren geflochten.

Die an einer Brust getruncken / lieben sich unter einander mehr / als die / so auß einem Leibe geboren sind. Wann die Kinder von ihren natürlichen Eltern geschlagen werden / so suchen sie ihre Zuflucht bey denen / so sie auferzogen. Wiederum / wann ein Kind kranck wird / so lässet die Amme alles ligen und stehen / und lauffet ihme zu / auch über etliche Meilen.

Die Irrländer seyn dem Müssiggang sehr ergeben / und halten solchen für ihr höchstes Gut; seyn Liebhaber der Music, sonderlich deß Harpffenschlagens / was in Clöstern lebt / hält seine Regeln gar streng / casteyen den Leib mit Beten / Wachen und Fasten. Die Catholische Weiber und Jungfrauen fasten alle Mitwoch und Samstag. Aber die unkeusche Weiber seyn so arg / daß es nicht zu sagen. Vorzeiten machten sie ihre Hembder mit Pappel-Bäumen-Laub gelb / jetzt aber nimmer / wiewohl ihrer et-

rer etliche ihr weiß Geräht in Harn tuncken/warum
sie aber solches thun / weiß ich nicht zu sagen.

Der Diebstal ist in Irland keine Schande/
dann sie sagen / ihre Voreltern haben sich damit er-
nähret / zumalen sie das Arbeiten für die höchste
Schande halten.   Deß Nachts schlaffen halten sie
für eine Faulheit/ dann sie sagen / man solle auffste-
hen / im finstern Mausen und Stehlen; worinnen
sie auch der Kirchen nicht schonen / sondern sie auß-
plündern/ auch unterweilen die Leute umbringen/
und die Häuser anstecken.

Bey den Irren wird der Ehestand / ( außer-
halb in den Städten/ ) gering geachtet/ dahero sie
sich leichtlich scheiden / und nimmt ein jedes einen
andern Ehegatten/ ist also keiner seiner Ehe gewiß/
biß sie sterben/ daher gibt es auch immer Streit/we-
gen der Ehe-Steur und Zubringens/darauß zuletzt
Raub und Mord erfolget.

Wann ein Weib von ihrem Mann verstossen
wird/ so erholet sie sich Rahts bey den Zauberern/
wie sie ihre Nachfahrin kräncken / oder sonsten ver-
zaubern möge.   Alle Irländer halten viel von den
gelben Haaren / damit treiben sie grossen Pracht
und Ubermuth.

Die wilden Irren/ ( dann es seyn zweyerley/
wie der Schotten/) haben diesen Gebrauch/daß sie/
wann der Mond neu ist / auf ihre Knie sitzen / und
ein Gebett zum Mond sprechen/gleichwie er sie frisch
und gesund gefunden habe/ also solle er sie lassen/
sonderlich begehren sie / von den Wölffen sicher zu
seyn.   Ein Weib/ das den ersten Tag deß Mäy-
Monats bey einer andern Feur holet/ wird für eine
gewisse Zauberin gehalten.   Sie geben auch wol
keines

keines auß dem Hause/damit ihnen die Milch durch das Jahr über nicht gestolen werde.　Den ersten Tag May stecket eine jede einen grünen Mayen vor ihre Thür / und sagen / das Vieh gebe desto mehr Milch. Wann jemand ein Pferd oder ander Thier lobet/und sagt nicht darzu/GOtt behüte es ; so halten es die andern für bezaubert/und speyen darüber auß.　Siegfried fiele hier dem Irren in die Rede/ und sagte: Dergleichen Thoren findet man auch in andern Ländern genug / und darff man solches den Irren nicht für übel halten. Wann nun jemand ( fuhre der Irre wieder fort/ ) ein Pferd oder Thier also gelobet/und es wird innerhalb deß dritten Tags kranck / so muß der / so es beruffen hat / wieder herbey/und ihm das Vatter Unser in ein Ohr sprechen. Die Irrische Weiber können viel abergläubische Segen/wozu sie fast allezeit das AveMaria sprechen. So jemand kranck liget/so sehen sich diejenigen für/ welche den Krancken besuchen/daß sie vom Tod und Sterben / Testament / oder Seelen=Sorge/kein Wort reden / sondern allein / wie er wieder gesund werden möge.　Begehret ein Krancker das Sacrament / so geben sie es mit ihme gantz verlohren: Stirbt er dann / so erhebt sich ein solches Geschrey und Heulen / gleich als ob das Hauß untergehen wolte.

　　Die Speise deß gemeinen Volcks ist gar schlecht / bestehet in Kräutern / Wurtzeln / Butter/ Käse/ Haber=Brey/ Milch/ auch etwa Fleisch/doch ohne Brodt/dann sie die Früchten den Pferden spahren/ welche sie sehr hoch halten.　Es ist ihnen auch nicht zu viel/ in einem grossen Hunger roh Fleisch zu fressen / darauf sie aber hernach Brandtenwein

Die wilde Irren laſſen bißweilen den Ochſen
Blut / wann ſolches geſtanden / vermengen ſie ſolches mit Butter / und eſſens. Sie gehen faſt immer
mit bloſſem Haupt / außgenommen im Krieg / da
tragen ſie einen Sturm-Hut / ihre Haare laſſen ſie
wachſen / und wollen von keinem Scheermeſſer hören. Jedoch iſt dieſes meiſtentheils von den Nord-
Irzländern zu verſtehen / die viel wilder ſind / als die
andern. Sie verüben ſonſten andere unflätige Sachen / die ich aber anzuzeigen für unnöthig und un-
löblich halte.

Der Irzländer Reichthum und Vermögen beſtehet ſonderlich in dem Kaufhandel / dann die Fremden viel Güter in das Land führen / und dargegen
Wolle abholen / und iſt das Städtlein Galwes deßwegen berühmt / doch gibt ihm / den Kauffhandel betreffend / Waterfort nichts bevor.

Wann man aber ſagt / Irzland bringe alles /
deſſen die Einwohner benöthiget / ſo iſt es nicht von
dem jenigen zu verſtehen / was zur Luſt und Erquickung / ſondern zur Nothdurfft dienet / ſonderlich
aber von der Vieh-Zucht / als darinnen der meiſte
Reichthum beſtehet. Man ſagt / die Kühe geben
an etlichen Orthen in dieſem Land keine Milch / wañ
ſie ihre Kälber nicht neben ſich ſtehen haben / darum
die Bauren die Kalb-Felle mit Stroh außfüllen /
und die Kühe damit betriegen.

Der Nutzen / den der König von Engelland auß
dieſem Reich ziehet / iſt gering / dann es faſt alles
wieder auf die Engliſchen Guarniſonen gehet / damit das Land beſezt iſt.

Ihre Militz beſtehet / wie bey andern Völcker-
ſchafften / auch auß Reutern und Fußvolck / die Reuter

ter gewöhnen ihre Pferde nach ihrem Willen/sprin-
gen auch in gantzem Küriß ringfertig hinauf / dieweil sie sehr gelenck und hurtig sind.　Sie führen
ziemlich schwere Spiesse/ fassen dieselbe in der Mit-
ten/und schiessen sie in die Feinde.　Unter dem Fuß-
Volck seyn diese die Stärckesten/ die man Galeglas-
sen nennet. Sie führen ein Jeglicher 2. scharffe Mes-
ser / denen Beyheln gleich / eines Schuhes lang /
schärffer/als ein Scheer-Messer/ diese binden sie an
Spieß-Stangen/ und schlagen darmit um sich/ solches ist der Kern der Irrischen Infanterie, denen folgen die leichte Fuß-Knechte/ Carni genannt/ welche
meynen/der Feind seye nicht tod/sie haben ihm dann
den Kopff abgeschnitten.　Die dritte Gattung/seyn
die Läuffer / Daltin geheissen/ seyn unbewehrt/ und
warten den Reutern auf ; wann es zum Treffen
kommt/ruffen sie/insonderheit die Reuter : Pharro/
Pharro/ und halten es für ein unliebliches Zeichen/
wann sie in dem Außzug unter den Pforten nicht
tapffer schreyen.　An Statt der Trompeten haben
sie Sackpfeiffen und Schallmeyen.

　　Das Land ist Volckreich / und darinnen wol
ein grosses Heer auf die Beine zu bringen : aber sie
sind von Alters her jederzeit unter sich selbst unei-
nig gewesen/ dahero die Engelländer Gelegenheit
bekommen/ sich ihrer zu bemächtigen.

　　Wegen der vielen Ströhmen und Flüssen/so
darein fallen / ist das zwischen Engel-und Irland
gelegene Meer stürmig und untieff/daher auch sorg-
lich darauff zu fahren : wird demnach nicht leichtlich
ein außländischer Potentat Irland angreiffen kön-
nen/ auch wegen der starcken Besatzungen/wo nicht
die Irländer selbsten mit gemeinem Aufstand re-
belliren.　　　　　　　　　o 2　　　　　Was

Was ihr Kirchen-Wesen betrifft/ sollen sie im
Jahr Christi 335. zum Christlichen Glauben be-
kehrt worden seyn/ als Fincomarcus König in Schottland ware/ durch diese Gelegenheit/ daß nemlich ein
Weib auß der Picten Nation, so gute Kundschafft
mit der Königin hatte/ ihr erstlich vom Christlichen
Glauben gesagt / so geschehen Anno Christi 322. die
Königin habe solches ihrem Gemahl erzehlet / der
durch fernere Unterweisung zum Christlichen Glauben getretten/ und mit einer grossen Menge Volcks
sich tauffen lassen.    Von selbiger Zeit an / ist keine
Aenderung in der Religion vorgenommen worden/
biß auf König Heinrichen den VIII. da hat man anderst zu lehren angefangen/ noch vielmehr aber/ unter der Königin Elisabeth / unter deren Regierung/
der Graf von Tiroen auß dem Land verjagt worden/
und seine Zuflucht zum Papst nach Rom genomen.
Dazumal lag die Ubung der Catholischen Religion
in Irrland darnieder / und mußten die/ welche Ca-
tholisch seyn und bleiben wolten/ ein gewisses Jahr-
Geld geben.    Heut zu Tage aber ist das mehrere
Volck in Irrland der Römisch-Catholischen Religion zugethan/ wiewohl sich auch ein guter Theil der
Reformirten darinnen enthält.    Es seyn im Königreich vier Ertz-Bischöffe/ und 29. Bischöffe.

Das Regiment in Irrland betreffend/ so hat
es vor Zeiten viel Herren gehabt/ ist aber A. 1175.
unter die Englische Herrschafft kommen / weil die
Herren deß Landes sich unter einander nicht vertragen kunten/ und deßwegen sich unter König Hein-
richs deß II. in Engelland Schutz begaben.    Von
dieser Zeit an / haben sich die Könige in Engelland/
Herren in Irrland geschrieben / biß auf König

Heinrich

Heinrich den VIII. der von den Ständen deß Lan=
des ein König in Hibernia oder Jrꝛland gegrüſſet
worden / dieweil ihnen der Name Herr nicht zum
Beſten gefiele.

Es ſchicket der König einen Vice-Roy oder Kö=
niglichen Statthalter in dieſes Reich / den man vor
Zeiten Conſervatorem Irlandiæ zu nennen pflegte ;
Jhme werden Räthe / Richter / Advocaten / und
Rechts=Gelehrte zugegeben. Dieſer Statthalter
hat groſſen Gewalt von dem König / dann er mag
Kriege führen / und Friede in dem Land machen/
wanns ihme beliebet. Er beſtellet auch die hohen
Aemter / etliche wenige außgenommen / perdonirt
die Verbrecher/ auſſerhalb deß Laſters der verletzten
Majeſtät / pfleget Ritter zu ſchlagen / und derglei=
chen.

Wann ein Vice-Roy dem Volck und Stän=
den vorgeſtellet werden ſolle/ ſo verlieſet man erſt=
lich die Königliche Brieffe / darnach/ wann Er den
Eyd geleiſtet / wird ihm ein Schwerdt in die Hand
gegeben/ Er auf einen Stul geſetzet/ in Beyſeyn deß
Cantzlers/ der hohen Räthe/deß Herolden und an=
derer groſſen Officier. In dem hohen Rath ſind
dieſes die Beyſitzer/der Cantzler/der Threſorier/die
Biſchöffe / Grafen und Richter deß Geheimen
Raths/dann es hat faſt gleiche Stände in Jrꝛland/
wie in Engelland.

Es ſeyn aber/ wie ſchon erinnert / zweyerley
Jrꝛländer/im Leben undSitten ſehr unterſchieden/
dann die Barbariſchen gegen Mitternacht / achten
auf keine Geſetze/werden insgemein wilde Jrriſche
genannt: Die Mittägigen aber werden Engliſch=
Jrriſche geheiſſen / und ihr Land the Engliſch Pale

genennet/reden auch gut Englisch/wiewohl sie doch ihre Irrische Sprache verstehen.

Es gibt auch in Irrland gewisse Lands=Her= ren/ oder vielmehr kleine Tyrannen/ die ihre Unter= thanen haben/stehen den Engelländern nicht zu Ge= horsam / als so fern sie durch Englische Soldaten bezwungen werden / diese setzen vor ihren Nahmen den Buchstaben O / oder die Sylbe Mac , als / O- Meal , und Mac-Ponel , diese mißbrauchen sich ihres Gewalts/ handeln nach ihrem Muthwillen mit den Unterthanen / und nehmen ihnen ihre Güter / ver= lassen sich auf ihre Soldaten oder Rauber / die sie um sich haben.

Sie haben auch ihre gewisse Gerichte / und werden ihre Richter auf Irrisch Brechon genennet; Diese ob sie wohl Ungelehrt/ sprechen sie doch Recht zu gewissen Tagen. Die Beklagten alle laugnen solang/ biß sie überzeugt werden/ wann auch einer schon im Strassen=Raub ergriffen worden ist/ wird er anderst nicht condemnirt/als zur Wieder=Erstat= tung.

Diese kleine Tyrannen achten nichts auf die erbliche Succession , sondern es nimmt etwa einer vom Adel ihme selbst so viel Hertzens und Gewalts/ daß er ihm einen Anhang machet/deß Verstorbenen Kinder und Freunde vertreibet / und sich selbst zum Lehen=Herrn machet. Darauf führet man ihn auf einen Berg / setzet ihn in einen steinern Stuhl/ und zeiget ihn dem Volck / sie haben auch noch ein Gesetze/das sie Thanistri nennen/dardurch dem Ver= storbenen ein Successor benennet wird / die andern grosse Herren oder Edlen in Irrland/bequemen sich nach den Englischen Rechten und Statuten.

Die

Die Stände in Jrland können mehr thun /
als das übrige gantze Volck / die kommen nach deß
Vice-Königs Belieben zusammen / wiewol König
Eduard ein Gesetz gemacht / daß man alle Jahr zusammen kommen solte. Es hat auch sonst noch andere Gerichte / gleich denen in Engelland / sonderlich
fünffe / nemlich die Stern-Kammer / die Cantzley / die
Königl. Banck / die gemeine Banck / und die Straff-
Kammer. In jeglicher Grafschafft seyn gewisse
Fried-Richter / die Ruhe und Einigkeit im Lande erhalten. In jedem Gericht ist ein Königl. Fiscal, Pro-
curator, und Sollicitant. In weitentlegenen Provintzen Jrlands hat es sonderbare Gubernatores, als in
Connacht einen Commissarium, in Momonia einen
Præsidenten / samt ihren Beysitzern / vom Adel und
Rechts-Gelehrten. Vor Zeiten hat das Parlement
in Jrland sich gleicher Rechten und Satzungen gebrauchet / mit dem in Engelland / biß auf Henricum
VII. in dessen zehendem Jahr die Jrländer sonderbare Gesetze und Freyheiten für ihr Parlement empfangen / und sich bißhero derselbigen absonderlich
gebrauchet haben. Uber bißher Erzehltes ist in Jrland auch ein Marschall / dem die Kriegs-Sachen
obligen / auch solle er gute Disciplin unter den Soldaten halten / und die Verbrecher straffen. Ein solcher Marschall hat grossen Gewalt von dem König /
verfähret auch sehr Ernsthafft / wider die Ubertret-
ter / und das in Krafft deß Brieffs / den er darüber
vom König hat / der mit dem grossen Jnsiegel deß
Königreichs Jrland bekräfftigt ist.

Betreffend die Abtheilung deß Königreichs
Jrland / darvon habe ich oben erwehnet / daß es in
5. Theile abgetheilet werde / selbige heissen: 1. Ultonia,

nia,oder Ulster/2.Connachtria,oder Connaght/3.Mi-
dia, oder Methe, 4.Lagenia, oder Leinster/ 5. Momonia, oder Mounster. So es meinem Herrn beliebt/
fragte der höfliche Irre/wil ich von einem Jeden or-
dentliche/ doch aber kurtze Nachricht geben?

Siegfried ware dessen gar wol zufrieden/ bedanckte sich deß Anerbietens/ weil es aber für heute
ziemlich spat ware/verschoben sie solches/biß auf den
morgenden Tag/ ergötzten sich aber die noch übrige
Zeit mit einem Trunck Englischen Secks/und andern
lustigen Discursen.

## Das XIV. Capitul/
Fernere Special-Beschreibung Irrlands/nach seiner
Ab- und Eintheilung/ in gewisse Provintzen/ Land- und
Grafschafften/ was für Städte/ Vestungen/ See-Hä-
ven/ &c. sich darinnen befinden.

ALs der wackere Irre deß andern Tages bey
Siegfried sich wieder eingefunden/und Beyderseits deß gestrigen Versprechens sich er-
innert/ wolte der Irre seine Schuldigkeit mit folgender fernerer Special-Beschreibung deß Königreichs Irrland abstatten:

IRrlands erster Theil/oder Provintz/ist Ultonia,
oder Ulster/ sonst auch Vlidia, oder Irrländisch
Cui Guilly, das ist/ das Land Guilly, Britannisch
Ultw genennet/ liget jenseit deß Flusses Boyne, bey
Midian, der Grafschafft Langford,um den Außgang
deß Flusses Bavy, nach Mitternacht hin.   Ist ein
grosses Land/ hat sehr viel Teiche und See/ ungeheure Wälder/ und ist an manchem Ort ziemlich
fruchtbar/ am andern aber sehr mager/ und schlechter Wachsthum befindlich/ wo man aber hinsiehet/
da ist alles schon grün/ lieblich/ und voller Viehe:

Hat

Hat 10. Graffchafften / nemlich: Donnegall, Tir-
Oen, Colran, Antrim, Dowen, Armagh, Lauth, Monagham, Cavon, Fermanagh.

Die Erste/Donnegall, oder Tyrconell, ist meistentheils eben und Feld-reich/wird von Abend mit dem
Meer bespühlet/von Morgen ist der Fluß Liffer. Allhier ist S. Patricii Loch/oder Purgatorium, die Fegfeur-
Insul/ so sie St. Patricks Purgatori nennen/ nemlich
an dem Ort/ wo der Fluß Liffer, nahend seinem Ur-
sprung/ in einen See sich mit außgebreiteten Wassern begibt/in welchem eine Insul/und in solcher bey
einem Klösterlein eine enge Grufft ist/allda man allerley Gespenster und Gesichter sehen solle/wie man
dann vorgibt/ auch etliche glauben / daß S. Patricius,
der Irzländer Apostel / oder ein anderer Abt dieses
Namens/durch sein eyferiges Gebett/von GOTT
erlanget habe/daß daselbst die Irzländer/die Straffen und Pein/ so die Gottlosen nach diesem Leben
außzustehen/vor Augen sehen/und hierdurch von ihren Sünden und Heydnischem Irzthum bekehret
werden möchten. Es solle noch ein anderer Ort
allhier seyn/Purgatorium Brendani genannt/welches
aber heutiges Tages kein Mensch finden kan; Die
uralte Einwohner dieser Graffschafft / und deß gantzen Irzlandes / wurden Scoten genennet.

Die zweyte in Ultonia oder Ulster gelegene
Graffschafft ist Tir-Oen, oder Eugenii Erde/ist gantz
Mittelländisch. Allhier ist das Land fruchtbar/sehr
groß und weitläufftig/zumahlen es sich in die Länge
auf 60. und in die Breite auf 30. Meilen erstre-
cket. Es gibt viel Lust-Wälder/ und immer grüne
Wiesen/fruchtbare Felder/ Fisch-reiche See/ ziemlich viel Flüsse/ die das Land nutzlich bewässern/ daß

O 5

man

man mit Recht sagen solte / die Einwohner seyen
dieses Edle Land zu bewohnen nicht werth. Das
Castell Straban, und noch andere Geringere / seyn
nichts anders / als hohe Thürne / an Statt der Fen-
stern / mit engen Löchern versehen. Es gibt ingleichem
viel weite mit Hecken und Gräben versehene Plätze /
worinnen die Einwohner ihre Güther vor den Räubern verwahren.

Die dritte in Ulster gelegene Grafschafft ist Colran, wird von der fürnehmsten Stadt allda also genennet / in dem Fluß Ban dieser Grafschafft werden die herrlichst- und delicatesten Salmen gefangen / dann in gantz Europa solle kein dergleichen kla-
rer Fluß anzutreffen seyn. Die Scoten / welche in
dieser Grafschafft wohnen / leben in äusserster Armuth / machen alles unsicher / und rauben hinweg /
was sie bekomen können / deßwegen hoch verbotten /
keine solche Gesellen allda zu hegen / noch an das
Land kommen zu lassen / sondern abzutreiben / so gut
man kan / allen Raubereyen dardurch vorzukomen.

Die Vierdte ist Antrim, hat ebenfalls den Namen von ihrer Stadt / die aber so schlecht und elend /
daß sie nicht wol elender seyn könte. Knok-fergus,
oder wie es die Irzländer heissen / Caric-fergus, das
ist / Fergusii Klippe / hat den Namen von dem berühmten Fergusio, welcher das erste mahl die Schotten auß Irzland in Engelland geführet / und allda
ertruncken. Es hat einen bequemen Haven / und ein
auf einen hohen Berg gebauetes Castell, worinnen
Besatzung liget. Diese gantze Landschafft hat vor
Zeiten den Bissetern / als Schottischen Edelleuthen /
gehöret: Heutiges Tages haben die Einwohner sich
dem Königreich Engelland unterworffen / und versprochen /

sprochen/ keinen andern / als den König von Engel=
land/ für ihren Herzn zu erkennen / dannenhero sie
eine gewisse Anzahl Ochsen und Habichte dem Kö=
nigreich Engelland zur Huldigungs=Bestättigung
überschicket.

Die Fünffte ist Dowe, hat einen fruchtbaren
Boden/darinn liget die Stadt Bagnall,item,dieBi=
schoffliche Stadt Dunum, oder Down, allwo der
H. Patritius,Brigitta und Columba sollen begraben li=
gen/ auf deren Grab dieses Epitaphium stehet :

Hi tres in Duno tumulo tumulantur in uno,

Brigida, Patricius, atque Columba pius.

Am Meer liget Arglas, und der sichere Meer=
Haven Srrangford, oder Strandford. Die Halb=
Insul Ardes hat auch einen fetten Boden/ am Ufer
findet man hier und dar kleine Bächlein.

Die sechste Ulsterische Graffschafft ist Armagh,
hat einen sehr fruchtbaren Boden / viel Gepüsche
und Pfützen/ und die Vestung Mont-Norris. Die
Haupt= und fürnehmste Stadt ist Amach, oder Ar-
mach,heutiges Tages aber schlecht erbauet/der Ertz=
Bischoff allda ist Primas in gantz Jrzland.Heutiges
Tages wird Londonderry, so sich erst neulich durch
eine harte Belagerung/und tapffer gethane Gegen=
wöhr/berühmt gemacht/für die beste Stadt gehaltē.

Die Siebende ist Louth, vor Zeiten Luva und
Luda genannt/ hat einen Graß=reichen Boden/ der
also geschlacht/daß die Einwohner über Mißwachs
sich zu beschweren durchauß keine Ursach haben.
Bey dem Außfluß oder Ostio deß Flusses Boyne, ist
die Volck=reiche Stadt Dredach befindlich/wird von
den Jrzländern Drogheda, von andern Drodagh ge=
nennet.Diese Stadt hat schöne Gerechtigkeiten und
Freyhei=

Freyheiten/unter andern auch/Müntze zu schlagen.
In Londen ist ein Sprüchwort/daß man sagt/Wex-
fort ist im Werden/Dublin ist es/und Dredagh wird
es seyn. In dieser Grafschafft ligen auch die Städte
Ardeth und Dundalck , so einen bequemen Meer-
Haven hat/ wird heutiges Tages noch für vest ge-
halten.     Zu Callingford ist ein trefflich bequemer
See-Haven für die Schiffe befindlich.

Die Achte/Monagham,hat viel Hügel und Wäl-
der/und sonst keine Städte/als Monagham,worvon
die Grafschafft den Namen führet.

Die neundte in Ultonia ligende Grafschafft ist
Cavon, es seynd allhier keine Städte / sondern man
wohnet nur in kleinen Castellen / allhier ist gar ein
schlechtes Bistum / der Bischoff hat seinen Sitz zu
Kilmore. Hier ist nicht vorbey zu gehen/daß vor Zeiten die Bischöffe von dreyen Kühen ihren gantzen
Lebens-Unterhalt ihnen gar verschaffen müssen.

Die zehende Ulsterische Grafschafft heisset Fermanagh , ist fast nichts / als Pfützen und Wälder/
darinnen zu finden. Mitten in der Provintz liget der
See Erne,allenthalben mit Gepüsche umgeben/dar-
innen gibt es unzehlich viel Fische/daß den Fischern
von der Menge derselben offt die Netze zerreissen.
Nahe darbey liget die Vestung Iniskilling.    Die
Einwohner geben vor / es seye vor Zeiten allhier ein
fruchtbares Land gewesen/ so aber/ wegen abscheulicher begangener Sodomiterey/von GOTT über-
schwemmet / und also zu einem See worden.

Der zweyte Theil deß Königreichs Irrland ist
Connachtia , oder Connacht , gräntzet von Mitternacht mit Ultonia, von Morgen mit Lagenien / von
Abend hat sie das Meer / und von Mittag Momonia. Be-

mia. Begreifft im Umcräyß 400000. Schritte. Die
Lufft ist nicht zum reinesten / hat viel dicke und unge-
sunde Nebel/und ist gefährlich da zu wohnen. Das
Land ist groß/ und hat unzehlich viel See und Wey-
her / auch ungeheure Wälder / doch gibt es auch an
etlichen Orten gute Vieh-Wäyde. Wann die Einwohner nicht zu faul wären/ so könte man hier guter
Früchten geniessen. Diese Provintz begreifft in sich
7. Grafschafften / nemlich: Slego, Majo, Gallway,
Clare, Roscoman, Letrim und Longford.

Die erste in Connacht ligende Grafschafft ist
Slego, zur Viehe-Zucht auß der Massen dienlich.
The Bay of Slego ist ein guter Haven / und der vor-
nehmste Ort der gantzen Grafschafft.

Die zweyte Grafschafft ist Majo, eine liebliche
und fruchtbare Landschafft/ darinn sich viel Habich-
te/Gemsen/ Rehe/ und ander zahm Viehe/enthält/
auch viel Honig gefunden wird / hat den Namen
von dem Bischöfflichen Städtlein Majo, der Bischöffliche Sitz ist in der Haupt-Stadt Toamen. In
dieser Landschafft liget der See Logh-Mesch,der sehr
groß und Fisch-reich ist. In den beyden allhier befindlichen Insuln sind zwo gute Vestungen.

Die dritte Grafschafft ist Gallway ,allda ist die
Fruchtbarkeit so herrlich/daß der faule Bauer einen
Weg als den andern gnugsame Lebens-Mittel hat.
Die Meer-Seite von Abend wird mit lauter grünen Insuln umschlossen / hat auch / zu deß Landes
Bedeckung/ viel Felsen/ worvon es beschützet wird/
von diesen Insuln geben die Einwohner vor / daß
kein Mensch auf denselben sterbe/noch dem Tod unterworffen seye. Sie haben noch einen Aberglauben/
indem sie nicht leyden/ daß man in der Tauffe ihren
Knäb-

Knäblein den rechten Arm mit Tauff-Wasser bene-
tze/ weil sie darfür halten/ solche Kinder sterben zeit-
lich/ oder werden tödtlich verwundet/ oder kommen
sonst elendiglich um ihr Leben. Mitten in der Grafschafft ist der See Corbes, hat in der Länge ungefähr
20000. und in der Breite 4000. Schritte. Er ist deßwegen sehens-würdig/ weil in ihm über 300. Insuln
seyn sollen / welche alle Graßreich sind / auf etlichen
auch gute Bäume wachsen. Die schöne Stadt Gal-
liva, Gallway, ist Thurn-förmig aufgeführet/ hat ihren Bischoff/ und floriret die Handelschafft wol all-
da/ sie hat einen außerlesenen Haven/ wo die Schiffe trefflich wol und sicher ligen können.

Die Vierdte ist Clare, vor Zeiten Tiremond geheissen / ist fast allenthalben eine Halb-Insul / zu
Land kan man nicht füglich zu ihr kommen/ als durch
die Landschafft Clan-Ricard. An Fruchtbarkeit wäre
in dieser Landschafft kein Mangel / wann die Einwohner nur den geringsten Fleiß anwenden möch-
ten/ Clare ist die Haupt-Stadt/ so der gantzen Grafschafft dero Namen mittheilet. Kilfennerag und Kil-
laloë seyn Bischöffliche Sitze.

Die fünffte in Connachtia ligende Grafschafft
ist Roscoman, hat keinen grossen Umfang/ doch ziemlich lang. Alle Aecker sind flach und eben/ und siehet
man hin und wieder die schönsten Wiesen/ und viel
Vieh-Heerden auf der Wäyde gehen/ der übrige
Theil ist so fruchtbar/ daß die Einwohner gar wenig
Mühe haben dürffen/ weil fast alles gleichsam von
sich selbsten wächset. Der Bischöffliche Sitz heisset
Elphen / Athlone ist auch eine freye Hertzschafft/ hat
ein Castell und gute Besatzung darinn. Die Haupt-
Stadt Roscoman hat auch ein vestes Castell.

Die

Die Sechste ist Letrim, hat ihren Namen von der Haupt-Stadt daselbst/der gantze Land-Strich ist voller lieblicher Graß-reicher Berge. Man siehet allda so viel Viehe auf der Wäyde hin und wieder umgehen/daß man sich billich verwundert/wie ein so kleines Land über 120000. Stücke Viehes erhalten kan. Hier entspringet der Fluß Sineus, oder Shannon, welcher der Fürnehmste unter allen Irrländischen Flüssen ist/und mit seinem krummen Lauff sehr viel Landschafften durchwandert.

Die Siebende ist Longford, in dieser machet der Fluß Shannon hin und wieder unterschiedliche See. Limmerick ist eine treffliche Handels-Stadt/ hat schöne Häuser/ und liget auß der Massen bequem/ der Haven dienet denen ankommenden Schiffen zu einem sichern Aufenthält.

Der dritte Theil deß Königreichs Irrland ist Midia, welchen die Einwohner Myh, und die Engelländer Methe nennen/ weilen er Mitten in Irrland sich findet. Der Erdboden bringet gut Geträyde hervor/ Viehe/ und Wäyde für dasselbige/ ist allda in Menge. An Fischen/ Fleisch/ Butter/ Käse und Milch ist alles überflüssig/wo man hin siehet/siehet man die schönste Lust/ die Lufft ist annehmlich und gesund/ die gantze Revier wird mit Wäldern umgeben/ das Land ist Volck-reich/ und hat unterschiedliche veste Castelle, theils nennen es die Kammer von Irrland. Dieser Theil ist in 2. Theile oder Grafschafften abgetheilet / nemlich in das eigentliche Midian, und dann West-Midien/ oder West-Meth.

Das eigentliche Midien wird wieder in 18. Baronien/ oder freye Herrschafften/ abgetheilet/der berühmte Fluß Boyn fliesset durch diesen Land-Strich/
an sol-

an ſolchem liget Galtrim, das Caſtell Killin, ingleichem Dunſany, auf der andern Seiten deß Fluſſes Trimletſtoun, Cormanſtuw, Slane, Trira, Navan, wo der Biſchoff wohnet / ob er gleich allhier keine Biſchöffliche Kirche beſitzet.    Endlich begibt ſich dieſer Boyne-Fluß mit groſſem Gewäſſer/ nahe bey Drogheda, völlig in das Meer.

Die andere Grafſchafft in Midien gibt an Glückſelig- und Fruchtbarkeit deß Erdbodens/ auch Anzahl der Einwohner/keiner andern Provintz das Geringſte nach. Der Haupt-Ort iſt Molingar, die Landſchafft wird in 12. Baronien getheilet/ die Einwohner bleiben bey ihrer Mutter-Sprach ſo ſteiff und veſt/ alſo/ daß etliche ohne Scheu vorgeben/ſie mögen die Engliſche Sprache nicht lernen/ auß Forcht / ſie dörfften ihre Mäuler ſo ſehr aufzerren/ daß ſie dieſelben dardurch gantz unförmlich machten.

Der vierdte Theil deß Königreichs Irrland iſt Lagenia, oder Leinſter/ iſt der Form nach dreyeckicht/ und hat im Umcräyß in die 70000. Schritte.    Der Himmel iſt günſtig und gelind/und thut weder Hitze noch Kälte einigen Schaden / allenthalben ſiehet man fruchtbares Erdreich.    Allerhand Getrǎyde wächſet trefflich ſchön. Fleiſch/Fiſche/und allerhand zum Eſſen dienliche Sachen / Butter / Milch / Käſe/&c. kan man in groſſer Menge bekommen. Wann die Einwohner das Land zu bauen Fleiß anwenden wolten / ſo wurde alles noch hǎuffiger da/und beſſer beſtellet ſeyn. Das Land wird mit bequemen Flüſſen bewäſſert/ und hat ſchöne nutzliche Wälder/ welche doch in der Dublinenſiſchen Grafſchafft nicht gefunden werden/ da man ſich / an Statt deß Brenn-Holtzes/der Stein-Kohlen auß Engelland bedienen muß.

muß. In dieser Provintz fallen die beste Pferde / welche vor andern in hohem Werth sind. Allhier werden
hin und wieder viel schöne und reiche Städte gefunden / ingleichem der Klöster und Abteyen nicht wenig.

Lagenia begreifft in sich folgende Grafschafften:
Dublin, Kildar, der Königin / deß Königs Grafschafft /
Caterlogh, Weißford und Kilkenny.

Die erste Grafschafft Lageniens ist Dublin, das
Erdreich allda bringet viel Graß / allerhand Vieh
und Vögel enthalten sich da / deßwegen man sich mit
dem Vogel-Fang und Jagd-Lust allda trefflich er-
götzen kan.    Diese Landschafft hat viel Städte und
Einwohner / und ist denen andern Irrländischen
Provinzen weit vorzuziehen.    Wird ins gemein in
5. Baronien abgetheilet.    Der vornehmste Ort dieser
Landschafft ist Dublin, so eine herrliche Handels-
Stadt / Volck-reich / prächtig erbauet / vest / mit einem
Castell verwahret / und mit 15. Kirchen gezieret / liget
lustig / und hat einen gesunden Lufft. In Summa, es
mangelt nichts / was man in einer wol-bestelleten
Stadt vonnöthen hat / als daß der Port / oder Meer-
Haven / mit Sand von dem Meer also angeschüttet
wird / daß man mit grossen Schiffen nicht anders /
als bey desselben Anlauff / darein fahren kan.

Gegen Mittag hat sie Berge / von Abend Felder / vom Morgen das Meer / und von Mitternacht
den Fluß Liffium, so da ins Meer fällt / und eine sichere Schiffstellung machet. Die Stadt hat 6. Thore /
und vor Jedem eine lange Vorstadt. Das Königl.
Schloß / oder Castell, ist mit Gräben / Thürnen und
einem Zeug-Hauß wol versehen.

Es wird sonsten diese Stadt von Engelländern
bewohnet / und hat allhier der Pro-Rex, oder Vice-

König/seine Ordinari-Hofhaltung/ allda wird auch
das Königl. Ober= oder Kammer=Gericht/ oder Parlement,gehalten/und die Reichs=Versammlung an=
gestellet.　Die Ertz=Bischöffliche Kirche zu S. Patri-
cio, ist ein trefflich schönes Gebäu/ mit einem hohen
Thurn.　Es hat allhier eine hohe Schul/das Colle-
gium wird zur Heil. Dreyfaltigkeit genannt/ist sehr
schön erbauet. Das Rathhauß ist von Quater-Stü-
cken. A.1642.haben sich in 15000.Rebellen da herum gelagert/ und auf 15. Land=Meilen allda alles
mit Plündern und Brennen verderbet. Dazumahlen seyn die Dubliner mit 2000.Mann der Ihrigen
auf 6000.Rebellen außgefallen/ sie in die Flucht ge-
schlagen/ 300.erleget/ der Ihrigen aber nur 4. samt
einem Capitain,verlohren.Zween Raths=Herren/so
mit denen Rebellen correspondirt/haben sie aufhencken lassen/unangesehen deren Jeder 15000.Pfund
für sein Leben gebotten.　Was unlangsten in dieser
Stadt vorgangen/ und wie sie in König Wilhelms
Gewalt kommen/ ist dem Herrn selbsten besser be=
wust/ als ich ihme wurde sagen können.

　　Die zweyte Grafschafft Lageniens heisset Kil-
dar, hat Frucht=reiche Aecker und treffliche Vieh=
Wäyde. Die Haupt=Stadt darinn ist Kildar,so ein
Bischofflicher Sitz.

　　Die dritte und vierdte Grafschafften seyn der
Königin und deß Königs/ die Erste ist ein waldiges
und sumpfflichtes Ländlein / Lease genannt / Mory-
bourgh ist die fürnehmste Stadt darinn.　Deß Königs ist vor Zeiten Ossalia genennet worden/die fürnehmste Stadt ist Philips=Thowne.

　　Die fünffte Grafschafft ist Caterlogh,hat einen
fruchtbaren Boden/ sehr viel Wälder und Gepü-

sche/

sche / 2. berühmte Städte seyn darinn / Caterlogh,
woher die Provintz den Namen / und Lechlinia, so
ein Bischofflicher Sitz/und eine stattliche Besatzung.

Die sechste Grafschafft ist Weißford, wird auch
Wexford genennet / gegen Morgen liget das Castell
Duncanon, die äusserste Stadt ist Banna. Weiß=oder
Wexford ist die Haupt=Stadt deß Landes/ viel En=
gelländer wohnen allda / Tracht und Sprach ist
Englisch. Die Stadt Enoscort, und der Bischoff=
liche Sitz Fernes, gehören auch hieher.

Die siebende Grafschafft Lageniens ist Kilkenny,
diese hat schöne außerlesene Städte und Castelle,
wie auch eine treffliche Fruchtbarkeit an allen Din=
gen. Kilkenny ist eine schöne Stadt/ wol bewohnet/
und das Haupt der Grafschafft/in der Stadt woh=
nen Engelländer / in den Vorstädten aber die Irr=
länder.

Der fünffte Theil deß Königreichs Irrland
heisset Momonia, hat im Umcräyß 540000. Schrit=
te/ist viereckicht/hat eine gesunde und heilsame Lufft/
ist theils Bergicht und höckericht/ theils mit schönen
Thälern / schönsten Wiesen und fruchtbarsten Fel=
dern versehen. Wird in den Abendlichen und Mit=
tägigen Theil getheilet. Getrayd/Wolle und Fische
seyn allda häuffig zu bekommen. Nirgends gibt es
so reichen Häring=Fang/ als bey dem Vorgebürge
Eaugh, so werden auch viel Stock=Fische hier gefan=
gen/die Haupt=Stadt ist Limirick, oder Loumeagh,
Momonien hat 6. Grafschafften / Tipperary, Limi=
rick, Kerry, Desmond, County, oder Corck, Waterford.

Die erste Grafschafft Momoniens ist Tipperary,
der Mittägige Theil darvon hat einen grossen Ge=
trayd=Wachs/ ist deßwegen auch Volck=reicher/als

    anders

anders wo. In dem Theil gegen Abend ist die Bischöffliche Stadt Emely,oder Awn. Im Kloster deß
Heil. Creutzes wird ein Stücklein von dem Creutz
Christi aufbehalten / hat viel stattliche Freyheiten/
welche dem H.Creutz zu Ehren sind ertheilet worden. Cassilien ist eine Ertz-Bischoffliche Stadt.
Klommel ist eine berühmte Handels-Stadt/ und
darbey sehr vest/ der Nordische Theil/ Ormond ge-
nennet/ ist unfruchtbar/ und mit vielen kahlen Bergen versehen.

Die zweyte Grafschafft ist Limirick, eine fruchtbare Provintz/ das Abendliche Theil wird Conilagh
genennet.Die fürnehmste Stadt dieser Grafschafft
ist Limirick, an dem Fluß Sineo, hat einen Bischoff-
lichen Sitz/ und führet den Namen einer Handels-
Stadt in gantz Momonien / hat ein feines Castell.
Clan William ist auch eine feine/und Kill-Mallo nach
Limirick die fürnehmste Statt / sehr Volck-reich/
darinn liget auch das wolbevestigte Städtlein Ada-
re, item Klan-Gibban.

Die dritte Grafschafft ist Kerry , ist an vielen
Orten unwegsam/voller Wäyde und Gebürge. In
dieser liget die Stadt Ardart, deß Ardefardensischen
Bischoffs Sitz/ der nicht viel zum Besten hat. Zu
äusserst deß Vorgebürges liget der Hafen Dinglo,
in welchem die Schiffe sicher stehen.

Die Vierdte ist Desmond, so durchauß ein un-
geschlachter und steinichter Land-Strich.

Die Fünffte ist County of Corck,ware vor Alters ein Königreich. Im Mittelländischen Theil ist
die Wald-reiche Landschafft Muschkeray und Car-
bray, nicht weit vom Meer. Am Ufer deß Meers erscheinet zum Ersten die Schiff-Lände Roß / nicht
weit

weit von dannen / kommt der außerlesene bequeme
Schiff-Port Kinsale, welcher zwar alt / aber mit guten Mauren versehen. Die Bischoffliche Stadt ist
Corkach, oder Korcke, wird mit dem Fluß Sauran
umgeben / man kan anders nicht / als auf Brücken /
zu ihr kommen / hat eine einige / lange und weite
Gasse / die Queer-Gäßlein aber sind gar gering. Allhier floriret die Handelschafft vortrefflich.

Die sechste und letzte Grafschafft Momoniens
ist Waterford, eine fruchtbare und anmuthige Landschafft / der Bischoffliche Sitz heisset Lismor, selbiger
hat keine Einkünffte / sondern die Bischoffliche
Würde ist der Stadt Waterford zugeeignet. Dun-
garvom ist ein vestes Castell, mit einem bequemen
Haven.    Die fürnehmste Stadt ist Waterford, am
Ufer deß Flusses Suiri.    Und obschon diese Provintz
und Stadt zuletzt gesetzt wird / ist sie doch deßwegen /
der Würde nach / mit nichten die Letzte. Der Haven
ist zur Handelschafft trefflich bequem. Die Einwohner haben gegen das Königreich Engelland sich jederzeit getreu und gehorsam erwiesen / deßwegen die
Könige ihr auch viel Freyheiten ertheilet / die Lufft
zwar ist nicht gar zu gesund / auch das Erdreich nicht
gar geschlacht.

Hiermit beschlosse diß mahl der Irre seine Ir-
ländische Beschreibung / gegen welchem Siegfried
sich Danck-verbunden zu seyn erkennete / und mit
dieser Nachricht wol zufrieden ware. Denn / was
die jetzt-mahlige Kriegs-Händel betraffe / so waren
ihme solche selbsten zum Besten bekandt / weil er bey
vielen Actionen in Augen-Zeuge mit gewesen / das
übrige aber schon von andern / und auß denen gemeinen Advisen / erlernet hatte.

P 3                        Das

## Das XV. Capitul/

Serena vergaffet sich an Emedund/und gibt ihme solches unterschiedlich zu erkennen/ seine Antläger erschei-
nen/ und wiederholen ihre Klage/ artige Händel lauffen
dabey für/ werden aber abgewiesen/ und Emedund deß
Arrests entlassen. Serena vertieffet sich je mehr und
mehr. Emedund aber ist damit übel zufrieden.

STilpo/ neben seiner Gemahlin und Emedund/ hatten etlich mahl ihr Gelächter ob der Fischer-Dir-
nen tragenden unbesunnenen Liebe/ Serena (Das
ware der Nahme deß Stilpo Ehe-Liebsten/) sagte
einsmahls; Sie könne der armen Tröpffin nicht
verüblen/ daß sie sich so starck in Herrn Emedund
verliebet: Fürwahr/ sagte sie/ ihre Augen müssen ihr
nicht mit Butter eingesetzet seyn/ indem sie wohl er-
kennet/ was Liebens-würdig ist/ und gewißlich/ es
wurde sich noch manche vornehme Dame glückseelig
preisen/ dahin zu kommen Hoffnung zu haben/ was
diese Bauren-Prötzin schon fast würcklich zu besitzen
sich eingebildet. Emedund erröthete über dieser Re-
de/ und bate/ mit unverdientem Lobe seiner zu ver-
schonen/ er wünschete also beschaffen zu seyn/ daß er
dergleichen Lob fähig wäre/ erkennete gar wohl seine
Schwachheit/ und wünschete/ daß er nach seinem
geringen Vermögen/ das ihme ertheilte Lob mit einiger Dienst-Erweisung verdienen könnte.

Serena/ deren diese Reden über die Massen lieb
waren/ sintemahl sie selbige gantz auf einen andern
Sinn/ als sie von Emedund gemeynet gewesen/ auß-
legte/ liesse es für dißmahl dabey bewenden/ darfür
haltend/ Emedund hätte auß ihren geführten Reden/
ihre darunter verborgene Meynung wargenommen/
und deßwegen seine Antwort also eingerichtet; Sie

besanne

besanne sich auf allerley Manieren / wie sie ihne besser außholen / auch mehrere Wissenschafft von seiner Person bekommen möchte.

Deß folgenden Tags mußte Stilpo nothwendiger Geschäfften halben außreiten / deßwegen befahle er der Serena, den arrestirten Fremdling wol verpflegen zu lassen / dabey aber gute Obsicht zu haben / damit er nicht entwischete / weilen es leichtlich ihme zu einigem Nachtheil gereichen könnte. Er hätte aber nicht vonnöthen gehabt / der Serena solches so ernstlich einzubinden / sintemahl sie von sich selbsten sorgfältig genug ware / ihne in genauer Obsicht zu halten. Bey der Mittag-Mahlzeit / die sie miteinander zugleich genossen / gabe es unterschiedliche Blicke. Emedund seines Theils ware in Sorg und Bekümmernuß / so ihme das Hertz quälete / und dann und wann einen ziemlichen Seufftzer verursachete; Wann er dann die Serena ansahe / und etwan auch einen heimlichen Seufftzer verspüren liesse / gedachte sie nicht anders / als solche geschehen um ihret willen / welches ihr auch gantz nicht zuwider ware / dann je mehr sie Emedund ansahe / je mehr dessen vortrefflich schöne Gestalt ihr das Hertz entflammete / daß sie / um mit seinem Hertzen recht zu correspondiren / auch einen und den andern Seufftzer heimlich fahren liesse / um Emedund dardurch ihr Anliegen zu verstehen zu geben / der aber weder diese heimliche Hertzens-Sprache / noch auch ihre verstohlne Blicke verstehen noch warnehmen wolte / welches ihre Begierde noch mehr anflammete / daß sie ihn endlich fragte / woher ihme diese an ihm wol wargenommene Traurigkeit / und daher entspringende stille Seufftzen kämen / und wer derselben Ursach seye?

seye? Welches von Emedund solcher Gestalt beant-
wortet wurde/worauß Serena nichts gewisses schliessen kunte/ dannenhero sie mit Fragen ferner anhiel-
te/ ob ihme dann der Arrest, womit er beleget/so hoch
anliege und Bekümmernuß mache/ da er doch hoffentlich über übles Tractament sich nicht werde beschweren können/ man auch beflissen seyn wurde/ih-
ne also zu halten/daß er keine Ursach sich zu beklagen
haben werde/ sintemahlen er zu befehlen habe.

Emedund bedanckte sich gar schön / mit Versi-
cherung/daß seineGemüths-Unruhe gantz einen andern Ursprung habe / als diesen so ehrlichen Arrest,
welchen er sich für eine Glückseeligkeit schätze / und
wann nicht andere Angelegenheiten ihne anderswo
erforderten/sich nimmermehr eines solchen annehm-
lichen Arrests zu entschlagen begehrte.

Dieses ware nicht übel nach Serena Willen ge-
redet/deßwegen fragte sie ihne ferner/was ihme dann
seinen Arrest annehmlich mache? und was für Angelegenheiten ( so sie anders davon Nachricht haben
dörffte/)ihn anders wohin erforderten?ob keinMit-
tel vorhanden/demselbigen Rath zu schaffen? Welche dreyfache Frage Emedund dahin beantwortete:
Auf das Erste/daß er vonStilpo und ihr bereits so viel
Freund-und Höflichkeit genossen / die er nimmermehr verdienet/auch nicht erwiedern könne/sondern
jederzeit Schuldner verbleiben werde / so seye ihme
biß daher ihre und ihres Gemahls Stilpo Conversation, so annehmlich gewesen / als er dieser Orthen
immer hätte wünschen können.  Seine Angelegenheiten betreffend/ seyen solche dermahlen so beschaf-
fen/daß/wann er dieselbige gleich nach allen ihren
Umständen eröffnen wolte/so wurde solches ihr und
ihm

ihme selbsten auch/ nur verdrießlich fallen/ bevorab/
weil in solcher weiten Entlegenheit er kein Mittel
absehen könnte / wie der Sache zu rathen noch zu
helffen wäre/ wurde demnach sie Serena seinethalben
besorget und bemühet zu seyn sich keine Unruhe machen / er erkenne ihre Sorgfalt und gute Neigung
mit höchst-schuldigstem Danck. Wobey sie es auch
mußte bewenden lassen / weil sie wol sahe / daß er
ausser dem / was er schon wegen seiner Räyse/ und
erlittenen Schiffbruchs / erzehlet ; ein mehrers
schwerlich an Tag geben würde.

Gegen den Abend besuchte ihn Serena in seinem
Zimmer/ zu fragen / ob ihme an einiger Nothdurfft
was abgienge/ so solte es verschaffet werden. Emedund bedanckte sich der abermahligen Höflichkeit/
die man ihme als einem Arrestirten erwiese. Darauf
Serena sagte / es erfordere es nicht nur die Höflich-
sondern die Billigkeit selbsten / daß ein Arrestirter
dem andern guten Willen erweise. Emedund wolte wissen/ wie solches zu verstehen/ darauf sie zur Antwort gabe: Mein Hertz/ ob ihr zwar nicht allerdings
in völliger Freyheit lebet/ so glaubet doch / daß die
Meinige in viel grösserer Gefahr schwebet/ und mich
für härter gefesselt halte / als euch. Woher solte
aber dieses kommen / versetzte Emedund , da ich sie
doch nicht nur in völliger Freyheit sehe/ sondern über
das weiß/ daß die Englische und dieses Reichs Ge-
wohnheit/ ja gleichsam Gesetze ist/ daß das Frauenzimmer sich nicht nur einer/ an andern Orthen gantz
ungewohnten / sondern gantz ungeduldbaren Freyheit anmasset/ sondern auch würcklich geniesset und
gebrauchet.

Dem mag so seyn/ antwortete sie/ unterdessen
aber

aber sehe ich niht wie eine Dame sich solcher Freyheiten bedienen könne / wann die arrestirende / ja
gleichsam feßlende Person den Genuß solcher Freyheit nicht gestatten wil / sondern den Arrest je länger
je mehr enger einschräncket / an Statt sie solchen re-
laxiren und mit der Strenge nachlassen solte. Das
wäre unhöflich gehandelt / erwiederte Emedund,
wann jemand dergleichen verübete. Und glaube ich
nicht / daß Herr Stilpo dergleichen zu thun gedencke /
weniger würcklich thue. Deß Stilpo halben / ware
ihre Antwort / hat es wol keine Noth / aber deß
Arrestirten Arrestirenden Unbarmhertzig- oder Un-
empfindlichkeit machet / daß die Freyheit zu grossen
Gewalt leydet / und in eine Sclaverey und Knecht-
schafft verfället. Emedund merckte nun wol / wohin alle diese Reden zichleten / so ihm aber gantz nicht
lieb / sondern höchst zuwider waren ; thate demnach
als ob er solche nicht verstünde / sondern entschuldigte sich damit / weil sie verblümte Reden gebrauche /
so wurde ihm übel anstehen deren fernere Erläuterung zu begehren / bitte auch um Vergebung / daß
er so unhöflich gewesen / und mit mehrern Fragen /
als ihme zugestanden / sie bemüssiget / er wolte sich
fürter hin / das jenige zu erforschen / was ihm nicht
gebühre / gar wohl enthalten.

Serena machte sich eben fertig / wieder zu antworten / als Stilpo ins Schloß geritten kame / dahero sie Abschied nahme / und bey solchem nur dieses
sagte : Ihr seyd der Arrestirte Arrestirende / und habt
mehrere Freyheit / als ich von euch Gefesselte. Das
ware nun deutlich gnug / seine Meynung an Tag gegeben / daß es keiner mehrern Außlegung bedarffte /
deßwegen Emedund sehr froh wurde / über deß Stilpo
Wieder-

Wiederkunfft / weilen besorglich Serena sich noch weiter wurde herauß gelassen/ und mächtig confundirt haben.

Deß andern Tags kame der Fischer/neben seinem Bruder/Weib und Tochter/ samt ihrem künfftigen Bräutigam/ in Stilpo Schloß/ ihre Klage wider Emedund an/und so es nöthig seyn wurde / so dann weiter zu bringen. Sie fragten zuforderst/ ob der undanckbare Fremdling annoch vorhanden/ und wo er seye? Als man ihnen nun mit Ja geantwortet/ auch den Orth/ wo er wäre/gezeiget/wolten sie doch nicht zufrieden seyn/ sondern ihne selbsten auch sehen. Dann man hatte diesem Bauren-Gesindlein weiß gemacht / als wäre ihr Arrestirter deß Tags vorher zu Pferde hinweg geritten / welches vielleicht daher gerühret/ weil man den Stilpo außreiten gesehen. Als ihnen nun durch Zeigung Emedunds der Argwohn benommen/waren sie in diesem Stück befriediget. Aber da solte man mit Lust die wunderliche Minen/Gebärden und seltsame Grimmassen uñ Gemüths-Regungen gesehen haben. Der seiner Fingern verlustigte Schiffer schäumete vor Zorn / als er sich bey Emedunds Erblickung seines Unfalls erinnerte. Er bleckete die Zähne nicht anderst/ als ein Hund/ der jetzt und jetzt anfallen und beissen wil / ein junger starcker Lümmel/ so der Dirnen Bräutigam werden solte / ware nicht weniger erbittert / über den Ver-und Entführer seiner Liebsten / und hätte er sich nicht einhalten müssen / ich glaub/er hätte im Eyfer seine bey sich habende Bauren-Plotze gezucket ; Den Bruder deß boßhafften Schiffers / fienge seine von Emedund an dem Arm empfangene Wunde auch wieder an zu schmertzen/

deßwegen

deßwegen er mit allerhand losen Worten außbra-
che. Deß Schiffers Weib/ die Alte/sahe bald sauer
bald wieder freundlich darein/ dann ihres Mannes
Verwund-und ihrer Tochter vermeynte Entehrung
giengen ihr zu Hertzen/ wann sie aber an die Rosenobel gedachte/wurde Hertz und Angesicht alsobald
wieder munter. Die Dirne allein sahe am freund-
lichsten darein/ und kunte sich an ihrem eingebilde-
ten Liebhaber und seinem Anschauen nicht genug er-
götzen/ sie verdrehete ihre holdseelige Aeuglein so
wunder-und possierlich/daß/wer sie anschauete/dar-
über lachen mußte. Es dauchte sie/und zwar nicht
unrecht/ ihr Liebster wäre in diesen wenigen Tagen
weit schöner und lebhaffter geworden/ als er gewe-
sen/ da er zu ihr gekommen.

Ihre Anklag bestunde wie vormahls darinn/
daß Emedund den Schiffer und sein Weib in ihrem
eignen Hauß verwundt und übel tractiret/die Tochter entführet/ und allen Umständen nach ihrer Ehre
beraubet/ ihr ihre Kleider entwenden lassen/ dem
versprochnen Bräutigam seine Braut genommen/
seinen Bruder übel verwundet/ und die andern ihn
Verfolgende sonst übel gehandelt/ um welcher Verbrechen willen er dann ernstlich abzustraffen seye.

Stilpo gabe mit grosser Gedult und Bescheidenheit diesem Gesinde Gehör/ hernach aber fragte er
nach ein und anderm Umstand/die ihme durch Emedunds schon vorherige Erzehlung kund waren. Unter anderm fragte er die Ursach/warum der Schiffer
Emedund erst zuletzt vom Felsen geholet/die Bezahlung vorher erpresset/ nicht gerade zu gefahren/ sondern den Weg durch hin-und wiederschweiffen ver-
längert; ihme sein übriges Geld abzutrotzen/ und
                                        nach-

nachgehends gar zu erschiessen sich unterstanden?
Welches alles aber der Ehr-vergeßne Bößwicht
laugnete/ und darauf bestunde/ daß er Emedunden
niemalen zuvor/ sondern zum ersten in seinem Hause bey seiner Tochter angetroffen/da dann das schon
Erzehlte vorgegangen.

Emedund, der bißher kein Wort gesprochen/
verdroße diese unverschamte Lugen so sehr/ daß er
sich nicht enthalten kunte/ sondern dem Lugner eine
solche Maulschelle gab/ daß er über und über pur-
tzelte/ und das Blut auß Mund und Nasen daher
flosse.    Der Junge Laffe/ der Dirnen Buhle/ wolte seinen Schwäher nicht ungeraͤchet lassen/ griffe
deßwegen/ allen Respect beyseit setzend/ nach seiner
Plotze/ aber Emedund hatte solche/ehe er sie gar ent-
blößte/schon in seiner Faust/sprechend: sihe/Du loser
Geselle/ wie ich dich anjetzo zeichnen wolte/wann ich
nicht Respect gegen diesem Cavallier und Damen
trüge.    Der Lümmel aber ware hierüber so erschro-
cken/ weil er sich so augenblicklich seines Ge-
wöhrs verlustigt sahe/ daß er nicht wußte/ was er
thun solte.

Indessen hatte die holdseelige Bauren-Dirne
ihres Vortheils ersehen/ und sich seitwarts gegen
Emedund almählich genähert/biß sie das rechte Tem-
po zu haben vermeynet/ da sie ihme so schnell auf den
Leib und an Halß gesprungen/daß/ehe er sich dessen
versahe/ sie ihme einen schön tölpischen Bauren-
Kuß auf seine Wangen/ mit einem Freuden-Ge-
schrey anbrachte/indem aber Emedund sich dessen er-
wehren/ und den unversehenen Gewalt ableinen/
und sie von sich stossen wolte/ kriegte sie darüber
auch eine blutende Nase zu Lohn; und glaube ich/
wann

wann dieses nicht geschehen/ Serena selbsten hätte
solches mit dichten Ohrfeigen revengiret/ weil es
ihr sehr tieff zu Hertzen gienge/daß eine solche Unflä-
terin/ mit ihren garstigen Lippen / ein so Englisches
Angesicht beschmitzen solte.

Die Alte hatte ihr die Resolution ihrer Tochter
gar nicht mißfallen lassen/ weil sie selbsten ein grosses Gefallen ab Emedunds Schönheit hatte/ aber
wie sie den rothen Safft hervor quellen sahe/ ver-
drösse es sie auch nicht wenig/darfür haltend/es wäre ihrem Töchterlein zu ungütlich geschehen. Der
Bauren-Bräutigam hingegen ware hierüber so er-
boßt/daß er/auß rechtmässigem Eyfer/seiner so un-
verschämten und verwegenen Buhlschafft/einen un-
höflichen Nasen-Stüber gabe/ der Serena über die
Massen wol: der Mutter hingegen desto übler gefie-
le/ dannenhero diese/ auß Mütterlicher Liebe und
Raachgierde/ dem groben Dölpel auch/so gut es ihre Kräfften zuliessen/ etliche versetzte/ da inzwischen
die Tochter ihme mit den Händen in seine zerstro-
belte Haare gefallen/und nach allen Kräfften daran
gezerret/daß der arme Teufel von Zorn uñ Schmertzen brüllete/ und weil ihme jetzo Beyde/ als Furien/
in den Haaren lagen/ so theilete er bald der einen/
bald der andern/gute kräfftige Stösse auß/daß dannenhero der Vatter / mit seiner noch übrigen guten
Faust/ auch darein zu schlagen anfienge/ daß es eine
Lust ware/ zuzusehen/ wie immer eines dem andern/
der Vatter dem Tochtermann/ dieser der Schwie-
ger/die Tochter dem Bräutigam/die Mutter ihrem
Manne/dieser ihr/baß die Tochter der Mutter und
Vatter/ diese wieder der Tochter/ der Eydam allen
mit einander / gewaltige Püffe versetzten/ weil auch
der Bru-

der Brüder deß Vatters seinen Arm nicht gebrauchen kunte/so vermeynete er/mit seinen Füssen Frieden zu stifften; Stiesse demnach / solchen desto ehe zu befördern/bald eines/bald das andere/darmit in die Rippen/biß sie endlich selbsten/alle ermüdet/deß Schlagens/Stossens/Scheltens und Schreyens/ ein Ende machten/da sie dann alle so abscheulich zerrissen/zerkratzet/und mit Blut besudelt waren/daß es nicht abscheulicher hätte seyn können.

Stilpo, Serena, Emedund, samt allen übrigen Anwesenden / hatten ein solches Vergnügen ab diesem Bäuerischen Hand-Gemenge / daß es nicht zu sagen / Serena insonderheit / gönnete es der Bauren-Dirne so wol / daß sie so wacker abgedroschen worden/und ihre Augen und Wangen gantz aufgeloffen waren/ die arme Alte hatte ihre noch 2. übrige meist faule Zähne in diesem Scharmützel vollend eingebüsset / der junge Bräutigam ware von vielen Krätzen und blutenden Ritzen gantz unerkänntlich.

Als nun der Tumult endlich gestillet/fienge Stilpo an/ ihnen hart zuzureden / warum sie in seinem Hause / und zwar in seiner Gegenwart / so ungebührlich sich verhielten/und dergleichen Stänckerey anfiengen/ er wäre genugsam befugt/ sie anjetzo gefangen zu setzen/ und/wegen dieses Frevels/ mit ungnädiger Straffe zu belegen. Sie baten hierauf gar hoch um Verzeyhung/alle Schuld auf Emedund legend/der am Ersten Maulschellen außgetheilet/und den Bräutigam Wöhr-loß gemacht hätte. Stilpo aber sagte / daß zwar das Erste sich also verhielte/ worzu aber der Vatter / durch seine schandbare Lügen/ selbsten Ursache gegeben/ so wäre billich gewesen / Unglück zu verhüten/ Jenem das Gewöhr zu

entwältigen/ sich aber unter einander selbsten/ und
nicht ihren Widerpart/ zu schlagen/ das seye ja et=
was Ungewohntes/ mit Emedund wolle er sich/ der
Straffe wegen/ schon abfinden; Mit ihnen aber/
wann sie nicht alsobald von fernerer Anklage wider
ihn abstehen/ sondern solche noch weiter verfolgen
wollen/nach der Schärffe zu verfahren wissen. Er
dachte dieses Gesinde hiermit abzuschrecken/ daß sie
Emedund nicht weiter verfolgen solten.

Aber die Raach-Begierde ware bey ihnen so
groß/ daß sie von ihrer Klage nicht abstehen wolten/
insonderheit die Dirne/ die kurtzum behauptete/ Eme=
dund wäre ihr Bräutigam/ und nicht dieser lieder=
liche Kerl/ dann er hätte ihr versprochen/ sie mitzu=
nehmen/ und künfftig mehrere Vergeltung zu thun.
Hierdurch wäre der bestimte Bräutigam schier von
neuem in Harnisch gebracht werden/ und ware ja
artig/daß je mehr seine Buhlschafft sich ihme ab=und
dem Fremden günstig erzeigte/ je mehr er ihre Liebe
erzwingen wolte. Serena redete der Mutter un̄ Toch=
ter auch zu/ sie solten solche Gedancken sich vergehen/
und den Fremden hinfüro unangefochten lassen/weil
sie doch/ mit ihren vorgeschützten Verbrechen und
Bezüchtigungen/ nirgend außlangen/ sondern nur
sich selbsten beschimpffen wurden/aber es ware auch
nur den Tauben geprediget/ ein Jedes wolte den
verlangten Abtrag haben/und halte ich darfür/wan̄
nicht der Respect und Reputation die Serena abgehal=
ten hätte/ sie hätte sich mit der Dirnen selbsten auch
in einen Zweykampff eingelassen/ so erbittert ware
sie/ daß sie ihr solche gantz ungeziemende Gedancken
und Hoffnung machete; Es ware auch an dem/daß
der junge Lümmel/ seiner ihne verachtenden Ge=

spons/

spons/ auß Eyfersucht/ abermahlen nach dem Kopff
greiffen / und das vorige Fauſt= und fünff Finger=
Spiel/ worzu auch die Dirne ſich ſchon gefaßt hiel=
te / und in die Hände geſpyen hatte / wieder von
Neuem anfangen wolte / wann nicht Stilpo mit ſei=
nem Anſehen ſolches verhindert hätte.

Weilen nun mit dieſen groben Leuthen weiter
nichts außzurichten ware/ ließe Stilpo ſie ihres We=
ges/ jedoch mit Vorbehaltung ſeiner Straffe/ gehen.
Emedunden aber ſagte er / er begehre ihne nicht län=
ger/ als einen Arreſtirten zu halten/ ſondern er ſolte
ſich ſeines Schloſſes/ und darbey aller Freyheit/ be=
dienen/ die er ſelbſten verlange. Emedund bedanckte
ſich deßwegen / ſagende: Ihm könte Angenehmers
nichts wiederfahren/ als wann er allerehestens ſeine
Räyſe/ woran ihme ſo viel gelegen / beſchleunigen/
und die erwieſene groſſe Höfligkeit zu erwiedern Ge=
legenheit finden könte.

Aber Stilpo, auf Anſtifften Serena, wolte zu ſo
ſchneller Abräyſe keines Weges einwilligen/ ſondern
wuſte allerhand Ding vorzuſchützen / daß ſich; Emedund wol zufrieden geben muſte. Deß Nachmittags
fuhren ſie etwas ſpaßieren/ da/ als Emedund Ehren=
halben im Ein= und Außſteigen der Gutſchen ſie be=
dienete/ ſie nicht allein mit ihren reißenden Blicken/
ſondern auch mit freundlichem Hände=Drucken/
und andern Liebkoſungen / ihre Gemüths=Neigung
genug zu verſtehen gabe / welches ihme höchſt=ver=
drüßlich ware/ aber doch / um beſorgender Ungele=
genheit willen/ ſich nicht darffte anmercken laſſen.

Sie unterlieſſe nicht/ wegen deß von der Bau=
ren=Dirnen empfangenen freundlichen Kuſſes/ ihne
öffters zu vexiren/ wie ihme ſolcher gefallen/ und ſol=

ches anmuthige Lippen Honig von fo einem holbfe=
ligen Mündchen gefchmäcket? Auch/ ob er nicht Ver=
langen habe / folches ihr wieder mit gleicher Müntz
zu vergelten/ und feine Lippen auf ihren Wangen
und Mund / eben dergleichen füffen Honigfeim ko=
ften/ und faugen zu laffen? Welches er aber gar
kaltfinnig beantwortete/ und darmit zu verftehen
gabe / daß dergleichen Aufzüge und Fragen ihme
nicht allerdings anftändig wären.

Als fie nachgehends fich allein erfprachten/ er=
kühnete fie fich/ zu fragen/ wer dann die jenige glück=
feelige Perfon feye/ die fich feiner Gegen=Liebe zu
verfichern habe? Welches er alfo beantwortete:
Daß er im Lieben gantz indifferent feye / und als ein
Chrift durchgehends feinen Nächften liebe/ und dar=
innen keinen Unterfcheid mache ; Von fernerer an=
derwärtiger Liebe wiffe er dermahlen gantz nichts/ fo
wären auch feine Jahre alfo befchaffen/ daß er nicht
Urfach habe/ an dergleichen zu gedencken/ zumahlen
ihme nicht unwiffend/ wie auß Liebes=Sachen aller=
ley Ungelegen= und Verdrüßligkeiten zu entftehen
pflegen/ denen er mit feiner indifferenten Liebe/ um
derentwegen ihne Niemand in Verdacht ziehen
könne / überhoben bleibe.

Diefes wäre gar nicht nach Serena Meynung
geredet/ deßwegen fagte fie : Euere Jahre/ werthe=
fter Emedund, mögen befchaffen feyn/ wie fie wollen/
fo glaube ich doch nicht/ daß ihr biß daher in Ernft
geredet/ und ( in Anfehung ihr/ euerer felbft=Be=
kanntnüß nach / fchon ziemlich herum gewandert/)
keine andere als eine indifferente Liebe empfunden
habt ; Warlich/ euere Augen/ euere Gebärden/ und
alle euere Handlungen/ geben genugfam zu erken=
nen/

nen/ daß ihr nicht nur verliebt machen könnet/ sondern auch selbsten müsset verliebt gewesen/ oder vielleicht noch seyn.   Emedund wuste nicht / was er für
Außflüchte mehr suchen / und wie er sich dieser be-
schwerlichen Liebhaberin entbrechen kunte. Er wünschete mehrmahlen / wieder auf dem brennenden
Schiff/ oder auf der Meeres-Klippen / oder in deß
boßhafftigen Fischers Nachen / als in der Serena
Schloß und Gesellschafft zu seyn/ weilen er sich in
grösserer Gefahr zu seyn selbsten einbildete/ als dazumahlen.

Einsmahls fragte ihn Serena, ob er auch geschehen lassen könte/ daß Jemand ihne auf solche Weise
caressirte / als von der Bauren-Dirne geschehen?
Die Antwort ware/ er könte es gar wol leyden/ be-
fleisse sich auch nach aller Möglichkeit / sich also zu
verhalten/ daß Männiglich ihne zu lieben/ Niemand
hingegen zu hassen/ Anlaß haben möge ; Was aber
verdriesliche und Ungelegenheit verursachende Lie-
be/ als eben der Dirnen ihre seye/ darvon habe er
jederzeit ein Abscheuen.

Ich giebe es dem Herrn gern gewunnen/ sagte
Serena wieder/ weil dieses eine Person/ die alles Has-
ses viel eher/ als einiger Liebe würdig ist. Wann aber
eine weit besser qualificirte/ und was die Liebe für
ein Affect seye/ besser wissende/ demnach auch viel höf-
lichere/ und geliebt zu werden würdigere Person/
sich dergleichen zu thun unterwünde/ was woltet ihr
alsdann dargegen beginnen? Wolte mein Herr
Emedund eine solche Dame auch mit blutender Nase
abweisen? Das würde wol von mir nimmermehr
geschehen/ daß ich mich mit Unhöfligkeit an einiger
Dame vergreiffen solte! (ware seine Antwort;)

Weil

Weil ich mich versichert halte/daß nimmermehr eine
solche mit ersterwehnten Qualitäten begabte Dame,
sich etwas solches/ihrem guten Namen und Wan=
del Ungeziemendes / unterfangen solte.

Serena sahe wol/ daß sie auf solche Weise bey
diesem Hartnäckigen nichts richten konte / reuete sie
derowegen / sich so weit herauß gelassen zu haben.
Doch/ es stunde nun nicht mehr zu ändern / liesse
demnach es für dieses mahl also bewenden/und fien=
ge an / von andern Sachen zu reden / welches Eme=
dund auch desto lieber ware / bevorab / weil auch
Stilpo sich in ihren jetzigen Discurs, den sie mit ein=
ander vorhatten / mit einmengete. Emedund be=
fliffe sich auf das Allerbeste/ der Serena Gegenwart/
wann sie allein ware / zu fliehen / hingegen suchte sie
auf alle nur ersinnliche Weise / wie sie ihme liebko=
sen/ihre Leydenschafft eröffnen/und durch absonder=
liche Unterredungen ihr unruhiges Gemüth in et=
was befriedigen / und ihre verliebte Augen ergötzen/
und in Emedunds holdseligem Angesicht nach Ge=
nüge wäyden künte.

## Das XVI. Capitul/

Neue Ansprache wird auf Emedund gemacht/dieser
von Serena auf eine scharffe Probe gesetzet/ Beyde von
Räubern angegriffen / welche Emedund mit ihrem ei=
genen Gewöhr erleget / vom Viz-Grafen wol empfan=
gen / seine Ankläger völlig abgewiesen / und die Recht=
fertigung zu Ende gebracht wird.

Indeme Serena ihren Liebes-Händeln also
nachsinnete/ Emedund aber auf seine fernere
Räyse bedacht ware/feyreten der lose Schif=
fer/ oder Fischer/ samt den Seinigen / auch nicht/
Emedund noch ferner zu verfolgen/ und weil sie Stil=
po für verdächtig hielten/ als brachten sie ihre un=

form=

formliche Klage bey dem in nächster Stadt sich befindenden Land-Richter oder Vice-Grafen an / daß
er hierinnen ein unpartheyisches und gerechtes Ur-
theil sprechen wolte : der sich über die vielfältige Beschuldigungen und Klagen wider Emed und nicht
genugsam verwundern kunte / deßwegen schickte er
gleich folgenden Tags einen Expressen an den Stilpo
ab / mit dem Begehren / den in Arrest bey sich habenden Fremdling und groben Missethäter / ( dann die
Kläger wußten ihne anderst nicht zu nennen / ) ihme
zu stellen / um in solcher Sache zu erkennen und zu
urtheilen.

Stilpo verwunderte sich nicht wenig solches Zu-
muthens / und liesse dem Viz-Grafen seine Verwun-
derung / und über sein Begehren befremdendes
Mißvergnügen / durch diesen Abgeordneten zuruck
bedeuten.    Dann hier zu wissen / daß nicht nur die
Viz-Grafen in den Provinzen / sondern auch gewisse
Städte und Edelleuthe / sonderbare Privilegien und
Freyheiten haben / über gewisse Verbrechen / als
Todschlag / Strassenraub und dergleichen zu urtheilen / jedoch mit diesem Vorbehalt / daß solche
Städte und Edelleuthe allein alsdann zu urtheilen
und zu straffen haben / wann der Verbrecher oder
Delinquente / vor Verfliessung 24. Stunden / gefangen und in ihren Gewalt gebracht wird / wann aber
solcher Termin der 24. Stunden verflossen / so gehört
alsdann die Abstraffung nicht mehr diesen / sondern
dem Viz-Grafen / oder dem Königlichen Gericht /
oder absonderlich vom König darzu verordneten
Richtern zu. - Weil nun die Sache schon vor etlichen Tagen sich zugetragen / der Fischer auch die
Sache ungeschicklich angebracht / daß dieser von der

Sachen

Sachen eigentlichen Beschaffenheit nicht genug in-
formirt ware / als liesse er in solcher Vermuthung
die Abforderung thun. Nachdeme ihm aber vom
Stilpo ein anders erwiesen/ und dargethan worden/
daß Emedund in den ersten Stunden seines bezüch-
tigten gebrochenen Gast-Rechts/Nothzüchtig-Ent-
führ-Verwund-und Beraubung deß Schiffers
und der Seinigen/ in Stilpo Gewalt gerathen / hatte es darbey sein Bewenden.

Weil aber Stilpo mit dem Viz-Grafen in gutem
Vernehmen stunde / auch seiner Gemahlin halben
in etwas mit ihme befreundet; so entbotte er demselbigen / mit Emedund ihne zu besuchen / nicht zwar
der Meynung/ihme einige Gerichtbarkeit einzuräu-
men / sondern nur zu vernehmen zu geben/ wie die
Sache so wunderlich durch einander geloffen / und
was sich possierliches dabey zugetragen / der Hoff-
nung/es möchte etwan noch eine kurzweilige Schlägerey abgeben. Nachdem nun der Viz-Graf sich
vernehmen lassen / es wurde ihme durch solche Besuchung eine sonderbare Ehre angethan werden/
sonderlich wann er den so hoch Beklagten/und aber
wie er vernehme gantz unschuldigen Jungfern-
Räuber selbsten auch sehen und kennen lernen solte;
mithin auch die Versicherung thate / daß er sich
keines weitern Gewalts oder Rechts zu deß Stilpo
Nachtheil anmassen wolte; als was er/Stilpo,oder
die Partheyen/ zu ihrer Vergleichung ihme selbsten
gutwillig einraumen wolten:Als wurde der Schluß
dahin gemachet / daß man Morgen sich dahin auf
den Weg machen / und diese Visite ablegen / auch
mithin vielleicht eine abermalige Bauren-Kurtzweil
geniessen solte.

Unter-

Unterwegs hatte Serena abermalen Gelegen=
heit/ mit Emedund ihr Gespräche zu haben/ dann sie
hatte es also angeordnet/ daß Emedund, weil er kein
eigen Pferd hatte/ mit ihr in der Gutschen fahren/
Stilpo aber zu Pferde etwas vorauß gehen mußte.
Unter andern Aufzügen ware auch dieser: Er solte
sich gefaßt halten/ in kurtzem wieder einen freundli=
chen Liebes=Kuß von seiner so brünstigen Liebhabe=
rin zu geniessen. Emedund schüttelte den Kopff/ aber
Serena fuhre ferner fort und sagte: Ach/ wann es je
dahin kommen solte/ daß ich alsdann nur der Bäu=
rin meinen Mund leyhen könnte/ ich wolte solches
ihr mit gutem Geld wol belohnen; Was sagt Herr
Emedund hierzu? Emedund ware geschwind mit
der Antwort fertig/ sagend: Ich wolte der unver=
schamten Dirnen solchen unerlaubten Diebstahl
besser gesegnen/ als das nähere mahl/ da ich mich
dessen nichts versehen.

Wie/ Herr Emedund! fragte Serena, wolte der
Herr so unfreundlich und zugleich so undanckbar
seyn/ und meinen durch Wechsel darleyhenden
Mund so übel mißhandlen? Dessen hätte ich mich
nimmer versehen. Ach! Frau Serena, versetzte er wie=
der/ wie ich es für unmöglich halte/ daß sie ihren
holdseeligen Mund einer frechen Dirnen zu einem
leichtfertigen Vorhaben leyhen solte/ oder wurde;
eben so unmöglich wurde mir auch seyn/ sie oder ih=
ren Mund/ der/ wie ich mich versichere/ nichts als
was tugendlich ist/ begehret/ noch begehren wird/ zu
beleydigen. Wie/ fragte sie wieder/ wann mein
Mund von selbsten und nicht Lehens=Weise/ sich
eben solcher Freyheit gebrauchte/ als der Bäurin
ihrer/ solte es nicht erträglicher und eher zu erdul=
den/ auch unsträflicher seyn/ als jener?

Ich

worten/ als der Gutscher still hielte/ und von Vier
starcken Kerls/ Serena und Emedund ihr Geld her,
und sich gefangen zu geben/ angesprochen wurden;
Serena erschracke über die Massen hart/und vergien-
gen ihr alle Liebes-Gedancken auf einmal/und wußte in solcher Bestürtzung nicht/ was sie thun oder
sagen solte.    Emedund, der sich so leicht nicht wolte
gefangen nehmen lassen/ sonderlich von solchem
räuberischen Gesinde/gabe anfangs gute Wort/um
die Räuber desto sicherer zu machen: ersahe aber dabey seines Vortheils so wol/ daß indeme Serena ihr
Geld hervor suchte/ er selbsten auch dergleichen zu
thun sich anstellete/ er sich augenblicklich/ auß der
Gutsche herauß schwange/ den gegen ihn haltenden
Mußqueton nicht allein von sich abwendete/ sondern auch dem Räuber mit solchem Gewalt auß der
Faust risse/ daß derselbe/ der nun seine Augen und
Hände mehr auf das Geld als sein Gewöhr gerichtet hatte/ über einen Hauffen fiele; mit dem ersber-
ten Mußqueton gabe er dem nächst dabey stehenden einen solchen nachdrücklichen Streich über beyde Arme/ daß er gleicher Massen sein Geschoß fallen
liesse/ darauf brannte er auf die Zween auf Serena
Seiten stehende/ und nun wieder an Statt deß
Gelds auf ihr Geschoß sehende Räuber loß/ verwundete den einen tödtlich/ den andern aber ziemlich gefährlich in den Arm/ unterdessen hatte der in
den Arm Verwundte auch auf Emedund loß ge-
brannt/ weil ihm aber durch den bereits empfangenen Schuß der Arm gelähmet/ und das Geschoß
hierdurch verwendet wurde/ auch zu allem Glück
Emedund sich nach dem/ dem einen von ihm geschlagenen Räuber/ entfallenen Geschoß/ solches aufzu-
heben/

heben / buckete ; gienge der Schuß über ihme hin/
eine Kugel aber traffe den jenigen / dem Emedund
anfangs das Geschoß entwältiget / und nieder ge=
worffen/ aber eben in dem Augenblick wieder aufge=
standen ware/ in den Kopff/daß er gleich wieder und
zwar tod zur Erden niederfiele.    Wie die übrige
Viere/ die sich indessen an die Gutscher/und zwey
Diener gemacht hatten/aber ohne Schieß=Gewöhr
waren/solches sahen / und daß Emedund mit seinem
Geschoß jetzo auf sie ankame / und nun loß trucken
wolte/ steckten sie das Haasen=Panier auf/ und lief=
fen so viel sie kunten Pusch=wärts ein / Emedund
schickte ihnen eine Kugel nach / und traffe einen da=
von in den Fuß / daß er fiele / aber wegen obhande=
ner Gefahr sich geschwind wieder auf die Bein/und
also hinckend davon machte / entkamen also nur ih=
rer Drey mit gantzer Haut ; Weil nun Emedund
sich nach deß tod=geschossenen Räubers annoch ge=
ladenem Geschoß umsahe/hatte der Anfangs in Arm
Verwundte/und der/den er mit dem Mußqueton so
nachdrücklich auf die Arme geschlagen / daß er sein
Geschoß fallen lassen / sich auch von dannen auß
dem Staub und Schuß gemachet / und Emedund
das Feld samt ihrem Gewöhr überlassen.    Die bey=
de Diener hatten das Hertz nicht/ die Flüchtige zu
verfolgen / so mochte auch Emedund diesem fliehen=
den Lumpen=Gesind nicht weiter nachsetzen/sondern
legte das eroberte Gewöhr auf die Gutsche/ das an=
noch geladene Rohr aber nahme er zu sich / setzte sich
wieder zu der Serena, liessen die Todten=Cörper den
Raben zur Beuthe/ und verfolgeten wieder ihren
vorhabenden Wege.

Serena hatte sich indessen von ihrem grossen Schre=
cken

cken wieder in etwas erholet/ bedanckte sich deßwegen gegen Emedund auf das Höchste/ daß er sie so
tapffer und wol defendiret/ sie erhube seine Tapfferkeit biß an den Himmel/und wolte ihme auß Danckbarkeit gar die Hände küssen/welches aber Emedund
abwandte/ und wider alle dergleichen Lob-Reden
und Höfligkeiten protestirte/ dargegen Serena sich
vernehmen liesse/ weil seine grosse Tugend schwerlich gestatten würde/ ihne auf die Wangen zu küs-
sen/ so könne man ihr es nicht verargen/wann sie mit
Küssung seiner tapffern Hand ein geringes Anzeigen ihrer grossen Schuldigkeit sehen lasse. Emedund sahe wol/daß der Tugend-Discurs ihr noch immer im Kopff umgienge/ und ihr gar bald zur neuen
Disputation angeholffen werden könte/ deßwegen
vermiede er auf alle Weise/ es dahin nicht kommen
zu lassen/ doch kunte er nicht verhindern/daß ihne
Serena, (wegen erwiesener Tapfferkeit/ und daß er
die Räuber so glücklich/ und/ welches das Meiste/
mit ihrem eigenen Gewöhr/ abgetrieben und besie-
get/) nicht unabläßig rühmete.

Sie gelangeten bald darauf bey dem Viz-Grafen an/ der/ neben seiner Gemahlin/ die Serena gar
höflich empfienge/ dergleichen sie auch/ neben Stilpo,
dem Emedund thaten/ dann der Viz-Graf wolte
dem Stilpo nicht gestatten/anders wo/ als bey ihme/
zu logiren. Er verwunderte sich gleich Anfangs/über
Emedund gutes Ansehen / und artige Manieren/
absolvirete selbigen auch alsobald in seinem Her-
tzen/ weil er nicht glaubte/daß in einem so vortrefflich schönen Leibe/ eine so schändliche mit Lastern be-
schmitzte Seele wohnen solte. Als Stilpo Emedund
mit seinem Musqueton und das übrige Schieß-Ge-
wöhr

wöhr auf der Gutschen warnahme/fragte er/woher
solches komme/ sintemahlen dieses Gewöhr ihm un-
bekandt/ und auß seinem Schloß und Wohnung
nicht komme? Emedund antwortete hierauf: Ich
weiß nicht/ solle ich es meinem Glück oder Unglück
zuschreiben/ daß die wenige Zeit/ die ich in diesem
Lande bin/ich so wunderliche Zufälle gehabt/die sonsten andern kaum in vieler Zeit zu begegnen pflegen.
Ich habe über die vorige Missethaten/ deren man
mich bezüchtiget/ schon abermahlen eine neue/ und
zwar gezwungener Weise/ begehen müssen/ wann
anders die Vertheydigung dieser Dame, und Be-
schirmung meines eigenen Lebens/ wider räuberischen Anfall/ eine Missethat genennet werden kan;
Auch wil ich nicht hoffen/ daß durch Eroberung dieses vor Augen ligenden Gewöhrs/ ich einen Stras-
sen-Raub werde begangen haben?

      Weder der Viz-Graf/noch Stilpo, kunten eini-
gen rechten Verstand auß dieser Rede ziehen. Weil
aber inzwischen Serena ihr Compliment mit der Viz-
Gräfin geendiget/ ware sie behend da/ und ehe Emedund weiter antworten kunte/fienge sie an zu sagen/
wie hoch sie/ neben ihrem Herrn Stilpo, diesem tapffern und unvergleichlichen Helden Emedund obligiret seye/ als ohne dessen Tapfferkeit sie nicht allein
beraubet/sondern auch gefangen/und vielleicht noch
übler mißhandelt worden wäre/ schweiffete darbey
mit Emedunds Lob / und Vorstellung der so-grossen
Gefahr/ auß/ daß der Viz-Graf und Stilpo zum
zweyten mahl erinnern musten/ die Sache selbsten
einmahl/ und was dann vorgegangen/ zu erzehlen/
oder doch Emedund, ( der vor ihrem Geschwätz nicht
zu Rede kommen können/) Platz zu geben/den Han-
                                    del zu

del zu berichten. Auf welche Erinnerung sie das Je-
nige/ was sich unter Weges mit den Räubern zuge-
tragen/Haar-klein/uñ mit gröstem Lobe Emedunds/
anzeigete / daß selbiger sich selbsten darob schämete/
und darwider protestirte.

Auf Vernehmen dieses/ bedanckte sich Stilpo
gar sehr gegen Emedund, welches auch der Viz-Graf
thate/ der/ weil er schier in die Erzehlung einigen
Zweiffel setzete/ob nicht ein grosser Zusatz darbey wäre / (dann ihm wolte nicht recht ein/ daß ein einiger/
so zu rechnen/unbewöhrter Mensch/ ihrer achte solte
abtreiben/ und übermeistern können/) so schickte er
alsobald Leute auß/theils den Augenschein an denen
Ertödteten einzunehmen/theils auch die Räuber zu
verfolgen/ und aufzusuchen/ die sich solchen kühnen
Stucks unterfangen. Was aber Serena erzehlet hat-
te/das bekräfftigten Gutscher und Diener alle ein-
hellig / derowegen der Viz-Graf ein Grosses auf
Emedund hielte / und seine Person sehr hoch achtete.
Inmittelst waren die Außgeschickte wieder mit
gleichförmigem Bericht zuruck kommen / hatten
auch einen von den Räubern/ und zwar den Jeni-
gen/ den Emedund in den Fuß geschossen/ gefangen
eingebracht/der selbsten auch alles also/wie es ergangen / berichtete/ daß also kein Zweiffel mehr übrig
ware.

Nach diesem gabe es allerhand Unterredungen
zwischen ihnen / insonderheit berichtete Emedund
gantz außführlich / wie es ihme von der Stund an/
da das Schiff gestrandet/ biß auf jetzige Stunde/
mit dem Schiffer/seiner Tochter/Weib/Bruder/rc.
ergangen/biß er in Stilpo Gewarsame gerathen/wel-
chem der Viz Graf/ neben seiner Gemahlin/ gar genau auf-

nau aufmerckten / und theils Mitleyden mit ihme
haben/jezuweilen auch/sonderlich wegen der Fischer-
Dirnen Verhalten und Begegnüß/ von Hertzen
lachen mußten.

Dieses Gesinde ermangelte nicht/sich bald darauf bey dem Viz-Grafen auch einzustellen/und um
Gerechtigkeit anzuflehen. Ihre Anklage bestunde
auf dem vorigen Unform/ der Schiffer läugnete/
was er bey dem Stilpo geläugnet hatte/biß ihme Stilpo die 2. abgehauene Finger zeigete/ und fragte/wo
er solche verlohren? Da stunde der Rültze/ wie ein
gestochener Bock/ sahe unter sich/ und wuste nicht/
was er antworten solte. Es hatte aber Stilpo vorher
schon Jemand abgefertiget/in der Stille dem Handel eigentlich nachzuforschen/der dann sich allerUm-
ständen durch die Benachbarte gar wol erkundiget/
auch das Schifflein selbsten in Augenschein genom-
men/darinn er die 2.Finger gefunden/unvermerckt
zu sich genommen/und seinem Herrn überbracht. Als
darauf das Weib/ die Tochter / &c. Jedes abson-
derlich/ befraget wurde/ kunte man gleichsam mit
Händen greiffen/wie es durch einander lieffe.

Stilpo und der Viz-Grafe unterliessen nicht/
ihnen ihr Verbrechen hart zu verweisen/ daß sie den
unschuldigen Emedund solcher groben Missethaten
bezüchtiget / da doch nicht das Allerwenigste kunte
erwiesen werden; Zeigete ihnen zugleich an/was sie
hiermit verwürcket/und wie sie solten gestrafft wer-
den/ welches ihnen gar fremd vorkame/und sich auf
allerley Weise entschuldigten/daß die Klagende alle
Schuld auf den Fischer und sein Weib warffen/
welche die andere also berichtet.

Lustig ware es zu hören/wie die Bauren-Dirne
sich ver-

sich vernehmen liesse / sie habe Emedund nie nichts
bezüchtiget / das sie nicht auch erweisen könne / nemlich / daß er ihr versprochen / sie mit zu nehmen / und
ihr auch künfftig eine mehrere Vergeltung zu thun/
zu dem Ende / habe er ihr auch zween schöne gelbe
Pfenning verehret / ( die ihre Mutter hiermit
hervor zoge / ) und ihr solches auf die Hand gegeben / sie sehe demnach Emedund für so ehrlich an/
daß er ihr solches weder läugnen werde / noch auch
läugnen könne ; Zu vermuthen ist es / wann Emedund , als schon gewitziget / sich nicht so wol vorge-
sehen hätte / die Dirne hätte ihne abermahlen beym
Kopff gekrieget / und ein paar Bäuren-Schmutzer
ihme ertheilet / wiewolen schier zu glauben / Serena,
als die da gegenwärtig / wurde solches schwerlich
zugegeben / sondern lieber selbsten verrichtet haben.

Emedund wolte dem Schertz noch so schnell
kein Ende geben / deßwegen sagte er zu der Dirnen:
Er könne freylich nicht läugnen / daß er ihr nicht in
gewisser Masse verpflichtet / ihr auch Vergeltung
deßwegen versprochen / auch in etwas abgestattet
habe/ diese mehrere oder fernere Vergeltung / wolle
er hinkünfftig erstatten/ oder/ so es ihr beliebe/ könne
er gar wol leyden / daß sie ihren Vatter / Mutter
und schier künfftigen Bräutigam verlasse/ und mit
ihm in fremde Länder ziehe / wann nur die Erstgenannte damit zufrieden seyen.   Auf diesen Vor-
schlag  gabe es wunderliche Gesichter / die Dirne
ware gantz erfreuet / daß es nach ihrem Wunsch gehen solte / der Vatter aber sahe gar sauer darzu / die
Mutter hingegen ware weder zu diesem / noch zu
dem Dableiben / recht resolvirt / sondern gantz wan-
ckelmüthig ; Der Tochter mochte sie ihr vermeyn-
tes Glück

tes Glück nicht gerne hindern/ ihr einiges Kind aber
von ihr zu laſſen/ das doch der Troſt ihres Alters
ware/ kame ſie auch ſchwer an; Dannenhero ſie
lachende Thränen vergoſſe/ indem ſie zugleich weinete und lachete / darbey auch den Mund ſehr wunderlich geberdete/ daß auch Andere deßwegen lachen
muſten.    Aber der verſprochene Bräutigam/ ware
mit Emedunds Vorſchlag / der Dirnen leichter
Willfahrung/ und der Mutter Zweiffelmuth / am
allerübelſten zufrieden / dannenhero er ſich nicht
enthalten kunte / der Dirnen ihre Untreu vorzu-
werffen/ und ſie tapffer außzuſchelten/ daß ſie ſich
an einen Land-fremden unbekandten Kerl hengen/
und mit ihme im Land herum ziehen wolte / da ſie
doch ihm ſchon ſo lang ihre Affection, mit ihrer Eltern
Gutheiſſen verſprochen/ ihne auch zu Verſicherung
deſſen / offters deß Nachts/ wann die Eltern ſchlaf-
fen gangen/ zu ſich eingelaſſen/ und manche gute
Zeit-Vertreib mit ihme genoſſen habe/ welches alles
er ihr mit gar beweglichen Umſtänden zu Gemüthe
führete/ daß ſie ihn nicht weniger gantz beweglich
anſahe/ und dardurch bey den Anweſenden nicht
geringes Lachen verurſachete.

So bald ſie aber Emedund wieder anblickete/
vergaſſe ſie ihres Braut-Lümmels alſobald.  Worüber ihr bäuriſcher Courtiſan gantz ungehalten wurde / und mit Drohungen um ſich zu werffen anfien-
ge/ ſo/ daß man ſchier in Gefahr ſtunde/ er möchte
ihr in rechtem Ernſt nach den Haaren greiffen/ und
es zu einem neuen Schlag-Handel außbrechen/
worzu die zitterende Lippen/ſtammlende Rede/ und
ſchäumender Mund deß Bräutigams/ ſchon das
Zeichen zu geben ſchienen.  Weil nun der Viz-

Graf/ und Ubrige/nicht gerne länger mit diesen un-
gehobelten Leuten umgehen möchten / zumahlen der
gantze Handel ihnen gründlich bekandt ware/
als suchten sie solchen Uberlasts sich nunmehr zu
entbrechen / da dann insonderheit Serena sich ange-
gelegen seyn liesse / den Handel zwischen der Fi-
schers-Dirne und ihrem Schatz / in guten Stand
zu bringen/indeme sie ihr einbildete/ein sonderliches
Interesse hiebey zu haben / wann sie ihrer verdrießlichen Neben-Buhlerin könte loß werden/ dann der
in ihrem Beyseyn dem Emedund so unbescheident-
lich gestohlne Kuß / ware der guten Serena immer
vor Augen / und mißgönnete ihr denselben / als eine
überauß kostbare Sache.    Es glückete ihr aber so
wol/ daß sie samentlich mit ein paar Guinees sich zufrieden stellen liessen / welches dem Bräutigam
gleichsam zur Heim-Steuer / der Dirnen zum Abtrag der versprochenen Vergeltung / und der Mutter für ihre Verwundung im Kopff / und Beneh-
mung deß wegen vermeynten Entführung / der
Tochter empfangenen Schreckens dienen solte.Deß
Schiffers Bruder wurde damit abgewiesen; Daß/
weil er in einer unbillichen Sache / in ungebühren-
der Verfolgung und Angriff verwundet worden/
solte er damit vorlieb nehmen / und GOtt dancken/
daß er nicht darzu noch ernstlich gestraffet werde.

Der Schiffer aber / alles Einwendens ungeachtet / wurde auf deß Viz-Grafen Befehl ins Gefängnüß geworffen / weilen seine verrätherische
Büb-und Dieberey / vorgehabter Mord und Er-
schiessung Edmunden / ingleichem die grausame falsche Bezüchtigungen / nicht ungestraffet hingehen
kunten; Jedoch wurde er endlich auf Emedunds
                                         kräfftige

kräfftige Vorbitte / der Gefangenschafft und fernerer Straffe entlassen/und damit die bißherige Bau-
ren-Rechtfertigung aufgehoben.

Serena unterlieſſe indeſſen nicht/den vorhin an-
gefochtenen Emedund , noch immerhin mit ihrer
Liebe zu plagen/und bey vollendetem Vergleich/mit
der Bauren-Dirne und ihrem Bräutigam / ſagte
ſie lachend zu Emedund : Ich weiß anjetzo nicht/
Herr Emedund, welches dem andern mehrers ver-
pflichtet/ich dem Herrn / wegen gethaner Verthäy-
digung wider die Räuber / oder der Herr mir / daß
ich ihne / von einer ſo beſchwerlich-zumahlen auch
verdrüßlichen Liebhaberin befreyet / die dem Herrn
eben ſo gefährlich / als mir die Räuber / hätte ſeyn
können. Emedund antwortete hierauf ebener Maſſen ſchertzend / daß er ſich deßwegen in allweg höchſt
obligirt erkenne / auch gerne geſtehe / daß die ihme
hierinnen erwieſene Hülffe weit eine gröſſere Gutthat ſeye/ als ſeine geringe Mühe in Abtreibung der
Räuber/ angeſehen er dazumahl nicht eben der Serena halben allein / ſondern ſich und ſein Leben ſelbſten
zu ſalviren / ſich zur Gegen-Wöhr ſetzen müſſen / da
hingegen Serena einig und allein ihme zu Dien-
ſten / ohne darbey habendes Intereſſe oder Gefahr/
ſich ſeiner angenommen. Ich nehme / ( ſagte ſie
jetzo etwas ſtillers/) deß Herrn Obligation an / und
werde mich deren gelegenlich zu bedienen wiſſen/
vornemlich auch darum/weilen der Bauren-Dirne
Prætenſion gegen dem Herrn anjetzo auf mich geer-
bet / und ich meine Anſprach an denſelbigen / nicht
ſo leichtlich/wie Jene gethan/werde ſchwinden/ſon-
dern mir vorher den verlangenden Abtrag erſtatten
laſſen. Damit ſchiede ſie von ihm ab/und verfügte

ſich zu

sich zu der Viz-Gräfin / Emedund in neuer Verwirrung verlassend / wol wissend / daß erzörnete und
auch verliebte Weibs-Personen allerley listige
Räncke zu ersinnen / und gefährliche Anschläge zu
schmieden capabel seyen.

## Das XVII. Capitul /

Wegen eines Ringes / geräth Emedund in grosse
Bestürtzung / und Serena wird darüber Eyfersüchtig /
aber der daher erwachsene Mißverstand durch die Viz-
Gräfin gehoben; Ethelred und Albela, erwiesen Emedund neue Ehre / er wird aber durch eine seltsame Aben-
theuer genöthiget / seine Heimlichkeit zu offenbahren /
und sich der Serena kund zu geben.

E Medund wolte dieser Orten die Zeit nun nicht
länger vergeblich verliehren / deßwegen bathe
er den Viz-Grafen und Stilpo / ihme seine Räyse fortzusetzen zu erlauben / welche aber Beyde so
schnell solche nicht gestatten wolten ; Als Serena
dieses erfahren / ware sie beflissen / es auf alle Weise
zu hintertreibē / ihrem Stilpo insonderheit vorstellend /
wie weit er ihme wegen gethaner Beschützung wider die Räuber verbunden / und dannenhero mehrere
Höflichkeit / als biß daher geschehen / zu erweisen schuldig seye.   Sie wuste die Sache auch so listig zu kar-
ten / daß die Viz-Gräfin / ( die doch nicht wuste / wo
Frauen Serena der Schuh so hefftig truckte / ) in
Emedunds eylfertiges Abräysen / eben so wenig ge-
hälen wolte ; Welches Emedund wol muste geschehen lassen / zumahlen ihme alle ersinnliche Ehre
angethan wurde.

Es fügete sich aber / als Emedund bey der Tafel / neben der Viz-Gräfin / Serena aber gerad gegen
ihn über zu sitzen kame / diese ihn unaufhörlich betrachtete / und fast nie kein Aug ab ihm liesse / so / daß /

**wolte er**

wolt er nicht gleich alsobald ihren Blicken begeg=
nen / und sie dardurch in ihrem Vorhaben vielleicht
noch mehr stärcken / fast nicht aufsehen darffte / in=
sonderheit ihrem Manne dardurch nicht einige
Ombrage oder Jalousie zu erwecken / so er dergleichen
warnehmen möchte.   Indeme er nun so für sich
hin sahe / wurde er an der Viz-Gräfin Hand eines
Ringes gewahr / der ihme nicht unbekandt zu seyn
schiene / er nahme die Kühnheit/ nach erbettener Er=
laubnüß / denselbigen etwas bessers zu betrachten/
da er dann die Farb etliche mahl im Gesicht verän=
derte/ welches die Ubrige / insonderheit Serena , gar
wol warnahme.   Die Viz-Gräfin fragte / was ihme
an diesem Ring ge= oder mißfiele / weil sie wol ab=
nahme / daß er Gedancken darüber machte?

Emedund wuste vor Bestürtzung lang nichts zu
sagen / endlich aber spräche er: Ich muß bekennen/
daß dieser Ring mir wunderliche Gedancken ver=
ursachet / und möchte gerne wissen / wie er an diese
Hand und Finger kommen / und wem er hiebevor
zugestanden ? Die Viz-Gräfin sahe darauf den
Ring an/ und erseufftzete darüber / sprechend / dieser
Ring / den ich einer vornehmen Person zu Ehren
trage / erinnert mich zugleich vielen Unglücks und
Elends / so selbige Person mir / wiewol wider ihren
Willen und eigentliches Verschulden / verursachet.
Doch wünschete ich / daß selbiger vortreffliche Eng=
lis. Ritter jetzo zuaegen/ so wolte ich ihm nach meinem
geringen Vermögen / die jenige Ehre erweisen / die
seine Tugenden verdienen / und ich dazumahlen
nicht gnugsam anthun können / weil mein betrübter
Wittwen=Stand / und entzogene Güther / ein
Mehrers ihme zu erweisen nicht gestatteten. Diese

Diese Worte waren ein Donner-Streich in
Emedunds Hertze/ daß er von Neuem gantz abblas-
sete/ und halb unmächtig wurde/ sich aber bald wieder erholete/ und auf Befragen/ wie ihme zu Muth
wäre? antwortete: Es wäre ihme eine kleine Alte-
ration zugestossen/die aber nicht viel wurde zu bedeuten haben; Blickte hierauf bald den Ring wehmü-
thig/ bald die Viz-Gräfin etwas unfreundlich / an/
und liesse mehrmahlen einen Seuffzer/ den er nicht
zuruck halten kunte/hervor brechen. Niemand kunte
sich einbilden/ woher doch diese schnelle Veränderung kommen müste.   Serena schlosse auß denen öfftern Blicken/ die er gegen die Viz-Gräfin schiessen
liesse/ es käme solches auß einer gegen derselben tragenden Liebe her / ware deßwegen in ihrem Hertzen
nicht wenig allarmiret/zornig auf Emedund, daß er
die Viz-Gräfin ihr vorzuziehen schiene; Eyfersüchtig gegen die Viz-Gräfin / und verdrosse sie hefftig/
daß diese schon ältere/ und ihr an Schönheit nicht
gleichende Dame, ihr solte vorgezogen werden.

In dergleichen beydseitigen Verwirrung wurde
die Tafel geendiget/da dann Emedund sich alsobald
in sein Zimmer retirirte / und allda mit sich selbsten
eine wunderliche Klage anfienge/ darbey er sich bald
zornig/ bald aber sonsten sehr bekümmert erzeigete/
dann Serena belausterte ihne heimlich/und gleich wie
sie alle seine Tritte und Schritte beobachtete / also
hatte sie auch eine Gelegenheit abgesehen/ wie sie
durch eine nicht allzuwol verwahrete Thüre sein
Thun und Beginnen außspühren kunte. Sie hätte
gerne auch gewust/ was er eigentlich mit sich selbsten
redete / kunte aber das Wenigste verstehen/ weil er
sich bald auf diese/bald auf die andere Seite wandte; So

te; So viel verstunde sie zwar/daß er von Liebe red=
te/solche jezuweilen vermaledeyete/bald von Verrä=
therey/ dann von grosser Untreue/ jetzo von grosser
Beständig= und Aufrichtigkeit/ bald von Eyfer und
Raache/redete/bald grosses Mitleyden/bald Reue/
bezeugete/bald Jemand hefftig be= bald aber selbsten
wieder entschuldigte/welches alles/ theils auß den
Gebärden/ theils auch auß denen aufgefangenen
Worten/ zu sehen und zu schliessen ware.

Was aber der Serena am meisten zu Hertzen/ja
in das Hertz gienge/waren die Thränen=Perlen/die
jezuweilen Emed und ziemlich häuffig über die Wan=
gen abfielen/ daß er solche öffters abwischen muste.
Diese erweichten der Serena Hertze auch dermassen/
daß sie/ durch einen heimlichen Trieb gereitzet/ auß
hertzlichem Mitleyden/auch einen grossen Thränen=
Bach zu verröhren anfienge/ und Emedunds ihr un=
bewustes Leyd mitleydig bejammerte. Wann sie
aber bey ihr betrachtete/ daß/ allem Vermuthen
nach/ seine Klage von einer hefftigen Liebe herstame=
te/sie aber die jenige Person/um deren Willen er sol=
che Klage führete/ ( angesehen der gegen sie bißher
gebrauchten Kaltsinnigkeit / ) nicht seye/ verdrosse
es sie alsdann/ daß sie um Jemand andern willen
Thränen vergossen/da sie doch vielmehr Ursach hät=
te/ die jenige Person/ um deren willen Emedund in
solche Klage gerathen/ äusserst zu hassen/ wann sie
nur wissen könne/ wer dieselbige seyn müste. Sie
argwohnete zwar/ wie schon gesagt/ auf die Viz=
Gräfin/ kunte aber keine genug scheinbare Ursach
ihres ungegründeten Argwohns finden/ dahero sie
solchen bald wieder fallen liesse/und in solcher Unge=
wißheit sich wieder in ihr Zimmer/ hernach aber zu

der

der Viz-Gräfin/verfügete/mit deren sie sich befrag-
te / was doch die Ursach Herrn Edmunds so grosser
Veränder- und Bekümmerung seyn möchte. Sie
kunten aber nichts Gewisses außsinnen.

Sie hatten zwar beyde beobachtet/daß der Viz-
Gräfin Ring etwas hierzu contribuirt/ weilen aber
diese hierauf nicht sonderliche Gedancken machte/
und im Discurs sich vernehmen liesse / daß sie solchen
von einer schönen Jungfrauen / mit Namen Celinde, in ihrem noch erstmahligen Ehestande / als ein
Gedenck-Zeichen/ bekommen/ und bißher behalten;
Vermeynte Serena , sie hätte nunmehr Berichts ge-
nug/diesen Zweiffels-Knotten aufzulösen/und müsse Celinde Zweiffels-frey die jenige Person seyn / in
die Emedund sich verliebet/ und dannenhero ihre Affection verschmähete. Unter allerley Reden forschete
sie von der Viz-Gräfin / ob diese Celinde auch
sehr schön seye? Welches diese bejahete/ und dero
treffliche Beschaffenheiten gewaltig herauß striche/
welches Serena anders nicht/ als zum höchsten/ mißfallen könte.

So bald es Gelegenheit gabe / mit Emedund
zu reden/fienge Serena an/ihne zu fragen/ob die neu-
lichste Traurigkeit sich wieder bey ihme verlohren/
und ob er mit Fräulein Celinden wieder außgesöh-
net? Welches aber Emedund nicht zu beantworten
wuste/sondern nur sagte: Weil ihme keine Fräulein
Celinde bekandt / noch weniger mit einer in Streit
verfallen / als habe er auch keiner Außsöhnung von-
nöthen/ wisse auch nicht/ worzu dieses geredt seye?
Aber Serena war geschwind mit der Antwort fertig/
sagend: Es seye nun schon versaumt/sich länger verborgen zu halten/ weil Fräuleins Celinden Ring ihn

und

und seine Liebe schon genugsam verrathen. Emedund erschracke zwar/ ab dieser unvermutheten Rede/ die bey ihme einen andern Verstand hatte/widersprache aber beständig/daß er von Celinden/ ausser jetzo/nie nichts gehöret / weniger gesehen.

Serena wuste nicht/was sie hierüber gedencken/ oder sagen solte? Endlich sprache sie: Woher komt es dann / Tapfferer Emedund, daß er sich über erstgenannten Fräuleins Ring so bestürtzet? Emedund läugnete abermahlen/daß er von keinem dergleichen Ring einige Wissenschafft habe. Die Liebe/versetzte Serena,muß euch euere Gedächtnüß sehr vermindert haben/ daß ihr weder der Celinden Namen/noch ihre Person/ja so gar auch den von ihr herkommenden Ring/nicht mehr kennen wollet/den ihr doch vor wenig Stunden / so ernstlich und genau betrachtet/ auch darüber im Gemüthe euch so sehr verändert.

Emedund gabe hierauf folgende Antwort: Ich weiß nicht/ Madame, wie ich mit ihr daran bin/ und warum sie sich so gerne mit mir und meinem Mißglücke vexiret? Oder/ wem an der Gedächtnüß etwas abgehe? Ich betheure noch einmahl/ Madame, daß ich weder von Celinden/ noch ihrem Ringe/ das Geringste weiß/ und mir eben so fremd ist/als dieses Land/das ich vor diesem niemahlen gesehen.

Serena ware halb erzörnet / daß Emedund sie gleichsam wolte zur Lügnerin machen/ da doch die Sache so gar Augenscheinlich und klar in ihrem Sinne war. Wie/sagte sie/Herz Emedund,erinnert er sich dann nicht/ deß jenigen Rings/den er an der Viz-Gräfin Hand besichtiget? Ja/ gar wol/ ware die Wieder-Antwort/aber/wie wird sich dieser Ring und Celinde zusammen reimen lassen? Gar leicht/ sagte

sagte diese wieder/wann man weißt/daß dieser Ring
von Celinden an der Viz-Gräfin Hand / zum Gedenck-Zeichen guter Freund- und Kundschafft / ge-
langet/wie die Viz-Gräfin solches ja selbsten bezeuget; Nun urtheilet selbsten/Herr Emedund,wer jetzt
überwiesen seye? Emedund schüttelte den Kopff /
sprechend : Ich begehre zwar Niemand einer Unwarheit zu beschuldigen; Aber / daß die Frau Viz-
Gräfin von Celinden einige Erwehnung gethan haben solle / dessen kan ich mich nimmermehr bereden
lassen/wil auch die Frau Viz-Gräfin zur Richterin
dieser Sache ernennet haben.

Wolan dann/sagte Serena/so wollen wir gleich
jetzo den Richterlichen Spruch vernehmen / und
gienge mit Emedund der Viz-Gräfin Zimmer zu/
welche Serena alsobald fragte: Ob nicht der an ihrer
Hand sich befindende / und von Herrn Emedund in
Augenschein genommene Ring / von der Fräulein
Celinde herrühre? Freylich/ in allweg/antwortete
die Viz-Gräfin.

Schauet nun jetzo / Herr Emedund , sprach
Serena , wer Recht oder Unrecht habe / hier ist deß
selbst-aufgeworffenen Richters Zeugnüß. Ich ehre
die Person / und dero Zeugnüß / ware Emedunds
Wieder-Antwort/ich hoffe aber/ die erkorne Richterin werde auch zu meinem Besten ihr viel gültiges
Zeugnüß mir nicht versagen / sondern eine mehrere
Erläuterung thun/ warum selbige gesagt/daß sie ermelten Ring von einem fürnehmen Englischen Ritter bekommen; und wie der Ring von zweyen dem
Geschlecht nach unterschiedenen Personen herrüh-
ren könne / es seye dann / daß die Frau Viz-
Gräfin von einem andern Ring/ als von dem ei-
                                        gentlich

gentlich die Frage ist / gegen der Frauen Serena geredet habe?

Es seyn weder zweyerley Ringe / noch auch zweyerley Personen / worvon der Streit ist / sagte abermahlen die Viz-Gräfin / sondern / wie der Ring nur einer / also ist auch nur eine Person / darvon derselbige herkommet; Gleichwol aber hat Frau Serena, und Herz Emedund, Jedes Recht / und keines sich vor dem andern mehreren Vortheils zu bedienen. Diese Beyde kunten je länger je weniger auß der Sache kommen / und glaubten nicht anders / als wären es scherzhaffte Aufzüge der Viz-Gräfin / wiewol Emedund mit dergleichen gantz nicht gedienet / der Ring aber / wie er nicht zweiffelte / ihme gar zu wol bekandt ware.

Die Viz-Gräfin / als sie hierauß einigen Unwillen an Emedund zu spüren meynete / fuhre darauf also fort: Es ist nicht ohne / Herz Emedund, daß ich diesen Ring von Celinden / einer / ihrem Vorgeben nach / hart verfolgten schönen Fräulein verehret bekommen habe / demnach Frau Serena gantz nicht Unrecht geredet / wann sie solches behauptet. Weil aber nachmahlen diese Celinde durch eine wunderliche Metamorphosin und Gestalt-Veränderung / sich in einen fürnehmen und ansehnlichen Ritter verwandelt / als hat Herz Emedund eben so viel Recht / als Frau Serena. Dann / daß ich gegen Herzn Emedund vermeldet / der Ring komme von einem fürtrefflichen Englischen Ritter / kommt daher / weil ich mich bey dem Namen Celinden lauter Unglücks zu erinnern weiß / von dem Ritter aber sonderbare Ehre genossen / dahero das Angedencken desselben mir mehr / als der verdrüßliche Name Ce-

lindens / beliebet / weil ich mich dieses Letztern niemahls ohne Thränen erinnern kan.

Wer dazumahlen Emedund und Serena ins Hertz
hätte sehen können/ der würde Zweiffels-frey seltsame Gemüths-Veränderungen darinnen beobachtet
haben; Solches gabe auch ihrer beyder Gesichts-
und Farb-Aenderungen genugsam zu verstehen.
Diese Rede ware in Emedunds Ohren ein Donner-
Knall / und wolte sein Hertz darüber bersten / er er-
blassete gantz und gar/ und ware schier an dem/ daß
er in eine Unmacht dahin gesuncken / wann er sich
nicht auf einen Sessel gesetzet/ Serena aber mit einem
köstlichen Balsam zuvor kommen wäre. Diese hingegen bezeugete hierüber eine sonderbare Vergnü-
gung/ weil solche Rede ihr die gegen die unbekandte
Celinden hegende Eyfersucht völlig benahme / und
nun zu ihrem Zweck zu gelangen bessere Hoffnung
schöpffete.

Emedund, als er wieder zu sich selbsten kommen/
entschuldigte sich/ auf Befragen/ darmit/ daß ihme
je und je dergleichen Schwachheiten zustiessen/ welches / seines Erachtens / von aufsteigenden Miltz-
Dünsten herkomme. Sie fragte nachgehends/ wie
der jenige Englische Ritter geheissen? Aimir, antwortete die Vitz-Gräfin/ so ferne solches anders sein
rechter Name gewesen/ wiewolen ich und mein Gemahl nachgehens daran gezweiffelt / da uns ein anderer Engelländischer Ritter / (so diesen zu suchen
außgezogen / und sich Richard genennet / aber unter
die Schottische Rebellen und in dero Gefängnüß
gerathen / von meinem Gemahl aber loßgemacht
worden/) der zwar deß Namens Aimir sich zu erinnern wuste/ berichtete/ daß es ein fürnehmer Englis.

Hertz/

Hertz/ mit Namen Eduard, seyn müßte/ ihr demnach
leyd seye/ daß sie ihme in damahligem Stand nicht
mehrere Höflichkeiten erweisen können. Dieses ware ein abermahliger Hertz-Stich bey Emedund, und
wäre er fast wieder in vorige Unkrafft gerathen.
Deßwegen die Viz-Gräfin ihne fragte: Er müsse gewiß bey diesem Englischen Ritter einiges Interesse
haben/ weil bey dessen Nenn-und Erinnerung er
sich allezeit so sehr alteriret?

Ich kan es nicht läugnen/ ware Emedunds Ant-
wort/ daß ich nicht ein grosses Interesse hiebey haben
solte/ sintemahlen diese beyde benannte Ritter mir
nicht nur wol bekandt/ sondern auch ziemlich nahe
verwandt seyn/ und gibt mir der Fr. Viz-Gräfin
Ringe/ daß deme also seye/ gnugsame Zeugnuß;
Weil ich aber nicht weiß/ wo diese Ritter hinkommen/
auch zweifle/ ob sie annoch im Leben/ so wird man
mich nicht verdencken können/ wann über deren Zustand ich mich sorgfältig oder bekümmert erzeige:
welches diese beyde Damen desto eher glaubten/ weilen sie die Probe schon zum zweyten oder dritten mal
gesehen hatten.

Emedund zweifelte auch desto weniger/ daß es
Eduard gewesen/ weil er von Siegfried auf dem
Englischen Schiffe verstanden/ daß Eduard sich den
Namen Aimir zugeleget hatte.   Er ware aber über
diesen Bericht so bekümmert/ daß es nicht außzu-
sprechen/ daß dahero Serena die gefaßte Höffnung
ziemlich wieder sincken liesse/ deßwegen sie sich befliß-
se/ wie sie solche Bekümmernüß abwenden könnte.

Bey der Mahlzeit ersuchte Serena die Viz-Grä-
fin/ sie wolte doch die ihr so viel Trauren verursachende Begebenheit mit der in einen Mann verän-
derten

derten Celinden / mit ihren Umständen erzehlen;
solches bathe sie darum / damit sie Gelegenheit haben möchte / Emedunds Gemüths-Regung noch
besser zu erforschen / ob sie seinem Kummer zu begegnen einigen Vortheil dabey absehen könnte/ theils
auch ihren eignen Fürwitz zu büssen.　Weilen nun
Stilpo eben dergleichen Ansuchung thate/ auch Emedund Verlangen darnach zu haben bezeugete / als
wurde hiemit von der Viz-Gräfin dem Verlangen
leichtlich willfahret.

Es ist allhier zu wissen / daß diese Viz-Gräfin/
eben die jenige Albela, deß unglückseeligen Sylvians
Gemahlin ware / und der Viz-Graf/ der wackere
Ethelred, der mit dem Aimir zu Edenburg in so guter Freundschafft gelebet/und durch dessen Vermittlung die Albela gefreyet/ihre eingezogene Mannliche
Güter wieder bekommen / und nachgehends diese
Viz-Grafschafft / wegen seiner rühmlichen Qualitä-
ten/ erlanget hatte. Darauf fienge Albela an/ alle
das jenige mit allen Umständen her zu sagen / was
mit Celinden / ihr / ihren Söhnen und Mann
sich zugetragen / deme Ethelred hernach auch das jenige zu grossem Ruhm Eduards beyfügete / was Aimir ferner für unterschiedliche Abentheuren/so lang
er in Schottland gewesen zugestossen / allermassen
solches in dem ersten Theil beschrieben worden/ worüber Emedund, Stilpo und Serena sich sehr verwunderten.　Serena unterliesse nicht / ein-und andere
Frage dabey zu thun / aber Emedund machte der
Fragen so viel / daß Albela, ( an welche selbige allein
gerichtet waren/ ) eine gute Zeit mit deren Beant-
wortung zubrachte/ worüber auch Emedund ein son-
derbares Vergnügen bezeugete/ und sein Gemüthe
um

um ein mercfliches aufheiterte / dahero Serena wie=
der neue Sorge und Eyfer der Albela halben beka=
me / weil Emedund seine bißherige ernstliche Fragen
in ein gantz freundliches Gespräch mit derselben ver=
ändert hatte.    Von dieser Unterredung an / ware
Emedund immer mehr aufgemuntert / und bey wei=
tem nimmer so traurig / als er bißher gewesen / wel=
ches den übrigen allen auch sehr lieb ware.

Dieser hatte abermahlen um seinen Abschied
gebetten / weilen er aber sich für einen nahen Anver=
wandten deß Aimirs angegeben / wolten Ethelred
und Albela, was sie Herrn Eduard nun nicht erwei=
sen kunten / an Emedund herein bringen / derowegen
dieser gezwungen wurde / sich noch etliche Tage zu
verweilen / welch höflichem Zwang er nicht wider=
stehen kunte.

Indessen ware Serena äufferst bemühet / seine
Huld zu erwerben / sie paßte und wartete ihm aller
Orthen auf / und suchte Gelegenheit / mit ihme sich zu
ersprachen / man könnte solches zwar alles der ge=
wohnlich=und Lands=üblichen Libertät deß Frauen=
zimmers / wie auch der Obligation, so sie wegen Be=
schützung wider die Räuber gegen ihm hatte / zu=
schreiben / wer aber die Sache ein wenig genau be=
obachtete / der konte schier greiffen / daß eine mehrere
Affection hierunter verborgen lage / welches die Au=
gen und Gebärden verriethen.    Ich achte für un=
nöthig / alle der Serena Kunst=Griffe / Schmeiche=
leyen und Bemühungen zu erzehlen / wormit sie
Herrn Emedund unaufhörlich anlage / deßwegen
dieser nichts als seinen Abschied verlangte / der aber
damit verhindert wurde / weil er noch mit keinem
tauglichen Pferd versehen ware / Serena auch wün=
schete /

schete / daß er keines bekommen möchte.    Er ware
fest entschlossen / wofern man ihme längstens in
zweyen oder dreyen Tagen seines Wegs zu ziehen
nicht gestattete / sich heimlich hinweg zu machen.

Indeme Emedund hiemit umgienge / truge sich
ein gantz seltsamer Handel zu / dergleichen kaum gehöret worden.    Ethelred und Stilpo, bekamen unversehens wichtige Geschäffte / welche sie obligirten /
in einer nicht weit entlegenen Stadt deß Morgens
in aller Frühe sich einzufinden: Dieser Ursache willen giengen diese beyde Herren selbigen Abend gar
frühzeitig schlaffen / weil sie um Mitternacht sich
auf den Weg machen / und folgenden Abend wieder
nach Hause kommen wolten.    Emedund hatte diesem nach sich auch etwas früher in die Federn gemacht / und etliche Stunden / sich mit allerhand
sorgfältigen Gedancken schlagend / Schlaf-loß zugebracht; biß er endlich vor Müdigkeit einschlieffe / da
ihme dann im Schlaf allerhand Phantaseyen / und
seltsame Träume vorkamen / die ihme den Schlaf
ebenso sauer machten / als ihn vorher das lange Wachen / ermüdet.    Unter andern kame ihm für / wie
man ihme nach Ehr und Leben zugleich stunde / auch
ein grausamer Wolff / (wie er der Beschreibung
nach / so er davon gelesen / darfür hielte; Dann dergleichen Raub-Thier hatte er wachend sein Lebtag
nie gesehen / weil in Engelland dergleichen nicht gefunden werden /) ihne zu zerreissen gantz grimmig
gegen ihm ankame / daß er darüber vor Schrecken
erwachte / und nach seinem Degen greiffen wolte.

In dem er aber also halb wachend und halb
noch schlaffend um sich griffe / ergriffe er eine Person
bey sich im Bette liegend / die ihn gantz freundlich
umarmete /

umarmete / und an seinem Vorhaben / nach dem
Degen zu greiffen / verhinderte. Wie! sagte diese
Person / allerliebster und werthester Emedund, woltet ihr wol so unbarmhertzig und tyrannisch seyn/
mit dem Degen mich zu empfangen / da ich doch
mich gantz gutwillig für überwunden erkenne / und
nur Quartier und Fristung meines Lebens bitte.
So wird/ neben diesem/ hoffentlich die bey euch sich
befindende Höfligkeit nicht zugeben / daß ich von
euch beschimpffet werde/ noch ihr so hartnäckig seyn/
meine so hefftige gegen euch tragende Liebe/ ( mit
deren andere sich glückseelig schätzen wurden/ ) un-
vergolten zu lassen. Erbarmet euch meiner/ Herz
Emedund, und bringet mich nicht gar in Verzweif-
lung/ welches ihr hernach / aber zu spat/ bereuen
würdet.

Emedund, der nun gantz munter worden/ und
den Schlaf auß den Augen gewischet/ erkannte nicht
nur an der Rede / sondern auch bey dem Schein eines Kammer-Liechts / daß seine Beyliegerin Frau
Serena ware / welches ihme gewaltig bang machte/
daß er sich wieder in deß verrätherischen Schiffers
Nachen oder Wohnung gewünschet hätte. Er ermangelte nicht/ ihr alle das jenige aufs beweglichste
vorzustellen / was sie von so schändlichem Unterfangen abhalten möchte/ aber nur vergebens; Dann
je mehr er ihr von Keusch- und Erbarkeit/ von Treue
gegen ihrem Ehe-Mañ/ von der Gefahr und Schan-
de/ in welche sie sich selbsten/ samt ihme zugleich stürtzen würde / vor-predigte / auch daß dieses ihr Beginnen nicht auß rechter Liebe / sondern auß einer
Raserey her entspringe / so ware doch alles dieses einer Tauben geprediget/ und widerlegte alle gethane

s

Ein-

Einwürffe. Er bate sie nochmalen aufs allerhöch-
ste/ ihne doch nicht dahin zu nöthigen/ Unhöflichkeit
wider sie zu begehen/ aber sie beharrete auf ihrem
Sinne: Ich weiß alles dieses/ sagte sie: Die Liebe
aber/ die ich gegen euch trage/ und deren hefftiges
Feuer dringt mich dieses Mittel wider eure Halßstarrigkeit zu ergreiffen/ dieses nöthiget mich/ alle
Erbarkeit auf die Seiten zu setzen. In Summa/
sie wolte entweder in ihrer Liebe vergnüget/ oder aber
deß Todes seyn/ und vermengete ihre Reden/ mit
so vielen Thränen/ die Freundlichkeit mit dem
Gewalt/ daß Emedund sich nicht weiter enthalten
kunte/ das jenige zu thun/ was er niemal zu thun
sich veste vorgenommen. Wie aber/ gabe er der
verliebten Serena Satisfaction? Auf eine so seltene Art/
daß weder sie noch er/ dardurch gefähret wurde/
nemlich also: Ihr zwinget mich/ sagte er/ zu einer solchen That/ welche abzuwenden ich viel lieber mich
in Leib- und Lebens-Gefahr sonsten wagen wolte.
Sehet nun/ Frau Serena, was für eine Vergnügung
ihr von mir begehret/ ich aber euch thun könne/ be-
trachtet/ ob bey solcher Beschaffenheit ich capable
seye/ das jenige Feur zu löschen/ das ich in euch zu
entzünden allzumal untüchtig bin. Sehet/ in was
Jrzthum die unbedachtsame Liebe euch gesetzet: Die-
mit zeigte sie der Serena die entblössete Alabaster-
Brüste/ und gabe sich für ein Weibs-Bilde/ als sie
in Wahrheit ware/ zu erkennen/ um durch solchen
bißherigen Betrug/ ihr auß ihrem Selbst-Betrug
zu helffen.

Serena, das jenige sehend und hörend/ was sie
niemalen geglaubet noch sich eingebildet hätte/ und
alle ihre Hoffnung auf einmal verlierend/ ware so
erstau-

erstaunet hierüber / daß sie eine gute Zeit / weder Reden / noch sich bewegen kunte / sondern Emedund
gantz starr ansahe. Als sie aber sich endlich / als
wie auß einem tieffen Schlaf wieder erholet / sahe sie
ihn gantz freundlich an / umarmete diesen bißher verstellten Emedund, und sprache: Weil ich euch demnach nicht als meinen Liebhaber geniessen können;
So will ich euch anjetzo als eine werthe Freundin
umarmen / und solle die jenige Liebes-Hitze / so mir
zur Schande gereichet / nunmehr in eine ehrliche Liebe und immer-währende Freundschafft sich verän-
dern / erwiese sich auch hierüber so vergnügt / als
wann ihr ihr voriges Begehren / nach Wunsch und
Verlangen erfüllet worden wäre.

Wir wollen aber dieses nunmehr beederseits
ziemlich vergnügte Paar beysammen ligen / und ihre
Unterredung mit einander haben lassen / nicht
zweiflend / zu seiner Zeit solche noch beysammen im
Bette anzutreffen / in deme ein neues Unglück / durch
das widerwärtige Verhängnuß indessen allen beyden / bereitet und angezettelt wird; Und wollen einmal den guten Vincenzo auffsuchen / zu sehen / wie es
ihme in seiner Gefangenschafft ergangen.

## Das XVIII. Capitul /

Die Alliirte und feindliche Armeen / lassen schlechten
Ernst zum Schlagen sehen. Biorn bekommt Kundschafft
von Vincenzo. Eduard machet Anstalt ihn zu erlösen.
Die Türcken belagern Esseck / werden aber durch eine
Kriegs-List zum schimpfflichen Abzug genöthiget / und
Hassan Bassa deßwegen strangulirt. Töckely muß Sie-
benbürgen verlassen. Neue Kopff-Steur wird publicirt.
Pohlnischer Feldzug / wird zu einem Fehlzug / Eduard
bringt die Frantzosen in die Fallen / und betrüget die
Schloß-Besatzung ansehnlich.

Eduard

Eduard ware die Zeit mächtig lang / daß wider alles Hoffen im Felde so gar nichts Hauptsächliches gethan / noch einige Belägerung vorgenommen wurde / er ware öffters Sinnes / sich zu der Alliirten Armee an den Ober-Rhein zu begeben / weil aber denen einlauffenden Avisen nach / daselbsten es eben so wol gar langsam daher gienge / und beyde Armeen einander nur belauscheten / und von Fernen anschaueten / auch zu einem rechtschaffenen Ernst kaum Mine machten / wolte er auch nicht auf ein ungewisses dahin ziehen / sondern noch einige Zeit in Gedult stehen.

Die tragende Liebe zu Edmunden / und deren Verlust lage ihme nicht weniger tief im Hertzen / daß er etlichmal schlüssig wurde / selbsten in Engelland zu kehren / und sie zu suchen. Endlich resolvirte er sich / Richarden abzusenden / um genaue Kundschafft einzunehmen / wie es so wol seiner Sachen halben stünde / als auch und vornemlich wie es mit Edmunden beschaffen seyn möchte.

Indeme nun Richard zu seiner Räyse sich fertig machte / Eduard aber mit allerley schwermüthigen Gedancken sich schluge / waren Rheinwald und Biorn beflissen / allerley neuen Begebenheiten nach zu forschen / als sie einsten mit einer streiffenden Parthey / um den Feinden einigen Vortheil abzusehen / oder Abbruch zu thun / außgegangen / und eine Frantzösische geschlagen / von denselben etwas Beuthe und einige Gefangene bekommen / brachten sie von einem der Gefangnen in Erfahrung / wie Vincenzo auf einem nicht gar viel Meilen entlegenen Schloß annoch verwahret würde / biß er sich ranzioniren könnte / von seinen Wunden zwar genesen / jedoch
aber

aber wegen einer andern Kranckheit noch/ etwas un=
päßlich wäre/ dann/ weilen er im Treffen bey Fleury
übel verwundet worden/hätte man/in Ansehung sei=
ner Verwundung / und weil er nur / als Voluntair.
bey der Alliirten Holländischen Armee sich finden
lassen / ihne etwas freundlichers tractiret / und auf
dieses von Frantzosen besetzte Schloß geschicket/ da=
mit nicht / durch ferners Umschleppen/ er in grössere
Gefahr/ und man um die Hoffnung einer guten
Ranzion käme.

Biorn ware diese Zeitung sehr lieb zu vernehmen/
zeigete solches auch gleich alsobald Herrn Eduard
an / der es ebener Massen gern vernahme/ und bey
sich selbst zu überlegen begunte / wie er ihne ohne
Ranzion erledigen / und wieder auf freyen Fuß stel=
len möchte / welches er auch Rheinwald und Biorn
zu verstehen gabe / und ihres Raths sich bedienete.

Inmittelst aber/ als sie mit solchen Anschlägen umgien=
gen / lieffen auß Ungarn abermahlen Zeitungen ein/ daß die
Türcken/nach Eroberung Belgrad/über die Sau gesetzet/und
mit voller Macht auf Esseck loß gegangen/ in Meynung/ sel=
bigen importanten Passes über die Drau sich auch zu bemäch=
tigen/wie sie dann den 19.Octobr.unter dem Commando deß
Hassan Bassa auß Bosnia/ in 15000. Mann starck/ nicht al=
lein vor Esseck bereits angelanget / sondern hatten auch also=
bald mit 6.1.pf.und 2.8.pf.Stücken/nebst 2.Mörsern/dassel=
be zu beschiessen/und würcklich zu belagern/angefangen. Und
gleich wie der Feind diese Belagerung eyferig fortsetzete/also
unterliessen auch Ihro Durchl.nicht/ überal gute Anstalt zu
machen / deßwegen sie sich in Gefahr zu setzen nicht scheueten/
massen dann den 9 Novembr. R E. als sie deß Feindes Wer=
cke zu recognosciren außgangen/die Türckē solches ersehend/
so starck Feuer auf dieselbe gaben / wordurch sie etwas ver=
wundet worden / dessen aber ungeachtet / liessen dieselbe den
darauf folgenden 4.dito mit 300.Mann zu Fuß/und 100.zu
Pferde/um Mittag einen Außfall thun/so also geglücket/daß

der

der Feind guten Theils auß seineu Approchen geschlagen/sel-
be/so viel möglich/ruinirt/5.Fahnen erobert/und etliche 100.
Türcken erlegt worden. Den 5 dito, weil der Feind/so noch
15.Schritte mit seinen Approchen von den Pallisaden stunde/
auch durch continuirliches Bomben-Einwerffen und Schiessen die Häuser sehr durchlöchert hatte/sich anstellete/als ob er
einen Haupt-Sturm zu wagen Willens seye/ verfügten sich
Jh.Durchl.nebst dem General von Stahrenberg/so stracks in
die Aussenwercker/und liessen alles in gute Verfassung stellen.
Als sie nun durch einen Gefangenen Nachricht erhielten/daß
die Türcken im Lager vest glaubten/ob solte ein starcker Teutscher Succurs/um Esseck zu entsetzen/im Anzug begriffen seyn/
deßwegen auch der Bassa vor dessen Ankunfft den Ort zu ero-
beon sich äusserst bemühen würde/ so wurde darauf/ um die
Türcken hierinn desto mehr zu stärcken/die dißseits der Donau
gestandene Cavallerie gegen Abend weitläafftig auß einander über die Brücke zu Esseck zu marchiren beordret/ welches
auch so glücklich angaugen/daß der Feind bey deren Anmarch,
bevorab/da er die zu diesem Ende hinauß geschickte Trommel-
schläger/den Dragoner-und Musquetirer-March, (obwol deren keine vorhanden/) zu schlagen/ auch sonst mit Paucken/
Trompeten und Pfeiffen/ ein grosses Gethön zu machen an-
fiengen/nicht anders geglaubt/ als ob ein grosser Succurs in
Esseck ankommen/derohalben er so gleich/ nach gehaltenem
Abend-Gebett/alles Geschütz gegen die Stadt gelöset/darauf
die Approchen verlassen/ und sich zur Flucht fertig gemacht/
Jh.Durchl.als dero diß alles ohnwissend/liessen dargegen die
gantze Nacht solchen Lermen machen/ als wann man Augenblicklich den Feind überfallen wolte. Weil dann darauf so wol
in den Approchen/ als feindlichem Lager/ alles still worden/
auch die an den Pallisaden stehent Schildwachten angezeigt/
daß in den Lauff-Gräben nichts mehr gearbeitet werde/ hat
solches den Hertzog bewogen/einen von denen Musquetirern/
welcher/ in gedachte Lauff-Gräben zu gehen/ sich unterstehen
wolte/ eine Erkanntnüß von 50.Ducaten zu versprechen/de-
ren einer die Kühnheit gefasset/ und sich hinein gewaget/ auch
ersehen/daß die Türcken die Lauff-Gräben würcklich verlassen/
weßwegen der Hertzog frühe Morgens 50.Husaren auß der
Stadt gelassen/ welche nicht mehr/ als 3.Türcken/ angetroffen. Hierauf haben sich Jhro Dürchl.nebst dem General von
Stahren-

Stahrenberg / mit einiger Mannschafft deß Tages / als am
6. dito, in deß Feindes Lager erhoben / die hinterlassene 4. Stücke / 2 Mörsel / eine grosse Quantität von Munition / Bomben /
Granaten und Proviant / neben andere ' Bagage, so die Türcken hinterlassen / in die Stadt führen / und die feindliche Lauff-
Gräben / und anders / wieder zuwerffen lassen / auch haben die
Husaren biß gegen die Sau gestreiffet / und nichts vom Feind
angetroffen.      Weil nun diese Belagerung durch obgedachte
Kriegs-List / und andere gute Anstalten / vom Feind ware aufgehoben worden / so seynd darauf Jh. Durchl der Hertzog von
Croy, nachdem Sie das Commando von Esseck dem General
von Stahrenberg überlassen / noch selbigen Tages von dannen
nach Wien abgeräyset / um Jhro Käyserl. Maj. den annehm-
lichen Bericht zu überbringen / wordurch der Käyserl. Hof um
so viel mehr erfreuet wurde / weil einige / wegen deß furiosen
Angriffs der Türcken / diesen Platz / als welcher von keiner sonderlichen Fortification, und folglich den Haupt-Paß der Esse-
cker-Brücken / wordurch dem Feind / zu weiterm Unternehmen /
ein grosser Vortheil zugewachsen / fast für verlohren achten
wollen / wie dann auch Jh. Durchl. vom Käyserl. Hof vorhero
Ordre erhalten / die Stücke / und andere Sachen / so viel möglich / samt den Soldaten / über den Drau-Fluß zu salviren / den
Ort zu sprengen / und alle über die Moräste biß auf Darda gelegene Brücken / (deren 16. sind /) nach sich zu verbrennen. Der
Türckische Bassa aber war / wegen aufgehobener Belagerung /
auf Befehl deß Groß-Beziers / strangulirt worden.
      Solches verursachte am Käyserl. Hof groß-Vergnügung /
insonderheit / weilen zugleich ein vom Herrn Marggrafen zu
Baaden abgeschickter Currier nach Wien mitbrachte / daß Jh.
Durchl. deß Töckely Vor-Trouppen nicht allein geschlagen /
sondern auch auß Siebenbürgen zu weichen gezwungen hätten. Ferner wurde berichtet / daß die Käyserl. Erb-Länder sich
dahin erbotten / nicht allein alle Pässe auf eigenen Knsten / und
die im Land ligende Vestungen / mit gnugsamer Mannschafft
zu besetzen / sondern auch Jh. Käyserl. Maj. zu freyer Disposi-
tion, diesen Winter über auß ihren Mitteln 12000. Mann zu
werben / und zeitlich ins Feld zu stellen.      Weil auch die Ordi-
nari-Mittel zu so schweren Kriegs-Unkosten nicht erklecklich
seyn wolten / als haben Jh. Käyserl. Maj den 16.16 Octobr.
zu Wien durch offentlichen Druck eine Kopff- und Beysteuer
publi-

publiciren laffen/darinnen dann/fo viel die Weltliche betrifft/
alle Stands-und andere Perfonen in Nieder-Oefterreich/vom
Höchften biß auf den Geringften/auch Handwercks-Gefellen/
Tagwercker/&c. auf ein Gewiffes taxirt/ und nach dero Vermögen und deffen Unterfcheid/in 3.Claffes vertheilet/und an-
gefchlagen worden/mit diefem Unterfcheid/daß die Gemahlin
und Frau die Helffte deffen/ fo ihr Gemahl und Ehemann für
feine Perfon/ entrichten muß; Die noch unter Vätterlicher
Gewalt aber ftehende Kinder/ Mann-und Weiblichen Ge-
fchlechts/groß oder klein/ den vierdten Theil deffelbben/ zu bezahlen fchuldig feyn folten. Der Judenfchafft wurde hierbey
auch nicht vergeffen/fondern eine namhaffte Summa zu bezahlen ihr auferleget. Die Geiftlichkeit/jedoch nach Unterfcheid der Perfonen/truge auch das Ihrige bey/unter dem Namen einer freywilligen Beyfteuer. Der Papft hatte bereits
300000.Gülden nach Wien übermacht/ und die Italiänifche
Fürften/ 300000.Reichs-Thaler Subfidien zum Türcken-
Krieg herzugeben verfprochen.

Auß Pohlen lieffe Nachricht ein/daß der Heu-
raths-Contract, zwifchen dem Königl.Printzen Ja-
cob/und Ih.Durchleucht/der Prinzeffin Elifabetha/
von Pfaltz-Neuburg/ratificirt/undunterfchrieben
worden. Was die Kriegs-Sachen anbelanget/fo
hatte man eine Zeithero/ von wegen der Tartarn/
fo unter dem Commando deß Sultans Galga, fich
zum Töckely in Siebenbürgen begeben hatten/ fich
nichts dafelbften zu befahren/ dannenhero die Pohlen in die Wallachey zu gehen/ und gegen Budziac
eine Diverfion zu machen/ fich entfchloffen/ wie dann
auch die Kron-Armee/ welche nach gehaltener Mu-
fterung zu Baryß/11871.Mann zu Fuß/und 8000.
zu Pferde/ftarck befunden wurde/zu derē noch 1000.
Cofacken/ ohne die Litthauifche Armee/ ftoffen fol-
ten/den 28.Augufti, auß dero Lager gegen dem Nie-
fter-Strohm aufgebrochen/ und den 10.Septembr.
nachdem fie fich vorher mit der Litthauifchen con-
jungirt/

jungirt/ diesen Fluß passirt/ folgends sich bey Snia-
tyn gelagert. Weilen nun allda von dem Verlust
der Käyserlichen in Siebenbürgen/ die Feld-Her-
ren Nachricht erhielten/ entstunde bey denselben
nicht wenig Nachdencken/ ob der March, bey so gestalten Sachen/fortzusetzen seye/oder nicht; Worauf den 13. beschlossen worden/ mit einer starcken
Parthey vor Soczowa zu gehen/ um sich deß Orts
zu bemächtigen/ und zu besetzen/ so auch vollzogen/
und der Obriste Harstall/ mit 800. Mann hinein
geleget worden. Als hierauf die übrige Mannschafft im Lager ankommen/ ist die gantze Armee/
wieder zuruck nach dem Dniester marchiret/allwo sie
zu End deß Septembris ankommen/darauf den Fluß
repassirt/ um nach gehaltener Musterung/ in die
Winter-Quartier verleget zu werden/ daß also dieser Feld-Zug so wol/ als die Vorige/ worzu der
Päpstl. Nuntius nicht wenig Geld hergeschossen/
abermahls/wider alle geschöpffte Hoffnung/ frucht-
loß abgeloffen/ und zu einem Fehl-Zug worden.

Uber diese und andere dergleichen einlauffen-
de Zeitungen/ hatten unsere Ritter allerhand Spe-
culationes,da dann Rheinwald/als der lauter Feuer
und Action ware/ sich nicht genug verwundern kun-
te/ daß es mit der Alliirten Kriege/ aller Orten so
gemachsam daher gienge/ gleich als ob es allerseits
eine abgetroschene und zuvor angelegte Sache gewe-
sen/die zum Kriegen bequeme Zeit/fruchtloß verstrei-
chen zu lassen; Eduard aber wuste ihm mit allerley
Beweiß-Gründen/ und scheinbaren Einwürffen/
also zu antworten/ daß er sich endlich zufrieden geben muste.

Nach diesem waren sie bedacht/ wie sie den

Vincenzo

Vincenzo auf freyen Fuß stellen/ und denen Frantzosen entwältigen möchten/ Eduard hatte durch unterschiedliche Kundschaffter/in Erfahrung gebracht/
daß die jenige Frantzösische Besatzung deß Schlos-
ses/ wo Vincenzo sich aufhielte/ öffters auf Parthey
außzugehen/ und das Schloß ziemlich schlecht besetzet zu lassen pflegten/ weil sie in ihren Streiffe-
reyen gemeiniglich glücklich seyen/ und sie von denen Teutschen daselbsten sich nichts beförchteten.
Dahero Eduard desto bessere Hoffnung schöpffete/
ihnen eines anzubringen; Er erkundigte sich/ wer
der Commendant deß Schlosses seye/ wie er und die
übrige Officirer hiessen/ und was er sonsten ihme
zu wissen nöthig zu seyn erachtete.

Als er nun von allem genugsame Kundschafft
eingezogen/ und von Voluntairs eine ziemliche Parthey an sich gehenget/ auch noch einen Teutschen
Officier/ eine Parthey zu wagen/ mit einer Anzahl
seiner Leute/ auf vorherige Erlaubnüß/ zu sich ge-
zogen/ gienge er in der Nacht mit denselbigen auß/
und nahme einen weiten Umschweiff/ damit man
desto weniger wissen möchte/ was er im Schild füh-
rete/wo er hinkame/gabe er sich für Frantzösisch auß/
und liesse seine Leute sich gar eingezogen halten/ damit er bey den armen Land-Leuten desto bessern
Willen und Vorschub haben möchte. Durch einen
Führer und wolbelohnten Kundschaffter/ kriegte
er folgenden Tages Nachricht/ daß fast der halbe
Theil der Schloß-Besatzung abermahlen außge-
gangen/ einen Streiff in Feindes-Land/ und gegen
die Alliirten zu thun/ ihm würde zugleich berichtet/
wie der jenige Officier mit Namen hiesse/ der die
Parthey commandirte/ und/ daß sie etliche Tage
außbleiben/

außbleiben wurde; Deſſen bedienete ſich Eduard
alſo / daß wo er hinkame / er ſich deß Namens jenes
commandirenden Frantzöſiſchen Officiers bediente/
ſintemahlen er wuſte / daß Jener gantz einen andern
Weg für ſich genommen; Solches diente ihm nun
darzu / daß/ er deſto ſicherer ſein Deſſein außführen/
und deſto weniger verkundſchafftet wurde; Die
folgende Nacht / als er ſeine Leuthe ſich mit nothwendiger Fütterung für Menſchen und Pferd verſehen laſſen / lieſſe er ſich durch einen der Wege wol-
Erfahrnen in einen nahe am Schloß gelegenen
Walde bringen / darinnen ſie ſich gantz ſtill hielten/
Eduard aber mit ſeiner übrigen Geſellſchafft ſich im-
mittelſt deß Schloſſes Gelegenheit erkundigte / zu
ſehen / wie ſein Anſchlag ins Werck geſetzet werden
könnte.    Er fande aber ſolches alſo beſchaffen/ daß
er mit Gewalt etwas außzurichten ſich nicht ge-
trauete / ſondern auf Liſt und Strategema bedacht
ſeyn muſte.

Zu ſeinem Vorhaben nun zu gelangen / fertigte er einen verſchlagenen abgeſäumten und
im Schloß bekandten Bauren / mit Bezahlung
eines Stücke Geldes / und unter Verſprechung
noch reicherer Belohnung / gegen Abend in das
Schloß ab; Der dem Commendanten anbrachte/
daß eine kleine feindliche Parthey dieſer Orten ver-
handen / in einem Dorffe anzutreffen / und leichtlich
zu ſchlagen oder aufzuheben wäre.    Der Commendant erkundigte ſich gar genau / wie ſtarck ſolche
Parthey wäre / und wie ihr beyzukommen.    Der
Bauer wuſte alles ſo umſtändlich zu erzählen / und
die Sache ſo gut zu machen/ daß ihme der Commendant nicht nur glaubte / ſondern auch einen Trunck/

neben

neben einer Verehrung reichen/und Anstalt zu Rui-
nir- oder Aufhebung dieser ihme verkundschaffteten
Parthey machen liesse.

Als die Nacht herbey kommen / fertigte er in
aller Stille 30. von seinen Leuthen ab/ den Anschlag
ins Werck zu richten / und wurde der Bauer ihnen/
als der Anbringer und Weg-Weiser / mit gegeben/
der ihnen gesagt/daß sie über 2. Stunden nicht würden zu marchiren haben / so würden sie die Parthey antreffen/als auch geschahe/ wiewolen auf eine
gantz andere Weise ; Dann/ Eduard hatte es mit
dem Bauren schon vorhin abgeredet/wie er sich ver-
halten/ und ihme die Frantzosen ins Netze führen
solte/ so fern man ihne zum Weg-Weiser gebrauchen würde/ wie er sich's selbsten wol einbildete / wenigstens solte er ihnen den abgeredten Ort und Weg
anweisen.     Auf solches hin hatte Eduard seine bey
sich habende Leute in zwo Partheyen vertheilet/dar-
von er neben Richard und Biorn die eine/Rheinwald
aber neben dem andern Teutschen Officier den andern Theil anführete / und sich an dem bestimmten
Ort so vortheilhafftig postirten/daß ihnen unmöglich ein Frantzoß entrinnen kunte / so sie dahin gelangeten. Es ware ein lang- und tieffer Hohl-Weg/
wodurch selbige passiren / und gleichsam nur defili-
ren musten/von beyden Seiten ware ein dickes Gesträuch / welches Eduard mit seinen Leuten wol be-
setzet/die er zu Fuß daselbsten vertheilet/ Rheinwald
aber und die Seinige den Außgang besetzet hielten.

Eduard, der mit den Seinigen bey dem Anfang
deß Hohl-Weges aufpassete/ hielte sich gar stille/
biß die Frantzosen völlig vorbey/und nun nicht mehr
zuruck konten/alsdann gienge er hinter ihnen drein/
und liesse

und lieffe die Seinige Feuer geben/da dann die Hin-
terſte wieder umzukehren vermeynten / ſie waren
aber von Eduard ſo enge eingeſchräncket/ daß es ihnen unmöglich ware/ zu entwiſchen; Als Eduard
den Feind hinterwarts angriffen / machten die
Vorderſten nicht viel Zauderns / ſondern ſuchten
eyfferigſt / das offene weite Feld zu gewinnen / aber
der Paß ware ſchon zu wol verleget/und empfienge
ſie Rheinwald ſo unſauber/ daß ſie weder vor noch
hinter ſich wuſten / die/ ſo mitten im Hohl-Weg begriffen / ſtiegen von den Pferden / vermeynend zu
Fuß deſto eher zu entgehen / aber auch dieſe Hoffnung fehlete ihnen/muſten alſo einen harten Stand
thun / indeme ihrer 15. auf dem Platze blieben / die
übrige aber verwundet und gefangen genommen
wurden/ die ſie alſobald zuſammen kuppelten / und
durch die Ihrige verwahren lieſſen/ vornemlich aber
ſich der Namen ihrer Officiers erkundigten. Von
Eduards Seiten waren nur etliche bleſſirt worden.
Indeme nun der Anfang dieſes Anſchlags ſo
wol geglücket/ machte Eduard gute Hoffnung / es
ſolte auch das übrige Vorhaben glücklich von Statten gehen / berathſchlagete ſich darauf mit Rheinwald und den Ubrigen / wie die Sache ferner anzugreiffen / und machten einen Theil ihrer Leuten/
die guten Theils Frantzöſiſch redeten/mit der Frantzoſen ihren Pferden beritten / legten auch derſelbi-
gen Röcke und Liberey an / um die im Schloſſe deſto
beſſer zu betrügen.
Darauf ritten ſie in guter Ordnung im Fin-
ſtern dem Schloß zu / Eduard aber / ſchickte den
Bauren auf einem Pferde der Seinigen vorauß/
denen im Schloß der Ihrigen Victorie anzudeuten/
und zu

und zu machen/ daß inmittelst Anstalt zu ihrer Wie-
der-Einlassung gemacht wurde.

Der abgesandte Bauer/ dem ein guter Theil
von der bereits gemachten Beuthe zu Theil/ auch
noch ein Mehrers versprochen worden/ säumete
nicht/seine Person noch ferner wol zu spielen; Hier
siehet man insonderheit/ was das verfluchte Geld
nicht könne; Dieser Bauer hatte sich schon öffters von denen Frantzosen für einen Spion gebrauchen lassen/und Belohnung empfangen/weil er aber
von einigen beleydiget/ und nicht mehr/ wie vorhin/
bezahlet worden/ hienge er den Mantel nach dem
Wind/und ware dem Jenigen am Getreuesten/der
ihne am Reichlichsten belohnete.

Als der Bauer für das Schloß kame/schrye er
denen Frantzosen zu/ sie solten gutes Muths seyn/
der Anschlag wäre wol abgegangen/ solten ihne ein-
lassen/ welches/ weil er wol bekandt ware/ bald geschahe. Da er dem Commendanten erzehlete/ daß sie
die Teutsche Parthey angetroffen/ selbige geschla-
gen/theils erleget/theils gefangen/und gute Beuten
gemacht hätten; Allein/ hätte es ihrer Seits auch etwas Blut gekostet/ indeme ihrer 2. geblieben/ und
etliche verwundet worden/ unter welchen auch der
Jenige/so die Parthey commandirte/ (und er/ der
Bauer/mit Namen nennete/) begriffen/ liesse derowegen den Commendanten ersuchen/ ihme den Artzt
entgegen zu schicken / damit ihme in Zeiten könte
Rath geschaffet werden.

Niemand hatte einigen Zweiffel an dieser Zei-
tung/weil sie den Bauren jederzeit aufrichtig befun-
den/ auch vorher etwas vom Schiessen gehöret/und
daß es von den Ihrigen geschehen/geglaubet hatten/
so ware

so ware auch wahrscheinlich/ daß der Ober-Officier
der Parthey verwundet wäre; Das glaubwürdigste
Zeugnüß aber ware dieses/ daß der Bauer ein erbeu-
tetes Teutsches ihnen nicht bekandtes Pferde ritte/
worauf noch ein Teutscher Mantel aufgebunden
ware/ welches er bate/ ihm verwahrlich aufzubehal-
ten/ weil es ihme zu Theil worden/ und er zu Fuß seinen Cameraden entgegen gehen wolte/ weil sie nimmer mehr lang außbleiben/ vermuthlich aber den
Verwundeten auf dem nächsten Dorff lassen würden.   Auf diesen deß Bauren Bericht/ wurde dem
Artzt befohlen/ sich zu dem Verwundeten zu verfü-
gen/ welches er/ neben seinem Diener/ ungesäumet
thate; Indessen nahete sich Eduard mit den Seinigen herbey/ mit grossem bey den Frantzosen gewöhn-
lichem Frolocken/ so die Jenige/ so auf der Frantzosen Pferden saßen/ in ihrer Mundirung versteckt
waren/ und gut Frantzösisch redeten/ machten. Unter denen im Schloß ware nicht geringere Freude/
über diesem Streich/ und lieffen theils mit Fackeln
auf die Mauer und Thor/ um ihre victorieuse Cameraden einziehen zu sehen/ und die mit sich führen-
de gefangene Teutsche zu verspotten.

Eduard, Rheinwald/ Biorn und Richard schryen
unterdessen denen Frantzosen auch von aussen unterschiedlich zu/ die jenigen Namen deren Officiren nen-
nende/ die sie wusten/ daß sie gewiß im Schloß wa-
ren/ welches Eduard alles mit grossem Fleiß erkundi-
get. In Summa, sie erzeigeten sich nicht anders/ als ob
sie rechte natürliche Frantzosen wären/ worzu ihnen
die Sprache/ der außgerittenen Pferde/ Kleidung/
Liberey/ insonderheit auch dieses dienlich ware/ daß
Eduard einige seiner Leuthe zu Fuß/ als Gefangene/
mitschley-

mitschleppen/ und unterschiedliche leere Pferde/ als
ob sie erbeutet/ daher führen liesse/ welches man zwar
bey dem Schein der Fackeln von der Mauren wahr-
nehmen / aber doch nicht gar eigentlich / weilen sich
Eduard nicht allzusehr hinan genahet/ unterscheiden/
oder die Leuthe erkennen können.

Eduard selbsten hatte deß commandirenden Officiers Rock angeleget/ und Rheinwald eines an-
dern/ und sich auf ihre Pferde gesetzet/ die Ihrige
aber/ als eine Beute/ leer führen lassen/ der Sachen
desto mehr Farbe zu geben/ und die Frantzosen desto
besser zu teuschen.

## Das XIX. Capitul /

Eduards Anschlag wird durch den Artzt entdeckt/
aber dessen unerachtet/ er nach hartem Widerstand/ deß
Schlosses mächtig/ Vincenzo, samt andern Gesange-
nen/ erlöset/ und Humfred gefunden Eduard, mit den
Seinigen/ stösset auf eine starcke feindliche Parthey/ da
es zu einem absonderlichen Kampff/ und ernstlichen
Scharmützel kommt/ da zwar Eduard das Feld behält/
Vincenzo aber gar übel verwundet wird/ sie kommen zu
Namur an / Eduard , und seiner Gesellschafft wird
grosse Ehre erwiesen.

SO bald das Thor geöffnet/ und der Artzt mit
seinem Diener und dem Bauren hinauß gelassen wurde/ ware Eduard mit seinen Ritterlichen Gefährten gefast/ in das Schloß einzubre-
chen/ wie er auch mit denen Verkleideten/ die in den
ersten Gliedern waren/ thate/ und die äussere Porten
und Brücke bereits passiret ware/ und innen hatte.

Der Artzt/ als er an Eduarden den ihme wolbe-
kandten Rock / aber darinnen einer andern Person
im Vorbehreiten gewahr wurde/ zwar die Kleidung
und Lieberey der andern auch/ aber von denen Leuten
Niemand

Niemand kannte/ merckte alsobald/ daß es nicht
recht daher gehen müste/deßwegen schrye er auß vollem Halse: Verrätherey! Verrätherey! es wurde
ihme aber das Schreyen bald verbotten/ da ihn einer vom Pferde herunter schmisse. Der Comendant
liesse alsobald auf die Unserige Feuer geben/und Lär-
men machen/ auch das Thor sperren.　Eduard aber
mit Richard und Rheinwald/　und wenig andern/
waren bereits biß gegen dem innersten Thor passirt/
da inmittelst die ihme folgende mit der Wacht/ die
deß Betrugs nun auch gewahr worden/ genug zu
thun hatten/ um nicht von Eduard abgeschnitten zu
werden; da gienge es nun hart her/und wandten die
Frantzosen allen Fleiß und Gewalt an/ den Feind
wieder auß der Porten zu bringen/wurden auch von
der Mauren und Thurn auß dem Schloß tapffer
secundirt/ daß es schier für Eduard ein gefährliches
Ansehen wolte kriegen/ weil er die noch vor sich habende Pforten wol versperret befande.

Gleich wie er aber niemahlen in einiger Gefähr-
lichkeit seinen Löwen-Muth sincken lassen/also ware
er auch diß mahl resolvirt/ eher zu sterben/ als sein
Vorhaben/　nach so gutem Anfang/　nicht vollend
außzuführen ; Demnach befahle er denen bey sich
Habenden/ das Thor mit allem Gewalt/ mit denen
auf allen Fall zu solchem Ende mit sich genommenen
Beyheln und Aexten/ zu bewältigen/ bevor es von
innen verleget/ oder verschüttet wurde/ welches sie
auch/ als die nun zwischen Thür und Angel steckten/
mit solchem Ernst und Nachdruck thaten/daß sie die
Porten darnieder warffen/ und sich den völligen
Eingang ins Schloß mit Gewalt öffneten.

Indessen hatte Biorn, neben dem Teutschen Of-
IV. Theil.　　　　　ⅎ　　　　　ficier/

ficier/auch ihr äusserstes gethan/die Wacht völlig zu
übermeistern/ und Eduard mit den Seinigen zu suc-
curriren/worzu die Jenige/so die Gefangene præsentiren solten / jetzo aber frey und bewöhrt waren / ein
Mercklickes halffen/indeme sie das Corps de Guarde
von der Seiten und hinten zu umschlichen / und denen Frantzosen Arbeit machten/ welche meistens ca-
putirt wurden.    Ob schon Eduard die Porte bemei-
stert / so ware er darum noch nicht völliger Meister
deß Schlosses / dann der Commendant, mit seiner
noch übrigen Mañschafft/thate vigereuse Resistence,
als der da sonderlich Eduard , viel zu schaffen gabe/
biß Eduard ihne hefftig verwundete / Rheinwald
aber und Richard, auf der andern Seiten Raum
machte/ daß sie nun völlig ins Schloß eindringen
kunten/ da dann/ was die Soldaten in Waffen an-
traffen/ niedergemacht wurde.  Der Bauer/der die
Unserige angeführet/und den Betrug so wol spielen
helffen/ wurde im Thor von einem Frantzosen / der
ihne erkennet/ niedergestossen/ und empfienge also
seinen wol-verdienten Verräthers-Lohn.    Dann/
obwol/sonderlich in Kriegs-Sachen/die Verrätherey sehr geliebet / und auf alle ersinnliche Wege dahin getrachtet wird/wie dem Feind mit List oder Gewalt Abbruch geschehen möge; So seyn doch hingegen die Verräther selbsten / und ihre Person / aufs
Höchste verhasset/ indeme man sich zu einem solchen
niemahlen nichts Gutes zu versehen hat / und den/
dem er heute so wol gedienet / gar leichtlich Morgen
selbsten wieder verrathen darff/ wie an diesem Bauren zu ersehen.

So bald Eduard deß Schlosses Meister/ ware
seine meiste Sorge / um Vincenzo , der in einem
schlechten

schlechten Zimmer verwahret wurde. So bald sie
einander ansichtig worden/umarmeten sie einander/
und Vincenzo küssete Eduard, wider seinen Willen/
etliche mahl die Hand/ so erfreuet ware er/ daß er
wieder zur Freyheit gelangen solte. Als unsere Helden alle beysammen/ und nicht mehr/ als 4. Mann/
verlohren/ und etliche Blessirte bekommen/ auch die
Wacht bestellet hatten/erquickten sie sich/mit Speiß
und Tranck/ und berathschlagten/ was ihnen nun
weiter zu thun nöthig seyn möchte. Weil aber das
Schloß zu weit entlegen/ auch sie solches zu behaupten nicht starck genug/ und keines Entsatzes sich ge-
trösten/ zumahlen solches ihnen auch wenig nutzen
kunte/ anerwogen sie ihr Vorhaben/ den Vincenzo
zu erledigen/ bereits vollzogen/ als resolvirten sie
sich/ solches ehestens wieder zu verlassen/ bevor die
umligende Frantzösis. Besatzungen darvon Nachricht kriegten/ und ihnen auf den Dienst passeten/
oder im Schloß belagerten.

Indeme nun die Soldaten mit Plünderung
deß Schlosses und Beutmachen beschäfftiget/ hörete man auß einem Loche Jemand sehr ängstig Herz
Aimir! ruffen/und um Errettung bitten. Eduard, der
schon wieder zu Pferde sasse/und zum Abzug Anstalt
machte/ hörete das Ruffen/ und dauchte ihne/ die
Stimme zu kennen/befahle deßwegen/nachzusehen/
wer die Hülff-ruffende Person wäre? Als solche vor
ihn gebracht wurde/erkannte er sie für den gelehrten
Schotten Humfred, der vor weniger Zeit/als er nach
Lüttig gehen wollen/ von einer Frantzösis. Parthey
gefangen/ und neben andern hieher geführet worden. Humfred wuste nicht/ wie er seine Freude genugsam außlassen/ noch Herrn Aimir gebührenden

Danck

Danck erstatten solte/dann er wuste nicht/daß Aimir
seinen Namen seithero in Eduard verwandelt/ wurde aber dessen von Richard und Biorn zu seinem grossen Vergnügen berichtet.

Eduard seines Theils ware nicht weniger erfreuet / seinen alten Räyß-Gefährten / neben dem
Vincenzo / wieder in Freyheit gesetzt zu haben / ver-
schaffte auch/ daß alle andere übrige Gefangene/ deren ungefähr 16.waren / auf freyen Fuß solten gestellet werden/daß ein Jeder seines Gefallens seinen
Weg räysen könte / welches bey allen grosse Freude
erweckte/ die Meiste aber in Eduards Gesellschafft/
mehrerer Sicherheit halben/zu bleiben verlangeten/
so ihme nicht unangenehm gewesen.

Nachdem sich nun Humfred und Vincenzo beritten / und die gantze Parthey rechtschaffene gute
Beuthen gemacht hatten/gar Vieles aber nicht mit
sich schleppen und führen kunten/nahme Eduard seinen Abzug / da dann die Letztere / ohne habende Ordre, das Schloß an unterschiedlichen Orten anzün-
deten/welches aber Eduarden sehr mißfiele/ indeme
er sich verlauten liesse / er wäre nicht um Plünderns
und Brennens willen außgezogen / sondern seinen
guten Freund zu erlösen. Als man ihme aber zu verstehen gabe/ daß es nicht unbillich/ mit einem offentlichen Feind / der doch weder Treu noch Glauben
hielte/ feindlich zu verfahren/ bevorab/weilen dieses
ein schlimmes Raub-Nest seye/ auß welchem denen
Benachbarten grosser Schaden und Uberdrang geschehe / auch durch Ruinirung deß allda in ziemlicher
Quantität sich befindenden Vorraths / dem Feind
eben wol einiger Abbruch geschehe / so denen Alliirten zum Vortheil gereichete/ liesse er es/ ( weilen es

ohne dem nicht mehr zu ändern/) eine geschehene
Sache seyen.

Darauf ritten sie in guter Ordnung/nachdem
sie zuvor ihre Todte vergraben lassen/ ihres Weges
fort / da ihnen Vincenzo erzehlete / wie es ihme seyt
dem er in der Schlacht bey Fleury verwundet und
gefangen worden / ergangen; Dergleichen Erzäh=
lung auch Humfred thate / womit sie also ihre Zeit
vertrieben / immittelst aber allerley Ab=und Umwe=
ge suchten/um denen Frantzosen ( die/wie sie gewisse
Kundschafft hatten / auß etlichen Orthen sie zu ver=
folgen sich zusammen thaten/) nicht in die Hände
zu gerathen.

Es fügte sich aber deß andern Tages / daß sie
ungefähr auf eine starcke Parthey Frantzosen sties=
sen/ so eben die jenige ware / so auß dem geplünder=
ten Schlosse etwas Zeit vorhero außgegangen/und
unter Wegs sich verstärckt hatte / auch nun wieder
in der Ruck=Kehre nach ihrem Raub=Nest begrif=
fen ware/von dem Vorgegangenen aber noch nichts
wußte.   Jene schickte alsobald einen Trompeter
ab/ sich zu erkundigen/was Volcks die Unserige wä=
ren.   Dann weilen Theils der Unserigen Frantzö=
sische Mundirung und Lieberey hatten / wußten je=
ne nicht darauß zu kommen.   Auf deß Trompeters
Nachfragen / wurde ihme geantwortet/ wie vorhin
Eduard, da er noch im Anzug ware/ zu antworten/
und ihne für einen Frantzösischen Parthey=Gänger
anzugeben befohlen hatte.   Dieses geschahe aber
hinter Eduards Wissen/weil der/so die Antwort dem
Trompeter gabe / gleichwol meynete / es bliebe bey
dem vorigen Befehl.

Der Trompeter / der bey Nennung seines

t 3                              comman-

commandirenden Officiers Namen/noch mehr aber
ab der meslirten Mundier-und Staffierung dieser
Parthey stutzte / ritte mit der Antwort wieder zu-
ruck/ kame aber bald wieder/ und begehrte mit dem
jenigen / der das Commando führete / Namens seines Herrns / selbsten zu reden.

Eduard liesse ihne alsobald für sich bringen/mit
Frage/was sein Begehren seye? Darauf der Trompeter sagte: Sein Herr befremdete sich nicht wenig
zu vernehmen / daß jemand mit ihme gleichen Namen führete / da er doch darfür hielte / daß in gantz
Franckreich niemand gleichen Namens mit ihme
wäre;Verlange demnach zu wissen/was Geschlecht
und Herkommens/ und ob er ihme Verwandt seye
oder nicht? So es aber nur ein selbst zugelegter Name seye/ so begehre er deßwegen Satisfaction, weil er
nicht gestatten könne / daß jemand seines Namens
sich mißbrauche / und ihme hierdurch entweder an
seinem erworbenen Ruhm Abbruch und Eintrag
thue / oder aber durch schlechtes Verhalten ihne be-
schimpffe.     Weiter verlange er ohne Aufschub zu
wissen/ was Volcks eigentlich die bey sich habende
seyen/ weilen man in diese Meslee sich nicht finden
könne ?

Diese ziemliche trotzige Frage und Ansprache/
kame unserm Eduard gar zu hoffärtig für/deßwegen
sagte er zu dem Trompeter: was hat euer Herr darnach zu fragen/ wer ich oder die Meinige seyen/ da
ich doch ihne deßwegen nicht zu Rede setzen lassen.
Dieweil ich aber nicht gewohnet bin/ meinen ehrlichen Namen zu verläugnen/so sagt ihme/daß ich der
Engelländische Eduard,und bereit bin/ mich zu recht-
fertigen/so er auf mich oder jemand der Meinigen etwas

was zu prætendiren. Der Trompeter versetzte hierauf: Mein Hertz/ das ist nicht der jenige Name/der meinem Herrn von mir auf die erste Anfrage/ die ich bey den Euerigen gethan habe/hinterbracht worden / sintemalen man mir gesagt/ wie ihr einen andern Namen hättet/ und zwar eben den jenigen/ welchen mein Hertz führet.

Eduard begriffe sich hierauf/und erinnerte sich/ daß er beym Anzug sich also nennen lassen; antwortete deßwegen dem Trompeter ferner:Gleich wie einem jeden frey stehet/ durch ehrliche Strategemata und Kriegs-Liste/ seinem Feinde Abbruch zu thun/ und denselbigen zu abusiren/also kan man auch mich nicht verdencken/ wann ich zu Behuff eines guten Freundes/ denselben zu befreyen eines andern/ und zwar euers Herrn Namen/ auf einen oder zween Tage mich angemasset/ und glaube ich nicht/ daß er einige Unehre deßwegen haben werde/ allermassen das jenige/ so ich verrichtet/ von keinem rechtschaffnen Soldaten wird können getadelt werden. Damit er aber wisse/ was diese Meslee meines Volcks bedeute/ so könnet ihr ihme sagen/ daß ein Theil der Meinigen/ mit den Kleidern eurer Cameraden/von eurem Schlosse sich also außstaffieret/ weilen sie ihnen anständiger als ihre vorige geschienen / wann er nun dieselbige wieder haben wolle / müsse es mit Gewalt geschehen/ dann die Seinige mit Gutem solche schwerlich von sich geben wurden.

Vincenzo ritte auch herbey / dem Trompeter befehlend / was er seinetwegen seinem Herrn sagen solte/ welches der Trompeter/ der den Vincenzo unterschiedlich im Schloß gesehen hatte/ und nicht begreiffen kunte/ wie er unter diese Leuthe gekommen seyn müßte/zusagte/und darauf seines Weges ritte.

t 4                              Eduard

Eduard, der wol sahe / daß es ohne Haar-rauf-
fen hier nicht abgehen wurde/ ordnete alsbald/ was
zu thun/ und theilte seine Leute in 3. Hauffen/ einen
commandirte er selbsten neben dem Vincenzo , den
zweyten Rheinwald und Biorn, den Dritten aber der
Teutsche Officier neben Richard. Nachdem er nun
seine Meynung denen übrigen entdecket/ setzte er seinen March allgemach fort. Aber der vorige Trompeter kame bald wieder auf ihne zugerannt / und
sagte Eduarden/ Namens seines Herrn/ daß derselbige ihne nicht anders/ als einen Verfälscher seines
eignen/ und Diebe eines andern ehrlichen Mannes
Namens / dabey auch allem Anzeigen und Muth-
massungen nach / für einen Räuber halte und ansehe / begehre deßwegen mit Pistol und Degen neben
zweyen andern tapffern Ritterlichen Cameraden
billichen Abtrag/ und auf Cavalliers-und Soldaten
Manier Satisfaction.

Die solle er alsobald haben/ware Eduards kur-
tze/ zumalen auch zornige Antwort. Stellete auch
schleunige Ordre , wessen man sich allen Falls zu verhalten / ritte darauf mit Vincenzo und Rheinwald,
denen bereits auf sie wartenden Franßosen entgegen / und ohne vieles Wort-wechseln / alsobald in
voller Carriere auf einander loß / und löseten ihre
Pistolen/da beyden/Eduard und dem Franßosen/im
ersten Ritt ihre Pistolen versagten/ und deßwegen
zu den Andern griffen/ da Eduard durch den starcken
Stieffel geschossen / und durch die schon matte Kugel im Schenckel ein klein wenig/ Jener aber durch
den lincken Arm/oberhalb der Hand verwundet/und
deßwegen/weil er sein Pferd zu regieren untauglich/
abzusteigen gezwungen wurde/ den Streit zu Fuß
vollend außzumachen.                              Vincenzo

Vincenzo wurde im ersten Ritt ein klein wenig oben auf der Schulter verwundet / er aber fehlete seines Gegners / hingegen traffe er ihn im andern Ritt so wohl in das Dicke deß Schenckels / daß er sich mußte zu ruck begeben/und Vincenzo, dessen er/ jetzunder auch verfehlet/das Feld überlassen. Rheinwald hingegen schosse seinen Gegener durch den Kopff / daß er über das Pferde abpurtzelte / dann er wußte seine Pistolen trefflich wohl zu führen/er aber bliebe unverletzt/und wurde allein sein Pferd getroffen/daß es fallen mußte/deßwegen er sich geschwind auß den Bügeln machte / und sich ein anders bringen liesse.

Indessen ware Eduard vom Pferde gestiegen/ um seinen Gegentheil zu Fuß auch zu bestehen/weilen er sich keines Vortheils bedienen wolte/fiengen also beyde ihren Streit zu Fuß an / es kame noch einer auß dem Frantzösischen Hauffen geritten / der zu Vincenzo sagte: Mein Hertz/ich bin kommen/meinen Freund/ den er allererst verwundet/ zu revangiren/ weil ihr nun keine geladene Pistolen habt / und ihr es erlaubet / mag es mit dem Degen geschehen. Vincenzo liesse sich hierzu nicht bitten / sondern sagte nur/es ist schon gut/steiget nur vom Pferde/wie ich auch thue / dann er darffte seinem Pferd / dessen er noch nicht gewohnet/ und erst diesen Morgen geritten hatte/ auch etwas Scheu war/nicht wol trauen. Der Frantzose kame zwar nicht gerne daran / indem er sich lieber zu Pferde geschlagen hätte/ aber hierinnen deß Außgeforderten Begehren Statt geben mußte.

Da solte man nun einen schönen Kampff von Vier gestieffelten Personen zu Fuß gesehen haben/

der

der Frantzose/so erst ankommen/ ware ein Außbund
von einem Fechter/und Vincenzo einer der Besten im
Degen gantz Italiens / sie verrichteten zwey Gänge/
ohne daß man einigen Vortheil/ den einer vor dem
andern haben solte / hätte warnehmen können. Im
dritten Gang aber/ware der Wälsche dem Frantzosen viel zu Schlau/ und indeme dieser immer furieu-
ser auf jenen angienge / hielte sich Vincenzo in guter
Gewahrsame gar bedachtsam / dann er hatte indessen dem Frantzmann seine Vortheil schon abgemer-
cket/und gelernet/wie er ihm beykommen solte. Wie
er ihne dann bald darauf einen so wohl gemessenen
Stoß auf die Brust anbrachte daß er ihne zwischen
den Rippen hinein durch das Hertz stiesse/ davon er
alsobalden Tod darnieder fiele.

Eduard hatte indessen seinen Widerpart auch
dahin gebracht / daß er sich nur defendiren / und zuruck weichend pariren mußte / deßwegen Eduard hö-
nisch zu ihme sagte / wie nun Frantzmann / seyd ihr
noch böse/ daß ich euern Namen entlehnet/ ich stelle
euch denselben hiemit wieder zu / dann ich euch ver-
spreche / solchen nimmermehr zu führen / unangesehen ich unter solchem nichts Ubels gestifftet / und
dieses solle das Interesse für die Ablehnung seyn/wo-
mit er einen starcken Stoß auf ihne führete/ der ihm
gewiß den Garauß gemacht hätte/wo er nicht etwas
zuruck gewichen wäre/jedoch bekame er dannoch davon eine ziemliche Verletzung.

Rheinwald , der sich wieder beritten gemacht/
pravirte indessen die Frantzosen/ sprechend: Hier habe ich noch eine übrige Pistole/welcher hat Lust/eine
dargegen zu setzen?Es hatte aber keiner Lust/sich auf
solche Weise an ihne zu reiben / dann sie hatten gar
                                                                eigent-

eigentlich wargenommen / wie er mit solchem Gewöhr sonderlich fix und hurtig ware ; Sondern sie
waren vielmehr bedacht/ihrem Nothleidenden Führer zu Hülffe zu kommen / zu welchem Ende sie mit
vollem Hauffen heran ruckten/ so/ daß Vincenzo, der
sich auch wieder zu Pferde begeben / neben Rheinwalden sich gefaßt machten/ den feindlichen Angriff
zu erwarten / liessen deßwegen auch ihre Leute tapffer anrucken.

Als Eduard solches sahe / sagte er zu seinem nur
weichenden Gegener : Gehe nur hin/ ich mag mich
nicht weiter mit dir verwirren / noch dich als einen
Flüchtigen verfolgen / schwange sich damit auf sein
Pferde / da inmittelst sein Gegenpart von seinen
Frantzosen gerettet und verbunden wurde.

Biorn, Richard und der Teutsche Officier ruck-
ten indessen mit den Ihrigen tapffer heran / und
griffen die Frantzosen / ob sie schon viel stärcker / be-
hertzt an. Eduard, der Anfangs mit 50. Pferden außgegangen / ware ietzo über 60. starck/ wiewolen ihn
die Frantzosen fast um die Helffte überlegen.  Der
Angriff ware überauß hefftig / und meyneten die
Frantzosen in Ansehung ihrer Menge/der Unserigen
bald Meister zu seyn / und das/ was ihren Führern
begegnet / gedoppelt zu ersetzen.  Was aber denen
Unserigē an der Zahl abgienge/das ersetzte Eduards/
Richards/ Rheinwalds/ Biorns/deß Teutschen Offi-
cirers/ und anderer/ grosse Tapfferkeit/ als die nicht
allein den Gewalt der Frantzosen großmüthig auß-
sondern nach einem Stündigen Gefecht gar das
Feld erhielten / indeme der Feinden bey 25. auf der
Wahlstatt liegen blieben / und ihrer viel verwundet
wurden/auf Eduards Seiten waren nur 3. geblieben
und

und ungefähr 20. verwundet worden/unter welchen
Vincenzo der Vornehmste / der einen Tödtlichen
Schuß in den Leib bekommen/unsere übrige Helden
waren zwar alle / aber nicht sonders noch gefährlich
verwundet.    Als man die 3. Todte begraben / hingegen die Frantzosen außgezogen/und gute Beuthen
bey ihnen bekommen hatte / säumeten sie nicht lange / sondern auß Beysorge noch einmal angegriffen
zu werden/ ( da sie doch durch Täg-und Nächtliches
stätiges Marchiren ziemlich abgemattet / mit Beuthen und Gefangnen wol beladen / und welches das
Vornehmste / mit Kraut und Loth gar schlecht mehr
versehen waren/) giengen sie in möglichster Stille
und Eilfertigkeit fort / und kamen zu Namur glücklich an / woselbsten sie mit grossen Freuden empfangen / und von dem Guberneur und Commandanten
wegen solcher kühnen Helden-That / insonderheit
aber Eduard, trefflich gerühmet und geehret wurden/
und wolte hinfüro ein jeder mit ihnen auf Parthey
außgehen/ weil sie nicht allein so tapffere Helden/
und glücklich waren/sondern auch gute Beuthen bekamen / und solche denen Soldaten zum Besten ge-
deyen liessen/ und nicht nur/ wie vielfaltig geschie-
het/ sich selbsten zu bereichern suchten/ hingegen den
gemeinen Soldaten die Haut hergeben/von der gemachten Beuthe aber kaum das Geringste über-
liessen.

Rheinwald, Biorn, und der Teutsche Officier
thaten bald darauf wieder eine glückliche Parthey/
daß sie demnach täglich von den Beuth-begierigen
Soldaten angeloffen wurden / mit ihnen außzuge-
hen.    Weil aber die allda in Guarnison liegende
Officier/ insonderheit die Spanische/dardurch in eine

ne Jaloufie geriethen / beschlossen sie / um diese
nicht noch böser zu machen / und ihnen heimliche
Feinde auf den Halß zu laden / eine Zeitlang zu
Hause zu bleiben/ als auch geschahe.

## Das XX. Capitul/

Eduard mit seiner Gesellschafft ist wegen Vincenzo
Gefahr betrübt/ der aber selbsten getrost ist/ und stirbt.
Richard kehret in Engelland / zu Rom werden 5. neue
Heiligen canonisiret/ und eine kostbare Hochzeit gehal-
ten. Corck und Kingsal erobert. Ein hefftiger Sturm
verursachet grossen Schaden. Den Türcken gibt das
Glück einen Blick. Warum der Polnische Printz die
Neuburgische Prinzessin gefreyet. Französische Maria-
gen seyn nicht vorträglich. Päbstliche Bulle annulli-
ret die Schlüsse der Französischen Geistlichkeit.

ES wurde aber mit deß Vincenzo Wunden von
Tag zu Tag schlimmer/ so/ daß sich die gesamte Compagnie seines Tods und Sterbens ver-
sahe/ welches ihnen allen sehr schmertzlich vorkame/
sintemalen sie insgesamt grosse Estime von ihme
machten/ es wurde zwar aller möglichster Fleiß an-
gewendet/ ihne zu erhalten/ aber es wolte sich zu keiner Besserung im Geringsten anlassen / deßwegen
Vincenzo selbsten nunmehr deß Lebens sich erwoge/
und dannenhero mit Beichten und Communiciren
nach Römisch-Catholischem Gebrauch sich zum
Sterben gar gedultig bereitete/ auch gegen Eduarden insonderheit bezeugete/ daß ihme sein Sterben
nicht so schwer würde/ als ihme das Leben/ seyd nach
der unglückseeligen Entleibung seiner so geliebten
Lisandra , und Entehrung der Isabella ( davon im
zweyten Theil gehandelt worden/) gewesen / und
dancke er GOtt/ daß er es also mit ihme gefüget/
daß er auf seinem Siech-und Krancken-Bette Zeit
habe/

habe / seine Seele und letztes Hinkommen zu bedencken / und daß er ihne nicht in seinen Sünden ohne
Buß dahin sterben/noch im neulichsten Streit alsobald umkommen lassen; Bedanckte sich dabey aller
von Eduard und denen andern ihme erwiesener
Freundschafft / sonderlich/ daß sie mit ihrer selbst-ei-
gnen Lebens-Gefahr seine Erledigung befördert.

Eduarden ware es über die Massen leyd/daß er
zu dieses so tapffern und werthen Freundes Tode
selbsten die Ursach gewesen / indeme er durch dessen
Loßmachung/ auch zugleich/ Gelegenheit zu erfolg-
tem Scharmützel/ und Vincenzo Verwundung gegeben / welches alles nicht geschehen wäre / wann er
die nun geschehene Befreyung / unterlassen. Dannenhero ermanglete er nicht/ Vincenzo höchstens um
Verzeyhung zu bitten / daß seine so gute Intention
zu einem so schlechten Außgang gereiche / mit Be-
theuren / daß wann er sein Leben mit seinem eignen
lösen könnte / er solches nicht unterlassen wolte.

Der redliche Vincenzo aber / der selbsten Trö-
stens benöthiget/ tröstete Eduard gar nachdrücklich/
mit widerholter Dancksagung/ wegen deß jenigen/
so er zu seinem Besten vorgenommen und gethan.
Ach! sagte er/mein werthester Herr Eduard, seyd doch
meinetwegen gantz unbekümmert/ sintemahlen ich
mich euch höchstens obligirt erkenne / und wann ihr
mir gleich selbsten diese Wunden gemachet / und in
gegenwärtigen Stand gebracht hättet/ so versichert
euch/ daß ich deßwegen im Wenigsten mich darüber
beschweren/ja noch Danck sagen wolte/ indeme mir
hiedurch der Weg zu einem andern und bessern
ewigen Leben gebahnet worden / da ich doch zuvor
öffters auf die Gedancken gerathen / mich selbsten

deß

deß Lebens zu berauben/um der Marter meines Gewissens dardurch loßzuwerden. Glaubet auch ge-
wiß/daß/wann ich noch länger in Frantzösis.Gefan-
genschafft hätte leben müssen/ ich mir entweder selbsten Leyd angethan/ oder doch vor Bekümmernüß
und Hertzleyd wieder erkrancket/und gestorben wäre; Da hingegen mir jetzo der Tod/ in Gegenwart
so werther und guter Freunden/ eine Labsal und
Hertzens-Erquickung ist/nur dieses bitt ich zur Letze/
Hertzwerthester Eduard , wann ich werde gestorben
seyn/daß ihr solches den Meinigen/dahin/wie in dieser Schrifft enthalten/wollet zu wissen machen/und
darbey diese Beylagen zu übersenden/bemühet seyn;
Damit überreichete er Herrn Eduard ein ziemliches
Paquet verpetschirter Schrifften/ neben einem offenen Brieffe/welche Eduard zu sich nahme/solches zu
thun versprache/ und so wol/ als die andere/ deß
Weinens sich kümmerlich enthalten kunte.

Vincenzo aber sprache ihnen selbsten zu/und nachdem er von Jedem absonderlichen Abschied genom-
men/ und umarmet hatte/ auch die Rede nicht mehr
recht fort wolte/erwartete er mit grosser und Christ-
licher Gedult und Standhafftigkeit seines letzten
Stündleins/welches auch nicht lang aussen bliebe/
sondern bald hernach/ zu der Gesellschafft höchstem
Leyd-Wesen/ seinen Geist sanfft und stille aufgabe.
Deß andern Tages wurde er/mit einer ansehnlichen
Procession und Leichfolge/wie sein Stand und Qualitäten erforderten/zur völligen Ruhe gebracht/und
beerdiget. Darauf liesse sich Eduard angelegen seyn/
deß verstorbenen Vincenzo letzten Willen/ in Uber-
sendung der ihme zugestelleten Schrifften nach Ita-
lien/ zu erfüllen/ und beförderte dieselbige/ neben

guter

ben guter Recomendation, dahin/wohin sie destiniret
waren.    Humfred, der in so weniger Zeit mit Vincenzo gute Freundschafft gemacht/ verfertigte ihme
zu Ehren und Angedencken eine schöne Grabschrifft/
darinn gar artig und kurtz sein gantzer Lebens-Lauff/
und die ihme zu Handen gestossene Unglücks-Fälle
begriffen/ und sehr wol zu lesen gewesen.

Nunmehr fienge Eduard wieder an/ auf seine eigene
Sachen und den Verlust Edmunden zu gedencken/
deßwegen fertigte er Richarden würcklich ab/ in Engelland zuruck zu kehren/ seiner Sachen wahrzuneh-
men/ insonderheit aber wegen Edmunden sich zu er-
kundigen/ und ihme an einen gewissen Ort Nachricht zu ertheilen; mit welcher Instruction er auch folgenden Tages verråysete/ und den nächsten Weg
nach denen Flanderischen See-Küsten nahme/ um
von dannen in Engelland überzugehen/ den wir auch
seines Weges jetzo råysen lassen/ und hingegen ver-
nehmen/ was sich sonsten hin und wieder indessen
zugetragen.    Humfred, der überauß curieux ware/
hinterbrachte der Gesellschafft/ wie neulichst/ den
6. 16. Octobr. nemlich Se. Påpstl. Heil. zu Rom/ mit
gewohnlichen grossen Solennitäten/ 5. neue Heiligen
canonisiret/ deren Namen folgende: Laurentius Justi-
niani, ein Venetianer. Johannes de Bio, ein Stiffter
der Brüdern/ so man Infermieri nennet. Johannes de
S. Facundo. ein Augustiner. Johannes de Cruce, ein
Carmeliter auß Spanien/ und Johannes Capistra-
nus, Minoriten-Ordens/ auß Abruzzo. Dieses/ sagte
er ferner/ wird darbey/ als remarquabel, von Rom
auß berichtet/ daß der Papst die neue Kleider/ so zu
dieser Canonisation verfertiget worden/ nicht wieder
in die Påpstl. Schatz-Kammer bringen/ sondern dem
Cardinal Ottoboni, als seinem Anverwandten/ ver-

Zween Tage vorhero/fuhre er fort/ist die Vermählung der Donna Tarquinia Colonna, einer Verwandtin deß Cardinals Altieri. und Don Marco Ottoboni, Hertzogen von Fiano, in deß Cardinals Altieri Pallast/in Gegenwart vieler Cardinälen und Fürnehmsten der Stadt Rom/geschehen/besagtem Don Ottoboni hatte der Papst den Ludovisischen Pallast um 60000. Kronen gekaufft/ auch viel Pensionen in Spanien/so bey dem Papst stunden/solche zu vergeben/angewiesen. Es hat der Papst/neben andern hertzlichen Præsenten/ die Braut auch mit einer kostbaren Halß-Krtten/so über 30000.Kronen geschätzet wurde / beschencket / einige dem Ottobonischen Hause affectionirte Cardinäle / haben selbiger 40000.Kronen zum Hochzeit-Præsent verehret; Der Bräutigam verehrete seiner Braut in 6. silbernen Körben/ an Kleidern und Kleinodien mehr/als für 50000. Kronen.

Eduard, samt den übrigen/wäre höchst verwundert/ über solchen Pracht und Kostbarkeit/ worauß sie beyläufftig die Magnificenz deß Römischen Hofes/ und den grossen Reichthum der Hohen in Rom abnehmen kunten. Es liesse sich Eduard ferner vernehmen / wann dieser jetzige Papst so grosse Sorgfalt für die ihme anbefohlene Kirche träget/als beflissen er ist / seine Befreundte Groß und Reich zu machen ; So wird er ausser allem Zweiffel grosses und unsterbliches Lobe verdienen. Aber/ was haben wir uns um Römische Sachen zu bekümmern / sagte er zu Humfred, da uns die Engelländische Händel weit näher angelegen seyn.

Deme ist nicht anders/erwiederte Humfred, und werden sich alle Englische Patrioten billich erfreuen/

daß in Jrrland nunmehr auch durch die Wilhelmi=
sche Miliz nicht allein Corck / sondern über das auch
Kingsal glücklich erobert worden / welches von nicht
geringer Importanz ist / sintemahl die Wilhelmische
Parthey hierdurch mächtig encouragirt und gestär=
cket / die Jacobische hingegen geschwächet worden.
Darauf wurde ferner umständlich berichtet / wie es
mit beyderley Eroberungen zugegangen.

Sie kriegten auch über das Zeitung / daß den
12.22. Octobr. zu Ostende in denen Spanis. Nieder=
landen ein so grausamer Sturm entstanden / daß
von dem hefftig getriebenen Wasser ein grosser Theil
der Contrecharpe über einen Hauffen geworffen / zu
gleicher Zeit auch 18. Schiffe / so mit der Holländis.
Convoy im Sund hätten ankommen sollen / verloh=
ren gangen / dergleichen Unglück diesen Herbst schon
auch mehr / als 6. Holländis. Kriegs=Schiffe / betrof=
fen / die theils untergangen / theils unbrauchbar wor=
den; Nicht lang vorher ist auch / unter andern / ein
schönes Holländis. Kriegs=Schiff / mit 400. Men=
schen und vielem Geld / so darauf gewesen / in dem
Haven vor Corck / durch Verwahrlosung deß Feurs /
in einem Augenblick in die Lufft gesprenget worden.
Dergleichen unglückliche Zeitungen lieffen noch
mehr ein / die da und dorten durch Sturm / zu Was=
ser und Land / und sonderlich auch zu Edenburg in
Schottland / sich zugetragen.

Sie waren aber solcher nunmehr überdrüssig /
hevorab / da auch bald darauf auß Ungarn Nach=
richt einlieffe / daß sich der Töckely / mit bey sich ha=
benden Türcken und Tartarn / in 20000. Mann
starck / bey Temeswar wieder versammlet / daß dan=
nenhero die Besatzung zu Caransebes und Lugos /

gezwun=

gezwungen worden / sich von dannen in Siebenbür=
gen zu retiriren / Lippa hingegen / nach 9. tägiger Be=
lagerung / mit Accord an die Türcken sich ergeben
müssen; Darauf sich dieser gegen Debrezin gewen=
det / und alles in Contribution gesetzet / was jenseit
der Theiß gelegen / auch St. Job aufgefodert / wie=
wol nur vergebens / inmittelst aber die Vestung Giu=
la mit mehrerer Mannschafft besetzet / und nach der
Vestung Groß=Wardein einen starcken Succurs ge=
schickt. So liesse über das der Groß=Vezier Grie=
chisch=Weissenburg / darein er eine Besatzung / von
7. biß 8000. Mann / unter dem Comando eines Bassa,
gelegt / wieder starck fortificiren / auch / neben Repari=
rung der verfallenen Wercken / noch einige Neue
aufzurichten / Befehl ergehen.

Rheinwald sagte hierbey: Weil die Herren von
lauter bösen Sachen Zeitungen haben / so wil ich sie
hingegen mit etwas Fröliches ergötzen / nemlich / mit
dem nunmehr völlig geschlossenen und beyderseits
ratificirten Heurath deß Königl. Pohlnis. Printzen
Jacobs / mit der Durchl. Prinzessin von Pfaltz=Neu=
burg / Elisabetha, worüber so wol am Käyserlich= und
Chur = Pfältzisch= als auch Königl. Pohlnis. Hofe /
grosse Vergnügung bezeuget wird.

Eduard fragte hierauf / wie es dann käme / daß
dieser älteste Königl. Printz sich mit dieser Neubur=
gis. Prinzessin vermählete / da man doch nicht anders.
gehoffet / als er wurde sich / nachdeme die Heyrath
mit der Fürstin Radzivilin / zunicht worden / sich mit
einer Frantzös. Dame einlassen? Worauf Biorn fol=
gende Antwort ertheilete: Man hat / sagte er / wegen
dieses Printzen Vermählung / eine geraume Zeit am
Königlich=Pohlnis. Hofe / und auch bey der Reichs=

Ver=

Versammlung deliberiret / aber so bald nicht zum
Schluß kommen können/ weil man besagtem Printzen gerne eine Frantzösis.Dame an den Halß gehän-
get/und dardurch Franckreichs Intriquen und Interesse befordert hätte.Endlich aber ist der Königl. Hof
doch anders Sinnes worden / und gegenwärtige
Heurath für genehm gehalten/daß man aber/wider
die erste Inclination und Vermuthung/ Franckreich
beyseit gesetzet/uñ hingegen so viel Reflexion auf das
Hoch-F.Hauß Neuburg gemacht/ist wol-vermuth-
lich auß folgenden Ursachen geschehen / und zwar
erstlich/weil bißhero höchstgedachtes Neuburgisches
Hauß / die considerabelste Vermählungs-Allianzen
in gantz Europa gemacht / indem selbiges seine Prinzessinnin an so viel hohe und mächtige Häupter der
Christenheit vermählet / als erstlich an den Römis.
Käyser/ 2.den König in Spanien/ 3. den König in
Portugall/ 4.den Königl.Printzen in Pohlen / &c.
dergleichen Exempel in diesem und verwichenen Se-
culis wenig zu finden/ daß auß einem Fürstl.Hause/
und zwar eines Vatters Töchtern an so viele und
mächtig-gekrönte Häupter wären vermählet worden.     Auf diese grosse Schwägerschafft und mächtige Alliance,hat der Pohlnische Hof sonder Zweiffel
bey seines Printzen Heurath die meiste Reflexion ge-
macht.Dann/ furs Zweyte/ so kan er sich auf dieselbe
viel mehr und sicherer/ als auf Franckreich/verlassen/
wañ etwan künfftiger Zeit wegen der Königl.Wahl
undSuccession wasWiderwärtiges vorlauffen solte.
So kan auch Drittens eine Ursach mit seyn/die vermuthete Fruchtbarkeit der Neuburgischen Printzes-
sinnin/welche denen Frantzös.Damen/auß gewissen
Ursachen/ zu grossem Nachtheil hoher Häuser / ge-
mangelt/

mangelt / dannenhero man vielleicht Hoffnung geschöpffet / die Königliche Polnische Familie, viel eher
durch eine Neuburgische als Frantzösische Gemahlin zu erhalten / und fort zu pflantzen.

Aber / fragte Eduard ferner / seyn nicht etwan
auch andere Ursachen / um deren willen die vermeynte Heurath deß Polnischen Printzens / mit dem Frun-
tzösischen Fräulein nicht vor sich gegangen?

Die Heyrath / gabe Biorn zu fernerer Antwort /
zwischen dem Polnischen Printzen / und deß Herrn
Hertzogs von Orleans Fräulein Tochter / stunde
schon in guten Terminis, wurde auch von vielen schon
für geschlossen gehalten. Zu welchem auch vor etlichen Jahren der Polnische Groß-Cantzler in Am-
basciata nach Franckreich geschicket / und dabey gemeldet wurde / daß der Printz das folgende Jahr in
Person hernach kommen / und diese Heyrath vollziehen solte. Dann / weil dessen Frau Mutter auch
eine Frantzösische Dame ist / so hat dieselbe dem
Verlaut nach / nebst dem Frantzösischen Ambassadeur, Monsr. Marquis de Bethune, sich eyferig bemühet / diese Heyrath zu vollziehen / wobey auch etliche
Polnische Magnaten mit angespannet / weilen
Franckreich hierunter kein Geld gesparet / sondern
ein Grosses daran spendiret haben solle / diese Mariage zum Stand zu bringen.

Dessen aber unerachtet / hat man endlich am
Polnischen Hofe andere Messures genommen / die
Frantzösische sitzen lassen / und die Neuburgis. Prin-
zessin vorgezogen. Weilen 1. die Frantzösische Ma-
riagen nunmehro in Europa nicht mehr / wie etliche
Jahre her / geachtet und gültig seyn. 2. Weil die
Frantzösische Faction am Polnischen Hofe niemals

in

in grossem Credit, sondern bey den meisten aufrichti-
gen Patrioten nicht wohl angesehen gewesen ist/ zumalen von Anno 1683. da die beyden Frantzösischen
Ambassadeurs, Marquis de Vitry und Comte de Au-
vergne, gefährliche Anschläge geschmiedet; und deßwegen vom Hofe weg geschaffet worden/dergleichen
Abschied auch neulichst einige Frantzösische Mini-
sters bekommen haben.    Drittens/ ist Franckreich
von derselben Zeit an in schlechtem Credit, bey denen
Polnischen Reichs-Ständen/ wie auch dem König
gewesen; Dannenhero man/ auf dessen grosse Hey-
raths-Promessen und Hülffe wenig bauen und trauē
wollen.    Zum 4. mercket der Polnische Hof wohl/
daß Franckreich/ und dessen Monarch/ bey gegenwärtigen Conjuncturen endlich in grosse Decadenz
und Verachtung fallen werde/und also 5. mehr Reflexion auf die andere Alliance mit Neuburg zu machen. Und dieses mögen meines geringen Erachtens
die jenigen Ursachen seyn/ um derentwillen der Polnische Printz mit der Prinzessin von Neuburg sich
vermählen/ und das Frantzösische Fräulein von Orleans zu Hause sitzen lassen wollen/ weilen auch über
diß/ solche Frantzösische Mariagen / gar selten glücklich und wohl gerathen seyn.

Rheinwald beschlosse diesen Heyraths-Discurs
mit diesem Wunsche: Ach daß dergleichen Mariagen
in Teutschland nie eingeführet noch geduldet worden wären/weilen solche Teutschland nicht viel Gutes zuwegen gebracht/ und nur Netze und Fallstri-
cke gewesen seyn/ womit man die Teutsche Freyheit
zu berücken getrachtet; Solte man genaue Untersuchung thun/ ich zweifle keines Wegs/ man wurde
befinden/ daß diese Frantzösische Delilæ, nichts anders

ders gesuchet / als die tapffere Teutsche Samsones zu
bestricken / und nicht nur das Haar / sondern neben
demselbigen Halß und Haupt zugleich abzuschnei-
den. Ich hoffe aber/ man werde nun mit Schaden
klug worden seyn / und dergleichen verführischen
Frantzösischen Syrenen/und ihrem verderblichen Ge-
sang wenig Glauben und Gehör mehr geben.

Damit geriethen sie auf einen andern Discurs
von Römischen Sachen/wobey erinnert wurde/daß
die Hoffnung zu Beylegung der Mißverständnüs-
sen zwischen dem Päpstischen und Parisischen Hofe / gäntzlich verschwunden/ und das deßwegen auf-
gesetzte Project, zu Pariß von Geistlichen und Welt-
lichen Ministris examinirt/ aber beyderseits verworffen worden seye / daß man dem Papst keines Wegs
in seinen Petitis willfahren könne. Und obwolen von
Seiten Franckreichs einige Deputirte nach Rom de-
pechirt worden/ die Cathegorische Antwort auf den
Päpstlichen Entwurff zu überbringen/ und zu vertheidigen / ist doch alle Bemühung Frucht-loß abgegangen. Hiebey wurde unsern Helden die Co-
pia einer Päpstlichen Bulle eingelieffert/ so unlangsten dem Collegio der Herren Cardinälen vorgele-
sen / aber nicht alsobald publicirt worden. Derselben Buchstäblicher Innhalt ist folgender :

## Alexander der VIII.

DEmnach Wir bey denen vielfältigen Sorgen Unsers Hir-
ten-Amts/und andern/äussersten Fleisses auch dahin be-
strebet/ daß die Rechte und Befügnüsse/ so wol der Allgemei-
nen/als anderer Kirchen/Gottes-Häuser/und Geistl. Perso-
nen/ ungekräncket erhalten / und beschützet werden möchten;
So haben Wir Uns dasJenige/was die Ehrwürdige Brüder/
Ertz-Bischöffe/ Bischöffe/ und andere Geistliche Personen in
Franckreich/in der im Jahr 1682. angestelleten Versammlung
wider die Recht und Gerechtigkeit der in besagtem Königreich

enthaltener Kirchen/und wider den Römis.Papst und Allgemeinen Kirchen-Authoritåt vorgenommen / um so mehren
behertziget/indeme sie so wol eingewilliget/daß das so genan-
te Recht/Regalien/auf alle Frantzös.Kirchen extendirt werden möchte/als auch nachgehends eine Declaration, darinn
einige Satzungen / von der Macht und Gewalt der Kirchen
enthalten/publiciret haben. Obwol Wir nun nicht unterlas-
sen/nåchst Anruffung Göttl.Beystandes/Uns åussersten Flei-
ses zu bemühen/die Jenige/ so obangeregte nachtheilige Sachen / nebens denen nachgehends nach solcher Versammlung
abgelassene Befelch/ Urtheil/ Beståttigung / Erklårung/
Brieff und Bescheid/&c. dahin zu vermögen/ daß sie dieselbe
selbsten widerruffen möchten / so hat solches doch nicht können
bewerckstelliget werden.Damit aber nun/dem Påpstl.Stuhl/
wie auch der Allgemeinen Kirchen-Jurisdiction,und der Geistl.
Freybeit/der Kirchen/Klöster/&c. wie nicht weniger obange-
regten Geistlichen Personen/zu künfftigen ewigen Zeiten/desto
kråfftiger gerathen seyn möchte/so haben Wir/auf vorher ge-
gangene genaue Untersuchung der Sache/ so durch viele absonderlich darzu ernannte Cardinåle / wie auch verschiedene
Magistros und Doctores in den Geistl.Rechten vorgenomen
worden/ Vermög der Uns auß der Höhe anvertrauten Ge-
walt/ nothwendige Versicherung und Verordnung hierinn
thun wollen/und zwar solches nach dem Exempel Unsers Vor-
fahren/ Innocentii XI. sel. Gedåchtnüß/ welcher/in Wieder-
Antwort/ auf das Jenige/ von obernannten Ertz-Bischöffen/
Bischöffen und Geistlichen/ an ihn abgelassenen Schreiben/
darinn sie von deme/ was in obgedachter Zusammenkunfft
1682 verhandelt worden/Bericht erstattet/mit eines in Form
eines Brevis,den 21.April/1682.außgefertigten Schreibens/
alle das/ so wegen deß Rechts der Regalien in vorgedachter
Versammlung vorgenomen/und gehandelt worden/mit allen
dem Jenigen / so darauf erfolget/ gåntzlich verworffen/ und
für null und nichtig erklåret hat. Als haben Wir auch alle die
Jenige/ so in mehrgedachter Versammlung A.1682. so wol/
was die Extension deß Rechts der Regalien/als auch was die
Declaration wegen der Geistlichen ander Kirchen-Gewalt be-
trifft und anlanget/gehandelt worden/und alle deßwegen in
obgedachtem Königreich/ entweder auß Geistlich- oder Welt-
licher Authoritåt und Macht/unter was Ursachen und Schein

es im-

es immer geschehen seyn möchte/ ergangene und publicirte
Befelch/ Rechtliche Außsprüche/ Bestättigungen/ Erklärun-
gen/ Send-Schreiben/ Edicta, &c. wie auch alles übrige/so
dem Apostolis. Stuhl/ der Römis. Kirchen/ Klöster &c. und
den dahin gehörigen Personen zum Schaden und Nachtheil/
in mehrbesagtem Königreich vorgenommen worden/oder ins
künfftig noch vorgenommen werden möchte/wissend und wol-
bedächtlich/auß eigener Bewegnuß/in Krafft dieses/für null
und nichtig erkannt und erkläret/ erkennen und erklären auch
hiermit/daß/wie es so wol gleich Anfangs krafftloß gewesen/
also auch ins künfftige darfür allezeit geachtet seyn soll / und
dahero kein rechtmässiger Titul/ noch einige Verjährung/ zu
ewigen Zeiten Statt haben / sondern vielmehr solches alles
darfür geachtet werden/ als wann es nimmermehr geschehen
wäre.   Zu dessen mehrer Versicherung und Gewißheit/ ver-
werffen und vernichtigen Wir mit gutem Wissen und Wolbe-
dacht/auch auß Päpstlicher vollkomener Gewalt und Macht/
alles dasJenige/so dißfalls mehrgedachterMassen geschehen/
und protestiren vor GOtt dem Allmächtigen/über die Nich-
tigkeit und Ungültigkeit desselben / befehlen auch darnebens/
daß wider diese von Uns außgefertigte Bulla, und dessen In-
halt/unter dem Schein/daß einige hierbey Interessirte darein
nicht gewilliget/noch darüber gehöret/und vorhin citirt wor-
den/oder sonst auch andern auß dem Corpore Juris, oder äbli-
chen Gewonheiten und Privilegien hergenommene Ursach
undMotiven/dieEinrede undExceptioSub-& Obreptitionis,
Nullitatis oder Invaliditatis, Statt und Platz haben / noch
dardurch,oder unter was Schein es immer geschehen möchte/
bestritten/ und in Zweiffel gezogen werde/ sonden im Gegentheil dieses allezeit/und ohnwiderrufflich/in seiner Krafft und
Würckung verbleiben / und darnach alle Richter / Urtheils-
sprecher der sämtlichen Kirchen/Cardinäle/auch Nuntios und
Bottschaffter deß Römis Stuhls/darnach gesprochen und ge-
urthtilet werden/dagegen aber nichts gelten/noch angeführet
werden sollen/die Decreta und Satzungen/so in einigen allgemeinen oder absonderlichen Conciliis ergangen/noch sonsten
andere General- oder Special-Verwaltungen/ Käyser- oder
Land-üblichen Rechten/ Gewonheiten/ Freyheiten/ Privile-
gien/Indulten/Apostolische Brieffe/ sie mögen verclausulirt
seyn/wie sie immer wollen/welchem allem und jedem Wir hier-

u 5                                   mit und

mit und in Krafft dieses Brieffes/auf das Kräfftigste derogi-
ret haben wollen / und würcklich auch derogiren / mit diesem
fernern Anhang/daß auch dessen Copeylichen Transumptis,
mit Abschrifften/so durch einen Notarium unterschrieben/und
mit einem Geistl. Siegel bestärcket/ inn- und ausserhalb deß
Gerichts/eben der Glaube beygemessen werden solle/als wann
das Original selbsten vorgeleget würde. Geben zu Rom/den
4. Augusti, 1690. im ersten Jahr Unserer Päpstl. Regierung.

## Das XXI. Capitul/

Begreifft in sich deß Holländis. Envoyé, Herrn Valkeniers / Ansprach an die Löbliche Eyd-Genoßschafft/
Herrn Amelots/Frantzös. Ambassadeurs/ Antwort dar-
auf/ und Jenes Replique und fernere Erklärung/ wordurch Franckreichs Untreue und Falschheit ziemlich an
Tag geleget wird

Weilen es nicht unbekandt/daß unsere Ritterliche Helden gar curieux waren / das Jenige / was in Europa passirte / außführlich zu
wissen; Als wurde ihnen von andern ebenmässig
Curieusen bald dieses/bald jenes/mitgetheilet. Aller
massen sie bald hernach die jenige Ansprache / so der
Holländische Extraordinari-Envoyé, Herr Peter Valkenier, an die Schweitzerische Versammlung der
Dreyzehen/wie auch Zugewandten Orten der Löbl.
Eyd-Genoßschafft zu Baaden / den 10. Novembr.
1690. gethan/behändiget wurde/welche/weil sie gar
Leßwürdig/der Gesellschafft sehr lieb ware/bevorab/
da zugleich deß Frantzösis. Gesandten Amelots Wi-
derlegung / darinnen er diese Ansprach für lauter
Pasquillen außschreyen wollen; Wie ingleichem
Herrn Valkeniers hierauf gethane Replique und
fernere Erklärung und Erinnerung / mit beygefü-
get wurden. Die Ansprach Herrn Valkeniers lau-
tet also:

Hoch-

Hochgeachte/ Großmächtige/ Wol-Edel-Gebohrne/
Gestrenge / Hochweise / Insonders Hochgeehrteste
Herren Ehren-Gesandte!

DJe Christen-Welt hat von ihrem Anfang kaum
so schwere und deplorable Kriegs-Conjunctu-
ren / als jetzo / erlebet. Sie ist denen Revolutionen
zwar alle Zeit/ aber nimmermhr so starck/ als nun ein
ein halbes Seculum her/unterworffen gewesen; Maf-
sen ausser der Löbl. Eyd-Genoßschafft/ schwerlich ein
Land sich rühmen kan / daß es darvon die schmertzliche
Empfindungen nicht gehabt hätte. Unter diesen
letzten Revolutionen scheinet/die Jetzige wol die Hefftigste / indem wir bey nahe gantz Europam in einen
offenbaren Krieg verfallen sehen. Wir wissen / daß
jetzt gantze Nationen und Völcker / unerachtet ihrer
Unschuld / auß ihrem Vatterland / da sie von Geschlecht zu Geschlecht gewohnet haben/ werden ver-
jaget/ und Theils durch das Schwerdt / Theils auch
durch Hunger und Kummer/vertilget ; Daß König-
reiche und herrliche Länder werden verherget und ver-
ödet ; Daß berühmte und alte Städte/ so in vorigen
Zeiten bey Heyden und Unglaubigen Erbarmung gefunden haben / nun durch ihre Mit-Christen der Erden gleich gemacht werden/ so/ daß ihrer Gedächtnüß
schwerlich ein Zeichen mehr überbleibet; Daß die
Gottes-Häuser / und was mehr zum Gottesdienst
gewidmet ist/ohne Unterscheid der Religion, werden
außgerottet; Daß das Heiligthum / und was man
sonsten für Venerabel hält/wird mit Füssen getretten;
Daß der Geistliche Stand so wol/als der Weltliche/
ohne Ansehen der Personen / Würde / Geschlechts
oder Alters mißhandelt/und insElend verjaget wird;
Daß man durch eine unbarmhertzige Fesselung und
Wegführung vieler frommer Christen in die Fremde/

und auf

und auf die Galleeren/um durch deren harten Zwang
sich zum Schaden und Verderben ihrer eigenen
Obrigkeiten/ Freunden und Patrioten/ gebrauchen
zu lassen/ eine von alten Zeiten bey den Christen ver-
dammte/ und bey den Heyden/ Barbaren und Türcken noch übergebliebene Sclaverey trachtet einzu-
führen/ und dieses noch mit dem Unterscheid/ daß/ da
die Türcken es für ein Crimen Morte Piandum halten/
wann einer unter ihnen seinen Mit-Türcken zum
Sclaven machen wolte/ diese Christen gleichwol sich
nicht schämen/ eine so abscheuliche Frevel-That gegen
ihre Mit-Christen und Glaubens-Genossen im Gesicht der gantzen Welt zu perpetriren; Und weiters/
daß auf solche und vielmehr dergleichen Weise zum
flehentlichen Mitleyden der Ehrbaren Christenheit/
und zu grössester Aergernüß der Juden/ Mahumeta-
nen und Heyden/ die Erde mit Greueln der Verwü-
stung wird angefüllet.

Wer von den jetzigen calamitosen Weltläuffen
nur eine mittelmässige Erfahrung hat/ kan mit Fug
nicht laugnen/ daß solche genannte Christen den ab-
gesagten Erb-Feind der Christenheit/ zum ewigen
Verderben unzählig in die harte Sclaverey verführ-
ter armer Seelen/ gegen die Christl.Welt haben auf-
gewickelt/ angefrischet/ und zugleich auch mit Rath/
Anschläge und würcklicher Hülffe assistiret/ darvon
man die Warheit mit vielen Gründen und klarem
Beweißthum darthun könte/wann man keine Scheu
trüge/ diese Höchst-Löbl.Versammlung darmit über
die Zeit zu incommodiren.

Was diese detestable Hülffleistung jetziger Zeit
leyder! für beweinliche Effecten gewürcket/ geben
alle auß Ungarn kommende Posten; Und was die
sämtliche

sämtliche Christenheit / fürnemlich aber der Römisch-Catholische Glaube bey diesem un-Christl. Procedere leyden muß / kan ein jeder Rechtsinniger bey sich selbsten gar leicht ermessen.

Wie man auß Krafft einer personalen Ambition von vielen Jahren her hat um sich gebissen / denen Benachbarten ihr Eibschafftliches unrechtmässiger Massen mit List und Gewalt abgezwacket / und wie man endlich zu einer solchen Zeit / da man theils Alliirter Seiten mit Fortsetzung deren von GOTT so hertzlich gegen dem Erb-Feind verliehenen Siegen / und erwünschter Außbreitung der Christenheit / theils mit seiner selbst und der Benachbarten Erhaltung in Statu quo beschäfftiget war / dieses erschröckliches Kriegs-Feuer entzündet hat / welches schon gar grausam hat um sich gefressen / und dem übrigen Theil der Nachbarschafft noch ein gleiches Fatum drohet / ist Welt-kündig / und darff derhalben auch nicht / daß ich solches uud vielmehr dergleichen Facinora dieser Höchst-ansehnlicher Versammlung weitläufftiger particularisire.

Dieses aber wird mir hoffentlich erlaubet seyn / hierbey zu fügen / daß man widriger Seiten dieses grausame Verfahren / mit einem Politischen Deck-Mantel wil beglimpffen / und mit der neu-erfundenen / vorhero aber bey rechtschaffenen Nationen unbekandten Raison de Guerre, so doch nur eine Gewaltthätigung ohne Raison ist / justificiren; Zu dem Ende man auch stäts die beste Sincerationes auf der Zungen führet / im Hertzen aber lauter List und Betrug träget.

Daß die Löbl. Eyd-Genoßschafft jetziger Zeit mehr als vorhin / von widriger Seiten wird angesuchet uud wann ich es sagen darff / flattiret / und daß

sie / dem

sie / dem Allerhöchsten sey gedancket / biß dato noch vom Verderben verschonet seye geblieben / ist keines Weges der Ihro zutragenden Liebe / sondern allein der biß dahin ermanglenden Convenientz zu zu schreiben. Dann es einmahl gewiß ist / daß / so bald die Occasion sich darzu ereignen würde / der Anspruch auch so fort würde gebohren seyn; Zumahlen solches auß denen jetzt auf dem Teppich-seyenden gantz gefährliche Zumuthungen / so Einer Löbl. Eydgenoßschafft je mehr und mehr einschliesset / und selbige zum grösten Præjuditz Ihrer alt-hergebrachten / Libertät und Souverainität in eine Dependentz ziehen wollen / genugsam erhellet und erscheinet. Weßwegen Euere Herzlichkeiten nach Ihrer hohen Prudentz sehr wol thun / wann Sie bey dieser Höchst-Löblichen Versammlung durch gewohnte Sinceretiones und Schein-Reden / Sich von Erhaltung Ihrer Securität und Interesse nicht lassen abwendig machen / weilen der Widrigen generale Ambition so wenig Einschränckung leydet / daß Sie nicht durch Promessen / Eyd-Schwüre und solemnele Verbündnüssen / sondern nur allein durch Hertzhaffte Resolutionen / und mit Gewalt kan eingezäumet werden. Dann man Ihrer Seiten von den Christlichen und Moralen Gesetzen schon so weit ist abgewichen / daß man keinen Scheu träget / als eine Staats-Regul offentlich an Tag zu geben / daß man seiner Parole kein Sclav seyn muß / und daß man allzugroß seye / dann daß man sich mit einem Stücklein Papiers solte binden lassen.

Dessen zu einem unwidersprechlichen Exempel kan dienen / wie man Ihro Hochmögende / die Herren General-Staaten der Vereinigten Niederlanden / Meine Gnädigste Herrschafft / gegen die beschworne Friedens-

Friedens- und Stillstands-Tractaten/gegen das Dicta-
men veræ Rationis, gegen die Gött- und Menschliche
Gesetze/ gegen das Jus Gentium, und gegen das bey allen Civilisirten Nationen recipirte Jus publicum, ohne
vorhergehende Kriegs-Declaration, mit Gewaltthätiger Wegnehmung/ vieler Schiffe/ Personen und
Güther/ so sich auf einige Millionen erstrecken/ gleichsam, als bey den Haaren in diesen erschröcklichen
Krieg/ (der vorigen vielfältigen Unheilen/ und grausamen Thaten nicht zu gedencken/) hat eingeschlep-
pet/ darauß selbige/ mit Aufsetzung ihres Guths und
Bluts/ mit Ruin und Verlust vieler Tausend getreuer
Unterthanen/ und mit Hazard ihrer gantzen Republic,
noch stäts müssen trachten zu eludiren.

Ich halte mich gäntzlich versichert/ daß die Wi-
dersächer diese meine Positiones, deren man noch Vielfältige darthun könte/ sehr werden detestiren. Hergegen getröste ich mich/ daß die sincere und unpartheyis.
Welt mir das Recht thun wird/ um selbige/ als eine
gantz kundbare Warheit gut zu heissen; Darbey lebe
ich auch der Hoffnung/ es werde mir nicht zum Ubeln
außgeleget werden/ daß ich vor dieser Höchst-Löbl.
Versammluug einer Absoluten/ Independenten/ Sou-
verainen und zugleich auch Neutralen Republic in
einer gerechtesten Sache ein wenig auß dem Grund
nur bloß sage/ was andere zum höchsten Nachtheil
deß gemeinen Wolwesens nach ihrer gewohnten Ungerechtigkeit thun und betreiben; Zumahlen/ da ich
seit dieses Kriegs der Erste mit Ih. Hochmögen Cre-
dentialen/ als Ihren Extraordinaire Envoyè an die
Gesamte Löbl. Eyd-Genoßschafft/ mich mit dem ex-
preßen Befehl honoriret befinde/ daß ich auß Ih. Na-
men/ nächst Ablegung Ih. Dienstfreundlichen Grus-

ses/ die Versicherung thun solle/ daß/ gleichwie Ihre
Hochmög. auß Consideration der beyderseitigen Li-
bertät/ Interesse, Conservation, Republiquaire Regie-
rungs-Form/und mehr dergleichen/ sich nichts höher
lassen angelegen seyn/ als um die alte Freundschafft
und Vertraulichkeit mit dieser Löbl. Eyd-Genoßschafft
zu erneuern/ Sie also auch gäntzlich geneigt seynd/
Dieselbige in allen Vorfallenheiten/und nach allen
Kräfften/ zu vermehren.   Zu welchem Ende dann
Sie mich auch in so weit beglücket haben/ daß ich in
hiesigen Landen einige Zeit das gemeine Interesse nach
meinem kleinen Talent solte beobachten/ und Ihnen
von Zeit zu Zeit alles das Jenige Gehorsamst zu
dienen / was man hiesiger Seiten zum Besten deß
gemeinen Wesens erprießlich zu seyn urtheilen
möchte.

Was mich angehet/ so wil ich Euere Herrlichkeiten Dienst-freundlichst gebetten haben/zu glauben/
daß ich stäts nach allem Vermögen trachten werde/
obgedachte mutuelle Freundschafft und Vertraulichkeit mehr und mehr zu helffen bestättigten/ und werde
es mir eine sonderbahre Gloire erachten/ wann ich zu
Meiner Hochgeehrtesten Herren Ehren-Gesandten
Dienst etwas Angenehmes verrichten könte.   Dann
ich mich versichert halte/ wann ich diesem Höchst-Löbl.
Stand einigen angenehmen Dienst verrichte/daß ich
damit zugleich Ih. Hochmög. Meiner Gnädigsten
Herrschafft / auch diene.   Wormit ich mich in Dero
Huld und Gunst besser Massen empfehle/ und ver-
harre stäts zu seyn/

Meiner Hochg. Herren Ehren-Gesandten/

Ergebenster Diener/

Petrus Valkenier.

Deß

Deß Frantzösischen Herrn Ambassadors Amelots Antwort:

## Großmächtige Herren!

DIe allzuhitzige Declamation, oder vielmehr Schmach-
Rede/so in Euerer Löbl. Versammlung abgelesen wor-
den/ stehet nicht allein einem offentlichen Ministro, sondern
auch jedem wolerzogenen Menschen also übel an/daß sie nicht
meritirt/daß man sich die Mühe gebe/solche zu beantworten.
Und halte mich gänzlich versichert/ Ihr werder Euch selbsten
darob geärgert haben. Es sind nichts anders/ als eine auf die
andere gesetzte Repetitionen von allerhand falschen Zulagen/
durch welche Ihrer Maj. Feinde trachten/eine übel bestellete
Sach zu verthädigen. Solche Repetitionen sind auch um desto
gröber/verhaßt und vergifftet/weilen sie von einer Republic
herkommen/welche den Respect, so grossen Königen gebühret/
zu allen Zeiten in Obacht nehmen solte/ insonderheit gegen
dem Jenigen/ dessen Protection sie wegen Vestsetzung ihrer
Souverainität zu dancken haben. Im übrigen ist es eine seltsame Sach/daß die Jenige/so einen rechtmässigen Christl. Kö-
nig/vermittelst seines Tochtermanns/von dem Thron gestür-
tzet/ und den Krieg hierdurch angezündet/ von ungerechten
Vornehmen und Land-Zerstörungen also frech reden darffen.

Wann man endlich in Obacht nehmen wolte/ welcher
Gestalt man beyderseits den Krieg führet/ braucht es weiter
nichts/ darvon zu urtheilen/ als das Wehklagen deß Land-
Volcks in Schwaben/ in Flandern und in Piemont anzuhö-
ren/welches offentlich bekennet/daß es von den Teutschen/sei-
nen Freunden/unvergleichlich mehr leyde/als von den Fran-
tzosen/seinen Feinden.    Baden/den 13 Novembr 1690.

Amelot.

## Holländische REPLIQVE.

Hochgeachte/ Großmächtige/ Wohl-Edelgebohrne/
Gestrenge/ Hochweise und Hochgeehrteste Herren.

DA die Löbliche Eyd-Genössische Tag-Satzung zu
Baaden am 3. 13. dieses eben auf ihrem Ab-
scheid stunde/habe ich unterschriebener/ Ih. Hochmög.
der Herren General-Staaten der Vereinigten Niederlanden Extraordinari Envoyé, auß einem an Eure

Hertzlichkeiten dazumahlen von dem Frantzöſ.Herrn
Ambaſſador übergebenem Memorial nicht ohne ſon-
derbare Verwunderung erſehen / daß ſelbiger Herr /
der ſonſten die Reputation hat / daß er unter allen ſeines Königs außländiſchen Miniſtern der Geſcheideſte
ſeye / ſelbe Reputation nicht beſſer menagirt / dann / daß
er meine vorhero auf ſelbiger Tagſatzung public gethane Propoſition ſich unterſtanden hat / auf eine gar
verkehrte / wiewol denen Frantzoſen nicht ungewohnte
Weiſe zu beantworten / und die darinnen verfaſte
Weltbekandte Warheit gleichſam mit einer Kohle
zu überſchwärtzen / damit ſie den Leuthen nicht ſo gar
hell ins Geſichte leuchten möchte.

Zum Vorauß muß ich darbey einen kalen Ver-
weiß empfangen / daß ich meine Propoſition der Ver-
ſammlung vorgeleſen habe / deſſen ich nicht in Abrede
bin / weilen ſolches auch von den beſten Publiquen Miniſtern / deren Memoria Scholaſtica ſchon guten Theils
verflogen iſt / öffters practiciret wird / wiewol ohne
dem meine Propoſition ſo weitläufftig war / daß ich
meiner Gedächtnuß nicht allerdings vertrauen darfft /
damit es mir nicht / wie dem Frantzöſ.Herrn Ambaſſador in einer ohnlängſt gethaner kurtzen Propoſition
ergehen möchte / daß ich / um der Gedächtnuß zu Hülffe
zu kommen / genöthiget wurde / die geſchriebene Propoſition hervor zu holen.

Den Innhalt meiner Propoſition unterwerffe
ich der gantzen ehrbaren Welt-Urtheil gar gerne / und
biete allen Frantzoſen / und deren favoriten Trotz / daß
ſie ſelbige in keinem Theil der geringſten Unwarheit
überzeugen werden; Alle Nationen haben die von
mir angeführte Frantzöſiſ. Greuelen mit Schrecken
und Erbarmen erlebet; Viele Länder / Städte und
Dörffer

Dörffer beweinen sie noch auf den heutigen Tag mitten in ihrer Zerstörung und in der Aschen; Die auß Franckreich gekommene Brieffe haben es selbsten biß dahin allemahl gestanden / und ist kein redlicher Mensch / der es mit Wahrheits-Grund kan läugnen.

Dem allem aber unerachtet hat der Frantzösis. Herr Ambassadeur sich nicht gescheuet / mit seiner vermeynten Antwort die alte Erfahrung zu erneuern / daß nemlich die Frantzösis. Politici über alle andere Nationen in diesem Stuck excelliren / daß sie nach ihrer selbst beliebigen Convenientz den bekantesten Sachen falsche Namen wissen zu geben. Dann so muß hier die Welt-bekante Warheit eine Schmach-Rede heissen / welche einem offentlichen Ministro und wol erzogenen Menschen übel solle anstehen / worauß dann nothwendig folgen muß / daß die Schmach-Rede wie die Warhet eine Göttliche Tugend seye / und daß die Unwarheit einem offentlichen Ministro und wol erzogenem Menschen wol anstehe / wie dann auch die Frantzös. Ministri sich dessen künstlich wissen zu bedinen.

Man sagt weiters / daß man sich die Mühe nicht lang geben / die so genannte Schmach-Rede zu beantworten / welches dann auch wol rathsam ist / weilen es doch eine verlohrne Mühe seyn würde / wann man vor der gantzen Welt offenbarer Warheit widersprechen wolte / und thut man unterdessen wol / daß man mit Stillschweigen die Sache selbst nicht undeutlich bekennet / und solches um desto mehr / weilen die Frantzosen sonsten gewohnet sind / daß da sie nur den geringsten Schein einiger Billigkeit vor sich haben / selbigen mit speciosen Prätexten gar meisterlich außstreichen. Darüber extravagiret man noch so weit / daß man Euern Herrlichkeiten eine genommene

X 3                          Aergernüß

Aergernuß über eine unwiderſprechliche Warheit mil
anmaſſen / und alſo derſelben ſtäts berühmten Redlichkeit der Frantzoſen Betrüglichkeit gleichſtellen.

Gleichermaſſen müſſen hier einige erzehlte Sonnen klare Exempel den Namen von allerhand fal-
ſchen / groben / verhaßt· und vergifften Zulagen oder
Impoſturen tragen.  Was vor abſcheuliche Nam
verdienen dann die Frantzöſiſ. grauſame Thaten ſelbſten wol / denen man gewiß noch neue Nam-Wörter
erdencken muß.  Ubrigens verfällt man endlich noch
ſo weit / daſi da man ohne gegebene Urſach und ehe
vorhergehende Kriegs-Declaration gegen alle Tractaten und Geſetze die Alliirte offenſivè hat angegriffen/
und in einen unerſetzlichen Schaden und Elend ge-
bracht/man deren Sache noch eine ungerechte Sache
darf nennen.  Auf ſolche Weiſe trachtet man die
ehrbare Welt zu dupiren / man verändert das Laſter
in eine Tugend / man ſtößt die Morale Geſetze über einen Hauffen / und ſetzet Fenſter und Thüren zu allerhand Ungerechtigkeit offen.

AlleNationen/und fürnemlich die Löbl. Eyd-Ge-
noßſchafft haben bey den jetzigen überauß gefährli-
chenConjuncturen vor dieſer mehr als Machivelliſchen
Policey ſich wol zuhüten / dann wo alle Redlichkeit
auß iſt/und wo eine unerſätlicheAmbition oben ſchwe-
bet/da hat kein Nachbar ſich einiger Sicherheit länger zu getröſten/als es der andern Parthey gefället.

Weltkündig iſt es / wie die Frantzoſen innerhalb
20. Jahren / durch Wegnehmung von Lotthringen/
Burgund/ Mompelgard / Freyburg/ ſamt denen El-
ſäſſiſchen Freyen Städten / nebſt Freyburg/ in Brif-
gau / und mehr andern benachbarten Ländern und
Städten/ wie dann auch durch die gegen alle Verſicherung

Mond haben umringet / und die beste Eyd-Genoss-
sche Schlüssel/als Basel und Genve an grosse Gefahr
und an ihre betrügliche Discretion exponirt. Auch ist
bekandt / daß die Frantzos. auf den nächsten Schwei-
tzeris.Gräntzen zu Crenzach und Lands-Kron neue Vestungen anlegen/und die Werck zu Hünnigen dermassen erweitern wollen / daß sie 14.biß 15000.Mann
darinnen hätten logiren / und mittels dessen / die gesamte Eyd-Genoßschafft mit gesuchtem Vorwand
und allerhand Ombragien auf langweilige und uner-
trägliche Kosten treiben können/wann man durch eine
hertzhaffte Resolution, als das einige Mittel der Eyd-
Genössis.Erhaltung/sich nicht dargegen gesetzet hätte.

Ebener Massen ist auß deß Frantzös.Herrn Ambassadors an die Löbl.Eyd-Genoßschafft / den 18.28.
letzt-verwichenen Octobris a°gelassenem Schreiben
wissend / was die Frantzosen für weit außsehende Intention und gantz gefährliche Anschläg auf die sämtliche Wald-Städt und das Frickthal führen.Zu dem
haben die letztere Italiänische Brieffe gewissen Nachricht eingebracht / daß sie sich der Stadt und deß
Haupt-Passes Suze haben Meister gemacht/von dannen sie nun leicht den geraden Weg durch Piemont
biß an das Mäyländische hinein dringen können.
Auß welchem allem dann einem Jeden Sonnen-klar
in die Augen leuchten muß / wie die Frantzosen so wol
an Italiänis.als Teutscher Seiten die sämtliche Eyd-
Genoßschafft/selbst bey ruhiger Geniessung ihrer Neutralität mehr und mehr trachten einzuschrancken / und

wie sie

wie sie nach dem Devis ihres vormahligen König Hen-
richs deß II. (der einen halben mit den beyden Spitzen
wachsenden Mond und mit dieser Uberschrifft führte:
Donec totum impleat Orbem, daß ist/biß er den Circul
gantz rund mache.) den hieroben gedachten halben
Mond wollen zuziehen/und damit die gantze Eyd- Ge-
noßschafft einsperren / oder ihr gleichsam das Netz
über den Kopff herrucken/welches der gerechte GOtt
gnädiglich abweden wolle.    Dann was vor Freyheit
und Souverainer Wille wurde dieser independenten
Republic mehr übrig bleiben; Wurde man nicht in
allen Fällen sich nach Franckreichs Willen und Interesse richten / und demselben sein eigen Interesse und
Wolwesen mit verbundenen Augen aufopffern / oder
wenigstens eines gantz verderblichen Kriegs / wo nicht
totalen Untergangs gewärtig seyn müssen; Dann hat
man heutiges Tag nicht bey allen Begebenheiten erfahren / daß Franckreich auch den Souverainesten Po-
tentzen/auf gnugsamen zur nothwendigen Vorsehung
gegebenen Anlaß/ auch die bey allen Völckern gewohnte Defensions-Mittel und Alliantzen nicht mehr
zulassen wolle / sondern selbige mit unbegründeten
Jalousien und Prætendirenden Ombragien ansehen/ ja
gar vor eine grausame Ursach zum Krieg prætexiren
wollen. Gleichwie man Unserer Vereinigten Nieder-
ländis. Republic eben auß denen Ursachen von vielen
Jahren her alle erdenckliche Widerwärtigkeiten und
unermäßlichen Schaden zugebracht / und selbige nun
vor das 2.mahl mit Gewalt zum Krieg gezogen hat.
     Uber das wil noch der Frantzösis.Herr Ambassa-
dor in seiner auf meine Proposition gethaner Antwort
unserer Republiq anjetzo noch einen so grossen gegen
seinem König tragenden Respect zumuthen / daß selbige nicht

bige nicht einmahl bloß sagen solle / was grosse Ungerechtigkeit und Gewalt ihr von Franckreich seye wie-
derfahren und noch täglich überkomme / dessen er zur
Ursach vorwendet / weil unsere Republic die Feststel-
lung ihrer Souverainität der Frantzösischen Protection
zu dancken habe.

Es ist zwar so / daß Franckreich auß Consideration seines eigenen Interesse, und auß Krafft der mu-
tuellen Tractaten in vorigen Jahren unsere Republic
gegen die Spanische Kron habe assistirt; Es ist aber
auch wahr / daß unsere Republic ein gleichmässiges an
Franckreich habe gethan. Dann da Franckreich durch
die so genannte Heilige Ligue, und durch seine einlän-
dische Kriege / auch durch die Spanische Macht / deß
grossen Königs Philippi deß II in einen so erbärmlichen
Stand gerathen ware / daß es in seinem eigenen Bur-
ger-Blut sich wältzete / und mehrmahlen seinem Untergang gar nahe stunde / hat unsere Republic durch al-
leinige Macht und Tapfferkeit der Spanischen Mo-
narchie zu Wasser und zu Land eine sonderbare Diver-
sion und zugleich dem dazumahl wanckenden Franckreich / einen solchen Lufft gemacht / daß es sich wieder
empor schwingen können / massen auch ausser dem aller
Apparentz die Frantzösis. Macht nimmer zu ihrer jetzigen Grösse / und selbige Kron wol niemahlen auf die
Bourbonische Linie, und folglich an den jetzo regierenden König kommen wäre. Wie dann auch der König
Heinricus IV. durch seinen Expressen nach dem Haag
gesandten Ambassador Morlangs am 11. Septembr.
deß Jahrs 1593. mit gar beweglichen und den Königen ungewöhnlichen Terminis sich gegen Ih. Hochm.
vor ihre grosse Assistentz bedanckt / und ihnen die Erhaltung seines Reichs genugsam zugeschrieben hat / wie

　　　　　　　　　　　dann

dann solches und vielmehr dergleichen in dem dritten Theil deß verwirreten Europæ außführlich zu lesen ist.

Hierauß gedencke einer einmal / weſſen dieſe
Souveraine Respublic dermaleins ſich wurde zu ge-
tröſten haben/angeſehen der Frantzöſiſche HertzAm-
baſſador bey dieſer Zeit da die löbliche Eydgenoß-
ſchafft mit Franckreich noch in ſo gutem Willen ſte-
het/die Kühnheit gebrauchet/ihr in das Geſicht vor-
zuhalten den übermäſſigen Reſpect, welchen er von
unſerer Souvrainen Republic auch zu der Zeit / da
Franckreich dieſelbe trachtet zu Boden zu werffen/
verlangt / und daburch zwiſchen ſeinem König und
denen Souvrainen Respublicquen einen ſolchen Un-
terſcheid ſtellen will / als ob er jenen zu einem Dicta-
toren und Geſetz-geber über dieſelbige aufwerffen/
und dieſe nur in eine dependenz ziehen wolle.   Es
gibt ſolches auch die Erfahrung mehr als zuviel zu
erkennen.   Dann an Stelle / daß Franckreich die
löbliche Eydgenoßſchafft/für deren von vielen Secu-
lis her/abſonderlich aber/dem Bourboniſchen Hauſe
und jetzt-regierendem König / auch offt / wann ichs
ſagen darff/ wider ihr eigenes Intreſſe geleiſtete groſſe und importante Dienſte / als eine abſolute Souverainität hätte tractiren ſollen/ ſo hat doch die gantze
Welt mit Verwunderung ſehen müſſen/was denen
am ſelbigen Hof von der geſamten Respublic, und
noch neulich von denen vorderſten Orthen abge-
ſchickten Solemnellen Ambaſſaden/unwürdiger Weiſe widerfahren ſeye / und wie Franckreich den letztern Bund des Jahrs 1663. ſo mannigfaltig habe
gebrochen / daß deſſen auch kein eintziger Articul iſt
unvioliret geblieben.   Geſchicht dieſes nun an dem
grünen

grünen Holtz / was wird dann nicht dermaleins an dem dürren geschehen.

Endlich sagt der Frantzösische Herr Ambassa-dor noch / daß es eine seltzame Sache seye / daß die-jenige / so einen rechtmässigen und Christlichen Kö-nig vermittelst seines Tochtermanns vom Thron gestürtzet / und den Krieg hierdurch angezündet / von ungerechtem Vornemmen und Land-Zerstörungen also frech reden dürfften.

Ist es nicht der gantzen Welt noch in frischer Gedächtnuß / daß die Frantzosen im Monat Septem-ber 1688. da die Käyserliche und Reichs Macht ih-re sieghaffte Waffen gegen den Erbfeinde in Servien und Hungarn gebrauchten / die wehrlose Pfaltz auf das aller unversehenste haben angegriffen / und da-rauf die Vestungen und Städte Käyserslautern / Philippsburg / Heydelberg / Mannheim / Mayntz / Speyer / Worms / Stutgard / Heylbron / und viel mehr andere samt dem übrigen grösten Theil deß Rheinstroms sich gewaltthätiger Hand unterwor-fen / zugleich auch den Schwäbischen / Fränckischen / Ober-und Nieder-Rheinische Cräyse grossen Theils mit Raub / Feuer und Schwerd verheret / der vor-her gangener unrechtmässigen Occupation deß gan-tzen Ertzstiffts Cölln / und der Vestungen Bonn / Rheinberg und Käyserswerth nicht zu gedencken.

Ist es ebenmässig nicht noch in un-entfallenem Andencken / daß der jetzige König von Engelland erst am 11. November selbigen Jahrs / und also erst 2. Monaten hernacher sich mit einer Kriegs-Macht nach Engelland hat begeben;

Wie kan dann der Frantzösische Herr Ambas-sador also frech sagen / daß man unserer Seiten den Krieg erst habe angezündt;

Eben

Eben so Unwahr wird man auch befinden/ was
selbiger Herr Ambassador sagt / als ob man Hollän-
discher Seiten den gewesenen König von Engelland
vom Thron gestürtzet hätte/ wann man nur vorhero
gedencket / wie damalen die beyde Könige von Engelland und Franckreich durch einen heimlichen
Verbund die Untertruckung der Engelländischen
und Holländischen Freyheit beschlossen hatten/ darzu dann auch der König Jacobus schon einen grossen
Anfang hatte gemacht / indem er die von ihm beschworne Fundamental-Gesetze der Engelländischen
Nation unter die Füsse zertrat/ und sich über dieselbe
zu einem Arbitrairn und Despotischen Monarchen er-
hub/ womit er zum Ruin selbiger Nation gewiß biß
zum Ende fortgefahren wäre/ wann damals Seine
Königl. Hoheit der Herz Printz von Orange die Nation auf ihr inständiges Begehren nicht errettet hätte. Da nun der König Jacobus das Reich und den
Thron hatte verlassen/ und die Regierung mit dem
Rucken angesehen/ hat die Nation auß völligem Gewalt und freyem Willen den verlassenen und vacan-
ten Thron den beyden jetzt regierenden König und
Königinne aufgetragen/ heisset dieses nun/ daß man
Holländis. Seiten den König Jacobum vom Thron
gestürtzet / und seinen Tochtermann darauf gesetzet habe.

Zuletzt koimt der Frantzösische Herz Ambassador
noch mit einem Wehe-klagen des Landvolcks in
Schwaben/ Flandern und Piemont hervor / als ob
selbiges von den Teutschen mehr als von denen
Frantzösen zu leyden hätte. Diese Anziehung ge-
mahnet mich an die Advocaten der schlimmen Pro-
cessen / weilen selbige auß Ermanglung bündiger

Ursachen

Ursachen sich mit allerhand zur Sachen nicht gehörigen Rapsodien behelffen.   Dann was dienet hier
zur Sach / daß die Frantzosen zuweilen etwas bessere Disciplin, als die Teutschen halten möchten / und
wie kan dieses das grausame Verfahren der Frantzosen beschönen? Zu deme urtheile man / ob die vor-
gedachte Länder durch das Rauben / Plündern und
Verbrennen unzähliger Städte / Schlösser und
Dörffer nicht ungleich mehr von denen Frantzosen
haben zu leiden / als daß die Teutsche mit denen
Land-Leuten nicht eben in erwünschter Disciplin essen und leben.

Zürch / den 10. 20. Novembr. 1690.

P. Valkenier.

## Das XXII. Capitul /

Emedund wird von dem eyfernden Stilpo bey de
Serena im Bette ertappet / läuffet aber dabey häßlich
an / uns muß beyde um Vergebung bitten.   Eine verrätherische Kammer-Magd / bringt Stilpo zu einer
raachgierigen Entschliessung.   Emedund verwandelt
sich in Edmunden / und trägt Verlangen nach Hause zu
gehen / wohin Ethelred und Albela Geleits-Leute geben.
Edmunda erzehlet ihre Erziehung und Abentheuren.

ES hatte insonderheit die Valkenierische Replique, die darinnen enthaltene dörbe Warheit / und der Frantzosen vor Augen gelegte
Falschheit unsern Helden eine sonderbare Vergnügung gegeben / als sehr sie sich hingegen über deß
Frantzösischen Gesandten gantz ungegründete / und
wider die Augenschein-ja Hand-greifliche Warheit
und Erfahrung lauffende / unverschamte Einwend-
und Beschuldigungen verwundert / indem sie ihnen
nimmermehr hätten einbilden können / daß jemand
so frech seyn därffte / eine Sache anderst vorzugeben /

als

als sie der Welt vor ihren Augen lieget / und männiglich klar sehen und erkennen kan.

Wir lassen sie aber gleichwol anjetzo in ihrer
Verwunderung verharren / und sehen Uns wieder
einmal nach unserm bißher unter Mannes Kleidern
vermummten Emedund um / wie selbiger sich annoch
mit der so hefftig verliebten Serena im Bette erspra-
chet / und in seiner Unschuld sich keines Ubels befah-
ret. Judeme sie Beyde / wie oben gemeldet / in ihrem
Gespräche begriffen / auch der anbrechende Morgen /
und die über den Horizont herauf wollende / und ihre
Strahlen voran-schickende Sonne / die Kammer
schon ziemlich erleuchtete / sahen sie mit höchstem
Entsetzen den Stilpo mit blossem Degen / gantz grimmig / in Gesellschafft Ethelreds / zu der nicht wol ver-
wahrten Kammer-Thür herein stürmen / schreyend:
Es sterbe die Ehebrecherische Hure / zusamt dem verrätherischen Ehebrecher ; ist das / du loser Geselle / die
Belohnung / für meine dir erwiesene Wolthaten /
und Errettung auß der Mörderischen Bauren Händen? Damit eylete er dem Bette zu / mit dem Degen auf sie zu stossen. Emedund ware in höchster
Bestürtzung / sich also übereylet zu sehen / und ist gewiß / wäre er in seinen bißherigen Kleidern gestecket /
er wurde sich auch ohne Gewöhr nicht groß um den
erzörneten Stilpo bekümmert haben / im Hembde aber
solcher Gestalt auß dem Bette zu springen / solches
wolte die angeborne Zucht und Schamhafftigkeit
nicht zulassen / ihre Großmüthigkeit aber / sich ferner
zu erkennen zu geben / auch nicht gestatten.

In solchem Noth-Stand nun besanne Serena
sich kurtz / und weil weder sie einen erzörnten Degen-
Stoß mit Lebens-Gefahr außstehen wolte / noch
auch

auch leyden kunte/ daß ihr bißher so lieb gehal ter
Emedund gefähret wurde; Schrye sie mit hertzhaff=
ter Stimme ihrem Manne zu: halt inne/ betrogener
Stilpo, wofern du nicht unschuldiges Blut auf dich
zu laden gedenckest; halt inne/ und siehe/wozu deine
blinde Eyfersucht dich verleitet. Damit deckte sie zu=
gleich das Bette auf/ und zeigete Stilpo und Ethel=
red, die unvergleichlich schöne Brüste Emedunds/
sprechend: Da schaue nun/ was und mit wem ich
Ubels thue/ und ob ich oder diese vornehme Dame/
solche seyen/ wie du uns boßhafftiger Weise bezüch=
tigest.      Ach mir Unglückseeligen/ daß mein eigener
Mann mich um Ehre und Leben zu bringen ge=
dencket.

Stilpo, auf solche Verweiß=Rede/ noch mehr
aber über dem wunder=schönen Anblick gantz erstau=
net/ wuste nicht/ was er thun oder sagen solte. Es
ware ihm unmöglich/die Augen von Emedunds Her=
tze abzuwenden/welches Serena, als in solcher Schu=
le trefflich gelehrt/ alsobald warnahme/ deßwegen
die Decke wieder über Emedund warffe/ und den
Stilpo ferner also anredete: Wie ist es nun Stilpo,
welches von uns ist Sünder/ ich oder ihr? Fürwahr
ich glaube/ daß euer Gewissen euch bey euch selbsten
anklagen und verurtheilen/ mich hingegen loßspre=
chen/ und alles bösen Verdachts entlassen werde.

Als er nun endlich zu sich selbsten kame/ bathe
der gute Stilpo beede/ Emedund und seine Serena, we=
gen seines falschen Verdachts gar hoch um Verzey=
hung/ inmittelst ware auch auf den Tumult und Ge=
schrey Albela nur im Nacht=Rock herbey kommen/
wuste aber nicht/ wie es zu verstehen/ daß Emedund
und Serena bey einander im Bette/ Ethelred aber

und

und Stilpo mit blossem Degen vor demselbigen wa-
ren/biß ihr Ethelred von dem Vergangenen Nachricht gabe / worüber sie sich gleichfalls zum höchsten
verwunderte/und das Erzehlte schier nicht glauben
wolte / biß ihr Serena recht auß dem Traum halffe.
Indessen hatte Emedund sich auch wieder erholet/
und Ethelred neben Stilpo gebetten / sich auß der
Kammer zu machen/und Zeit zu geben/sich anzuklei-
den ; Da dann Albela alsobald ein schönes Frauen-
Kleid herbey schaffte / welches der bißherige Emedund mit Hülffe dieser beyden Damen an-und mit
ihrer holdseeligen Freundlichkeit / und himmlischen
Schönheit/jedermanns Augen und Hertzen zu sich
zoge.

Hier ist zu wissen/daß Stilpo zwar unterschiedlich wargenommen / wie seine Serena mit Emedund
gar freund-und verträulich umgienge/ er kunte aber
an Emedund das Geringste nicht warnehmen / das
ihme einige Eyfersucht oder Widerwillen hätte erwecken können ; Er wäre auch schwerlich auf einige
widrige Gedancken gerathen / wann nicht die Kammer-Magd dem Stilpo Anlaß hierzu gegeben hätte ;
Diese / entweder den Stilpo sich verbündlich zu ma-
chen/oder vielleicht wegen eines vermeyntlich ange-
thanen Torts/ sich an Serena zu rächen / hatte unterschiedlich der Serena Gemüths-Bewegungen / und
die dem Emedund erzeigende Gewogenheit / dabey
aber auch desselben gegen der Serena angenommene
Kaltsinnigkeit beobachtet/ (weil Serena ihre Begierde und Neigungen nicht genug verbergen kunte/
vielleicht auch / weilen sie sich keiner solchen Verrätherey versahe/vor der Kammer-Magd so sehr nicht
zu verbergen suchte/ ) und endlich solches dem Stilpo
geoffen-

geoffenbaret; Der darauf alſobald bey ſich beſchloſ-
ſen/ recht auf die Spuhr zu kommen/ und nach Befinden ſich alsdann zu rächen.

Er wuſte aber nicht/wie er ſolches am füglich-
ſten ins Werck ſetzen ſolte/ biß ihm beyfiele / er wolte
ſich deß Nachts hinweg begeben/und alſo derSerena
Raum machen/in ſeinem vermeyntenAbweſen deſto
freyer mitEmedund ſich einzulaſſen.Demnach offen-
barte er ſein Anligen/ wie auch den vorhabenden
Anſchlag Herꝛn Ethelred, der ihn zwar von ſolcher
Phantaſey abzubringen vermeynte/ weil er dergleichen Beginnen von Emedund niꞙermehr glauben/
noch der Serena ſolcheUntreue zutrauen wolte;Aber/
es ware ſein Auß- und Zureden nur vergebens/ und
wolte Stilpo ſich keines Weges abwendig machen
laſſen / dannenhꬰꝛo Ethelred endlich in ſein Vorhaben willigte/mehr/ihne nicht zu einer andern gefährlichen Entſchlieſſung zu veranlaſſen/ und beſorgen-
des Unglück zu verhüten/ als daß er ihme Recht gegeben hätte/ oder beförderlich geweſen.

Darauf ſie dann Beyde ſich angeſtellet/ ſam
wolten ſie in wichtigen Affairen verrähyſen/ wie ſie
dann auch zum Schein würcklich gethan/Diener uñ
Pferde aber an einem gewiſſen Ort/unter einem abgeredten Vorwand/ gelaſſen/ und ſich zu Fuß mit
einander wieder nach Hauß begeben/ worzu ihnen
die verrätheriſcheKammer-Magd/welche Stilpo mit
Spendiren/ und andern Promeſſen/ völlig auf ſeine
Seiten gebracht/ behülfflich geweſen/ auch Stilpo
deſſen/ was bereits ſeiner Frauen halben ſich bege-
ben/ und wie ſie ſich zu Emedund in ſeine Schlaff-
Kaꞙer verfüget/ benachrichtiget/ welches ihne der-
maſſen auß ſich ſelber gebracht/ daß er ſtehenden
Fuſſes

Fusses alsobald zur Execution schreiten wollen / was
nicht Ethelred theils mit Gewalt / theils mit seiner
Authorität / sich widersetzet / und ihne die Sach besser
zu überlegen beredt hätte ; Dann Ethelred wolte der
Kamer-Magd nicht völligen Glauben zustellen / und
kame ihme eines uñ das andere verdächtig vor / über
das ware ihme leyd / daß ein so guter Freund und An-
verwandter in seinem Hauß an seiner Ehre also solte vernachtheilet werden / noch mehr aber / wann ein
so Adelicher Frembling und lieber Gast / den er nicht
minder für seinen Freund hielte / in seinem Hause an
Leib und Leben gefähret wurde.

Mit solchem Zaudern / und allerhand gesuchten
Außflüchten / verlieffe indessen die Zeit / daß es anfienge zu tagen / da Stilpo sich nicht mehr wolte hindern /
sondern seiner Raach-Begierde den vollen Zügel
schiessen lassen. Ethelred hätte gerne gesehen / daß Serena sich retirirt / und auß dem Staub gemacht hätte / deßwegen er / ( nachdeme man sie / auf sein Angeben / in ihrer Kammer gesucht / aber nicht gefunden / )
durch starckes Räuspern und Husten / solches zu verstehen zu geben / und gleichsam zu warnen vermeynet / so aber weder von Serena, noch Emedund wahr-
genommen worden / sondern das Jenige erfolget /
worvon biß daher Meldung geschehen.

Nunmehr lebten Albela und Serena mit Edmunda, ( dann diese ware der bißherige Emedund gewesen / ) in höchster Vertrauligkeit / und war Serena nit
wenig beschämet / daß sie ihre geile Begierden sich so
weit hatte verleiten lassen / deßwegen sie Edmunda
vielfältig um Verzeyhung bate / und sie beschwure /
von ihren Liebes-Sachen nichts zu melden / sondern
Männiglich in dem Wahn zu lassen / sam sie schon
vorher

vorher Wissenschafft gehabt hätte / daß sie eine Frauens-Person wäre; welches Edmunda ihr nicht allein versprache/ sondern auch getreulich hielte.

Und ob schon Serena an ihrem Gemahl sich ziemlich vergriffen / so muste nichts desto weniger Stilpo Sünder seyn/und durch Herrn Ethelred, Albela und Edmunda, bey seiner Serena sich außsöhnen lassen/ weil er sie in so bösem Verdacht gehalten / auch sie/ samt Edmunden / in so grossen Schrecken / ja Leib- und Lebens-Gefahr gesetzet. Es bedarffte aber keiner grossen Mühe/ den Frieden zwischen ihnen zu stifften/weil Serena sich nit zu streng erweisen darffte/ zumahlen auch Ethelred und Albela nicht allerdings ohne Argwohn waren/daß es gar recht in der Sache hergegangen/ wiewol sie solches klüglich verbargen. Das Kamer-Mensch aber/so die Verrätherin dieser heimlichen Liebe gewesen/ muste/ wiewol in gewisser Maß/unschuldig das Bad außsauffen/und in höchster Ungnad ihren Dienst quittiren/ also zu spat bereuen/daß sie auß allzugrosser Treue/ihrem Beduncken nach / in dieses Unglück käme / da sie doch hätte gedencken können/wie ihre Raach-Gierde/und nicht die wahre Tugendliche Treue/ zu solcher verrätherischen Handlung sie veranlasset/ dannenhero billich also gestrafft werde; So stünde auch noch dahin/ob einem in Diensten Stehenden zukommen könne / seiner Herzschafft Beginnen außzuspähen/ und an Tag zu bringen. Ethelred und Albela waren überauß beflissen/Edmunda Ehre zu erweisen/weil sie sich für eine Schwester Richards und gute Bekandte Herrn Eduards/ den sie Hertzog Hardiknuts Sohn zu seyn offenbaret/zu erkennen gegeben.Aber alle erweisende Ehre kunte sie doch nicht vermögen / sich

IV. Theil.　　　　y　　　　länger

länger dieser Enden aufzuhalten / sondern die Begierde in ihr Vatterland und zu der Mutter zu kehren / triebe sie je länger je mehr an / ihren Abzug zu
befördern/ worinnen ihr weder Stilpo, noch Serena,
mehr hinderlich seyn kunten , Ethelred und Albela
aber sie wider ihren Willen nicht ferner aufhalten
wolten / jedoch aber sich erbotten/ sie selbsten nach
den Ihrigen an Hardiknuts Hofe zu begleiten / und
Herrn Eduard, so er/wie sie hoffeten/zu Hause würde
angelanget seyn/ zu besuchen/ weil sie zugleich auch
absonderliche gewisse Geschäffte in Engelland zu bestellen hatten/ welches Edmunden nicht entgegen
ware. Unter Weges erzehlete Edmunda der Albela,
die nun sehr vertraute Freundschafft mit einander
gemacht hatten/wie es ihr ergangen/welcher Gestalten sie/neben den Printzen Eduard, Canut und Prinzessin Adeliza,samt ihrem Bruder Richard,von ihrer
Fr.Mutter Anisia wäre auferzogen worden/ uñ stä-
tig um einander gewesen/ worauß insonderheit zwischen ihr und Eduard eine mehr als Brüder- und
Schwesterliche Liebe sich angesponnen/die sie keines
Weges auß ihrem Hertzen und Gemüth/ in Be-
trachtung der unvergleichlichē Tugenden Eduards/
habe vertilgen können/wiewol sie solches/so viel immer möglich gewesen/zu verbergen gesuchet/derglei-
chen zwar Eduard seines Orts auch gethan/doch nicht
mit solcher Behutsamkeit/ daß sein Vatter nicht einigen Argwohn deßwegen auf ihne geworffen/ und
weil er ihme vorhin nicht so wol/als seinem jüngern
Bruder Canut gewogen/ habe er solches nicht allein
gar ungerne gesehen / sondern auch getrachtet/ ihne
entweder von Hofe/ oder zu einer ihme unannehm-
lichen Heyrath frühzeitig anzutreiben; Worauf sie

ferner erzehlete / was sich mit Eduard und Lyoneles zugetragen / und wie Eduard darüber flüchtig worden / deß Herrn Vatters ergrösserten Zorn und Lyoneles Verwandten Verfolgung / zu entgehen. Sie erzehlete ferner / welcher Gestalten sie wider ihren Willen einen andern zwar fürnehmen / ihr aber gantz unanständigen Liebhaber Lincolm bekommen / der ihr biß daher mit seiner Liebe verschiedene Verdrießlichkeiten erwecket/ un solches desto mehr/ weil er die Prinzessin Adeliza, Hertzog Hardiknuts Tochter / und Eduards Schwester / zu heurathen nach Hofe kommen, Am allerwidrigsten aber wäre ihr gewesen/ daß sie auf vielerley Weise warnehmen müssen/wie der alte Hardiknut selbsten/ in Liebe gegen ihr entbrandt seye / und glaube sie gäntzlich / wann nicht ein sonders grosser Unglücks-Fall/der sich vor etwas Zeit zugetragen / den Hardiknut in höchstes Leyd und Trauren versetzet/ er würde ihr sehr importun gewesen seyn.

Auf Befragen/was solches für ein Unglücks-Fall gewesen/ erzehlte sie/ wie der jüngere Printz Canut, Eduards Bruder / einsten deß Nachts / eine gewisse Fräulein zu besuchen/in das Hertzogl. Frauen-Zimmer gekommen/aber zu seinem höchsten Unglük/ von jemand andern rencontrirt/ bestritten/ ertödtet/ und wie man deß Morgens erfahren/seine heimliche Liebste / Fräulein Chrysantha, die ihrem Bruder Richard hatte sollen vermählet werden/ in einer Page-Kleidung / durch einen Stich hingerichtet / tod gefunden worden / welches den gantzen Hof in grosse Unordnung gebracht/ auf allen angewandten Fleiß aber / den Thäter und Ursache dieses Mordes nicht in Erfahrung bringen können. Man hätte zwar in

y 2

der

der Stille von Lincolm murmeln wollen / aber ohne
einige Gewißheit. Weil sie nun bald darauf / durch
einen sonderlichen Unfall / von Hofe hinweg / ja gar
unvermutheter Weise / auß dem Lande / und durch
verschiedene Gefährlichkeiten hiehero gekommen / so
wüßte sie nicht zu berichten / wie es indessen weiter
wegen solcher Mordthat abgegangen wäre / und ob
man den Thäter erfahren und zur gebührenden
Straffe gezogen hätte.

Albela, nach gemeiner Art deß Frauen-Volcks /
wurd immer begieriger / ein mehrers von Edmunda
und ihren Sachen zu wissen / sie darffte aber so keck
nicht darnach fragen / kunte gleichwol sich nicht enthalten / sie folgender Massen anzusprechen : Ich
zweiffle nicht / sagte sie / daß meine werthiste Fräulein
grosse Verdrüßlich-und Gefährlichkeiten überstan-
den / deren mir auß geschehener vormahliger Erzehlung selbsten unterschiedliche kund worden / deßwegen auch Mitleyden mit ihr trage : nur wundert
mich / wie sie in Mannliche Kleider gekommen / und
den Degen zu führen gelernet / als welches zwey dem
Frauenzimmer sonst nicht leichtlich zukommende
Stücke seyn / sonderlich mit Gewöhr und Waffen
umzugehen / wovor unser Geschlecht ein nicht unbillichen Abscheuen träget / indeme solches mehr mit
der Nähe-und Stick-Nadel / als mit Pistolen und
Degen umzugehen gewohnet?

Edmunda lachte hierüber / sprechend / deme ist
freylich nicht anders / und seyn diese erst-genandte
Werckzeuge eben so wol als andern Frauenzimmer
meine gewohnliche Waffen und Zeit-vertreib gewesen / deren ich mich bedienet. Wie aber die Gefahr
und Noth / wie nicht weniger die Liebe und Lust zu
                                                    etwas /

etwas / allerley erlernen und üben machet / ja auch
zwinget; solle anderst Leben und Ehre nicht gefähret werden: also hat mich nicht so sehr einiger Fürwitz / als eine unvermeydliche Nothwendigkeit / den
Spinn-Rocken und Nadel / mit dem Degen zu ver-
wechßlen gemüssiget / wie ihr vernehmen werdet /
wann ihr mir anders solches zu erinnern die Erlaubnuß gebet.

## Das XXIII. Capitul /

Edmunda fähret in ihrer Erzehlung fort / wie sie zu
den Waffen und Männlichen Kleidern kommen / wird
auf der Jagd gefangen / und entführet / ihren Räubern
aber wieder geraubet.    Richard kommt nach Hause /
und Eduard auch dahin beruffen.    Verdacht wegen
Canuts Mord auf Lincoln    Eduard kriegt auf der
Reyse Anstoß / und kommt darüber mit Rodrigo in
Kundschafft

Abela ware solchen eingenwilligen Anerbietens sehr wol zu-
frieden / vermeldend / wie ihr hierdurch eine sonderbahre
Ehre und Vergnügung geschehen wurde.  Deßwegen
Edmunda ihre Erzehlung folgender Maßen beginnete:
Ihr habt bereits vernommen / wie ich neben den Hertzoglichen
Kindern / und meinem Bruder / von meiner Mutter Anisa
bin erzogen worden / da ich dann / neben der Prinzeßin Adeliza in
allen dem Frauenzimmer zukommenden künstlichen Confitir-
Näbe-Stick- und andern Arbeiten / unterrichtet wurde; Weil
nun die junge Herren / neben andern geziemenden Wissenschaff-
ten / insonderheit auch die Fecht-Kunst erlerneten / und selbige mir
absonderlich wol gefiele / als geschahe es / daß zu müssigen Stunden / wann wir unsere Recreation hatten / ich auch (wiewol es
meine Fruu Mutter nicht alle mahl gerne sahe /) den Degen oder
Rappier in die Hand nahme / und jezuweilen mit Herrn Eduard /
Canut / oder meinem Bruder / im Fechten mich übete / und etliche
Lectiones gar wol ergriffe / die mir bey etwas Zeit / zu gutem
Vortheil gereichet.    Weil ich nun mit tapffern jungen Leuthen
täglich umgienge / und den Degen ein wenig verstunde / kriegte ich
nach und nach auch eine mehrere Courage und Hertzhafftigkeit /

das

daß ich mich nicht leichtlich für etwas entsetzete/noch/nach Weiblicher Blödigkeit/eine Gefahr groß achtete.

Als ich aber zu etwas mehrern Jahren und Verstand gekommen / wolte meine Frau Mutter dergleichen Ubungen mir
nimmer gestatten / auß Beysorge/ ich möchte denselben zu viel
nachhängen/oder darüber in Gefahr gerathen; Und ware mir
nichts beschwerlichers / als wann ich auf der Jagd / wohin das
Frauenzimmer offt mitgenommen wurde/ nicht auch Hand an-
legen/ ein Wild fällen/ oder den Fang geben darffte/ welches ich
doch jezuweilen/wann gute Gelegenheit darzu ware/ mit einer
Pistolen verrichtete.

Hierauß ersiehet meine werthe Frau Abela / wie ich zum
Gebrauch der Waffen kommen/und hat selbsten gehöret/und ge-
sehen/wie weit mir solches zu statten kommen/darauß ich schlies-
se/daß gleichsam ein heimlich-Göttlicher Trieb mich in der Kind-
heit hierzu gereizet/ um mich in meinen künfftigen widrigen Begebenheiten / nebenst Göttl. Beystand / können zu vertheidigen.
Wie ich aber in die Männliche Kleider und Aufzug gekommen/
damit hat es folgende Beschaffenheit: Ihr habt vernommen/ wie
durch einen sonderlichen Unglücks-Fall Printz Canut erschlagen/
und Fräulein Chrysantha erstochen worden/ auch daß man den
Thäter nicht erforschen können. Weil nun bey Hofe alles in Leyd/
und grosser Verwirrung / ich selbsten aber an Leib und Gemüth
etwas unpäßlich/ mein Bruder Richard auch hinweg gezogen
ware/ über das der Ritter Lincolm/ mit seiner gegen mir tragenden Liebe/ mir nicht wenig beschwerlich fiele/ ich hingegen ihue im
Hertzen hassete; So beredete ich meine Fr. Mutter/ eine Zeitlang
sich auf das Land zu begeben / theils frischen Lufft zu schöpffen/
theils auch mich auf einigerley Weise zu ergötzen/worzu ich sie/
bey solcher Beschaffenheit/leicht bewegen kunte/insonderheit auch
darum weil so wol meine Fr. Mutter/als ich/verspühret/daß die
Prinzessin Adeliza mir nicht mehr so gewogen / als vorhin/ sondern immer mit neydischen und verächtlichen Augen ansahe / da
wir doch dessen keine Ursach / die sie zu einigem Unwillen veran-
lassen solte/außsinnen konten ' ausser/daß Lincolin/ wider meinen
Willen/ und zu meinem höchsten Verdruß/ seine Liebe gegen mir
allzusehr spühren liesse/ Adeliza hingegen gantz kaltsinnig liebete/
welches ich aber nicht ändern kunte/ sondern solchem zu entgehen
alle Mittel versuchte.

Indeme ich nun also auf dem Land mich aufhielte / suchte
ich allerhand Zeit-Vertreib / und unter andern auch jezuweilen

mit

mit Beitzen und Jagen/damit ich auch solches desto ungehinderter thun möchte / bediente ich mich jezuweilen meines Bruders
Richards Kleidern / um desto weniger erkannt zu seyn.  Als ich
nun einsmahls dergleichen Ergötzungs-Lust mich bediente/ und
gar wenig Leuthe bey mir hatte/wurde ich unversehens von vier
unbekandten Kerls angepacket/ die mich gefangen nahmen/ obwol ich einen darvon übel verwundet/daß er nicht mit den übrigen und mir fortkommen können.   Ich fragte zum öfftern/auß
was Ursache sie mich also gehandelt / und wer ihnen mich zu fangen Gewalt  und Befehl gegeben ?  Sie wolten aber mit der
Sprache nicht herauß / sondern sagten allein:  Es seye nicht ge-
schrieben/mir einiges Leyd zuzufügen/sondern allein/mich sicher zu
ihrem Gnädigen Herrn zu führen/erwiesen mir auch/ausser diesem / alle Höflichkeit/ wer aber dieser Gnädige Herr wäre/ kunte
ich mir nicht einbilden.  Ich gedachte wol jezuweilen/ ob es nicht
Hertzog Hardiknut wäre/ der mich also ausgekundschafftet/ und
aufheben lassen : Aber/ich kunte nicht glauben/daß er in jetzimah-
ligem Stand dergleichen sich unternehmen solte / ob er schon zuvor mir nicht abgeneigt geschienen.   Ich hinterdachte ferner ob
nicht der Ritter Lincolm mir etwan solchen Possen gespielet/aber
ich kunte keine wahrscheinliche Ursache finden / inmittelst hatten
mich meine Räuber an das Gestade deß Meers gebracht / und
zwar in Begleitung etlicher Unbekandter zu Pferde/die mir allen
Respect erwiesen.  Da muste ich nun/ wider alles Protestiren/
mich in ein Fahrzeug bringen lassen / mir wurde zugleich eine
Bulge zugestellet, mich der darinn befindlichen Sachen zu bed'ie-
nen/ woran ich aber geringes Vergnügen hatte / sondern mich
nach meiner lieben Fr. Mutter söhnete / aber leyder! nur vergebens.  So viel ich auß den Reden der Schiffleuthen abnahme/ so
solte unsere Fahrt nach der benachbarten Insul Man gehen.Ein
unverschämter Sturm aber warffe uns ziemlich weit zur Lincken/
in die Irrische See/daß wir deß folgenden Tages einem Französ.
Caper,nicht entgehen kunten/sondern ich in andere und neue Gefangenschafft gerathen muste/ die mir aber weniger/als die erste/
zuwider ware/weil ich in Sorgen stunde/ich möchte/meiner Verkleidung unerachtet / dannoch von meinen ersten Räubern gnug
erkannt seyn/dessen ich mich jetzo nit mehr befahrete/das Schiff/
und alle/ die darauf waren/auffer mir/ wurde in Franckreich
aufgebracht / ich aber im Caper / mit Hoffnung / ehester Loßlassung gegen versprochener Rantzion/behalten/ da dann bald darauf mit unserm in Brand gerathenen Schiff das Jenige sich zu-
getragen/

Albela und Ethelred waren mit dieser Nachricht sehr wol vergnüget und darbey/wegen der überstandenen Ebentheuren/ verwundert. Wir lassen sie aber ihre Räyse fortsetzen/und verfügen uns wieder zu Hardiknut/ der sich von Zeit zu Zeit trauriger über seinen ertödteten Canut erzeigete/worzu der Verluß Edmundens ein Mercklichs beytruge: Daß obwol Hardiknut gegen Jedermann rauh und unfreundlich eine Zeithero sich erwiesen/so liebete er doch Edmunden nicht wenig/und ließ ihren Verlust sich sehr zu Hertzen gehen/und mit Ernst nach ihrem Unfall forschen. Anisia/ihres Orts/ware nicht minder höchst betrübet/ so wol wegen deß Verlußts Edmunden/ als Abwesenheit ihres Sohns Richards/ insonderheit ihres nicht minder geliebten Erzieh-Sohns Eduards. Sie wurde aber nicht wenig erfreuet/ als Richard gantz unversehens ankame/ zugleich auch von Herrn Eduard die gute Nachricht brachte/daß derselbe in erwünschtem Wolstand sich befinde/ und bey Jedermann in grosser Æstimation, darbey aber/ wegen deß Verlußts Edmunden/ sehr bekümmert wäre.

Zeit deß Abwesens Richards/ hatten Anisia und Abelija/ auch andere Herren/Eduards Gönner/bey Hardiknut nach und nach es dahin gelencket/daß er sein hartes Gemüth/so er biß daher gegen Eduard getragen/in etwas gemildert/deßwegen dann unterschiedlich vorgeschlagen worden/ man solte Herrn Eduard wieder nach Hause beruffen/welches auch ausser Zweiffel geschehen wäre/ so man nur gewust/ wo er anzutreffen/ oder/ wohin man die Brieffe schicken solte. Hardiknut/wie auch andere/stunden in der Hoffnung/ seine Gegenwart und bekandte Klugheit wurde nicht allein darzu dienen/ den Mörder Canuts desto eher zu erforschen/ sondern auch dem nunmehr ziemlich bejahrten Herrn Vatter mit Rath und That an die Hand zu geben. Insonderheit auch darum/ wie die Sache wegen Lincolms anzugreiffen/ weil man einigen Argwohn auf ihn hatte/ als ob er den Canut erschlagen/die Ursach aber/warum man dieses argwohnete/war diese: Nach Ertödtung Canuts hatte Hardiknut mittlerweil so viel erfahren/ daß Abelija etwas Zeit zuvor/ ehe dieser unglückliche Todschlag geschehen/ von dero Hofmeisterin deß

Frauen-

Frauenzimmers/den Schlüssel zu dem jenigen Gang/ der zu den
untern Zimmern und gegen dem Garten-Thor gienge/ sich geben
lassen; Deßwegen liesse Hardiknut Adeliza vor sich kommen/ und
fragte sie mit grossem Ernst/auß was Ursach sie solchen Schlüssel begehret hätte? Auf welche Frage Adeliza sich nicht wenig al-
terirt/ hefftig zu weinen angefangen/ auf die Knie niederfallen/
und um Gnade und Verzeyhung gebetten/ sich selbst hunderter-
ley Tod würdig schätzend/daß um einer geringen Eyfersucht willen sie eines so thumm-kühnen Wag-Stückes sich unterfangen.
Darauf vermeldete sie/ welcher Massen ihr hinterbracht wor-
den/ daß ihr schierkünfftiger Bräutigam Lincolm/ deß Nachts
heimlich in den Frauenzimmer-Pallast eingelassen wurde/ und
bey einer ihres Frauenzimmers/ unwissend/was für einer/ die Zeit
zubrächte.    Solches nun eigentlich zu erfahren/ und ihrem un-
getreuen Liebhaber aufzupassen/habe sie den Schlüssel gefordert/
damit ihre Augen selbsten Zeugen deß Jenigen wären/ was ihr
Hertz nicht glauben könte. Hierauf befahle ihr Hardiknut/ ohne
Scheu alles zu sagen / was sie gesehen / mit Versicherung/ daß/
wann kein anders Verbrechen / als was die dem Weiber-Volck
gleichsam angeborne Eyfersucht verursachet/ mit unterlauffe/
er selbige/ auß hertzlich-tragender Liebe/ für entschuldiget/ und
Mitleyden mit ihr haben wolte. Uber solche Versicherung fuhre
Adeliza fort / sagend: Ich hatte mich die folgende Nacht zu solchem Ende versteckt/aber nicht lange allda verharret/als ich ein
gewisses Geräusch an der Thür deß Gartens vernommen/gleich
hernach sahe ich einen Pagen ohne Liecht herbey kommen/ der die
Garten-Thür eröffnet/und einen Cavallier hinein gelassen. Ich
erkannte alsobald an der Stimme deß Eingelassenen/da er etwas
zu dem Pagen sagte / daß es nicht Lincolm / deßwegen ich auch
gantz getröstet ware.    Indeme ich aber dessen mich noch gewisser versichern wolte/ sahe ich deß Weges; den der Page/ so die
Garten-Thür eröffnet/hergegangen/einen Cavallier mit blossem
Degen im Dunckeln daher kommen/ der mit lauter/ mir aber auch
unbekandter Stimme/ dem erst-Eingelassenen zugeruffen/ und
einen Verräther gescholten. Worauf der Ankömmlinge mit eben
so starcker Stimme Jenen einen Lügner geheissen/ zugleich auch
Hand an den Degen geleget.  Weil ich nun gantz versichert/daß
von beyden keiner Lincolm ware/so retirirte ich mich demnach/deß
Vorhabens / dessen / was schon geschehen / und noch geschehen
möchte/mich gantz unwissend zu bezeugen/um nicht gehalten zu
seyn/ meine gehabte Eyfersucht selbsten zu bekennen.  Hiermit

fi. ng

fienge sie an / wieder auffs Hefftigste zu weinen / daß Hardiknut
Mitleyden mit ihr truge/ und mit ferneru Fragen ihr nicht weiter beschwerlich ware.

Auß dieser der Adeliza guten Theils erdichteten Erzehlung/
kunte man zwar auf Lincolm keinen sonderlichen Argwohn
schöpffen; Wann man aber gleichwol betrachtete/ daß/ wie die
Wacht/ und andere/ berichtet hatten/ Lincolm zu Nacht-Zeit in
und um den Garten gesehen worden/so gabe es einen Verdacht;
Weil aber die Zeit/ da man ihn an solchem Ort vermercket/ mit
der Zeit deß Todschlags nicht überein kame/ und Niemand zwischen Sauur und Lincolm einigen Widerwillen/sondern die höchste
Vertraulichkeit verspühret/konte man nichts Gewisses schliessen/
worzu noch dieses kame/ daß man darfür hielte/ wann Lincolm
einiger Massen schuldig wäre / er wurde sich auß dem Staube
gemacht/ und nicht so lang bey Hof aufgehalten haben.

Als man erfahren/ wo Eduard sich aufhielte/ wurde durch
Richarden alsbald ein Expresser mit Schreiben an ihne abgesen-
de/ wordurch er ihme/ veranlaßter Massen/wie es zu Hause beschaffen / und daß man seiner Wiederkunfft mit Verlangen er-
wartete/zu vernehmen gabe.Da der Abgeschickte Herrn Eduard
antraffe/ware er sehr erfreuet/ zu vernehmen/ daß er bey seinem
Herrn Vatter wieder in Gnaden/ doch kränckete ihn der Verlust
Edmunden nicht wenig/ reitzete ihn auch an/ seine Heim-Räyse
zu beschleunigen / um Gelegenheit zu finden/ seiner so hertzlich
geliebten Edmunden nachzuforschen.  Er thate darauf seine
Meynung Biorn/Rheinwald und Humfred zu wissen/ ihnen sie
mit sich zu nehmen anerbietend/ Humfred aber hatte Belieben/
noch einige Städte Teutschlands und gelehrte Männer zu be-
suchen/nahme auch noch/ehe Eduard Räysfertig ware/von der
Compagnie seinen völligen Abschied.Rheinwald hatte im Sinne/
an den Ober-Rhein zur Armee/ und vielleicht von dar nach
Hauß zu gehen mit Versprechen/das Jenige/was noch ferner in
Kriegs-Sachen dieser Orten passiren wurde/Herrn Eduard zu
überschreiben:worzu dieser Anlaß/ und darbey die Addresse, gabe, wie er ihme die Brieffe gewiß zubringen solte.  Biorn allein
wuste nicht/ wessen er sich entschliessen/ ob er mit Eduard in En-
gel- oder mit Rheinwald weiter in Teutschland/ oder aber in
Franckreich/ gehen solte; Endlich resolvirte er/ mit Rheinwald
nach der Ober-Rheinischen Armee zu gehen/ mit Versprechen/
Herrn Eduard in kurtzem in seinem eigenen Vatterland/ so ihn
Unglück nicht verhindern wurde/zu besuchen/dessen Eduard auch
zufrieden ware.                                       Damit

Damit schiede diese bißher in so guter Freundschafft lebende
Geselschafft von einander / Eduard nahm seinen Weg nach
Hol- um von dar in Engeland überzuschiffen / er muste aber unter Weges von etlichen Spanis. Parthey-Gängern noch einen
Bock halten / womit es also zugienge: Es fanden sich zu Namur
2. Spanier / so dem hoffärtigen Spanier (den Siegfried unter
Weges nach Brüssel so wol gedemüthiget hatte /) befreundet / und
wegen deß zu Namur / und anderer Orten / erworbenen Ruhms
Eduard auffätzig waren / diese packten ihn an / unter Vorwand /
als wañ er von den Frantzosen / uñ auf Kundschafft / außgeschickt
wäre.   Eduard sahe wol / warum es zu thun / machte deßwegen
nicht viel Gepränges / sondern mit seinen 2. Räyß-Gefährten uñ
2. Knechten / schluge er sich tapffer mit ihnen herum / unangesehen
der Spanier 12. waren / erlegte auch deren 2. und verwundete einen der Anführern übel / seine Cameraden / samt den Knechten /
thaten das Ihrige auch / als tapffere Leuthe / erlegten einen / und
verwundeten ihrer drey / hingegen wurde der eine Eduardische
Räyß-Gefährte auch verwundet / und ein Knecht getödtet.

Indeme aber diese 2. ungleiche Partheyen sich also im Feld
herum tummelten / und das kleine Häufflein dem Grössern genug
Arbeit machte / kame eine andere kleine Spanis. Parthey / von 5.
oder 6. zu Pferde / herbey gerannt; Die Spanier rufften alsobald deren Führer zu: Er solte die Spanis. Ehre wider diese
Fresser helffen retten. Der Führer aber sahe Eduarden steiff an /
dauchte ihn auch / denselben mehr gesehen zu haben / deßwegen
sprache er zu seinen Lands-Leuthen / sie solten stille halten / und sich
schämen / in gedoppelter und mehrerer Zahl wider so wenig zu
fechten.   Zu Eduarden aber sagte er: Mein Hertz / so ich nicht
groß irre / so düncket mich / ihr seyd auch ein Mitglied der jenigen
Geselschafft gewesen / die unlangsten zu Brüssel grosse Estime
erworben / wegen euers Cameraden / der den grossen Spanier gedemüthiget hat.   Eduard / der sich von diesem Spanier dergleichen Höflichkeit nicht versehen / und solches für eine Finesse gehalten / wann nicht / auf deß Ankömmlings Erinnern / die andere sich
etwas zurück gezogen hätte / antwortete hierüber: Ob meine Geselschafft sich Estime erworben / darvon lasse ich andere urtheilen / so kan auch gar wol seyn / daß der Hertz mich daselbst gesehen.
Mich wundert aber / daß ich dieser Orten mich muß feindlich miß-
handeln lassen / da ich doch weder meine Kräfften / Blut und Leben
gesparet / selbiges zu deren Besten in Gefahr zu setzen. Der Spanier entschuldigte das Vorgegangene so gut er kunte / und bathe
                                                              Eduard

Eduard ihne um Siegfrieds willen/mit welchem er bekandt. und
deſſen Freund zu werden die Ehre gehabt / ihn auch ſeiner Be-
kandtſchafft/ Namens und Gewogenheit zu würdigen/ gabe ſich
darauf für Rodrigo zu erkennen/und erzehlete/was zwiſchen ihme und Siegfried ſich zugetragen/welches Eduard nicht ungern
vernahme/und hinwiederum den höflichen Rodrigo vergnügte.

## Das XXIV. Capitul/

Eduard komt in Engelland an/findet Siegfried und
gehet in deſſen Geſellſchafft nach Cumbrien.   Eduard
geräht wegen eines Ringes in groſſe Beſtürtzung. Edmunda kommt mit Albela und Ethelred gen Carlile,
darüber groſſe Freude entſtehet. Argwohn auf Lincolm,
und Adeliza Sorgfalt. Aniſia kommt durch ihre Ver-
ſchlagenheit hinter Adeliza und Richards Geheimnuß/
wird aber von dieſem in ihrem eignen Netze wieder gefangen.

In innerlicher Trieb / reitzete unſern unvergleichlich tapffern Eduard, ſeine Heim-Räyſe
aufs möglichſte zu beſchleunigen / er geriethe
aber dabey in ſehr ſchwermüthige Gedancken / bald
ſtellete er ſich vor ſeines Herrn Vatters auf ihn ge-
tragenen Unwillen; bald druckte ihn das zarte Gewiſſen / wegen deß an ſeinem Bruder begangenen
Todſchlags / am allermeiſten aber quälete ihn der
Verluſt Edmunden/und die Sorge/die er hatte/daß
es ihr entweder unglücklich ergehen/ oder aber ihn
nimmer lieben möchte/bevorab da ihme unterſchied-
lich im Schlaff vorkommen / als ob Edmunda ihme
derbe ins Geſicht ſagte ; daß ſie nimmermehr mit
Hardiknuts Sohn ſich vermählen / ſondern lieber
deß Todes ſeyn wolte; welches ſein Gemüth der-
maſſen beunruhigte / daß er ſchier darüber erkran-
cket wäre.

Mit dergleichen Gemüths-Quälungen kame
er in Engelland / und bald darauf zu Londen glücklich an/

lich an/ sahe sich etliche Tage daselbsten um/ besuchte
unterschiedliche gute Bekandte / und als er eines
Tages nach Hofe gehen wolte / stieße ihme unge=
fähr/ der tapffere Teutsche Siegfried auf/ dessen sie
sich beyde sehr erfreueten / und einer dem andern/
dasjenige/ was ihnen in der Zeit/ da sie von einander
geschieden/ begegnet und zugetragen erzehlete. Nach
solchem liesse Eduard sich angelegen seyn/ Siegfried
dahin zu vermögen / mit ihme nach seines Herzn
Vatters Hofe zu gehen; welches dieser auch zusag=
te/ und deß folgenden Tages ihre Räyse nach Cumbrien antratten.

Als sie deß Abends Mahlzeit miteinander und
dabey ihre gewohnliche Unterredung hielten / be=
obachtete Eduard an Siegfrieds Hand einen Ring/
den er zu kennen vermeynte / deßwegen er nach er=
bettener Erlaubnuß / denselben etwas genauer be=
sichtigte / bald solchen/ bald wieder Siegfried mit
nicht geringer Farb=und Gesichts=aber noch mehre=
rer Gemüths=Aenderung betrachtete / endlich frag=
te / was Gestalt er zu diesem Ringe gekommen?
Siegfried antwortete ohne ferneres Nachdencken/
daß er von gar lieber Hand käme; welche Antwort
genug war / Eduard in noch grössere Bestürtzung zu
bringen. Er fragte aber ferner/ wo die Person/ von
deren er solchen empfangen / sich anjetzo aufhalte/
und wie es derselben ergienge? Die Antwort ware/
daß er das Letztere wohl nicht wisse / jedoch nicht
zweiffle / es werde derselben/ als einer Liebe=und
Glücks=würdigen Person/ wohl ergehen; den Ring
aber selbsten betreffend/ habe er solchen durch eine
wunderliche zumalen auch höchst=gefährliche Aben=
theuer empfangen/ seye dannenhero in deren Aner=

innerung

innerung ihme desto lieber / wünsche auch nichts
mehrers / als mit dieser Person noch einmal können
in Compagnie zu seyn/mit derselben Annehmlichkei-
ten sich gnug zu ergötzen / weilen dazumal hierzu es
so wohl an Zeit als Gelegenheit gemangelt.

Die Eyfersucht ist eine Tochter brünstiger Lie-
be/diese Herz Siegfrieds Reden/brachten den tapf-
fer-müthigen Eduard in solche Verwirrung / daß er
nicht wuste/was er beginnen solte/ gienge deßwegen
ohne ferneres Gespräch schlaffen/ und schluge sich
die Nacht durch mit tausenderley schweren Gedancken / die ihme keine Ruhe vergönneten / ja auch
Siegfrieden/der in einem andern Bette neben ihme
schlieffe/an seiner Ruhe sehr verhinderten; Deßwegen er folgenden Morgen Eduard zu Red setzte / der
aber mit der Sprach nicht herauß wolte / sondern
nur seufftzete / bald den Ring / bald Siegfried traurig anblickte.    Siegfried / der dergleichen an ihme
nicht gewohnet/wolte kurtzum wissen/ was ihme zu
solcher schnellen Veränderung veranlassete/weil ihre langst-gemachte Freundschafft nicht zuliesse / solches vor ihme verborgen zu halten / wo er auch in
solcher Unvertraulichkeit verharren wurde/werde er
es ihme nicht übel nehmen/ so er gleichwol seine vor-
genommene Råyse verfolgete/ und von ihme seinen
Abschied nehme?

Ach Nein/ versetzte Eduard, thut doch nicht so
übel an mir / sondern vielmehr die Freundschafft/
daß ihr mir außführlichern Bericht wegen euers
Rings/und der Person/von deren er kommet/erthei-
let? Gar gerne/ware Siegfrieds Antwort; erzehlte
ihme darauf/wie es ihme auf der Råyse nach Engelland mit seinem Schiffe/ und dem Dünerckischen

Caper/

Caper / und grosser Feuers-Gefahr ergangen / welchem Eduard gantz genau / sonderlich da er von dem
schönen tapffern Jüngling redete / zuhörete ; Weil
aber Siegfried deß Jünglings Nahmen niemalen
genennet / machte solches unserm Eduard noch immer grosse Sorge / daß er endlich fragte / wie dann
solcher mit Nahmen geheissen / und zu was Ende er
ihm den Ring gegeben?

Siegfried berichtete hierauf / wie er sich Emedund genennet / und für einen Bruder Richards angegeben / auch nach dessen Zustand / insonderheit aber
nach seinem Herrn Eduards Wolergehen / gar ange-
legenlich gefraget.

Emedund, Richards Bruder? wiederholte E-
duard, wie kan dieses seyn / da doch Richard keinen
Bruder hat? Siegfried ab der mehrmaligen Farbe
und Gemüths-Aenderung Eduards / nahme wol ab /
daß was Grosses hierunter verborgen stecken müste /
sagte deßhalben / ja / dem ist nit anders / insonderheit
aber ware dieser Emedund um euch Herr Eduard sehr
besorget / vorgebend / daß ob er zwar euch so nahe
nicht verwandt / jedoch euer beyder Interesse sehr genau miteinander verbunden wäre / erzehlete darauf
ihre gehabte Gespräche / und wie bey ihrem Scheiden
sie einander Gedenck-Zeichen ihrer Gefahr und
Freundschafft hinterlassen. Welches Eduard ziemliches Vergnügen gabe / jedoch nicht gar ausser Sorge setzte;

Eduard besichtigte den Ring abermalen / und
sagte: Ich glaube nun gäntzlich / daß dieser vermum-
te Emedund, meine innigst-geliebte Edmunda, Herrn
Richards Schwester seye / weil dieselbe unlangsten
verlohren worden / ich aber diesen mir gar wohl bekandten

kandten Ring öffters an ihrer Hand gesehen; gebe
GOtt/ daß ich sie bald wieder sehe/ und sprechen
möge.   Siegfried zohe hierauf den Ring vom Fin-
ger/uñ überreichte solchen Herrn Eduard, sprechend/
so will sich nicht gebühren/ daß ich diesen länger an
meiner Hand trage/ und dardurch einen so hochge-
schätzten Freund gegen mich eyferend mache. Eduard
besahe den Ring nochmalen/küßte denselben/ steckte
ihn Siegfried selbsten wieder an seinen vorigen Ort/
und sagte:Da behüte mich Gott vor/daß ich meinen
Freund eines solchen Gedenck-Zeichens berauben
solte/ welches mich doch ihme selbsten zum grossen
Schuldner machet/ daß ich die diesem Emedund erwiesene Gutthat und geleistete Rettung nicht genug
vergelten kan/ deßwegen nebst ihme euch zum höchsten verbunden verbleibe.    Solcher Gestalt ware
Eduard völlig beruhiget/ und setzte samt Siegfried
seine Räyse mit mehrerem Vergnügen fort.
    Mitlerweile ware Edmunda, in Gesellschafft
Ethelreds und Albela,glücklich zu Carlile,angelanget.
Es ist nicht außzusprechen/was grosse Freude die alte Gräfin Anisia bezeugte/ daß sie nicht allein erst ihren Sohn Richard, sondern so gantz unvermuthet
ihre Tochter Edmunda,die sie für verlohren geschätzt/
nun wieder glücklich gefunden.   Hardiknut selbsten
bezeugete hierüber einiges Vergnügen/ und liesse
beyde Richard und Edmunden zu sich beruffen/ von
ihnen selbsten zu vernehmen/theils wie es Edmunden
ergangen/ theils auch wie es seinem Sohn Eduard
ergienge/welches Letztere Richard kürtzlich berichtete/
Edmunda aber in Beyseyn Adeliza, Anisia und übrigen Frauenzimmers/dasjenige was mit ihr von dem
Tage an/ da sie entführet worden/ sich begeben/mit
                                        grosser

grosser Verwunder-und Vergnügung der Zuhö-
renden erzehlen mußte / wiewolen Albela, der Prinzeßin Adeliza, nachgehends noch viel rühmliches von
dem verstellten Emed und zu erzehlen wußte / daß diese ihre alte Gewogenheit der Edmunda völlig zu-
wandte / weilen die bey ihr entstandene Eyfersucht
wegen deß Ritter Lincolms / sich nun gäntzlich verlohren / nachdem sie gewiß erfahren / daß Edmunda
nicht die geringste Liebe / sondern vielmehr Haß gegen Lincolm getragen.   Ja sie liesse Edmunda nicht
wieder nach Hause / sondern mußte sich im Fürstlichen Frauenzimmer aufhalten.

Hardiknut, der jederzeit eine sonderbare Neigung gegen Edmunda gehabt / liesse dieselbe jetzo wieder von neuem in seinem Hertzen Feuer fangen / und
ware bedacht / wie er ihr solches zu verstehen geben /
dabey aber vornemlich auf den Urheber ihrer Entführung kommen möchte / machte deßwegen allerley
Anschläge / wie solches ins Werck zu setzen ; Und
gleichwie man schon vorhero wegen deß Todes Canuts einen Verdacht auf Lincolm geworffen / also
fiele auch einiger Argwohn dieses Raubs halben auf
ihn / es hatte aber dieser letztere Verdacht eben so wenig Grund / als der erste / deßwegen wurde Eduards
Anwesenheit desto mehr gewünschet.

Indeme dieses also passirte / geriethe Adeliza in
neue Sorge / es möchte Richards Anwesenheit / wegen Canuts Tod / ihr neue Ungelegeit machen / wann
etwan ihr Herz Vatter sie unvermuthet befragen
wurde / woher sie die nächtliche Zusamenkunfft Lincolms zu einer ihrer Damen erfahren / und wer ihr
dasselbe offenbahret hätte ? Welches biß daher noch
nicht geschehen. Auf solche vermuthete Anfrag nun

IV. Theil.                    z                    müste

müfte fie nothwendig Richard, neben andern/ angeben ; Solte dann Hardiknut ihne unverſehens deßwegen zu Rede ſtellen/ ſo möchte er erſchrecken/ und
könte leichtlich geſchehen / daß er darüber in Gefahr
geriethe / darum ware ſie bedacht/ ihne vorhero zu
warnen/nahme deßwegen die Gräfin Aniſia bey der
Hand/ führete ſie in ihr geheimes Cabinet, daſelbſten
befahle ſie ihr/ ſie ſolte ohne einige Zeit-Verliehrung
ihrem Sohn Richard ſagen ; wann Hardiknut ihr
Herz-Vatter ihne darum/ daß er ihr Lincolms nächtliche Beſuchung deß Frauenzimmers offenbahret/ zu
Rede ſtellen wurde ; ſolte er darüber nicht erſchre-
cken/ ſondern nur/ was dieſe deß Lincolms Offenbahrung betreffe/ die Warheit ſagen/ dann damit könnte er allem befahrenden Unheil entgehen / weil das
übrige alles verborgen und verſchwiegen bleibe.

Adeliza Sorge ware nicht gar vergebens / ſin-
temalen Hertzog Hardiknut obſchon noch kräncklich/
dannoch ſtätigs Edmunden und ihre Zufälle im Ge-
müt hatte/ und weil ihme Lincolm zimlich verdächtig
vorkame/ als fienge er neben dem neuen/ nemlich der
Entführung Edmundens / auch das alte wegen Canuts bey ſich zu examiniren/ lieſſe deßwegen Adeliza
fordern/ berathſchlagte ſich mit ihr/ und erforſchete/
von wem ſie ſolche heimliche und nächtliche Ver-
ſtändnuß erfahren hätte / die dann ſolches freymü-
thig / und wie es damit hergegangen / auch daß ſie
Richard zu ſolcher Entdeckung gebraucht/ bekennete.
Man kunte aber / wie man es angriffe / nicht weiter
erfahren/ als daß zwar Lincolm Edmunden geliebet/
aber nicht wieder geliebet worden / deßwegen er deren Kammer-Magd erkauffet / um ihne bey ihrer
Fräulein beliebt zu machen / oder auch heimlich zu
ihr zu

ihr zu bringen / welches sie ihme zwar zu thun zuge=
saget / aber nicht bewerckstelligen können / ausser / daß
er / Lincolm, etliche mahl bey Nacht=Zeit durch den
Garten zu der Kammer=Magd kommen / und seine
Berathschlagungen mit ihr gehalten / wie die Sache
anzugreiffen. Solches aber ware alles geschehen / ehe
der Todschlag mit Canut sich zugetragen / bliebe also
alles noch in voriger Ungewißheit.

Anisia entzwischen ware nicht so leichtlich zu
hintergehen / als vielleicht Adeliza sich eingebildet /
dann der Adeliza Forcht und Sorgfalt erweckten
bey ihr einen nicht geringen Argwohn / so erschreckte
sie auch nicht wenig / daß sie auß ihren Reden so viel
abnehmen kunte / daß ihr Sohn in solchen heimli=
chen Geschäfften mit verwickelt wäre / die auch dem
Allerunschuldigsten zum höchsten Nachtheil auß=
schlagen kunten / darum ware sie bedacht / wie sie das
Jenige / woran sie einigen Zweiffel hatte / außfor=
schen möchte.

So bald sie von Adeliza weggegangen / und in
ihr Hauß kommen / liesse sie in höchster Eylfertigkeit
ihrem Sohn Richard ruffen / und nachdem sie Je=
dermann auf die Seiten geschaffet / erzeigete sie sich
gantz bestürtzet und desperat, mit leiser / verzagter und
jammerhaffter Stimme / sprechend: (Darbey aber
sich immer umschauend / als ob sie förchtete / von Je=
mand andern gehöret zu werden /) O wehe! O we=
he! Was habt ihr gethan? O unglücklich und un=
besonnener Richard! O thumkühner Sohn! O mir
elenden Mutter! Auf / auf / hurtig und darvon / fliehe
und eyle was du kanst / damit nicht / nachdeme Guth
und Glück verlohren / auch dein Leben verlohren ge=
he. Fliehe / fliehe / es ist alles offenbar / die Printzes=

z 2                                                    sin Ade=

sin Adeliza hat es mir vertrauet: Ach Unglückseeliger! Was wilt du anfangen? O wehe!

O wehe mir! Antwortete der hierüber Erschrockene und halb todte Richard, mit einem todbleichen Angesichte / liesse zugleich den Hut auß der Hand / und das Hertz fast auß dem Leibe fallen / weilen er durch einen solchen Mund bezüchtiget / und beschworen wurde / von deme ohne Gottlosigkeit nicht zu glauben stunde / daß einige arge List dahinter steckte / bevorab das Gewissen / die vorgebrachte Drohungen ihn billich Glauben machte. Was sagte er / (nachdem er einen tieffen Seufftzen fahren lassen /) hat man den Printzen Eduard, gefangen genommen? Ist Adeliza frey oder arrestirt?

Als hierdurch Anisia dessen / was sie am Wenigsten verlanget / versichert / zohe sie den Sohn zuruck / und liesse ihn auf ein daselbst stehendes niedriges Bette / sich nieder setzen / setzte auch mit solchen nachdrücklichen und zweiffelhafften Reden an ihne / daß sie darauß deß Handels gantze Beschaffenheit / wie es mit Canuts Ertödtung hergegangen / erfuhre / wobey ihr in dessen Anhörung / eben so übel zu Muth ware / als Angst und Bang sie biß daher / mit ihrer Verschlagenheit / dem guten Richard gemachet. Endlich / von natürlichem Affect, der in wichtigen Angelegenheiten immer vorzutringen pfleget / angetrieben / brache sie in diese unbedachtsame Worte auß: Ach allzu unglückseeliger Eduard, solt du dann das jenige Fürstenthum verlieren / welches das Glück durch eine so sonderbare Gutthat dir geschencket hat.

Bald hernach wurde Richard, auß der Mutter eigenen Geständnüß gewahr / daß dieselbige ihn listiglich hinter gangen / und diese Heimlichkeit auß

ihme

ihme gelocket hatte / daher schamte er sich / daß ein
Weib ihne so solte überlistet / und in Angst gesetzet
haben / beklagte sich deßwegen gegen ihr: Je mehr
er auch ihre letzte Rede bey sich überlegte und erwo-
ge / je weniger kunte er deren Verstand begreiffen /
noch ersinnen. Er bedachte sich hin und her / wie er dieser zweiffelhafften Rede rechten Verstand von der
Mutter erforschen möchte / worzu sie ihme selbsten
gleichsam Gelegenheit an die die Hand gabe. Dann
er hatte hierbey wargenomen / welcher Massen Anisia ihr die Gefahr Eduards / so sehr zu Hertzen gehen
liesse / dannenhero er solches für die beste Manier
hielte / zu seinem Zweck zu gelangen. Er fienge demnach an / den jenigen Handel / den sie erst von ihm
außgefischet / wieder zu überlegen / die Gefahr zu betrachten / und sich groß fürzustellen; Darauf stellete er sich gantz desperat, und zaghafftig / sagend:
Jetzo sehe er erst / wie hoch er sich vergriffen / und / daß
sein Verbrechen eine grosse Straffe verdienet. Er-
kläerete sich demnach / er wolte selbsten für Hertzog
Hardiknut erscheinen / und für sich um Gnade bitten /
weil er ohne dem / bey diesem Verbrechen nicht
hauptsächlich Theil hätte / sondern ein Schlechtes
weniger / als gar unschuldig wäre / und über das /
durch offentlichen Außruff / dem Jenigen Perdon
und Vergeltung zugesagt worden / der den Thäter
offenbar machen wurde. Er stellete sich so fest entschlossen / daß er / auß Forcht / Adeliza möchte ihme
hierinnen vorkommen / ( sintemahlen er / die ihme zu
entbottene Nachricht / nur Betrügereyen nennete / )
begehrte man solte ihm seinen Degen geben / und alsobald das Pferd herbringen. Je mehr nun die
zum Hefftigsten über diese Resolution erschrockene

Mutter /

Mutter / ihme solches / als unbillich und höchst-ge-
fährlich mißriethe / je hefftiger darauf zu beharren/
er sich anstellete / sagend : Dieses seye das einige
und nöthigste Mittel / sich sicher zu stellen.

## Das XXV. Capitul /

Richard überlistet seine Mutter / daß sie endlich of-
fenbaret/ Eduard seye nicht Hardiknuts Sohn/ welches
Richard, und daß Eduard den Canut umgebracht / entdecket. Eduard wird ins Gefangnüß geworffen. Hardiknut erkiesset Edmunden zu seiner Braut.

SOlcher Massen wurde die für Angst halb todte Mutter/
durch eben die jenige List/ deren sie kurtz vorher sich bedienet / nun selbsten überlistet / daß sie gewiß glaubte / Richard wurde/ was er sagte/ würcklich vollziehen. Sie bate
und beschwure ihn/ mit thränenden Augen/ und sagte ihm/ weiß
nicht was vor / aber Richard antwortete : Fr. Mutter / ihr habt
gut reden / und sehe ich wol/ weil ihr Eduard selbsten erzogen/ er
euch auch viel lieber ist/ als euer eigener leiblicher Sohn / desswe-
gen kan ich euerm Rath/ der allein zu Eduard Nutzen angesehen/
mir aber zum Untergang gereichet/ nicht folgen/ noch ihne / ( der
wolt von dannen/ und also in Sicherheit ist/) mit eigener Leibes-
und Lebens-Gefahr verschonen ; Nein/ nein/ Fr. Mutter/ weil ihr
so schlechte Liebe gegen mir traget / so bin ich mir selbsten desto
grössere Liebe schuldig/ gedulet euch demnach ! Damit stunde er
auf/ sich stellend/ als wolte er das/ was er gesagt/ ins Werck setzen.

Die arme fast verzweifflende Gräfin stunde auch eilends
auf/ und lieffe ihme nach/ ihne zu halten/ ( der selbsten/ um aufgehalten zu werden/ etwas verzoge/) sie ergriffe ihn also bey dem
Arm/ zohe ihn zuruck/ und mit den allerwehmütigsten und be-
weglichsten Worten und Gebärden/ als nur zu erdencken/ suchte
sie ihne zu erweichen. Ach ! Hertzallerliebster Sohn Richard/ sagte sie / was sagt ihr : Ich liebe euch nicht / was habt ihr doch für
Ursach/ solches zu gedencken/ oder zu sagen/ da ich doch euere Wolfahrt mir äusserst habe lassen angelegen seyn? Und warum meynet ihr/ daß ich für Eduards Wolergehen sorgfältig seye ? Vielleicht um meines eigenen Nutzens und Person willen/ da ich doch
alt und durch vielerley Ungemach und Betrübnüß so geschwächet/
daß ich noch sterben werde/ ehe er zu der Hertzoglichen Ehre und
Thron

Thron erhoben wird. Ist das der Danck/ den ihr mir für meine
Auferziehung und Mütterliche Treue erweiset?

Richard/ sich je mehr und mehr bestürtzt stellend/ antwortete
wieder: Was ist dann das für eine so grosse Liebe/ deren ihr euch
rühmet/ indem ihr nicht einmahl/ auf mein so vielfältiges Bitten/
das Jenige erklären möget/ was ich an euch gesucht/ betreffend
die Reden/ deren ihr euch fast allererst vernehmen lassen? Ach!
liebster Sohn/ ware ihre Antwort/ die Sach ist nicht so gering/ als
ihr vielleicht euch einbildet. Ich wil es euch ungebetten eröffnen/
wann es Zeit seyn wird/ ich bitte/ gebt euch dißmahlen zufrieden.
Wann ich es jetzo für nutzlich ansehe / glaubet/ ich wolte so hart
nicht seyn/ noch dermahlen solches verborgen zu halten.

Je mehr ihr mir die Sache gefährlich vormahlet / je mehr
erachte ich/ liebste Fr. Mutter/ für nötbig/ darvon Wissenschafft
zu haben/ antwortete der Verschlagene/ nöthig ist es/ um vieler
Ursachen willen/ sonderheitlich auch darum/ damit ich nicht/ als
ein unverständiger Knab und Kind/ von euch gehalten werde/
das nicht capabel wäre/ andere/ als nur gemeine und geringe Sa-
chen/ zu wissen. Nein/ Fr. Mutter. Ihr sollet mir entweder diese
Sache erläutern / oder aber müsset glauben/ daß ich darinnen
vergewissert seye/ daß ihr nicht den geringsten Willen habt/ mir
einige Willfahr- und Vergnügung zu thun.

Weil es dann/ replicirte die höchstbeängstigte Mutter/ je
seyn muß/ wolan! so seye es/ laßt mich nur zuvor Athem schöpffen.
Indeme besanne sie sich etwas/ aber Richard/ der Abgefäumte/
liesse sich wieder vernehmen: Ich sehe wol/ daß ihr nur Aufzüge
suchet / und mich betrügen wollet/ Nein/ dahin solle es nimmer
kommen/ es ist vorhin schon gnug geschehen. Damit thate er/ als
wolte er sich von ihr loß reissen/ um nach Hofe sich zu verfügen:
Daß gemnach die gute Anisa keine Außflucht mehr wuste/ sondern nur sagte: Gemach/ Richard/ gemach/ ihr betrüget euch
selbsten/ auß deme/ was ich euch jetzo sagen wil/ werdet ihr meine
Aufrichtigkeit/ zugleich aber auch euern Fehler/ erkennen. Setzet
euch nur wieder nieder/ und höret mir zu:

Hermit fienge sie an / ihme zu offenbaren/ daß
Eduard keines Weges Hertzog Hardiknuts
Sohn/ sondern ein eingeschobenes Wechsel-Kind
seye/ welches sie selbsten außgetauschet/ und gegen einer von der Hertzogin gebornen Tochter verwechselt;

　　　　　　Dann/

Daß/weil die Hertzogin nur Töchtern geboren/wä-
re Hardiknut ihr gram worden/und sie bey bald wieder erfolgter Schwängerung bedrohet / wofern sie
abermahl nur eine Tochter gebähren wurde/ wolte
er sie verstoffen/ und nicht mehr für seine Gemahlin
erkennen; Deßwegen sie die Hertzogin mit heissen
Thränen gebetten / die Hülffs-Hand ihr zu bieten/
und so fern sie je wieder einer Tochter genesen solte/
auß Mitleyden mit Rath und That in Einschiebung
eines andern verhülfflich zu seyn/allermassen sie auch
im Werck selbsten solches hernach erwiesen/ und für
das Mägdlein ein Knäblein mit List und Geschwindigkeit erpracticiret. Anisia schöpffete hierauf ein wenig Athem/um so dann in ihrer Erzehlung fürzufah-
ren/als in höchster Eylfertigkeit ein Laquey von Hertzog Hardiknut kame/ und Richard unverzüglich zum
Hertzogen beruffte.    Wie sehr solches Richard ver-
drossen/ daß seine Curiosität/ in fernerer Erzehlung
dieses Geheimnüsses/sich dißmahl nicht sättigen sol-
te/ist leicht zu erachten/er meynete/einigen Auffschub
zu machen/indem er befahle/man solte ihm das Pferd
fertig machen; Als man ihm aber antwortete/ daß
selbiges schon eine gute Zeit auf ihn wartete / kunte
er nun weiter nicht/sondern/gegen seiner Fr.Mutter
sich höflich neigend/ ( die ihme die Verschwiegenheit
befahle/) nahme er Abschied/und verfügete sich zum
Hertzog. So bald er vor den Hertzog kommen/frag-
te derselbe/ mit sonderbarer Ernsthafftigkeit/was er
ehemahlen mit seiner Tochter Adeliza für Geheim-
nüssen gehabt/ und wie lang er sie nie besprochen/ er
solte ihme nur alles Haarklein erzehlen/was seit der
Zeit ihrer Tractaten vorgeloffen. Welchem deß Hertzogs Befehl er alsobald gantz hertzhafftig gehorchet/

und

und mit unerschrockenem Muth und Gesicht ver-
meldet/ daß er von der Prinzessin beordret worden/
in dem Garten Schild-Wacht zu halten/ und ihr
Bericht zu geben/ wer der Jenige seye/ der sich unterstehen darffte/ bey Nachzeit sich nach den Fürstl.
Zimmern zu verfügen. Er sagte/ daß er in der andern
Nacht gesehen/ daß ein Cavallier, den er für den Ritter Lincolm erkennet/ sich dahin begeben/ welches er
der Adeliza hinterbracht.    Dieses seye alles/ was er
mit Adeliza gehandelt/ seit seiner Ankunfft aber/ habe
er die Ehre noch niemahlen gehabt/ mit ihr zu reden/
noch seine schuldige Aufwartung zu thun.

Hardiknut fragte ihn noch Unterschiedliches/
worauf Richard guten Bescheid/ und dem Hertzog
ziemliche vergnügung gabe/ der ihme/ wegen seiner
Schwester Edmunda, jetzo ohne dem nit übel wolte.

Hiernächst geriethe er auf das traurige Angedencken seines so lieb-gewesenen Canuts/ und fienge
seine Jammer-Klage/ mit Vergiessung einer Menge
Thränen/ und Hertz-brechenden Seuffzen/ an. Richard tröstete ihn nach Vermögen/ daß er sich wieder
ein wenig zufrieden gabe/ ihn bey der Hand ergriffe/
und also anredete: Ach! glückseliger Richard, so ihr
der Jenige wäret/ der mich in meinem so hefftigen
Verlangen vergnügen könte/ Schätze/ Herrschaff-
ten/ Fürstl. Gnade und Gesippschafft/ hohes Anse-
hen/ wurden eure wenigste Vergeltungen seyn; Ach!
was soltet ihr nicht alles werden/ ihr würdet mein
Günstling/ mein Erhalter/ ja der Gebieter über mich
und meine Unterthanen zugleich seyn/ wann ihr mir
den Todschläger meines Sohnes anzeigen köntet/
damit ich zu meinem höchsten Vergnügen mich rächen möchte.    Alle meine Schätze und Vermögen

sollen

sollen nicht mehr mein / sondern deß Jenigen seyn/
der mich hierinnen vergnüget.

O wanckelmüthige Treue! Ach redliche Auf-
richtigkeit/ wo bleibest du/ wann Geld und Ansehen
dich blendet? Ach! armseliger Eduard, wie schändlich betrüget dich / die auf deinen allergetreuesten
Freund gegründete Hoffnung/ der jetzo an dir zu einem Treu = losen Verräther/ ja gleichsam Hencker
wird! Auf so grosse Verheissungen und klägliches
Gebärden/gedachte Richard bey sich selbsten: Weil
Eduard weder Hardiknuts Sohn/noch mein Landes-
Fürst / sondern nur ein eingeschobener Wechsel-
Balg ist/ so begehe ich keinen Fehler/ wann ich seine
Parthey verlasse/ sondern ich thue erst das Jenige/
was ich meinem Landes-Fürsten zu thun obligiret.
Hardiknut, samt Adeliza, werden mir deßwegen verbunden bleiben/ wegen Offenbahrung dieses Betrugs. In Sũma,er stellete sich selbsten lauter Glückseeligkeit vor/die ihme nirgend mangeln könte. Die
Gräfin Anisia, seine Mutter/ allein/ machte ihm etwas Bedencken/ daß sie es gar übel empfinden würde. Jedoch / raisonirte er mit sich selbsten/ wird sie
nicht ungerne haben können / daß ihre Kinder zu so
grossem Glück kommen/ ob schon ein von ihr Erzoge-
ner/ den sie selbsten kaum kennet / darüber leyden
muß / ja / was sorge ich deßwegen / vielleicht ist es
nicht die Liebe der Anisia zu Eduard,sondern allein die
Forcht der Straff/ die sie angsthafftig machet / weil
sie solchen Betrug bißher verschwiegen. Wann ihr
die Schuld vergeben/sie und ihre Kinder erhoben/sie
der Gewissens-Angst entnomen/ und die gantze Familie darüber beglücket sehen wird / was hat sie alsdann Ursach/ sich zu bekümmern.

Damit

Damit fiele er vor Hardiknut auf die Knie/und sagte: Gnädigster Herr! So mir eine Gnade zugesagt wird/wil ich der Jenige seyn/der dero ängstiges Verlangen erfülle.

Wie! eine Gnade? versetzte Hardiknut? Nicht nur eine/mein Sohn/hundert/tausend/ja alles/was ihr begehren werdet/ solches schwöre ich/ bey Fürstl. Ehren und Worten/welche ich euch hiemit verpfände/GOtt und den Himmel darüber zum Zeugen anruffe.     Stehet auf! darauf befahle er/ es solte kein Mensch ungeruffen zu ihm hinein komen / und ware für Freuden und Rachgier gantz auß sich selber.

Die Gnade/ Gnädigster Herr/ (sagte Richard,) die ihr mir zugesagt/ ist/ daß der Prinzessin Adeliza, der Gräfin Anisia, meiner Mutter/und mir selbsten/ das Jenige vergeben werde/ woran wir unschuldiger Weise/und auß Jrrthum/zu euerm Nachtheil/ uns vergriffen haben möchten / dann wir haben gesündiget/ indem wir gemeynet gewesen/ Gutes zu würcken/ das betrügliche Glück aber solches anders gefüget.   Als Hardiknut mit theuren Schwüren alles bekräfftiget / da erzehlete Richard den gantzen unglücklichen Handel/von der Entleibung Canuts/ welches Hardiknut, mit vielen mächtigen Gemüths-Aenderungen / anhörete; Da er aber höret / daß Eduard der Mörder Canuts gewesen/übernahme ihn der Schmertz und Zorn so sehr / daß er in eine Ohnmacht sancke / und Richard um Hülffe ruffen muste. Nachdem er wieder zu sich selbst gebracht wurde/ ruffte er: Ach! Verräther/ich wil mich an dir rächen/ schaffte darauf den Artzt/und alle Anwesende/biß an Richard, wieder ab/ darauf berichtete dieser ferner/ daß Eduard nicht sein/ sondern von Anisia, auß Befehl der

fehl der verstorbenen Hertzogin / ein eingeschobener
Sohn seye / weil selbige sich vor seinem Zorn und
Drohungen / wann sie abermahl eine Tochter gebären wurde / geförchtet / und deßwegen die zur Welt
gebrachte Tochter mit einem fremden Knaben ver-
wechseln lassen.

Hardiknut wolte auch die Umstände / die bey
solcher Geburts-Verwechselung vorgegangen / wissen / aber Richard kunte ihm keinen Bescheid geben/
sich damit entschuldigend / daß er ein Mehrers nicht
wisse / weil eben in dem Augenblick/ da seine Mutter
ihme dieses offenbaret/er nach Hof eylfertig seye beruffen worden / daß er die übrige Begebnuß von
seiner Mutter nicht vernehmen können/ sondern biß
zu seiner Zurruckkunfft außsetzen müssen.

Indeme diese Beyde also mit einander rede-
ten / kame ein Kammer-Diener / und berichtete mit
grosser Freude / daß Herr Eduard ankommen / und
Verlangen habe / seinem Herrn Vatter die Hand
zu küssen.

Diese unvermuthete Bottschafft verursachte
Hardiknut neue Bestürtzung / und Zorn / er verbisse
aber seinen Unwillen/und sagte dem Diener/ er solte
Eduarden andeuten / daß er jetzo ein wenig ruhen
müste / solte indessen auch seiner Gelegenheit pflegen / und von der Räyse außrasten / alsdann wolte
er ihm schon ruffen lassen.

Als es schon ziemlich spath in die Nacht ware/
kame Richard zu Eduard, in Adeliza Zimmer/und mit
angenommenem/( O Falschheit/) frölichem Gesich-
te / und vielen Complimenten sagte er ihme / er hätte
Befehl/ihn zu seinem Herrn Vatter zu führen. So
bald sie in den Saal getretten / wurde die Thüre
hinter

hinter ihnen geschlossen / ein Officier aber / mit vielen
Soldaten / umgaben Eduard , und begehrte mit un-
freundlichen Worten / im Namen deß Hertzogs / er
solte den Degen von sich / und gefangen geben.

Ich bin schuldig / sagte Eduard gantz unerschro-
cken / meines Herrn Vattern Befehl zu gehorsamen / gabe darauf den Degen von sich / und liesse sich
an den bestimmten Ort führen / so eine dunckele / stin-
ckende und enge Gefängnuß ware / in deren ein
schlechtes Liecht brandte / ein elendes Tischlein / und
noch elendere Liger-Statt vorhanden / darein wurde
der Armseelige versperret / und hatte Zeit und Gelegenheit / sein Elend zu hinterdencken / und nach zu
sinnen / was doch die Ursache solchen unfreund-
lichen Empfanges seyn möchte.

Unterdessen befahle Hardiknut Richarden / mit
Bezeugung grosser Vergnügung / und Gewogenheit / seine Mutter nach Hof schleunigst zu holen ;
Damit ihr auch sehet / sagte er ferner / daß ich meines
Versprechens eingedenck / so bringet ihr zugleich
diese Nachricht : Daß ich Edmunda , ihre Tochter /
und euere Schwester / hiermit zu meiner Braut und
euerer Gemahlin erkieset / und nicht ermanglen werde / euch / mein getreuester Richard , auf das Reich-
lichste zu belohnen.

Wegen so hoher Gnade / küßte ihme Richard die
Hände / und gienge damit fort / sich erfreuend / daß
er der Anstiffter eines so vortheilhafften Geschäff-
tes seye / gedachte auch bey sich selbst / Anisia werde
wol keine Ursach haben / sich zu beschweren / daß er
die ihme vertraute Heimlichkeit offenbaret / weil ihr
so grosser Vortheil dardurch zuwüchse ; Eylete
deßwegen so viel möglich / sie mit solcher Bottschafft
zu erfreuen.　　　　　　　　　　　　　Das

## Das XXVI. Capitul/

Richard kommt mit seiner vermeynten guten Zeitung übel an / und bringet seine Mutter schier in Ver-
zweiffelung. Eduard ist Richarden Bruder / und Edmunda Hertzog Hardiknuts Tochter. Richard bereuet
seinen Fehler. Anisia eröffnet/wie es mit der Verwechs-
lung Eduards und Edmunden hergegangen. Hardiknut
befiehlet Eduard zu tödten. Lincoln suchet Edmunden
durch einen freywilligen Kampff zu behaupten / wozu
Siegfried und sein Geselle sich rüsten.

Als die Gräfin Anisia ihn so frölich kommen sahe / wolte sie sich zwar auch erfreuen / aber sie
kunte nicht / weil ihr das Hertz gantz schwer
ware/ und an Statt sich zu freuen/ohne dessen eine
Ursach zu wissen / zu weinen beginnete. Richard
solches sehend / sprach: Nun ist es gar keine Zeit
zum Weinen / geliebte Frau Mutter / Edmunda ist
eine Braut / und der Heyrath ist Fürstlich; Was
jammert ihr? Wolte GOTT / daß es Freuden-
Thränen wären/antwortete diese! Aber/wer ist der
Bräutigam/und wer der Urheber solchen Glückes?

Ich/ erwiederte Richard, und Niemand ande-
rer/bin der Baumeister so grossen Vortheils / lasset
uns sitzen/so wil ich alles erzehlen. Aber ihr müsset
mir zuerst Parola geben / so lang über mich nicht böse
zu werden/ biß ihr zuvor den glücklichen Außgang
der Sache vernommen.

Wann der Außgang für uns favorabel, so hat
man über die Mittel / ob sie schon in etwas verdrüß-
lich / sich nicht zu beklagen/ ware der Mutter Antwort. So werdet ihr mir demnach/ (fuhre Richard
fort/) nicht verübeln können/ daß ich wider das euch
gethane Versprechen/das jenige/was ihr mir/(Eduard betreffend/) zuvor entdecket / heimlich zu halten/
gehandelt

gehandelt habe; weil eine so treffliche Gelegenheit
solches zu thun mich veranlasset. Sintemahlen das
Passirte euch nicht allein keinen Nachtheil bringet/
sondern weil durch uns offenbahr / daß Eduard nicht
Hardiknuts Sohn ist / so erkennet er euch für seine
Mutter/Edmunda für seine Braut/ und mich gleichsam für seinen Bruder.

Nicht zu beschreiben ist es/mit was Erstaunen
Anisia solches angehöret / in Summa, sie fiele vor un-
erleydelichen Schrecken / in eine tieffe Unmacht.
Richard, der keine hierzu genugsame Ursache sehen
kunte / thate das Möglichste/ sie wieder zurecht zubringen / da die Armseelige ihr selbsten die graue
Haare auß dem Kopff zu rauffen / und aufs Aller-
hefftigste zu jammern begunte / sich verrathen / und
verderbet zu seyn klagte / und dem Tod / sie hinweg
zunehmen / und ihres Elendes ein Ende zu machen/
kläglichst zuruffte/ sie warffe sich auf das Bette/wei-
nete nun nicht mehr / sondern brüllete und heulete/
wie ein unvernünfftiges Thier.

Uber solchen miserablen Anblick/ fienge Richard
an / wie ein Kind zu weinen / und bathe / sie möchte
doch sich zufrieden geben / und anzeigen / warum sie
sich betrübe/ der Hertzog habe sie ja perdonirt / und
noch darbey betheuret / solches zum höchsten zu vergelten.   Das Erste/ so sie hierauf sagte/ ware/ daß
sie fragte: So hast du Unbesunnener dann offenba-
ret/ daß Eduard nicht sein Sohn seye? Ja/ Frau
Mutter / ware die Antwort / und warum solte ichs
nicht offenbaret haben ? Der Fehler ist euch vergeben / und was Schaden kan euch darauß
entstehen/ daß ihr so übermässig euch deßwegen
hermet ?

Ach/ du

Ach / du boßhaffter Verräther / du gottloser
Bruder-Mörder / du / du bist deines eigenen Bruders Hencker worden, Eduard ist mein Sohn / uñ dein
lieblicher Bruder / Edmunda aber Hardiknuts leib-
und eheliche Tochter / dieses ist deine so klüglich von
dir angestellete Blut-schänderische Hochzeit / und
was hättest du / du Cainitischer Bruder-Mörder /
zu unsers Hauses Nachtheil verrätherischers an-
spinnen können? Verziehe nicht länger / du Unge-
horsamer / deine Mutter vollends zu tödten / laß deinen Degen dir nicht faulenzend an der Seiten
hangen / zücke solchen / und durchbohre diesen ungerechten Leib / der / indem er dich zur Welt gebohren /
würdig ist / von Jedermann verflucht zu werden /
und die allergrösseste Unglückseeligkeiten zu erley-
den / O wehe! Wehe mir!

Auf diese der Mutter außgeflossene Reden /
ware Richard vor Forcht und Schrecken so bestürtzt /
daß er gantz unbeweglich bliebe ; Er kunte nicht
ein Wort reden zu seiner Entschuldigung. Durch
die Ankunfft eines Dieners von Hardiknut , der
Anisia abforderte / erholete er sich wieder in etwas /
da diese ferner sagte : Gib her / du Mutter-Mörder /
deinen Degen / damit wil ich selbst meinen Abschied
beschleunigen. Niemand hat jetzo mehr über mich zu
gebieten / als allein der Tod. Ach! armseliger! Ach!
unschuldiger! Ach! schändlich-verrathener Eduard!

Die Gefahr machte Richard vorsichtig / eylete
deßwegen auß dem Zimmer / damit der Mutter Reden von Niemand möchten gehöret werden / und
liesse dem abgeschickten Diener sagen / daß man den
Gutscher noch nicht finden können / so bald die Gutsche fertig / und Anisia angezogen / wolten sie gehor-
samlich

samlich aufwarten. Darauf gienge er wieder hinein / fiele der Mutter zu den Füssen / und bathe mit
heissen Thränen um Verzeyhung / bekennend / daß
die Unwissenheit / der Ehrgeitz / und sein widriges
Glück / Ursach dieses Unfalls wären. Ich wil der
Sach rathen / sagte er / wann ihr euch nur wollet trösten lassen / Frau Mutter / ihr sollet / auch mit Gefahr
meines eigenen Lebens / entweder 2. Söhne / oder wenigstens euern Eduard allein haben.

Auf diese Offerte erholete Anisia sich in etwas /
sprechend: Wie wirst du solches bewerckstelligen?
Der Hertzog verlanget / (ware seine Antwort /) daß
wir zu ihme kommen nun ist nöthig / zu gehorsamen /
gehet / und erzehlet schlechter Dings alles mit einander Haarklein / was ihr wisset / nur allein das nicht /
daß Eduard euer Sohn seye. So schwöre ich euch /
daß Eduard aller Gefahr so sicher und gewiß solle entrissen werden / als hertzlich mein begangener Fehler
mich reuet. Die kluge Dame liesse die bezeugende
Reue und gethane Versicherungen sich bewegen /
daß sie sich aufputzte / und nach Hofe fuhre.

Sie wurde unverzüglich vor den Hertzog gelassen / der ihr selbsten entgegen kame / aufs Freundlichste empfienge / aller Gnade versicherte / und den
geschehenen Verlauff von ihr zu wissen begehrete /
womit ihn Anisia vergnügete / und anzeigete / daß
Eduard an Statt der Edmunden außgewechselt worden / diese Hardiknuts rechte Tochter / Jener aber ein
Kind schlechten Herkommens / ohne Vatter / gewesen / dessen Mutter über seiner Gebuhrt den Geist
aufgeben / dieses Betrugs auch / ausser der verstorbenen Hertzogin und ihr / Niemand keine Wissenschafft gehabt habe.

IV. Theil.      a a      Hardi-

den wäre: So gibt hingegen die Sympathi Edmunden für meine Tochter zu erkennen/Trieb deren und
der Natur selbsten sie sich nicht enthalten können/
wider den Tyger/mit ihrer eigener Lebens-Gefahr/
mir zu Hülffe zu kommen/da der faule Eduard in der
Gefahr mich stecken lassen. Gleichwol aber/wei-
len sich einige Schwerigkeiten hervor thaten/wolte
er denselben abgeholffen haben/insonderheit/wie die
damalige Hofmeisterin seiner Gemahlin/die bey der
Geburt gegenwärtig gewesen/hätte können hinter-
gangen und überlistet werden; Welchem und andern Einwürffen Anisia so scheinbar abzuhelffen wu-
ste/daß bey Hardiknut nit der geringste Zweiffel mehr
waltete. Darzu kame/daß Edmunda ihrer Frau
Mutter an Schönheit/ und holdseeligen Gebärden
Naturel,und in etlichen Lineamenten deß Angesichts/
auch gewissen Minen/ dem Herrn Vatter und Ge-
schwistrigen ähnlichte.Die Hofmeisterin bestättigte
auf Befragen das/ was Anisia ihretwegen gesagt/
nemlich daß sie um die Geburts-Zeit der Hertzogin/
mit allerley Geschäfften beladen gewesen/ daß sie/
als keines Betrugs sich beförchtend/ nichts warge-
nommen/ sondern dafür gehalten/ es seye alles recht
dabey zugegangen.

Nachdem er nun allen Bericht eingezogen/be-
fahle er der Anisia, die Sache der Adeliza, und daß
Edmunda ihre ältere Schwester seye/ anzuzeigen/
auch Edmunden Nachricht davon zu geben.

Hardiknut berahtschlagete hierauf/ was für eine Raach-

ne Raache er an Eduard außüben wolte/doch brache
er sich so viel Zeit ab/daß er Edmunda, als seine Toch-
ter/ mit einem liebreichen Kuß empfienge/ die aber
über diese Glücks-und Standes-Aenderung weit so
vergnügt nicht - als betrübt sie hingegen wegen
Eduards Unglück und Gefangenschafft ware.   Sie
verfluchte die Stunde dieser Offenbarung / und
wünschete dem/ so die Ursach hiezu gegeben hatte/al-
les Unheil auf den Halß.

Ethelred und Albela, so sich noch allda aufhiel-
ten/erfreueten sich zwar auch über Edmunda Erhö-
hung/ aber der Fall und Gefängnuß deß redlichen
Eduards/ gienge ihnen sehr zu Hertzen/ wie dann
Männiglich/ als Eduards Gefangenschafft offenbar
wurde grosses Mitleyden seinetwegen bezeugete. Es
mangelte zwar nicht an Vorbitte/ und Entschuldi-
gungen für Eduard, aber Hardiknut ware gantz Ge-
hör-loß.   Lincolm, und deß Lyoneles Freunde/ hingegen gönneten ihme dieses Unglück von Hertzen/
und machte jener sich neue Hoffnung Edmunden zu
bekommen.

Niemand aber liesse sich offentlich Eduards Unfall mehr zu Hertzen gehen/ als der Teutsche Sieg-
fried/ der mit ihm nach Carlile kommen ware ; Dieser bemühete sich nicht wenig/darzuthun/daß Herrn
Eduard Gewalt geschehe/ wann man wegen deß begangenen / unwissent-und unvorsetzlichen Tod-
schlags/ Raache von ihme nehmen wolte/ er erwiese
mit vielen Gründen/ daß solche Raache und vorha-
bende Bestraffung wider das Recht und die Billigkeit liesse/ hatte auch von den meisten Beyfall/ aber
es mochte bey Hardiknut nichts verfangen/ über Richard ware Siegfried so erbittert/ daß er Willens

gewesen/ ihne vor die Klingen zu fordern/ aber allerley Verhindernussen kamen darzwischen.

Unterdessen da sich Eduard in seinem Kercker
mit allerley widrigen Gedancken zermarterte/ hatte
Anisia, ihrer Erziehe-Tochter Edmunden/ allen Be-
trug/ wie es bey ihrer Geburt und Verwechselung
hergegangen eröffnet/welches sich folgender Massen
begeben: Es waren die verstorbene Hertzogin/ und
Gräfin Anisia zu gleicher Zeit schwanger/ und fanden nach gemachtem Uberschlag/ daß sie zu gleicher
Zeit gebähren solten/ zu solchem ihrem Anschlag be-
dienten sie sich einer vertrauten Frauen Callida, der
Schluß gienge dahin/daß/weil Hardiknut seine Gemahlin bey abermaliger Geburt einer Tochter/ hart
bedrohet/und aber Anisia ihrer Gewonheit nach/wie-
der eines Sohnes genäse/die Hertzogin hingegen wie
ihr Gebrauch/wieder ein Mägdlein zur Welt bräch-
te/ so solten diese beyderley Kinder gegen einander
vertauschet werden; indessen machte man hierzu allerhand nöthige Anstalten/ wie auch/ wann allen
Falls/sich etwas anders unvermuthetes mit der Geburt zutragen wurde.

Als nun Anisia Geburts-Zeit zum ersten herbey kame/ und sie die Schmertzen fühlete/ verfügte
sie sich in ein abgelegenes Zimmer/ (es wuste aber
niemand ausser der Hertzogin/ Callida, und Anisia
alte Säug-Amme/ daß Anisia in der Geburt arbei-
tete/) und gebare daselbsten ein wolgestaltes Knäb-
lein/ worüber die Mit-wissende/ am allermeisten
aber die Hertzogin sehr erfreuet ware.

Wenig Stunden hernach überfielen die Ge-
burts-Wehen auch die Hertzogin/ deßwegen sie sich
in ihr Zimmer verfügte/und solche eine Zeitlang ver-

barge / biß der rechte Ernst herbey kame / da sie sich
stellete / als ob nun erst der Anfang wäre / darauf liesse man die Fürstliche Wehe-Mutter ruffen. Dann
man hatte sie unter dem Vorwand / als ob die Hertzogin noch etliche Wochen zu Erfüllung ihrer Rechnung vor sich hätte / noch nicht nach Hofe kommen /
sondern in ihrer ziemlich fernen Wohnung mit wol-
bedachtem Vorsatz gelassen; Weil nun dis Wehe-
Mutter so schnell nicht an der Hand seyn kunte / liesse man die gleichsam von ungefähr sich allda befindliche Amme der Anisia, das Wehe-Mutter Ammt zu
verrichten ruffen: Als nun sie samt der Callida, neben
andern Weibs-Personen / so man leichtlich betrügen
kunte / eingelassen / empfienge sie von der Hertzogin
die nicht vergeblich besorgete junge Tochter; darauf
liesse man das Frauenzimmer hinein komen / und hielte
die Hertzogin das neu-geborne eingewickelte Kind in
den Armen / lobete Gott / daß er ihr nun auch einen
Männlichen Erben bescheret / und stellete sich überauß erfreuet / befahle auch der Callida, daß sie ohne
einigen Verzug / in Begleitung etlicher Damen / eilends zu der Gräfin Anisia mit dem Kind in ihr Zimmer lauffen / und derselbigen andeuten und zeigen
solten / daß die Hertzogin nun auch Söhne zur Welt
zu bringen wisse.   Callida verrichtete diese Gesand-
schafft ungesäumt / Anisia aber sich-anstellend / als ob
ihr nicht wohl seye / und die Besuchung so vieler
Personen nicht ertragen könnte / befahle Callida allein zu ihr zu lassen / da sie alsobald das Töchterlein
gegen ihrem Sohne verwechselt / daß an Statt jenes / ihr Knäblein der Hertzogin zuruck gebracht
wurde / welches darauf von einer Damen und
Weibs-Person nach der andern auf die Arme genommen / gehertzet und geküsset worden.

Jnnit-

Inmittelst stellte die Hertzogin sich sehr mitleydig über der Gräfin Anisia Unpäßligkeit/ und schickte in kurtzer Zeit mehrmalen unterschiedliche Damen
zu ihr/ zu fragen und zu sehen/ wie sie sich befinde/ die
aber nur gar kurtze Visiten annahme/ und sich aller-
forchtsam erzeigte/ indem sie sorgete/ jetzt und jetzt
möchten die Kindes-Wehen sie überfallen/ womit
sie die Leute unvermerckt dazu disponirte/ daß auf
den Bedarffens-Fall sie Zeugnuß geben kunten/ wie
sie der Hertzogin jungen Sohn/ etliche Stunden vor-
her/ ehe Anisia niederkommen/ gesehen und geküsset
hätten. Nachdem es sie aber Zeit zu seyn beduncket/
liesse sie die Hertzogin bitten/ ihr ihre gehabte Wehe-
Mutter auch zukommen zu lassen/ weil sie nicht anderst glaube/ als sie werde auch gebären müssen/ womit die Hertzogin willfahret/ da es dann kaum ein
paar Stunden angestanden/ so wurde die Gräfin
auch entbunden/ und wie man vorgabe/ mit einer
überauß schönen Tochter erfreuet.

Dieses ware also der Betrug/ der mit Eduard
und Edmunda dem Hardiknut gespielet/ und biß daher in höchstem Geheim gehalten worden/ weilen die
Mitwissende/ ausser der Anisia, indessen alle gestorbē.

Edmunda hatte dieser grossen Abänderung un-
angesehen/ ihre Liebe gegen Eduard nicht gemindert/
sondern ware sehr sorgfältig um seine Erhalt-und
Erlösung/ sie hatte ihr steiff vorgesetzet/ entweder
mit Eduarden zu sterben/ oder aber zugleich mit ihm
zu leben.

Richard unterliesse auch nicht/ Hardiknut anzu-
liegen/ er möchte ihme doch erlauben Eduarden hin
zu richten/ weil er in Sorgen stehen müsse/ daß so
lang Eduard lebe/ sein Leben nicht eine Stunde sicher

seye

seye / sondern er sich zu råchen trachten werde. Anfangs zwar wolte Hardiknut nicht daran / deß Vor-
satzes / ihne offentlich durch den Scharffrichter hinrichten zu lassen.    Als aber von Tag zu Tag je mehr
und mehr Eduard gerechtfertiget wurde / und man
offentlich zu sagen beginnte / man wåre Eduard vielmehr Danck schuldig / daß / er die Ehre deß Fürstlichen Frauenzimmers / und dessen Pallastes / wider
die nåchtliche Schleicher verthådiget; Zu deme/weil
Canuts Beginnen Wercke der Finsternuß gewesen /
so habe er auch im Finstern seinen Lohn empfangen/rc.
So kame er auf andere Gedancken/und erlaubte Richard, Eduard ehistens hinzurichten / dann er mußte
in Sorgen stehen / der Teutsche Siegfried neben
noch einem bey sich habenden Cameraden / Ethelred
und andere/dårfften sich unterfangen/mit Zuziehung
deß Volcks / das Eduard überauß liebete / ihne mit
Gewalt zu erledigen und auß den Hånden zu reisse.

Lincolm seines Orths feyrete auch nicht / sondern suchte nach allen Kråfften/es bey Hardiknut dahin zu bringen / daß Edmunda ihme zugesagt würde/
dann Adeliza wolte / seyt daß sie seiner betrüglichen
Liebe innen worden/ihne weder sehen noch hören; er
brachte die Sache auch vermittelst Lyoneles Freundschafft so weit/ daß Hardiknut nicht abgeneigt darzu
schiene/nicht auß Gunst gegen Lincolm, sondern sich
desto mehr an Eduard zu råchen / wann derselbige in
seinem Gefångnuß von solcher Mariage solte Nachricht bekommen / wiewolen Edmunda gåntzlich entschlossen / eher den Tod zu leyden / als Lincolm, den
sie auf das åusserste hassete / zu lieben.

Lincolm sich desto verdienter zu machen / und
der Edmunden Gunst zu erwerben / erbotte sich / mit

Hardi-

Hardiknuts Einwilligung / daß wie sonst bey den
Krönungen der Königen in Engelland zu geschehen
pfleget / ( daß ein darzu erwöhlter Campion, in vollem Küriß / mit Schilde / Schwerdt und Lantzen gewapnet / sich auf der Wahlstatt darstellet / demjeni-
gen / so auf die Englische Kron einigerley Prætension
machen möchte / das Haupt zu bieten / und deß neuen
Königs Recht / auf solche Weise zu verfechten / ) er
anietzo 3. Tage nach einander mit Lantzen und
Schwerdt wider jederman behaupten wolle / daß
Eduard ein verrätherischer Bruder-Mörder / der keiner Vorbitte / nicht deß Lebens / am allerwenigsten
aber Edmunden Liebe würdig seye.

Dieses machte in der Stadt Carlile, als etwas
ungewohntes / ein grosses Wesen / und deß folgenden
Tages / als Lincolm sich gantz gewapnet in denen
darzu verordneten Schrancken einstellete / einen
mächtigen Zulauff.   Siegfried / so bald er davon
Nachricht bekommen / ware entschlossen / wegen
Eduards sich in Kampff einzulassen / ob ihme schon
diese Arth zu kämpffen etwas ungewohnt : Er wuste
aber in der Eyl zu keinem guten Harnisch zu gelangen / welches so wohl ihn / als einen in der Herberg
sich befindlichen ansehnlichen Frembling / der als ein
Unbekandter gleiches zu thun Willens / nicht wenig
verdrosse / mußten also diesen Tag vergeblich dahin
gehen / und sich inmittelst um geziemende Waffen
umsehen lassen. Es ware ihnen auch sehr lieb / als sie
vernahmen / daß neben Lincolm sich noch zween andere Cavallier auf gleiche Weise gewapnet / in den
Schrancken eingefunden / die eben dasjenige / und
über das noch ( mit deß Hertzogs Vergnügen / ) behaupten wolten / daß Eduard den Lyoneles unredlicher Weise erschlagen / dannenhero als ein Mörder

                                        gestrafft /

gestrafft/und hingerichtet werden müsse;weil sie alle
Beyde dardurch Gelegenheit bekamen / ihre gegen
Eduard tragende Freundschafft zu erkennen zu geben/
deß Vorsatzes/ob ihrer schon nur 2. sie doch/(so fern
nicht auch ein dritter Verfechter Eduards sich fin=
de/)selbigen auch bestehen wolten. Verwunderten
sich aber nicht wenig/da sie vernahmen/daß man nit
einmal von einem/so Eduard zu verthädigen gedäch=
te/hörete:dann diese 3.Campionen über das/daß sol=
che Art zu streiten in Abgang kommen / hatten den
Ruhm/ daß Niemand in dieser Landes=Art/ ausser
Herrn Eduard,oder Richard,(der aber/als Eduards
Verräther betrachtet und gehasset wurde/) sich ih=
nen zu widersetzen / den Muth haben dörffte. Ethelred hätte gerne sich auch dergleichen unterfangen/
das Königl.Amt aber/das er in Schottland verwal=
tete/ stunde ihm im Wege/ er unterliesse aber nicht/
durch Anisia und Edmunda die Sache so einzurich=
ten/ daß Siegfried/ mit deme er indessen in Kund=
schafft gerathen/und sein Geselle/mit guten Kürissen
auß der Hertzoglichen Rüst=Kammer / der Fremde
auch mit einem guten Pferd/ dessen er mangelte/
versehen worden.

## Das XXVII. Capitul/

Edmunda findet Eduard in der Gefängnüß tod/ und
enthauptet/ihre jämmerliche Klage deßwegen/und Ent=
schluß/sich zu rächen. Der Kampff wird gehalten/Lin=
colm und seine Gesellen überwunden. Eduard offenba=
ret sich/als einen Überwinder/darüber Hardiknut plötz=
lich stirbt/ Edmunda aber ohnmächtig wird.

MIt dergleichen Zurüstungen vergienge auch
der andere Tag/daß weder diese Beyde/noch
sonst Jemand/ Eduards wegen/ auf den
Streit=Plan kame.Edmunda machte sich zwar Hoff=

nung/es ſolte den dritten uñ letzten Tag jemand Lincolms und ſeiner Geſellſchafftere Hochmuth le___
wann ſie aber Lincolms und ſeiner Cameraden ___
ſe Tapffer-und Erfahrenheit betrachtete/ſo zwa___
te ſie/ ob auch Jemand/ deine ſolche bekandt/ ___
ſie reiben wurde; und ob ſchon Streiter und ___
thädiger Eduards vorhanden/ ob ihnen nicht ___
Glück zuwider ſeyn möchte.　Mit dergleichen ___
dancken marterte ſie ſich ſelbſt/ als ihr unverſ___
einfiele/ zu verſuchen/ ob ſie nicht Eduard ſeiner ___
fängnüß loß- und Lincolm zu beſtreiten Anſtalt ___
chen möchte/die Sache ſchiene zwar ſchwer/und ___
fährlich/ jedoch aber nicht unmöglich zu ſeyn.　W___
es nun eine ſchnelle Reſolution erforderte/ als li___
ſie nicht viel Zeit vorbey ſtreichen/dann ſie ha___
das noch dieſe Sorge/ wañ ſchon Lincolm ___
Mitkämpffer/ ſolten unten ligen/ ſo möcht___
knut (deſſen Haß gegen Eduard unverſöh___
dieſes unerachtet/Eduarden dannoch ſuchen___
fähren.　Sie beſchickte deßwegen den ___
Hauptmann/ dann ſie wuſte/ daß er Eduar___
wol gewogen ware/und beredte denſelben/m___
hand Verheiſſungen/ den Thurnhüter dahi___
wegen/ daß er zu Eduard ins Gefängnüß gel___
würde/da ſolte er/durch eine von ihr erſunne___
ſuchen/ Eduard herauß und zur Freyheit zu h___
der darauf den Thurnhüter beſtache/daß er ih___
Nachts einlieſſe/ und ware voller Freude/ Edu___
dienen zu können. Aber! O unbeſtändige Freude___
ſich bald in höchſtes Hertzleyd verkehren wird. S___
me kaum in das Gefängnüß/da ſahe er den un___
ſeligen Eduard geſtreckt auf dem ſchlechten B___
___/ die eine Hand auf der Bruſt haltend/ die an-

dere

dere über das Bette herunter hangend/und was dieses Spectacul noch grausamer machte/ware/daß der
Rumpff allein da lage/ohne Kopff/seine Kleider waren nit nur mit Blut besprenget / sondern gleichsam
darinn gebadet / oder gewaschen.

Wie hefftig der Hauptmann ab diesem Anblick
erschrocken/ist leicht zu erachten/er stunde/als ob er
in einen Stein verwandelt wäre/und wuste nicht/ob
er Edmunden diese leydige Post anzeigen / oder verschweigen solte/weil es aber eine Sache/ die nit verschwiegen bleiben kunte/ achtete er/die Thränen un-
nützlich zu seyn / sondern gienge / und brachte der in
Sorgen schwebenden Edmunda diese betrübte Zeitung.    Unmöglich ist/zu beschreiben/ wie weh- und
Leydmütig sich diese unvergleichliche Prinzessin hierauf erzeiget/sie erblassete/alle Glieder wurden geläh-
met/ daß sie in Ohnmacht zur Erden fiele / eine gute
Zeit ohne einige Bewegung/ oder Rede/ als tod da
lage/daß der gute Hauptmann/für doppelter Angst/
nicht wuste/was zu thun/oder zu lassen/ als sie aber/
nach vielem Ritteln/durch kräfftige Balsam wieder
ein wenig sich erholet/fienge sie eine so jämmerliche
Klage an/ daß solche auch einen Stein und stähler-
nes Hertz zum Weinen und Mitleyden solte bewogen haben.    Ich gehe hier vorbey/ihre Klage zu mel-
den/ weil die Feder selber darüber erstarret/ und die
mitleydende Thränen die Dinten und Buchstaben
wieder abwaschen / wann auch der Hauptmann sie
nicht so wol beobachtet hätte/stünde zu glauben/ sie
wurde ihr selbst an ihrem Leib und Leben Schaden
gethan haben.    Sie saumete nicht lang/sondern befahle dem Hauptman/sie selbsten zu Eduard ins Gefängnüß zu führen/woran er sie nicht hindern kunte;

Als

Als sie dahin kame / Ach! Himmel / was Jammer-
Klage fienge sie nicht wieder an / sie rauffete ihr selbst
die Haare auß/ schluge ihr Englisches Angesicht/ und
klagte sich selbsten/ als eine Mörderin ihres liebsten
Eduards/ an. Als sie dem todten Leichnam genahet/
nahme sie seine noch warme Hand / daran er einen
ihr sehr wol bekandten schönen Ring truge/ und küssete dieselbe unzahlbare mahl/ weil sie solche letzte Ehre seinem ehemahls holdseligen Angesicht/ Wangen
und Lippen nicht erweisen kunte / und gabe hiermit
genugsam zu erkennen / wie hertzlich sie ihren Eduard
müsse geliebet haben.    Als sie aber hin und wieder
nach dem Kopff sich um- selbigen aber nirgends gese-
hen/ erweckte solches neuen Jammer/ sintemahl sie
ihr nicht anders einbildete / als Hardiknut würde
demselben noch mehr Schmach anthun/ und irgend-
wo auffstecken lassen.    Der Thurnhüter wuste/ auf
Befragen/ wie es mit dieser Ermordung zugegan-
gen/ nichts anders zu sagen/ als daß kaum vor einer
Stunde Richard, mit 2. Dienern in das Gefängnüß/
und etwan nach einer Viertel-Stunde wieder herauß gegangen/ zu sich selbsten sprechend: Nun habe
ich deß Hertzogs Befehl verrichtet/ GOtt gebe/ wie
es nun weiter gehe.    Edmunda, samt dem Haupt-
man / verfluchten Richarden / und wünscheten ihme
alles Ubel/ ja/ Edmunda gienge schon bey ihr selbsten
zu Rath/ wie sie sich grausam an ihn rächen möchte.
Nachdem sie nun wieder auß dieser Trauer-Zelle uñ
Mord-Grube/ mehr vom Hauptmann mit Gewalt
gezogen/ als gutwillig hinweg gegangen/ und in ihr
Zimmer kommen/ gienge das Jammern noch hefftiger an/ sie liesse alsobald Anisia, die/ seit Eduards Ge-
fängnüß/ und Edmunda Offenbahrung/ bey Hof wa-
re/ zu

re/zu sich holen/deren sie das grosse Unglück mit den
heissesten Thränen klagte/auch etliche mahl darüber
in Ohnmacht fiele/daß die selbst auch/höchstbetrübte
Anisia dannoch Edmunden trösten/und laben muste/
da sie es doch eben so sehr benöthiget ware. Sie suchte unter andern/ Edmunda darmit aufzurichten/daß
es vielleicht nicht Eduard, sondern Jemand anderer
wäre/dem man den Kopff abgehauen/und was dergleichen mehr. Aber der Edmunda gar zu wol bekandte schöne Ring/wie auch die dem Hauptmann nicht
fremde Kleidung Eduards/gaben genugsame Versicherung / daß es kein anderer/ als Eduards Leich-
nam/ seyn kunte/ wolte demnach kein Trost hafften.

Am folgenden Tag præsentirte Lincolm, neben
seinen Gesellschafftern/ sich abermahlen auf dem
Kampff-Platz gantz trotzig. Hardiknut liesse Edmunda sagen/sich auch/ neben ihrer Schwester/ wie vor-
her/an dem gewohnlichen Ort einzufinden/zu sehen/
was erfolgen wurde/dañ er hatte schon gehöret/daß /
Siegfried / und noch ein Frembling / sich einstellen
wolten. Er glaubte aber/daß sie ungezweiffelt den
Kürtzern ziehen wurden / und so es auch schon nicht
geschehe/so war er doch vergnügt/daß er seine Rache
an Eduarden schon außgeübet/daß also die Uberwin-
dung Lincolms / jene nichts nutzen kunte. Edmunda
suchte allerley Außflüchte/aber Hardiknuts Wille uñ
Befehl muste geschehen/sie ließ sich aber nichts mer-
cken/ daß Eduards Tod ihr schon bekandt/ sondern
ware bedacht/ auf allen Fall sich selbsten auch an
Lincolm zu rächen. Zwange sich demnach/und verfügete sich/ neben ihrem Herrn Vatter und Schwe-
ster/ auf das für sie zubereitete Gerüste.

Lincolm, mit seinen 2. Gefährten/ hatten noch
nicht

nicht lange gewartet/als Siegfried mit seinem Cameraden in vollem Harnisch auch daher kamen/und
in die Schrancken eingelassen wurden. Der Frembling wandte sich alsbald gegen Lincolm, ihne fra-
gend/ob er also hiesse? So bald sich dieser darzu ver-
stunde/sprache er: Ich hätte nimmer vermeynet/daß
in einer so ansehnlichen Person/ein solches unritter-
liches verrätherisches Hertz verborgen seyn solte. Ich
bin hier erschienen/nit allein meine werthen Freund
Eduard, wider eure Verleumdung zu verthädigen/
sondern über das/wegen eines unlängst-verübten
Menschen-und Jungfern-Raubs/euch zu züchtigen.

Jedermann ware verwundert/den Fremden also
reden zu hören/am allermeisten/daß Lincolm eines
Menschen-Raubs bezüchtiget wurde. Lincolm über
solche Ansprache voller Grimm/sagte: Du kommst
eben recht/daß ich dir deine Verleumdung vergel-
ten/und deine Boßheit abstraffen kan.

Indeme die Beyde also Wort wechselten/
kame ein ansehnlicher Ritter/in gantz schwartzem
Küriße/auf einem stattlichē Hengst/vor die Schran-
cken/und begehrte eingelassen zu werden/wie auch
geschahe/dieser mit verschlossenem Helm/wand-
te sich alsobald gegen dem fremden Ritter/und sagte mit freundlichen Gebärden: Weilen er sich als
einen besten Freund Eduards am meisten von Lincolm offendirt befinde/so bitte er ihne/ihm zu erlau-
ben/den Kampff mit Lincolm aufzunehmen/er
möchte dargegen/an einen von Lincolms Cameraden sich reiben. Lincolm aber sagte alsobald: Keines
Weges/sondern weil mich dieser Unbekandte/mit
seinen erlogenen Lästerungen/so hoch affrontirt/so ist
es in all Weg billich/daß ich ihn deßwegen züchtige/

wann

wann ihr nun so lang Gedult haben könnet / wil ich
euch alsdann auch willfahren. Solcher Troß verdrosse alle Anwesende / und ob wol Siegfried sich
auch am liebsten mit Lincolm geschlagen hätte / musten sie doch Beyde / bey solcher Beschaffenheit /
Siegfrieds unbekandten Gesellschaffter/den Streit
mit Lincolm überlassen.

Darauf wurde von den Richtern Wind und
Sonne getheilet; Hatte man sich nun über Lincolms und seiner zweyen Mit-Kämpffer tapfferes
und gutes Ansehen biß daher verwundert/ so geschahe solches jetzt nicht minder über Siegfried / ( der
den Helm offen hatte/) als über seine unbekandte
Mit-Verfechter/ deß unschuldigen Eduards.

So bald nun das Zeichen durch die Trompeter gegeben wurde / rannten diese 6.tapffere Ritter
auf einander loß / da dann der im schwartzen Har-
nisch/ so zuletzt ankommen/seinen Gegner so unsau-
ber vom Pferde stürtzte / daß er die Füsse gen Himmel kehrete / jedoch ohne weitern Schaden / daher
der Schwartze vom Pferd stiege/ und wartete / was
sein Gegentheil anfangen wurde / der sich bald auf
die Beine machte / und zum Schwerdt griffe / auch
dem Schwartzen eine gute Weil sich widersetzte/biß
er ihm einen dermassen starcken Streich auf den
Kopff gabe / daß er zur Erden / und der Helm vom
Kopff fiele. Der im schwartzen Harnisch fragte
alsobald/ ob er Eduard für unschuldig erkenne / und/
daß ihme mit Unwarheit aufgebürdet worden / daß
er den Lyoneles unredlicher Weise erschlagen habe.
Der Ubewundene bekennete alsobald/daß er nichts
anders/ als was Ritterliche Tugend erfordere / von
Eduard zu sagen wisse / daß er auch seinen Vettern
zu rächen/

zu rächen / von andern hierzu angereitzet worden
seye. Darauf liesse ihn der Schwartze auffstehen/
nachdeme die Richter seine Bekandtnuß gehöret/
und sagte zu ihme: Es ist mir leyd/mein Freund/daß
ihr in Verthädigung einer ungerechten Sache/ in
Unglück gerathen und verwundet worden. Sahe
darauf den 4. übrigen Kämpffern zu.

Siegfried traffe seinen Mann auch / daß er es
nicht wenig empfande/ doch schiene / als ob der Engelländer in diesem Ritt einigen Vortheil vor dem
Teutschen gehabt hätte : weilen keiner den Sattel
geraumet und ihre Speer noch gantz waren/ wagten
sie auch den andern Ritt / mit solcher Force, daß sie
beyde die Speere brachen/ und die Erde küßten/ aber
hurtig wieder auf den Beinen waren / und zu den
Schwerdtern griffen : Jederman mußte bekennen/
daß sie dergleichen Kampff noch nicht gesehen. Nach
langem Gefechte glückte es dem Teutschen / daß er
den andern in den Arm verwundete / daß er das
Schwerdt nicht wohl mehr gebrauchen kunte / deßwegen Siegfried zu ihm sagte: Ritter/ bekennet/ daß
ihr eine ungerechte Sache verfechtet/ und daß Herrn
Eduard unrecht geschehe / so könnet ihr fernern
Streits überhoben seyn / dann ich allein kämpffe/
Eduards Ehre zu retten/ und nicht andern das Leben/
als gezwungener Weise zu nehmen.

Der Verwundte besanne sich nicht lang / weil
er wegen deß Blutens schwach wurde / eben dasjenige zu bekennen / was sein Camerad bekennet und
gesagt hatte. Alle Zuseher waren frohe/ daß Eduard
so gute Verfechter bekommen / und seiner Feinden
Trotz geleget wurde. Edmunden wurde solches auch
nicht wenig erfreuet haben/ wann sie nur der gering-

sten

ften Freude wäre fähig gewesen/ aber was halffe es
sie/ daß zwar ihres liebsten Eduards Unschuld gerettet wurde/ er aber indessen sein Haupt und Leben
jämmerlich verlieren müssen. Neben dem Leyd das
sie in ihrem Hertzen truge/und ihr jederman ansahe/
ware sie nur auf Mittel und Wege bedacht/sich an
Eduards Feinden zu rächen/und darüber selbsten ihr
Jammer-seeliges Leben aufzusetzen und zu opffern.

Hardiknut sahe mit höchstem Verdruß dem
Kampff zu/ gabe auch seinen Unwillen hierüber Richard, der bey ihm stunde/ zu erkennen/ doch hatte er
Hoffnung/ Lincolm wurde/ was seine zween Cameraden verderbet/wieder gut machen.

Aber er wurde auch in dieser Hoffnung betrogen/ daß ihme nichts als allein diese Vergnügung
übrig bliebe/ daß gleichwol Eduard getödtet ware/
also die Uberwinder ihres Siegs halben schlechten
Nutzen wurden zu gewarten haben; er freuete sich
daß er Richarden Rath gefolget/und ihne bey Zeit erwürgen lassen. Wann hingegen Edmunda mit ihren
Blicken den Richard hätte tödten können/ sie würde
weder Stahl noch Eisen darzu gebraucht haben/ so
feind ware sie ihm um seiner Untreue willen.

Wir müssen aber auch Lincolms und Siegfrieds
unbekandten Cameradens Kampff / ein wenig zuschauen; Diese zersplitterten ihre Lantzen jeder auf
deß Gegeners Brust zu 100. Trümmern/ ohne daß
einer sich davon bewegt hätte/welches Lincolm überauß wunderlich vorkame / weilen ihme niemalen jemanden ohne Fall einen Stoß außgehalten/ersuchte
demnach den Fremdling/ sich belieben zu lassen/noch
einen Speer zu brechen/wozu dieser gar willig ware.
Sie rannten abermalen auf einander loß / mit solchem

chem

chem Gewalt/daß alles krachte und prasselte/so hart
stieffen sie nach gebrochenen Lantzen mit den Leibern
zusammen. Doch kunte man bey keinem einigen
Vortheil mercken. Sie griffen darauf zum Degen/
und erwiesen beyderseits / daß sie in dieser Schul
trefflich unterwiesen waren/trieben das auch so lan-
ge/biß die Pferde darüber gantz ermüdet/und sie ab-
steigen musten/da gienge der Streit erst wieder recht
an / biß der Unbekandte von Lincolm durch einen
Stich ein wenig verwundet wurde / welches diesen
dermassen zum Eyfer bewoge / daß er jetzo seine
Streich verdoppelte / und in weniger Zeit Lincolm
zwey tieffe Wunden machte / daß er nach und nach
gantz unmächtig wurde: Der Fremde solches mer-
ckend sagte/ bekenne nun Verläumder/ daß du dem
ehrlichen Eduard unrecht gethan/ und Fräulein Edmunda verrätherischer Weise geraubet und entführet hast? Er antwortete aber nur dieses : was ich gethan habe/das ist aus allzu hefftiger Liebe geschehen/
und dannenhero zu entschuldigen. Der Fremdling
ware damit noch nicht zu frieden/sondern wolte haben / daß er offentlich bekennen solte/ daß er Eduard
unrecht gethan / und ermeldte Fräulein geraubet
hätte? worauf er antwortete: Ihr zwinget mich solches zu bekennen / also weiß ich anderst nicht zu sagen; damit wurde er aber so schwach/ daß man ihn
von der Wahlstatt tragen mußte.

Die 3. obsiegende Ritter/ verfügten sich alsobald zu denen Richtern/ fragende/ ob zur Rechtfer-
tigung Herrn Eduards noch ferner etwas zu thun
übrig/oder man mit ihrem Verhalten zufriedē seye?
Die Antwort ware / daß was den Kampff selbsten
betreffe/ nichts zu tadeln seye/sondern man gratulire
ihnen

ihnen zu so schönem Sieg / das übrige aber Eduard
betreffend / müsse bey dem Hertzog gesucht werden.

Hierauf thate der Ritter im schwartzen Harnisch den Helm vom Haupt/und wurde von männiglich für den unvergleichlichen Eduard , Hertzog
Hardiknuts bißherigen ältisten Sohn erkannt: es ist
nicht außzusagen / was für Frolocken und Jubelge-
schrey/ es lebe Herz Eduard, Vivat Herz Eduard , bey
allem Volck entstanden. Eduard nahete sich hierauf
zu Hertzog Hardiknuts Gerüste/ setzte sich mit einem
Knie auf die Erde / und wolte seine Entschuldigung
vorbringen. Der Hertzog aber/ über das Freuden-
Geschrey deß Volcks bestürtzt / und über den unglücklichen Außgang deß Kampffs traurig / noch
mehr aber über Eduards (den er gewiß Tod glaubte)
lebendige Gegenwart erschrocken / und zugleich zor-
nig/konte so vielerley widerwärtigen Gemüths-Re-
gungen/Forcht/Schrecken/ Haß/Zorn/Raachgier-
de/Grimm und dergleichen nicht ertragen / sondern
indeme er Richarden grimig ansahe und ihme gleichsam seinen Betrug / wegen Eduards bekräfftigten
Tod fürwerffen wolte / und etwas mit sich selbsten
murmelte/fiele er/als ohne dem schwach und kränck-
lich/von seinem Sessel/ und starbe plötzlich/ die Medici hielten darfür der Gewalt Gottes oder Schlag
hätte ihn getroffen. Edmunda, als sie Eduardi Gestalt
und Angesicht erblicket / und denjenigen frisch und
lebendig vor sich sahe / den sie vor wenig Stunden
in seinem Blut schwimmend tod / und ohne Haupt
gesehen hatte / fiele ebenfalls vor Freuden in eine
Ohnmacht dahin / daß man sie so wohl als ihren
Herzn Vatter von der Stelle/und nach ihrem Zimmer tragen / und allda mit allerhand köstlichen Sa-

chen

chen erquicken/ und wieder zu sich bringen mußte.
Das Beste für sie ware/ daß jederman darfür hiel-
te/ deß Herrn Vatters plötzlicher Fall/ hätte ihr solche Ohnmacht verursachet/da doch die unvermuthete und nimmer gehoffte Erblickung ihres geliebten
Eduards/solches gewürcket/wiewolen leicht zu glau-
ben/ es werde deß Herrn Vatters Fall/ auch etwas
hierzu contribuirt haben.

## Das XXVIII. Capitul.

Der Schwedische Axel wird erkannt/ und die ver-
loren geschätzte Sigeberta unversehens gefunden/ Harald und Biorn finden sich auch ein. Wie es mit Eduards
vermeynter Enthauptung ergangen. Axel erzählet seine
Abentheuren/ Lincolm ist der Edmunda Räuber gewe-
sen/stirbt an seinen Wunden. Sigeberta wird von Axeln
durch Erschlagung zweyer Insulanern/bey Ehren erhal-
ten/Axel wird gefangen/Sigeberta ein Koch/ und Page.
Biorn gibt Nachricht/wie er zu Harald und in Engelland
kommen/ Eduard wird mit Edmunda, Harald mit Si-
geberta/und Biorn mit Ideliza vermählet. Torrington
loßgesprochen/ Susa erobert/ der Accord von den Türcken nicht gehalten.

WEil nun der todte Hardiknut, Eduard kein
Gehör mehr geben/ er aber so gleich auch
nicht zu der Prinzessin Edmunda gelangen
kunte; nahete er sich zu seinen Mit-kämpffern/ und
bedanckte sich gegen Siegfried zum höchsten/ wegen
geleisteten Beystandes/ und daß er sein eigen Leben
um seinetwillen in so grosse Gefahr gesetzet/ ꝛc. Indessen hatte der Unbekandte seinen Helm auch abge-
than/ und als Eduard gleichfalls seine Dancksagung
ablegen wolte/ kame Jener ihme zuvor/ gratulirte
ihme zum erhaltenen Sieg und Freyheit; Eduard
ware das Angesicht und Person nicht allerdings un-
bekandt/

bekandt/ kunte sich aber so schnell nicht entsinnen/ wer dieser resolute Freund seyn muste/als er ihn aber unter währendem Dancksagungs-Compliment genauer betrachtete/ erkandte er ihn für den tapffern Schwedischen Axel, mit dem er unter der Moscowitischen Armee/als sie wider die Tartarn zu Felde gegangen/ gute Kund-und Freundschafft gemachet/ und der neben ihme/ Richard und Rheinwald, wider die Tartarn absonderlich gekämpffet und grosse Ehre eingeleget/auch vielfaltige Proben seiner Tapfferkeit hatte sehen lassen/ und in dem unglücklichen Treffen bey Perneko so wohl als Rheinwald und Eduard von denen Tartarn gefangen worden.

Unterdessen da diese sich also empfiengen/ nahete sich auch Ethelred, Eduard ebenfalls zu gratuliren und sich zu erfreuen.   Weil nun jedermann sich ab Eduards Sieg frölich erzeigte/ da drangen auch Harald und Biorn herzu/ihr Compliment gleichfalls abzulegen.   Indeme nun Ethelreds Page Herrn Biorn erblickte/auch seinen Nahmen nennen hörete/ kunte selbiger sich nicht enthalten/ ihne freundlich zu umarmen/und als einen Bruder zu grüssen. Biorn kame solcher Gruß und Umarmung/ zumalen an einem ihme gantz fremden Ort/billich fremd für/als er aber den Page fleissiger beschauete/ dauchte es ihn/ die Stimme und Angesicht seiner Fräulein Schwester Sigeberta zu seyn/woran er nicht irrete/der Page auch auf ferners Fragen/ sich für Sigeberta zu erkennen gabe/mit dem Beyfügen/daß jener Ritter/auf Axel zeigend/ihre Ehr und Leben errettet/den sie aber seither/ ausser jetzt/ niemal weiter gesehen/ verfügte sich neben Biorn auch alsobald zu demselbigen/ ihme einen abermaligen Danck zu erstatten. Axel kunte sich

anfangs nicht drein finden / weil er die Fräulein in
dem Page-Kleid sich nicht alsobald einbilden kunte/
nachgehends aber sich sehr erfreuete / und sie gantz
freundlich bewillkommete / auch wie es ihr seithero
ergangen befragete? Deme sie / so viel die Zeit gestattete / Bericht ertheilte / da inmittelst Biorn nach
abgelegtem Compliment, sich zu Harald verfügte/und
zu ihm sagte: Herr Bruder/ er schaue was jenes für
ein Page, und frage ihn / ob er ihm nicht einige neue
Zeitung von meiner Fräulein Schwester Sigeberta
zu sagen wisse.

Haralden klopffte alsobald das Hertz/da er Sigeberta nur nennen hörete/ gienge darauf hin/ den
Page zu befragen.    Ach mein Gott wie erschracke er
aber/da er das Angesicht seiner hertzliebsten Fräulein
erblickte/ jedoch aber nicht glauben konte/ daß es Sigeberta selbsten seyn solte. Er betrachtete den Page eine gute Weile/ohne daß dieser ihn beobachtete/ und
fande das natürliche Ebenbilde seiner so lang ge-
wünschten und gesuchten Sigeberten. Dieser hingegen redete mit Axeln sehr freundlich und liebreich/
wozu ihr die tragende Kleider und die Person/die sie
præsentirte/ mehreren Muth und Freyheit gaben.
Endlich fragte er den verkleideten Page , was für
Nachricht er ihme wegen einer Fräulein Sigeberta
genannt geben könne? Der Page erröthete ab so un-
vermuthetem Anblick und Frage/ dann er hatte von
Harald nichts gewußt/ erholete sich aber bald / und
antwortete: Ich als ein armer unglücklicher Page,
mit dem das Glück eine Zeitlang wunderlich gespie-
let/weiß Nichts zu sagen: So aber Herr Harald, mit
Sigeberten bißher erlittenem Unglück Mitleyden trä-
get/und ihre Ebentheuren zu hören Belieben träget/
wird

wird selbige nicht ermangeln/ es/ in Beyseyn ihres
Herrn Brudern Biorns/ und auch dieses tapffern
Ritters / gegen welchem Sigeberta eine grosse Ver-
bündlichkeit hat/zu erzehlen. Herauß erkannte Harald völlig/ daß dieses Sigeberta selbsten/aber es mißfiele ihme darbey hefftig / daß sie mit diesem Ritter/
den er sonst niemahlen gesehen / noch wuste / wer er
ware/so freund- und vertraulich redte/welches ihne
ziemlich eyfern machte.

Nach hin und wieder abgelegten Glückwün-
schen / begabe sich die gantze Compagnie , Eduard,
Ethelred,Siegfried/Axel.Harald,Biorn,&c. nach der
Gräfin Anisia Behausung/ die alsobald von Hofe
kam / und mit tausend Freuden-Thränen/ ihren
schon für verlohren geschätzten Sohn/ empfienge/ er
hingegen sie anjetzo/als seine natürliche Mutter/eh-
rete/ zugleich auch fragte/ wie es um Edmunda stün-
de/und ob sie bey vorgegangener Veränderung auch
noch an ihn gedächte/ welches Anisa bejahete / und
ihren grossen ab seinem vermeynten Tod geschöpff-
ten Kummer anzeigete/ welches Eduard zu vernehmen sehr lieb ware.

Als er ferner vernommen / daß Ehelreds Page
die verlorne Sigeberta, Haralds Liebste/ seye/und solches Edmunda und Adeliza auch erfuhren/ wurde sie
nach Hof beruffen / da Jederman ab ihrer Schönheit sich verwunderte/sintemahlen sie gar wol neben
dem Englischen Frauenzimmer sich darffte sehen
lassen.

Die gantze Gesellschafft truge vorderist Verlangen / zu vernehmen / wie es Herrn Eduard in der
Gefängnüß ergangen/ und wie er loß worden/ welches er folgender Massen anzeigete:

Als

Als ich/ (sagte er/) in den Kercker gebracht wurde/ besanne ich
mich hin und her/ was doch die Ursach dessen seyn müste/ anerwogen meine darfür gehaltene Schwester Adelija / mir von
nichts / als grosser Gewogenheit Hertzog Hardiknuts / verge-
schwatzet / welches ich nun gantz anders befande; Am schmertz-
lichsten aber ware mir/ daß ich von Edmunden glücklicher Wiederkunfft zwar etwas gehöret/doch aber die rechte Beschaffenheit
nicht erfahren / weniger sie sehen können. Ich vernahme von dem
Gefangenen-Wärter so viel/ daraus ich mutsmassen kunte/ es
müsse entdeckt seyn/ daß ich Canut erschlagen/ aber daß er ver-
meldte ; als ob ein Zweiffel/ daß ich Hardiknuts Sohn seye / das
kunte ich gar nicht begreiffen/ wiewol ich wünschete/ daß ich nicht
sein Kind/ und folgbar also kein Bruder-Mörder/ wäre. Da ich
nun endlich in allerhand dergleichen schweren Gedancken ein wenig auf meiner elenden Lager-Stelle eingeschlummert / hörete
ich unvermuthlich ein Gepolter und Knarren der Thüren/ darauf
auch ein Getöse/ Schnarchen und Kluyen eines Menschen. Ich
dachte damahl nicht anders / als es wären die mich zu tödten be-
stellte Henckers-Knechte / befahle mich demnach GOTT/ und
machte mich bereit / den unverdienten Tod gedultig zu leyden/
weil darmit alle Verfolgung ein Ende haben wurde; Nur eines
schmertzete mich/ daß ich weder Edmunden mehr sprechen/ noch
sehen solte / auch Niemand hatte / mit dem ich meine Nothdurfft
reden kunte. Indessen wurde die Thüre meiner Gefängnüß er-
öffnet/da sahe ich Richard mit einem Diener zu mir herein kom-
men/ wie mir nun sein erster Empfang unglücklich gewesen/ also
versahe ich mich nun wieder nichts Gutes von ihme. So bald
er aber herein getretten/ ohne mir Zeit zu geben/ein Wort zu re-
den/warffe er sich zu meinen Füssen/und als ob er in Seufftzen und
Thränen zerfliessen wolte/ umfassete er meine Knie/ nannte sich
selbst einen Verräther und Mörder seines Bruders/seiner Mut-
ter/und seines Fürstens/ einen Schandflecken der Welt/ eine Unehre seines Geschlechts und Vatterlandes/ der würdig seye/ mit
der grausamsten Marter hingerichtet zu werden/ hingegen aller
Bruder-Gnade gäntzlich unwerth/weil er aus Ehrgeitz und um
eignen Nutzens willen/ seinen Bruder schändlich verrathen/bate
darbey tausend mahl um Verzeyhung. Ich kunte mich aber in
allen diesen Handel nicht schicken/ noch verstehen/ was dieses gesagt ware. Endlich fienge er an zu sagen/ welcher Gestalt wir
Bruder/ Edmunda aber Hardiknuts Tochter/ seye/ wie solches
offenbar/ und er mein Verräther/ aber zu gutem Glück/ durch

sonder.

sonderbare listige Practique, zu meinem Executore worden/daß
er mich erwürgen solle/er wolle aber ehe sein Leben lassen/ehe mir
einiger Nachtheil ferner geschehen solte. Zeigete mir darauf einen erst vor meinem Gefängnuß frisch-gerödteten seinen Jüng-
ling/dessen Kleider ich an- und hingegen die Meinigen außziehen/
und den Todten darein stecken lassen muste. Darauf führete er
mich auß dem Kercker / brachte mich in Sicherheit / woselbst ich
ein wenig geruhet/etwas Speise zu mir genommen/und zu dem
bevorstehenden Kampff gegen Lincoln mich gerüstet/darinn mir
aber Hertz Axel und Hertz Siegfried zuvor gekommen/deßwegen
ich ihnen die Tage meines Lebens zum höchsten verbunden bin.

Alle Anwesende waren hierüber verwundert/und liessen den
auf Richard gefaßten Haß anjetzo fallen weil er sein Verbrechen
so wol wieder zu verbessern gewust. Es ist aber zu wissen/daß
Richard darum dem Hertzog die Sache so gefährlich vorgestellet/
und auf die Execution gedrungen/damit nicht etwan Hardiknut
Wind bekäme/daß sie Gebrüdere seyen/oder aber sonst Jemanden
die Execution anbefehle. Derowegen liesse er sich alsobald/weil er
Vollmacht von Hardiknut hatte/ nach seinem Gefallen zu han-
deln/ auß dem gemeinen Gefängnüß einen Jüngling/ der seinen
eigenen Vatter ermordet/und deßwegen hingerichtet werden solte / lieffern/ demselben sagte er/ wie er was Wichtiges vorhabe/
wann er solches wol verrichte/so wolle er ihme die Freyheit schencken. Dieser versprache/alles zu thun/was man ihm würde befehlen. Darauf machte Richard sich mit ihme und seinem vertrau-
testen Diener nach der Gefängnuß / und nachdem er von dem
Thurnhüter die Schlüssel empfangen/ gienge er von einem Gemach durch das andere/biß nach Eduards Behalter/machte aber
die Thür fleissig hinter sich zu / ehe sie aber gar zu Eduard durch
die letztere Thüre hinein giengen/schluge der Diener/seiner Ordre
gemäß / den in Freuden schwebenden Vatter-Mörder mit einer
Keulen unversehens vor den Kopff/ daß er zur Erden fiele/ und
weil er nicht vom ersten Streich tod bliebe/ gabe er ihm deren
mehr; Dieses ware das Gepolter/so Eduarden munter machte/
der ware Anfangs sehr übel mit Richard zufrieden/ daß ein unschuldiger Mensch seinetwegen das Leben lassen solte/nachdem er
aber vernommen / was es mit diesem Ubelthäter für eine Beschaffenheit hatte/liesse er es darbey bewenden. Als ihm nun der Diener seine Kleider auß- und hingegen Eduards angezogen/ auch
dessen Ring an den Finger gesteckt/den Kopff abgeschnitten/ und
in solche Postur, wie ihn Edmunda angetroffen/ geleget hatte/

giengen sie ihres Weges fort/da dann der getreue Diener den ab-
gehauenen Kopff mit sich getragen. Solches alles hatte Richard
darum gethan/damit/wann Hardiknut würde nachsehen lassen/
er es also befände/wie ihne Richard berichtet.

Es hatte aber Eduard nicht im Sinne/nach geendigtem
Kampff sich kund zu geben / sondern seines Weges fortzureiten:
Weil er sich aber mit so tapffern Rittern vergesellschafftet / zugleich auch Ethelred/und andere gute Freunde/sahe/hatte er kein
Bedencken mehr/ vor Hardiknut sich sehen zu lassen/ weil er sich
für keinem schnellen Angriff befahrete/ daß er nicht solte Zeit ge-
winnen/ sich zu salviren: Sein Anblick aber ware dem erzürne-
ten Hardiknut/ wie eines Basilisken/ tödlich.

Weil nun Hardiknut tod/und mit ihm auch die Feindschafft
gestorben/und zugleich begraben worden/ kriegte Eduard/neben
denen übrigen Erlaubnüß/die beyden Prinzessinnin Edmunda
und Adeliza/zu besuchen/ und das Leyd zu klagen/ die zwar über
den unversehenen Tod deß Hn. Vattern sehr betrübt waren/doch
die Erste/nach jetzigen Stands- und Zeit-Beschaffenheit/ mercken
liesse/ daß sie noch die vorige Gewogenheit gegen Eduard truge.

Inmittelst lage die Gesellschafft dem Schwedis. Axel an/zu
berichten/ wie er von den Tartarn loß- mit Sigeberta bekandt-
und zu Eduards Verfechter und Kämpffer worden? Welches er
mit Wenigem also beantwortete: Ich halte für unnöthig/zu ver-
melden/ wie ich/ neben dem tapffern Teutschen Rheinwald/ und
andern/ von den Tartarn gefangen worden/weilen solches schon
vorhin genugsam bekandt/ sondern melde allein/ daß ich meinem
Tartaris. Herrn zwar unterschiedliche gute Dienste gethan/ in
Hoffnung seine Huld und meine Freyheit zu bekommen/vornem-
lich/ weil ich ihme einsten auf der Jagd das Leben gerettet/er bliebe aber/wie es mich bedunckte/undanckbar/dannenhero trachtete
ich/mich selbst loßzumachen/wie auch geschahe/aber zu meinem
grössern Unglück/ dann ich wurde von andern Tartarn wieder
gefangen/und nach vielen überstandenen Drang-und Trübsalen
zum dritten mahl verkaufft/ weilen ich keinem Herrn sonders an-
ständig ware. Endlich kame ich mit meinem Herrn nach Cajan/
daselbst fande ich einen Russen/mit Namen Stenco/der auch mit
mir/ Eduard und Rheinwald/gefangen worden/ weil wir nun
vorhin etwas bekandt gewesen / auch jetzo noch bessere Kundschafft machten/ er auch ein schönes Stück Geld bey sich hatte/so
er von Herrn Eduarden empfangen / kauffte er mich loß / und
ich gabe ihme Anweisung/wie und wo er das für mich Außgelegte

wieder

wieder empfangen solte/ darauf gienge ich nach Archangel/ und
in Hoffnung euch / Herz Eduard/ anzutreffen / über das weisse
Meer/ litte aber grossen Sturm/ und endlich bey Hitland Schiff-
bruch/ da ich mich kümerlich salvirte/ und bald hernach die jenige
Dame, die ich eine Dähnin zu seyn vernehme/ auß der Gefahr/
darein sie gerathen/ errettete/ bald darauf aber von den wilden
Schotten gefangen / in Irrland geschickt/ und daselbst Kriegs-
Dienste zu thun angehalten worden; weil aber solche Dienste mir
nicht anständig/ verliesse ich die Irren/ gienge nach Dublin/ Willens von dar in Engelland überzugehen/ weil aber mein Fahrzeug
durch Ungewitter an die Insul Man getrieben/ und ich mich allda zu verweilen gezwungen wurde/ fande ich daselbst einen Diener Lincolms / der über seines Herrn Übels Tractament sich be-
klagte/ auch daß er in seinen Diensten/ und zwar in Entführung
einer fürnehmen Fräulein/ verwundet worden/ weil aber selbige
unter Weges nach dieser Insul von einem Frantzösis. Caper genommen wurde/ habe er ihn gantz Wart- und Krafft-loß allda
ligen lassen/ dessen ich mich dann auß Barmhertzigkeit an- und
zu meinem Diener aufgenommen/ da er mir dann nachgehends
erzehlet/ wie es mit dem Raub der Fräulein Edmunda zugegangen. Als ich nun in der Herberge allhier Herrn Siegfried gefun-
den/ auch gehöret/ was dieser Tagen mit Herrn Eduard sich zu-
getragen/ und daß er um Leib und Leben gefangen lige/ habe ich
meiner Schuldigkeit zu seyn erachtet/ darauf zu dencken/ euere
Unschuld und Lincolms verrätherisches Beginnen an den Tag zu
bringen/ und deßwegen gethan/ was meinen Herren allen/ so wol
als mir/ kund und wissend.

Die gantze hohe Gesellschaffe bedanckte sich/ wegen solchen
Berichts/ und verwunderten sich zugleich/ über Lincolms verrätherische That/ worvon der Diener Axels außführlichen Bericht
erstattete / auch nachgehends von Edmunda für den Jenigen erkannt wurde/ den sie auf der Jagd verwundet. Man bekame auch
bald hernach Zeitung/ daß Lincolm an seinen Wunden gestorben/
welches ihn von einem grössern Schimpff/ der ihme ohne Zweiffel
wegen seines Raubes begegnet wäre/ befreyet.

Edmunda ware nebenst ihrer Schwester Adeliza/ nicht minder begierig/ Fräulein Sigeberten/ (deren Standes und Herkommens sie schon völligen Bericht hatten/) Ebentheuren zu verneh-
men/ welche sie/ auf freundliches Ansuchen erstbenannter Prin-
zeßinnin/ und der Gräfin Anista / auch der Viz-Gräfin Albela/
folgender Massen anzeigete: Als das Schiff/ worinnen ich mit
meiner

meiner Frau Mutter fuhre/an den Norwegiſ. Küſten ſchel tern/
geriethe meine Fr. Mutter/ich/ſamt der Kammer-Magd/in ſolcher Noth/ auf etliche zuſammen gebundene leere Thonnen/ mit
denen wir uns eine Zeitlang erhielten/ eine ſtarcke Flutte aber
riſſe meine Mutter von uns ab/daß ich ſie nimmer ſehen/ und für
Jammer nicht wuſte/wie mir ware/auch mich kümerlich/neben
der Kammer-Magd/ erhalten kunte/ ich ſchluckte nach und nach
ſo viel See-Waſſer in mich/daß/da ich zu mir ſelber kam/erſt gewahr wurde/daß ich auf trockenem Lande/unter der Aufſicht eines alten ehrbaren Greiſen/ware/der mich/neben der Kammer-
Magd/auß der See gefiſchet hatte; durch ſeine und meiner Kammer-Magd Pflege und Vorſorge / kame ich bald wieder zu mir
ſelber / und hielten uns etliche Tage bey dieſem Alten in ſeiner
ſchlechten Hütten / da er ein Einſiedleriſches Leben führete/ und
vom Fiſchen ſich nährete/auf. Wir fanden am Strande einen er-
truncknen/ ziemlich wol bekleideten Menſchen/ deſſen Kleider
meine Kammer-Magd anlegen/und mir die Ihrige geben muſte/
weil die meine im Schiffbruch und Waſſer gantz zernichtet worden. Ich hätte zwar/zu meiner mehrern Sicherheit/ſolche ſelbſt
lieber angeleget/ wann nicht der Abſcheuen/ ſo ich ab dem todten
Kerl gehabt/mich darvon abgeſchrecket. Weil wir nun nichts zu
thun hatten/ als unſern Unglücks-Stand mit vielen Thränen zu
beweinen/und ich meine liebſte Fr. Mutter zu beklagen/(hier floſ-
ſen ihr die Thränen ſo häuffig auß den Augen/ daß ſie eine gute
Weile mit Reden nicht fortfahren kunte/) giengen wir an dem
Ufer hin und wieder/ Meer-Muſcheln zu ſaßlen/ biß ſich gleichwol Gelegenheit ereignete/zu mehrern Leuthen zu kommen/wo-
bin uns der Alte eheſtens zu bringen verſprache/weil zu gewiſſen
Zeiten einer ſeiner Befreundten ihne beſuchte/und was zu ſeiner
Nothdurfft gehörete/überbrachte. Indeme wir alſo am Ufer unſer Geſchäfft verrichteten/wurden wir unterſehens von etlichen/
die ich nicht anders/als Räuber/nennen kan/überfallen/mit Gewalt in ein hinter einer Klippen ſtehendes Fahrzeug/ und nach
einer Inſul/Scher/oder Hitland/benamſet/ gebracht/ wo unſer
Anfangs wol gepfleget/ und in einem nicht weit vom Strand ge-
genen ſchlechten Meyer-Hof aufbehalten wurden. Meine Kammer-Magd / die/ wegen ihrer Männlichen Kleidung / für eine
Manns-Perſon gehalten wurde / und ich meinen Bruder nen-
nete/wolte ſich von mir/auf meinen Befehl/nicht trennen laſſen.
Es ware aber der Her: deß Guths ein grauſamer Böſewicht/wie
ich auß vielem abnehmen kunte/dieſer hatte ſich in meine geringe
Geſtalt

Gestalt vergaffet/ und als ich eines Tages im Felde und Ber-
fichten Gegend mich ergienge/ ware er bald hinter mir her/ und
gabe mir mit Zeichen und Gebärden sein böses Vorhaben zu ver-
stehen/ wolte auch mit allerhand Schmeicheleyen und freundlichen Worten/ (wiewol ich die Sprache nicht verstehen kunte/)
mich zu seinem Willen bereden/ weil ich aber darzu mich nicht
verstehen/sondern darvon lauffen wolte/ergriffe er mich mit Ge-
walt/ daß ich Zetter-Mordio zu schreyen beginnete. Meine Kam-
ner-Magd kame mir zu Hülff/und widersetzte sich dem leichtfertigen Gesellen/so gut sie kunte/ aber zu ihrem grössesten Unglück/
dann nach einigem/wiewol geringem Widerstand/wurde sie von
ihme erschlagen/ welches mich in solche Angst versetzte/ daß ich eines Lauffs auß allen Kräfften darvon lieffe/ und nicht aufhörete
zu schreyen/der Bube aber holete mich bald wieder ein/und ware
in dem/mich zu seinem Willen zu nöthigen/ deme ich mir äusser-
stem Gewalt widerstrebete/ und weil ich mich anders nicht weh-
ren kunte/ zerkratzte ich ihme das Angesicht ziemlicher Massen/
und gabe ihm einen wol empfindlichen Biß in seinen Arm/ aber
solches wurde mich wenig geholffen haben/ wann nicht eine ansehnliche Person/ohne Zweiffel auf mein Geschrey/herbey kom-
men/die dem leichtfertigen Gesellen zugeruffen/ mich unbetrübt
zu lassen: Woran sich aber der Bube wenig gekehret/ vornem-
lich/ weil der Ankömmling kein Gewöhr hatte/ dieser aber liesse
sich solches von meiner Rettung nicht abhalten/sondern nahme
einen Stein/damit drohete er ihn zu werffen/so er nicht von mir
abliesse. Auf solches zohe er sein Schwerdt auß/ und gienge so
grimmig auf den Ankömmling loß/ daß ich meynete/ er wurde
ihn mit dem ersten Streich hinrichten. Aber der tapffere Frembling wuste dem grausamen Streich/den er auf ihn führete/so ge-
schicklich außzuweichen/ daß er leer in die Lufft gienge/ da dann
mein Helffer ihme geschwind einlieffe/ und mit ihm zu ringen be-
gunte/ daß er sich seines Schwerdes nicht mehr bedienen kunte.
Es währete ihr Ringen eine gute Weile/und ob schon der Schottländer an Leibes-Stärcke meinem Helffer weit überlegen ware/
so ware doch der Frembdling desto hurtiger/ und wuste seinem
Gegener das Bein so wol zu unterschlagen/daß er ihn über einen
Hauffen warffe/da eben deß Niedergeworffenen Camerade darzu kame/und mit blossem Schwerd ihme zu helffen eylete. Mein
tapfferer Erretter säumete sich nit lang/sondern mit grosser Be-
hendigkeit range er dem Ligenden sein Schwerdt auß der Hand/
und versetzte ihm einen solchen Streich darmit/ daß er deß Auf-

Lebens vergaſſe/ als eben der Anfommende ihm den Kopff zu ſpal-
ten einen Streich führete/den er aber noch zu rechter Zeit abhiel-
te / und mit ihm einen ernſtlichen Kampff antratte / da dann
GOtt der Gerechten Sache ſo wol beyſtunde/daß meines Schü-
ters ungemeine Tapfferkeit in kurtzem auch über dieſen trium-
phirte. Ich ſtunde unterdeſſen / wie verzuckt/ dachte weiter an
kein Entfliehen/ſondern bildete mir gewiß ein/der zu meiner Errettung Angekommene wurde die Ober-Hand behalten / als
auch geſchahe.

Ich unterlieſſe hierauf nicht/mich höchſtens gegen meinen
Erlöſer zu bedancken/und ihme zu erzehlen/wie es mir ergangen/
auch wie ich daher/und um meine allererſt erſchlagene Geſpielin
kommen / worüber er groſſes Mitleyden bezeugete / auch aller
fernern möglichſten Schutz verſprache / zugleich auch vermelde-
te/wie er durch Schiffbruch an dieſe Inſul gelanget/ nun etliche
Tage dieſer Orten ſich kümmerlich aufgehalten/ und auf mein
gehörtes Geſchrey hieher gekommen / als er kurtz zuvor in einer
geringen Bauren-Wohnung etwas ſchlechte Speiſe zu ſich ge-
nommen/und jetzo bemühet geweſen/beſſere Gelegenheit/zu Leuthen zu kommen/ zu finden.

Weil wir nun in gleichem Unglück ſteckten / ſo
beredeten wir uns / wie wir fernerm Unfall zu entge-
hen/und in Sicherheit zu freundlichern Leuthen zu
gelangen/ unſere Sachen anſtellen wolten/ da mich
dann der zu Hülff gekommene Cavallier, der wie ich
jetzo vernehme/ ein Schwede iſt und Axel heiſſet/ſeine
Geſellſchafft und Beyſtandes abermahl verſicherte.
Ich hielte für rathſam / um deſto ſicherer neben ihme
fortzukommen/mich in Manns-Kleider zu verkleiden/
welches der Schwede auch gut hieſſe / in Betrach-
tung eine Frauens-Perſon auf Räyſen viel mehreren Gefährlichkeiten und Anſtöſſen unterworffen/
hierzu gaben nun die beyde entleibte Schottländer
gute Gelegenheit. Ich ſcheuete mich aber ſelbige zu
entkleiden / wolte demnach zuruck nach meiner er-
ſchlagenen Kammer-Magd gehen/ und ihr die ihr
ohne dem nunmehr unnütze Kleider abborgen/ aber

Axel

Axel wolte nicht für gut halten / mich so weit wieder zu wagen / sondern entkleidete die zween von ihmé Getödtete selbsten / und stellete mir darvon das Jenige zu / dessen er mich bedürfftig zu seyn schätzete. Als ich nun etwas von ihme in das Gesträuch abgewichen / legte ich nicht ohne Grauen / der Erschlagenen Kleider um mich / und kame darauf zu Axeln, der mich nach Beschaffenheit unsers damahligen schlechten Zustandes doch ziemlich vexirte / und mir eine Röthe abjagte. Er wolte auch / daß ich deß einen Erschlagenen Schwerdt zu mir nehmen solte / wo nicht mich damit zu schützen / aufs wenigste die Leute glauben zu machen / daß ich ein solcher wäre / den meine Kleidung præsentirte / machte mir auch mit dem Safft von daselbst wachsenden Kräutern / das Gesicht unerkäntlich / damit man mich / so ich etwan verfolget wurde der Manns-Kleidern ungeachtet, wegen meines / ( wie er sagte / ) zarten Gesichtes nicht erkennen kunte / so mir auch wol zu statten kommen. Darauf wanderten wir unsers Weges fort / uns nach dem Gestade deß Meeres lenckend / ob wir eine Gelegenheit / entweder in Schottland oder Norwegen überzufahren finden könnten / wir blieben aber nicht lang unangetastet / dann ein uns aufstossender Kerl / den wir nicht verstehen kunten / doch darfür hielten / ( wegen seines Deutens auf meine Kleidung / ) sam er auf dieselbe Prætension machen wolte / nöthigte Axeln / von Leder zu ziehen / und mit einer ziemlichen Wunden seines Weges / abzuweisen. Bald hernach / als sich Axel etwas von mir gegen dem Meer zu entfernet / ich aber bey einem grünen Busch mich niedergesetzet / sahe ich / daß er von etlichen Räubern überfallen / und / nach tapffer-gethanem Widerstand / durch ein um ihn herum gezogenes Seil /

Seil / zur Erden gefället / darauf gefangen / und / zu
meinem höchsten Leyd-Wesen / weggeschleppet wurde.
Jch hatte nicht so viel Hertzens mich sehen zu lassen /
um nicht wie er / gefangen zu werden / sondern versteckte
mich im Gepüsche / biß die Nacht mich überfiele / die
ich allein in tausenderley Aengsten zubrachte / deß folgenden Tages gegen Mittag / erblickte ich ein Schiffe / welches nicht weit von mir das Ancker außgeworf-
fen / und sich mit frischem Wasser versahe / ich machte
mich alsbald hinzu / und bathe / mich in das Schiff zu
nehmen / ohne zu fragen / woher es käme / oder wohin
es wolte / dann es galte mir alles gleich / wann ich nur
von diesem unglückseeligen Land kommen kunte / weil
nun etliche mit mir reden kunten / nahmen sie mich
ins Schiff / und mit ihnen in Schottland / wo die
meisten zu Hause waren / darauf nahme ich Dienste
bey einem Edelmann / ließ mich für einen Koch gebrauchen / und brachte mich ziemlich darbey fort / als
ich aber Gelegenheit kriegte / nach Edenburg zu gehen /
nahme ich von meinem Herrn Abschied / und weil ich
keine Gelegenheit wuste / weiter oder gar nach Hauß
zu kommen / begabe ich mich in Dienste zu dem Herrn
Viz-Grafen Ethelred, deß Vorhabens / den Meinigen nach Coppenhagen Bottschafft zu thun / immittelst aber fügte es sich / daß Ethelred mit seiner Gemahlin und Edmunden anhero räysete / und zu meinem guten Glück / mich auch mitnahmen / da ich dann
bey jüngstem Kampff meinen ehemahligen Erlöser /
den Schwedischen Herrn Axel, und meinen Herrn
Bruder Biorn unvermuthet angetroffen / und nun der
Hoffnung lebe / mit demselben wieder nach Hauß zu
meiner Frau Mutter zu gelangen / weil dieselbe / wie
ich bereits mit Freuden vernommen / dem Schiffbruch
und

und anderer Gefahr entgangen / und glücklich zu
Hauß angelanget/ aber über meinen Verlust annoch
sehr bekümmert ist,

Die Zuhörende hatten neben bezeugendem Mitleyden grosses Vergnügen ab dieser Erzehlung / und
Harald trachtete/wie er öffters seine geliebte Sigeberta
sehen und sprechen möchte/ berichtete auch ihre Wie-
derfindung alsobald an Frau Siegunden,  So fienge auch Eduard an / seine geliebteste Edmunda unge-
scheuet zu besuchen/ und Biorn warffe eine nicht geringe Affection auf Adeliza, die ihne hinwiederum nicht
ungern/ und lieber als vormahlen Licolm, sahe,  In
Summa, die samtliche Verliebten lebten nun in ziemlicher Zufriedenheit/und weil Eduard das Jenige/wes-
sen ihn Hardiknut bezüchtiget/vertheidiget/und gäntzlich von sich abgeleinet / fienge man nun an / öffentlich
von Heuraths-Sachen zwischen Edmunden und ihme zu handeln.  Ethelred und Albela waren sehr froh/
daß die so gefährlich sich anlassende Sache Eduards/
dem sie lauter Gutes günneten /noch so wol außge-
schlagen.  Siegfried verwunderte sich je mehr und
mehr über Edmunden hohen Verstand/ den er schon
unter dem Namen Emedunds bey ihr verspühret/und
preisete deßwegen / wie auch wegen ihrer beständigen
treuen Liebe/ Herrn Eduard sehr glückseelig.

Richard hatte entzwischen bey der gantzen hohen
Gesellschafft / insonderheit aber bey Edmunden / sich
außgesöhnet/ und wurden seine Fehler damit entschul-
diget/daß theils die Landes-Art solche Wanckelmuth
mit sich brächte / zum theil auch und vielleicht sein Ge-
burts-Stern ihn dahin inclinirt / ja der Himmel selbsten gleichsam prædestinirt hätte.  Eines mochte
Eduard und Richard noch gerne wissen / wie nemlich

Biorn in Haralds Gesellschafft/ beyde aber in Engel-
land/ und hieher nach Carlile kommen wären? Worauf Fiorn sie folgender Massen vergnügete: Nachdem wir unlängsten von einander Abschied genom-
men/ ware ich zwar Willens mit Herrn Rheinwald/
nach der am obern Rhein stehenden Armee zu gehen/
weil aber Nachricht einlieffe/ daß nicht allein daselbsten nichts zu thun; Sondern man bereits damit
umgienge/ die Winter-Quartier zeitlich zu beziehen;
Als fande ich nicht für thunlich/ mich länger selbiger
Orthen aufzuhalten/ sondern truge Verlangen/ den
Frantzösischen Hofe zu sehen/ räysete deßwegen nach
Pariß/ daselbsten traffe ich von ungefähr Herrn Harald an/ der/ wegen deß Verlusts meiner Schwester
Sigeberta, noch immer betrübet ware.  Nachdem ich
nun den Frantzösischen Hofe genug besichtiget/ begaben wir uns nach Brest/ um zu Schiffe nach Hause
zu gehen/ fanden auch daselbsten ein Dähnisches
Rauff-Schiff Segel-fertig/ auf welches wir stiegen/
und in See giengen.  Der Schiffmann aber/ gienge
nicht geraden Weges durch den Canal nach Hause/
sondern richtete seinen Cours auf Wexford/ weilen
uns aber ein hefftiger Sturm mit grosser Gefahr/
zu weit in die Irrische See verwarffe/ und ich Begierde bekame bey solcher Gelegenheit/ das Königreich Engelland nach der Queere zu durchräysen/ begaben wir uns auf ein anders Schiff/ das uns in
Cumbrien zu Land brachte/ weil Herr Harald mich
nicht verlassen wolte/ indeme vielleicht ein sonderbarer Magnetismus ihne hieher gezogen; Als wir zu Carlile ankamen/ erfuhren wir den obhandenen Kampff/
und dessen Ursach/ dannenhero wir uns an den Ort
deß Kampffes verfügten/ Vorhabens/ so es nöthig

seyn

seyn wurde/Herrn EduardsParthey zu halten/ob wir
schon anderst nicht / als mit Pistohl und Degen ge=
waffnet / es hat uns aber Herr Eduard selbsten / neben
Herrn Siegfried und Axeln/solcher Mühe überhoben/
seyn aber hierinnen glückseelig / daß wir in so hochan=
sehnliche Gesellschafft von neuem gerathen seyn.

Eduard bedanckte sich wegen solchen Compli=
ments/ als auch ihres gehabten guten Vorsatzes/ und
weil nun alle Schwürigkeiten abgethan / auch Frau
Siegunde ihre Einwilligung zu ihres Sohnes Biorns
Heyrath mit Adeliza, und ihrer Tochter mit Herrn
Harald eingeschicket / so wurde diese dreyfache hoch=
zeitliche Vermählung / zu höchster Freude und Ver=
gnügung der gesamten Verliebten / am allermeisten
aber Eduards und Edmunda, mit grossem Frolocken/
und allerhand Ritter=Spielen und andern Kurtzwei=
len bald darauf wol und glücklich vollzogen.

Unter währender Hochzeit=Freude / belustigten
sie sich mit allerhand Zeitungen und Gesprächen/
sonderheitlich wurde unterschiedlich raisonniret / von
deß Admiral Herberts/ oder Graf Torringtons, ( der
eine Zeitlang/wegen Verdachts/daß er bey der Flotte
nicht aufrichtig sich verhalten/ und die Holländer im
Treffen im Stich gelassen/ im Tour zu Londen ge=
fangen gesessen/ ) Loßlassung / so im Novembri ge=
schehen.

Von Rheinwalden kriegten sie auß Teutsch=
land Bericht / daß der Frantzösische General Catinat,
den 2.und 3.Novemb.die Stadt und Vestung Susa in
Savoyen/ mit Accord erobert / der gewesene Com=
mendant aber samt allen Officirern seye deßwegen zu
Turin arrestiret/ und durch solche Eroberung die Ve=
stung Montmeilan jetzo enge eingeschlossen und aller

　　　　　　　　　　　**Succurs**

Succurs abgeſchnitten worden. In Ungarn haben
die Türcken Orſava und Carolina mit Accord erobert/
denſelben aber nicht gehalten/ ſondern dem Commendanten den Kopff abgeſchlagen/ und die Guarniſon
zur Fortifications-Arbeit zu Belgrad angehalten. Ingleichem hätten die Teutſchen Poſſega ſelbſten einge-
äſchert und verlaſſen/ die Türcken aber das Schloß
alſobald wieder mit 200. Mann beſetzet.

Wir laſſen aber nunmehr unſern Engelländi-
ſchen Eduard, nach überſtandenen vielerley Gefahren/
mit ſeiner getreuen Edmunda in höchſter Vergnügung die Früchten ihrer Liebe reichlich einernden/
und zeigen nur noch an/ daß er bald hierauf vom Kö-
nig/ in Anſehung ſeiner Tapfferkeit und Meriten/hoch
geehret und erhaben worden. Harald zoge mit ſeiner
liebſten Sigeberta in Begleitung ſeines Schwagers
Biorns nach Hauſe/ ſeine Frau Schwieger-Mutter
die Tugendſame Siegunden zu erfreuen/welche nicht
weniger/ als Aniſia, Jene/ wegen ſo glücklicher Wie-
dererlangung ihrer Tochter/ und anſehnlicher Vermählung ihres Sohns/ dieſe aber/ wegen glücklichen
Außganges/ ihrer zwar klüglich angeſtelleten doch
nicht zu glücklich fortgegangenen Anſchlägen/ höchſt
erfreuet ware. Siegfried nahme auch ſeinen Ab-
ſchied von dieſer hohen Geſellſchafft/ und alſo
haben wir der Geſchichte deß Engel-
ländiſchen Eduards

# E N D E.

Regiſter/

# Register/
## Uber den Vierdten Theil deß
### Engelländischen Eduards.
### A.

B. Baare

## B.

## C.

## E.

Daß

## F.

Fragen/

# Register über den 4. Theil/

)(o)(

# Bericht/
## An den Buchbinder:

Das Kupffer Num. 1. kommt pag. 4 und Num. 2. pag. 375.

www.ingramcontent.com/pod-product-compliance
Lightning Source LLC
Chambersburg PA
CBHW030824110726
47900CB00006B/1730